國家圖書館出版品預行編目資料

《後西遊記》之敘事結構與意蘊研究／王美懿 著 -- 初版 -- 新
北市：花木蘭文化事業有限公司，2022〔民 111〕
目 6+270 面；19×26 公分
（古典文學研究輯刊 二五編；第 8 冊）
ISBN 978-986-518-790-3（精裝）
1.CST：中國小說 2.CST：章回小說 3.CST：文學評論
820.8   110022414

ISBN-978-986-518-790-3

9 789865 187903

古典文學研究輯刊
二五編 第 八 冊   ISBN：978-986-518-790-3

《後西遊記》之敘事結構與意蘊研究

作　　者　王美懿
主　　編　曾永義
總 編 輯　杜潔祥
副總編輯　楊嘉樂
編輯主任　許郁翎
編　　輯　張雅淋、潘玟靜、劉子瑄　美術編輯　陳逸婷
出　　版　花木蘭文化事業有限公司
發 行 人　高小娟
聯絡地址　235 新北市中和區中安街七二號十三樓
　　　　　電話：02-2923-1455 ／傳真：02-2923-1452
網　　址　http://www.huamulan.tw 信箱 service@huamulans.com
印　　刷　普羅文化出版廣告事業
初　　版　2022 年 3 月
定　　價　二五編 19 冊（精裝）台幣 48,000 元

《後西遊記》之敘事結構與意蘊研究

王美懿　著

作者簡介

王美懿，1964 年出生並成長於雲林縣褒忠鄉，現定居台中市，任教於僑光科技大學。個性樂觀、積極、喜歡多元學習與創新。自小即接觸京劇、歌仔戲等地方戲曲與古典詩詞吟唱，研究領域包括：中國古典文學、戲曲、音樂、舞蹈與武術。

提　　要

　　《後西遊記》是《西遊記》重要續書之一，亦是因革期神魔小說之重要代表作品；惟目前對《後西遊記》意蘊研究結果，尚大多停留在文本表、中層寓意階段，對情節意蘊的詮解亦語多籠統。

　　本文以佛教與文學雙視角，就《後西遊記》意蘊進行創造性的詮解與開拓。結合中、西敘事理論對《後西遊記》進行「由表層到深層、由原義到新義、由意義到意味無限擴展和延伸」之整體層次的結構性闡釋。研析過程中，倘有與前人發表研究見解完全相同處，概不列為本文研究結果。

　　研究結果發現：《後西遊記》兼具中國古典小說敘事結構與西方敘事學理論下之故事情節結構，且成功地將唐半偈師徒形塑出富含多層次寓意人物藝術形象。於看似與《西遊記》雷同情節中，本文亦有多項異於前人研究之發現；有別與其他神魔小說雜揉三教各取所需式的嬉笑怒罵，《後西遊記》以寓教於樂方式將佛教禪宗、淨土法門思想貫穿全文，更是一大特色。《後西遊記》除了傳遞時代意義、理想的宗教功能和修行法，更預示了當今人間佛教「禪淨共修」型態趨勢。研究過程中，亦併同探析《後西遊記》作者的可能身分。

誌謝辭

　　任何一項重要事情的圓滿，常是集諸多助緣始成就，我的博士論文得以如期完成，亦然。

　　為滿父親希望我念博士的願望，亦為實現自己兒時即有的文學夢，鼓起勇氣向二堂哥—時任國立成功大學文學院院長王偉勇教授，請教報考博士班的書單。日以繼夜卯足了勁苦讀，讀到牙齦流血、眼睛微血管破裂，終於皇天不負苦心人，以一般生身分考取國立中興大學中國文學系研究所博士班。感恩父親，感恩二堂哥。

　　博班的第一堂課是修習李建崑教授的【唐代文學史料專題】，建崑老師一句「妳既要走弘法的路，就好好修習與佛學相關課題」，深深影響著我修習每一科的學期報告定題方向。感恩您，我敬愛的建崑老師。

　　恩師林淑貞教授以其纖細敏銳的觀察力，建議我改以【寓言研究】課程的期末報告擴大深入研究作為博士論文；彼時因已擬妥原定博論大綱並購買了大量與該研究相關書籍，爰曾有過猶豫，但最終還是選擇恩師建議。研究過程中，專注於恩師對我撰寫論文上的每項肯定與否定的指導；及至於預計期間內完成博論，始才體悟恩師為何要建議我變更研究主題的用心良苦。千言萬語，感恩淑貞恩師智慧的慈悲。

　　四位素未謀面的口試委員：徐志平教授、涂艷秋教授、謝明勳教授與劉榮賢教授，慷慨賜教指正，淑貞恩師說這是我的福報；的確，得獲四位教授各以所長的斧正，是這本博士論文質優價值極大化的重要關鍵。在此，由衷致上最深謝意。

　　同期錄取的四個博士生中，唯獨我的學士與碩士學歷皆非為中文系，故須補修中文系的大學部及研究所學分。感恩我最親愛與敬愛的母親，以其身教培育出我有著與她一樣堅毅、樂觀的個性，熬過從早上 8 點開始上課至晚上 8 點下課的一天 10 堂課，並成為同儕四人中首位取得博士學位者。

　　憶及上課點滴，歷歷在目。由衷感恩劉錦賢老師、林安梧老師、徐照華老師、祁立峰老師、林仁昱老師、黃東陽老師、周玟觀老師、解昆樺老師、蔡妙真老師，在您們精彩授課中，我真的獲益良多。

　　細思得以有清明思緒、筆翰如流地撰寫博士論文，除了日日虔誠禮佛拜懺以定生慧，令我無後顧之憂傾全力寫論文的另一倚仗力量，即是當我拖著疲憊身心返家時，家燈永遠是亮著。外子清森就像空氣一樣默默地陪伴我，又同母親一般細心照料我的日常三餐，我的兩次論文口試更是特地請假全程陪同；乖兒與巧兒兄妹倆知所分寸的自我管理，讓我不必分心煩憂，甚是貼心。

　　回首來時路，謹以此文感恩上述所有助緣善知識，並謝謝一直關心我的所有親朋好友。

王美懿 謹識

中華民國一百零九年八月二十三日

目

次

第一章　緒　論

　　明清章回小說在中國文學發展史上是具指標性的文體，其中，神魔小說更因《西遊記》所開創的神魔小說模式，不但終結原先的歷史演義獨秀稱霸局面，從歷經初創期、興盛期、因革期及衰敗期，始終仍與歷史演義、世情小說，鼎立為通俗小說代表類型，可看出神魔小說之於研究中國文學的價值性。

　　本論文以：《後西遊記》之敘事結構與意蘊研究」為題展開，本章分就論文之研究動機與目的、前人研究成果檢視、研究範圍與背景、研究方法與架構等四節，進行敘述，希望透過有條列的科學化前置規畫步驟，裨益研究文本《後西遊記》之意蘊、文學價值與作者的可能身分相關研析。

第一節　研究動機與目的

一、研究動機

　　《後西遊記》因成書於明末清初的這個時間點，即為文本自身帶來三種不同身份上意義，包括：是《西遊記》續書、神魔小說因革期代表作品，與易被主觀同視為「此間小說多為平庸末流之作」〔註1〕的看法。

　　續書是「中國古代小說發展史上一個重要現象，而且又是世界小說史上少見的特殊現象」〔註2〕，儘管續書易流於狗尾續貂之弊，但就文學研究角度

〔註 1〕李忠昌：〈試論明末清初小說的歷史貢獻〉，《明清小說論叢》第三輯（瀋陽：春風文藝出版社，1985 年）。
〔註 2〕李忠昌：《古代小說續書漫話》（瀋陽：遼寧教育出版社，1992），頁 2。

而言，從不含括古代文言筆記小說，單就中國古代通俗小說為統計範圍，依據《中國通俗小說總目提要》記載，收錄「至清末的通俗小說一千一百六十四部，其中續書達一百五十部以上，約占總數的百分之十三」〔註3〕，此一客觀的作品數量，令續書的存在本身即是一種價值。

有關白話小說續書部分，主要是以著名的章回小說為續書原型。例如：以《水滸傳》忠義精神為旨要的續書《水滸後傳》、《後水滸傳》、《蕩寇志》；藉由《金瓶梅》中人物輪迴因果報應情節為故事主軸，旨在勸人向善、戒色的明末清初丁耀亢著作《續金瓶梅》；屬於《紅樓夢》續貂之作則有：《紅樓圓夢》、《補紅樓夢》；以名著《西遊記》為主要續書原型的神魔小說，包括：《西遊補》、《後西遊記》及《續西遊記》等。學界將續書與原著作進行比較之學術研究亦常可見，例如：單獨將《後西遊記》與《西遊記》進行比較的李忠昌〈兩部《西遊記》比較談〉、合三部《西遊記》續書與《西遊記》比較的左芝蘭〈明末清初《西遊記》續書對原著的繼承〉〔註4〕。

學界對續書的定義範圍不一，但基本上是在清代劉廷璣的概分「後以續前者、後以證前者、後與前絕不相類者」三大類上賦予定義，諸如：林辰於《明末清初小說述錄》書中將續書分為廣、狹二義，認為狹義的續書是以原著某一情節再開展接續的「後以續前者」的典型續書，廣義乃就原著進行增刪、加工、改寫及補撰的「後與前絕不相類者」；李忠昌則認為「所謂廣義與狹義的續書，實際上是文學的一種『繁衍現象』，即泛指續、補、改、仿等形式在內的小說創作史上的現象」〔註5〕。因此，一部優秀的小說續書，確有提高小說藝術水平的功能，就文學接受主體角度而言，則更具多層次、多面向的學術研究價值。

被視為《西遊記》續書之一的《後西遊記》，全文共40章回，有作者自出機杼的創新意識，主題意識強烈、個性鮮明；從張穎、陳速〈《後西遊記》版本考述〉提出《後西遊記》有明本，入清以來即有多種清刊本在流行，乃至「民國以後，《後西遊記》版本種類繁多，盛況空前」〔註6〕研究結果可知，

〔註3〕李忠昌：《古代小說續書漫話》，頁3。
〔註4〕詳見本文製作之【表1-2】～【表1-4】檢視《後西遊記》相關期刊論文書目表，頁5～8。
〔註5〕李忠昌：《古代小說續書漫話》，頁18。
〔註6〕張穎、陳速〈《後西遊記》版本考述〉，《明清小說論叢》第四輯（瀋陽：春風文藝出版社，1986年），頁41。

　　《後西遊記》從面世迄今始終有其閱讀群。正因閱讀《後西遊記》者眾，成書迄今有不少小說評點人將其與《西遊記》進行故事內容比較評點，進而產生了褒貶不一的兩極化評價。被頻繁引用的前人評點，遠者有著名清代劉廷璣認為「後西遊雖不能媲美於前，然嬉笑怒罵皆成文章」〔註7〕、民初張冥飛言「《西遊》之文諷刺世人處尚少。《後西遊》則處處有諷刺世人之詞句」〔註8〕；近者有當代魯迅綜合小說之形構技巧與情節內容角度，評《後西遊記》「其謂儒釋本一，亦同《西遊》，而行文造事並遜，以吳承恩詩文之清綺推之，當非所作矣」〔註9〕；王民求言《後西遊記》內容所呈現的思想是「不僅重在諷佛刺儒，而且更重在剖世求解，哲理邃深」〔註10〕；高桂惠以《後西遊記》的對話設計遠超過其他續書比例，而認為「詰問」是全書的結構與精神所在，且「倒像是一種對『佛／反佛』思想之間的交互辯詰之路」〔註11〕；段春旭從刺儒以刺世的諷寓視角，認為《後西遊記》乃「開《儒林外史》之先河」〔註12〕；學者陳蒲清則是將《後西遊記》與宣揚清教徒觀念的《天路歷程》相提並論，評其「產生的時代與英國班揚《天路歷程》相同，思想風格亦相近」〔註13〕，進而認為二者堪謂為同是17世紀的宗教寓言長篇故事代表作。

　　《後西遊記》面世迄今歷時三百多年，因不同讀者在各自期待視野下之對文本閱讀的殊異詮釋，產生了上述種種評價；誠如余秋雨所言：

> 審美心理定勢是一種巨大的慣性力量，不斷地「同化」著觀眾、藝術家、作品……但是完全的『同化』又是不可能的，因為觀眾成分複雜，而藝術家中總不乏開拓者。在正常的情況下，審美心理定勢都會順著社會的變化和其諸多原因而不斷獲得調節。〔註14〕

〔註7〕沈雲龍主編：《近代中國史料叢刊》第38輯《在園雜志》，劉廷璣著，文海出版社，頁147。

〔註8〕張冥飛：《古今小說評林》（上海：民權出版部，1919年）。

〔註9〕魯迅：《中國小說史略》（北京：中華書局出版，2010年），頁103。

〔註10〕王民求：〈《後西遊記》的社會意義〉，《明清小說論叢》第一輯（瀋陽：春風文藝出版社，1984年），頁156。

〔註11〕高桂惠：《追蹤躡跡：中國小說的文化闡釋》（臺北市：大安書局出版，2005年），頁135～136。

〔註12〕段春旭：《中國古代長篇小說續書研究》（上海：上海三聯書店，2009.1），頁13。

〔註13〕陳蒲清：《寓言文學理論·歷史與應用》（臺北：駱駝出版，1992），頁225～226。

〔註14〕余秋雨：《觀眾心理學》（上海：上海教育出版社，2005），頁33。

既然審美心理有著如此大影響力，但又無法令閱者達到一致同化見法，爰基於不同閱聽者各自審美趣味、藝術觀，在不同文化闡釋下的《後西遊記》，其文本意圖、情節寓意，是否都已完全呈現？有否可能發現其他創造性詮解？至於《後西遊記》中所呈現之禪淨合流思想的表現意義，及其具獨立性文學價值又是什麼？

上述重重問號即是促發筆者擬透過敘事結構鈎稽《後西遊記》故事意蘊，進而掘發其中有關禪、淨合流思想的表現意義與其深層寓意的研究動機。

又《後西遊記》作者署名為無名氏，迄今學界述及《後西遊記》的可能作者，包括吳承恩、梅子和、天花藏主人等，但皆因被後續研究者提出相對質疑理由而呈現不明；至於作者是何時何方人氏，目前學界僅提出《後西遊記》作者可能是廣東潮州人的可能性看法；至於身份，則有著是憤世嫉俗、不得志下層文人的臆斷。因此，本文亦嘗試於不知作者姓名狀況下，從研究文本過程中的各種研究發現，同時客觀梳理尋析《後西遊記》出作者的可能身分。

二、研究目的

從唐代文言小說產出至明清白話小說大盛作品中，俯拾可見中國古典小說的創作者善用前人積累的智慧與經驗，巧妙地以多樣敘事、寫人技巧之藝術手法，創發出兼具史才、詩筆、議論等文備眾體特色，發揮小說「全方位展示『眼前』、『心上』和『意外』的功能」〔註15〕。同列稱為中國四大古典名著、明代四大奇書之《三國演義》、《水滸傳》、《西遊記》與《金瓶梅》，是各具特色典範的中國小說必讀經典，同時是學界進行明清小說相關研究的重點範圍，與之相關的續書更如雨後春筍。

尤其是公認為神魔小說典範代表作—《西遊記》，三百多年來，對《西遊記》的相關學術研究，浩如繁星，即使立於不同時空位置與研究角度，始終亙古閃耀。但亦正因此故，不論是《西遊記》續書或其他被歸類為神魔小說作品在《西遊記》的萬丈光芒強勢下，其或本獨具的創作特色光澤，因之而為世塵覆蓋，遂成了中國古典小說中之遺珠。

〔註15〕李桂奎：《中國小說寫人研究》（北京：生活‧讀書‧新知三聯書店，2015年），頁71。

　　學者程國賦曾就研究明清小說提到一個很重要的觀念，即是「小說書名是我們考察明清小說創作觀念的獨特視角」〔註16〕；確實，單從《後水滸傳》、《後西遊記》與《後紅樓夢》三部小說書名，即知個別應與《水滸傳》、《西遊記》、《紅樓夢》有關。又從現代文學一般應用通則論之，舉凡文學作品之書名或特定名詞前，冠上含後設之意的「後」（post~）字，常代表的是一種具反思、批判的視域；通常代表著對該原特定書名或名詞的一種「反動、質疑、批判」所興起的一種思維運動，例如：所謂「後現代主義」（postmodernism），主要是從其歸納出的特徵，來表現「後現代主義」之與正統的現代主義殊異處。上揭《後西遊記》等三部小說的書名首亦多加了個「後」字，將續書與原書內容兩兩對照，從「《後水滸傳》的作者站在更高的思想制高點上，通過自己的藝術實踐，對於《水滸》的弱點進行了恰當的批判和有深意的補正」〔註17〕、「散花居士的《後紅樓夢》那溶解於情節之中的複雜微妙的心靈波動，和斜出旁逸的情感糾葛，實在為同時說部望塵莫及，說它與前書相媲美亦無不可」〔註18〕與筆者於初次閱讀《後西遊記》之序與內文過程中，發現作者於宗教專有用語上的遣詞用字皆清楚明確，不但有別《西遊記》對三教混雜戲謔，且多具有深意；上述三部「後」字為書名首的續書，皆同具有反思、批判的視域特色。

　　筆者閱讀這部問世於明末清初、被視為多屬平庸末流之作時期的《後西遊記》發現：《後西遊記》極富宣教寓意與書名「後」（post~）之反思、批判特色。遂以「《後西遊記》之敘事結構與意蘊研究」為本書名，採以章回小說寓教於樂為審美趣味與藝術觀視角，結合中、西小說敘事學理論客觀分析並驗證《後西遊記》敘事文之形構技巧與人物藝術形象等表層結構；並融合文學接受理論、中國小說寫人等理論，進行多視域藝術審美及闡釋批評；又以文化闡釋研究法，探索《後西遊記》之深層意蘊與寓意。以中、西文學理論為研究理論依據，透過「由表層到深層、由原義到新義、由意義到意味無限擴展和延伸」〔註19〕的研究過程；對《後西遊記》進行「整體層次的把握和分

〔註16〕程國賦：〈論明清小說書名所體現的文學觀念〉文藝理論研究，2017 年第 3 期。

〔註17〕歐陽健：〈明季進步《水滸》觀的體現〉，《明清小說論叢》第三輯（瀋陽：春風文藝出版社，1985 年），頁 57。

〔註18〕段春旭：《中國古代長篇小說續書研究》，福建師範大學中國古代文學，博士論文，2004 年，頁 10。

〔註19〕胡強：《中國古典小說文化闡釋》（桂林：廣西師範大學出版社，2016.3），頁 21。

析」〔註20〕之結構性闡釋，抉微《後西遊記》中禪淨合流的時代表現意義並開拓其創造性的文學價值。

第二節　前人研究成果檢視

有關「前人研究成果檢視」部份，本書係以台灣與大陸兩地學術界研究成果如【表 1-1】為檢視範圍〔註21〕，依據上世紀迄 2018 年為止之學界相關期刊論文發表時間的前後次序，進行研究回顧。

表 1-1：《後西遊記》相關期刊論文篇數統計表

類　　型	期刊論文篇數	學位論文篇數			
以《後西遊記》為續書研究	8	博士論文	2	碩士論文	4	小計：6
以《後西遊記》為主題研究	9	博士論文	0	碩士論文	0	小計：0
神魔小說述及《後西遊記》	18	博士論文	1	碩士論文	2	小計：3
小　　計	35					9
合　　計						44

檢視目前《後西遊記》相關研究期刊論文共計 44 篇〔註22〕，圖書部份多見附於論述中國小說、明清小說研究專書〔註 23〕與博士論文修編成專書〔註24〕。從研究神魔小說相關期刊論文與學位論文中，無論是針對神魔小說

〔註20〕 胡強：《中國古典小說文化闡釋》，頁 21。

〔註21〕 本論文之「前人研究成果檢視」資料來源是以「台灣博碩士論文知識加值系統」（網址：https://ndltd.ncl.edu.tw/cgi-bin/gs32/gsweb.cgi/login?o=dwebmge）與「中國期刊全文數據庫」（大陸知網）國立中興大學圖書館電子資源系統查詢：中國知識資源總庫——中國博碩士學位論文全文數據庫（ChinaMasters' ThesesFull-textDatabase）（網址：http://big5.oversea.cnki.net.ap.lib.nchu.edu.tw：2048/kns55/）二網站所提供的《後西遊記》相關學術期刊論文資料為主，搜索時間：2018.02。

〔註22〕 詳見本論文製作之【表 1-1】～【表 1-4】，頁 5～10；資料來源為截至 2018 年 2 月底前為止的線上檢索。

〔註23〕 例如：朱一玄、劉毓忱之《《西遊記》研究資料》（河南：中州書畫社，1983 年）李漢秋、胡益民之《清代小說》（合肥：安徽教育出版社，1997 年）、林辰之《神怪小說史》（杭州：浙江古籍出版社，1998 年）、高桂惠《追蹤躡跡：中國小說的文化闡釋》（臺北市：大安出版社，2005 年）。

〔註24〕 例如：段春旭《中國古代長篇小說續書研究》（上海：三聯書店，2009.1）、王旭川之《中國小說續書研究》（學林出版社，2004.5）、李忠昌之《古代小說續

的價值性、發展史、文本分析等各面向研究，《後西遊記》皆會被研究者點名述及，足見在神魔小說發展史上，《後西遊記》具有一定的指標性地位。

惟純粹以此書為主題研究的作品很少，截至筆者於 2018 年 2 月底前為止的線上檢索時間點並統計製成【表 1-1】～【表 1-4】時，尚未見有以《後西遊記》為主題研究發表的博、碩士論文，爰將檢視範圍擴大為只要文中述及《後西遊記》即納入檢視範圍，茲就目前學界研究《後西遊記》概況，簡述如下：

一、以《後西遊記》為續書研究者

當《後西遊記》以續書身分出現於相關學術研究報告中，通常呈現三種情況：一是單獨以《後西遊記》與《西遊記》進行比較，如：李忠昌〈兩部《西遊記》比較談〉、張南泉〈《後西遊記》的思想與藝術〉；二為《西遊補》與《續西遊記》同時列為特色續書介紹並與《西遊記》進行比較者，如：左芝蘭的〈對明末清初《西遊記》續書的研究〉與〈明末清初《西遊記》續書對原著的繼承〉、胡淳豔〈心路歷程——論《西遊記》三部續書的傳播〉、石麟〈《西遊記》及其三種續書的哲理蘊涵〉、林景隆《西遊記續書審美敘事藝術研究》、張家仁《西遊記與三種續書之比較研究》、田小兵《西遊記》續書研究》、張怡微《明末清初《西遊記》「再書寫」研究》；第三種是作為探討續書議題時之研究對象之一，如：楊子怡〈中國古代小說續衍承傳現象及其文化意蘊〉、陳會明〈古代小說續書研究探尋〉、王旭川《中國小說續書的歷史發展》、莊淑華《西遊記》續書論——人物主題轉變與新類型之建立》。

上揭研究命題多聚焦於文本之敘事手法及審美藝術等為比較範疇，及以「心」為主軸之哲理思維、文化意蘊等。於評點部份，單就以《後西遊記》與《西遊記》二書進行比較，張南泉〈《後西遊記》的思想與藝術〉提出「《後西遊記》針砭時弊，含有諷刺寓言成分，也有較優於《西遊記》的某些藝術特色，但畢竟是局部性的，就藝術形象體系的完整總體性而言，《後西遊記》還是要略遜一籌難多相比的」〔註25〕。李忠昌於〈兩部《西遊記》比較談〉中予《後西遊記》極負面評價，並於文中批評《《後西遊記》校後記》等文

書漫話》（瀋陽：遼寧教育出版社，1992.10）、高玉海之《明清小說續書研究》（北京：中國社會科學出版社，2004.2）與《古代小說續書序跋釋論》（北京：中國社會科學出版社，2007.5）。

〔註25〕張南泉〈《後西遊記》的思想與藝術〉（瀋陽：春風文藝出版社，1984 年），頁150。

章所歸納出《後西遊記》「是百尺竿頭更進一步的新發展，錦上添花的再創造」、「思想性高與藝術性低」與「行文造事並遜」等或優、或遜之學界研究看法〔註26〕。左芝蘭〈對明末清初《西遊記》續書的研究〉則認為「《後西遊記》是中國最早最完整的寓言小說之一，它的重大意義一直被原作《西遊記》的巨大成功所遮掩」、「《西遊記》的續書確是一組不可多得的哲理性小說」〔註27〕，但並未就《後西遊記》之哲理性表現進行完整且客觀論述。

　　總括以《後西遊記》為續書研究之相關期刊論文，或雖研究視角各有不同，大多認同《後西遊記》具有明顯的哲理性特色，惟上述研究針對予《後西遊記》之諷刺、寓言、哲理性等評語多為籠統泛言，或僅是引述原文片段為答，並未見具體深入論述。

表 1-2：以《後西遊記》為續書研究之相關期刊論文書目表

作　者	期刊論文／學位論文	出版資訊	時　間
張南泉	〈《後西遊記》的思想與藝術〉	明清小說論叢第一輯（作者完稿於1982.11.20）	1984 年
李忠昌	〈兩部《西遊記》比較談〉	社會科學輯刊，1984 年第 1 期（總第 30 期）	1984 年
楊子怡	〈中國古代小說續衍承傳現象及其文化意蘊〉	韓山師範學院學報，1997 年第 1 期	1997 年
左芝蘭	〈對明末清初《西遊記》續書的研究〉	（四川大學晉中學院學報，2007年第5期第25卷	2007 年
左芝蘭	〈明末清初《西遊記》續書對原著的繼承〉	成都大學學報，2007 年第 12 期第 21 卷	2007 年
陳會明	〈古代小說續書研究探尋〉	龍巖學院學報，2007 年第 5 期第 25 卷	2007 年
胡淳豔	〈心路歷程──論《西遊記》三部續書的傳播〉	明清小說研究，2008 年第 2 期	2008 年
石麟	〈《西遊記》及其三種續書的哲理蘊涵〉	湖北內江師學院學報，2010 年第 11 期第 25 卷	2010 年

〔註26〕李忠昌：〈兩部《西遊記》比較談〉，社會科學輯刊，1984 年第 1 期（總第 30 期）。
〔註27〕左芝蘭：〈對明末清初《西遊記》續書的研究〉（成都大學學報，2007 年第 12 期第 21 卷），頁 36～37。

林景隆	《西遊記續書審美敘事藝術研究》	中山大學中文研究所，1999 年，碩士論文	1999 年
張家仁	《西遊記與三種續書之比較研究》	文化大學中國文學系，2000 年，碩士論文	2000 年
王旭川	《中國小說續書的歷史發展》	上海師範大學，2004 年，博士論文	2004 年
莊淑華	《《西遊記》續書論——人物主題轉變與新類型之建立》	淡江大學中國文學系，2005 年，碩士論文	2005 年
田小兵	《西遊記》續書研究》	暨南大學，2006 年，碩士論文	2006 年
張怡微	《明末清初《西遊記》「再書寫」研究》	政治大學中國文學系，2016 年，博士論文	2016 年

二、以《後西遊記》為主題研究者

以《後西遊記》為主題研究部份，蘇興〈試論《後西遊記》〉針對作者問題、故事人物、情節幾乎全有述及，尤其較其他討論《後西遊記》作者姓名之文章，蘇興更多了對作者身份提出「作者似功名不得志，思想傾向於佛（逃禪），對當時士風及士子佞於佛（不主清修）不滿的中下層知識份子」〔註28〕；王民求〈《後西遊記》的社會意義〉對《後西遊記》之成書時間、序言、內文皆有概述，並肯定「作者的全書目的，不是在於說明矛盾，闡述社會的現象，而是在於『感應圓通，皆成道法』，變革其社會」〔註29〕，上述於較早期發表的兩篇研究文章，皆是屬於文本細讀法下的研究心得。

於此之後以《後西遊記》為主題研究的期刊論文，研究視角漸趨向以西方敘事學為主，但研究範圍仍聚焦於文本的藝術手法表現與思想上的諷儒刺佛等揭發社會醜態項上，例如：陳美林〈《後西遊記》的思想、藝術及其他〉認為《後西遊記》主要思想內容是在「諷刺和抨擊佛教釋子」、於藝術表現是「《後西遊記》的總體構思無異是對《西遊記》思想內容的一個重要方面的否定」、「在神魔人的形象塑造方面……作為續書的《後西遊》在這方面卻大為遜色」、綜合大多從《後西遊記》可能成書年代推論之前人研究結果，提出認為「天花才子即天花藏主人的可能仍然存在」〔註30〕的個人推論；劉曉廉〈心路歷程：《後西遊記》的根本寓意〉則與上文持相反見解，其以《後西遊記》

〔註28〕蘇興：〈試論《後西遊記》〉（瀋陽：春風文藝出版社，1984 年），頁 157。
〔註29〕王民求：〈《後西遊記》的社會意義〉，頁 157。
〔註30〕陳美林：〈《後西遊記》的思想、藝術及其他〉（文學評論，1985 年），頁 128～133。

前四章為研究範圍，闡明作者是創造一個「既可表達字面又可具有寓意的多
重含義的象徵模式」、認為《後西遊記》之「深層要旨就是世人皆有佛心，
都能成佛的基本教義」〔註31〕。劉麗華〈《後西遊記》與晚明文人價值觀的
變化趨勢〉採比較研究方式，提出《後西遊記》除了情節結構部分與《西遊
記》相似外，因傳遞著更為明顯、濃烈的現世關懷，認為二書作者的創作心
態是不同的，同時意味著晚明文人價值觀的顯著變化之研究結果。宋珂君
〈《後西遊記》的文化批判性研究〉則從人類對欲望執著的視域，將《後西
遊記》定調為是「一部深刻反省人類文明發展與衰退規律的小說」〔註32〕。
林海曦〈從邏輯視角探析《後西遊記》價值缺陷〉提出《後西遊記》因偏重
勸誡邏輯的運用導致影響小說的文學性，但同時具有「在平和的語言下不失
哲理的存在」〔註33〕特色，並且就《後西遊記》作者創作時的閱聽者考量，
予以肯定認同。翁小芬〈《後西遊記》之寓意及其寫作藝術論析〉研究聚焦
於對《後西遊記》的內涵及寫作進行研究。

　　至於針對《後西遊記》作者係何方人氏及其身分部份，歷來多以文本中
所涉可能之地域範圍及使用之方言，做為作者及成書年代進行研究的考證依
據；例如劉洪強〈《後西遊記》作者及成書年代考〉一文，即屬於綜合前人考
證提出個人認為「可能」但不能肯定的看法。

　　有關以《後西遊記》文本內容為主題之研究結果，提到有關寓意部份，
尚多停留在大同小異之表、中層寓意，論及小說思想意涵，更常籠統地以「富
含哲思」一詞以蔽之。

表1-3：以《後西遊記》為主題研究之相關期刊論文書目表

作　者	期刊論文／學位論文	出版資訊	時　間
蘇興	〈試論《後西遊記》〉	明清小說論叢第一輯 （作者完稿於1983.3）	1984年

<hr>

〔註31〕劉曉廉：〈心路歷程：《後西遊記》的根本寓意〉（運城高等專科學校學報第20
　　　卷第6期，2002年12月），頁21～22。

〔註32〕宋珂君《後西遊記》的文化批判性研究〉，（北京科技大學學報，2009年第2
　　　期第25卷），頁66。

〔註33〕林海曦：〈從邏輯視角探析《後西遊記》價值缺陷〉（吉林長春教育學院學報，
　　　2010年第4期第26卷），頁25～26。

王民求	〈《後西遊記》的社會意義〉	明清小說論叢第一輯 （作者完稿於1983.3）	1984 年
陳美林	〈《後西遊記》的思想、藝術及其他〉	文學評論，1985 年	1985 年
劉曉廉	〈心路歷程：《後西遊記》的根本寓意〉	運城高等專科學校學報，2002 年第 6 期第 20 卷	2002 年
劉麗華	〈《後西遊記》與晚明文人價值觀的變化趨勢〉	陝西絲綢之路文學與語言，2009 年第 18 期	2009 年
宋珂君	〈《後西遊記》的文化批判性研究〉	北京科技大學學報，2009 年第 2 期第 25 卷	2009 年
林海曦	〈從邏輯視角探析《後西遊記》價值缺陷〉	吉林長春教育學院學報，2010 年第 4 期第 26 卷	2010 年
劉洪強	〈《後西遊記》作者及成書年代考〉	山東濟南濰坊學院學報，2011 年第 3 期第 11 卷	2011 年
翁小芬	〈《後西遊記》之寓意及其寫作藝術論析〉	修平人文社會學報，2012 年 9 月第 19 期	2012 年

三、神魔小說研究中述及《後西遊記》者

胡勝〈神魔小說價值論〉以同具「創作主題意識更加強烈，針砭勸世，具有震聾發聵的客觀效果」〔註34〕而將《後西遊記》與《西遊記》、《希夷夢》及《斬鬼傳》等作品並列；又於〈因革期神魔小說試論〉文中強調因革期的創作者，多自覺性地求新、求變，並依前人對《後西遊記》褒貶不一的評價與《後西遊記》序文內容，推斷《後西遊記》作者「完全是一派憤世嫉俗的心腸，所以才會有這種嬉笑怒罵的文章。其作者恐也是不得志的下層文人」〔註35〕。陳文新、韓霄〈《西遊記》與神魔小說風格類型之探析〉則將《後西遊記》風格歸類為「屬於以發揮象徵性寓意為主，藉神魔題材表達人生哲理」〔註36〕。馮汝常〈神魔小說幻事的文本類型新析〉依文本所幻之事，將《後西遊記》歸類劃分為「行走型」的神魔小說。紀德君於〈明清神魔小說編創方式及其演變〉肯定《後西遊記》的文學價值，並在〈明清神魔小說評點與編創之關係探析〉文中述及心性論時，舉《後西遊記》之「心即是佛」命題為例。

〔註34〕胡勝：〈神魔小說價值論〉，頁 33。
〔註35〕胡勝：〈因革期神魔小說試論〉（保定師專學報，2000 年第 1 期），頁 66。
〔註36〕陳文新、韓霄：〈《西遊記》與神魔小說風格類型之探析〉（淮海工學院學報，2004 年第 1 期第 2 卷），頁 27。

　　《後西遊記》在以神魔小說發展為主題研究文章中，被歸類為具自覺特色的因革期作品，然作者是如何在文本中表現「自覺」並未具體論述；又僅以對序文的片段解讀，即臆測作者應是不得志的下層文人，筆者認為證據過於薄弱。

表 1-4：述及《後西遊記》之神魔小說相關期刊論文書目表

作　者	期刊論文／學位論文	出版資訊	時　間
胡勝	〈神魔小說價值論〉	周口師範高等專科學校學報，2000 年第 1 期第 17 卷	2000 年
胡勝	〈因革期神魔小說試論〉	保定師專學報，2000 年第 1 期	2000 年
陳文新韓霄	〈《西遊記》與神魔小說風格類型之探析〉	淮海工學院學報，2004 年第 1 期第 2 卷	2004 年
高杰	〈明中葉文化思考的縮影——神魔小說《西遊記》〉	考試周刊，2008 年第 37 期	2008 年
馮汝常	〈神魔小說敘述的文本模式新探〉	南華大學學報，2009 年第 1 期第 10 卷	2009 年
馮汝常	〈神魔小說幻事的文本類型新析〉	廈門廣播電視大學學報，2009 年第 1 期	2009 年
王菊芹	〈明代神魔小說創作動因芻論〉	華北水利水電學院學報，2009 年第 2 期第 25 卷	2009 年
紀德君	〈明清神魔小說編創方式及其演變〉	學術研究，2009 年第 6 期	2009 年
紀德君	〈明清神魔小說評點與編創之關係探析〉	求是學刊，2010 年第 5 期第 37 卷	2010 年
魯春艷	〈明代後期建本神魔小說創作主體探析〉	學術交流，2010 年第 6 期	2010 年
溫慶新	〈對近年來興盛的「神魔小說」文體研究熱的質疑〉	洛陽師範學院學報，2011 年第 1 期第 30 卷	2011 年
李建忠	〈明代神魔小說理論之寓意論〉	大眾文藝，2011 年	2011 年
郭星	〈真與幻的辨證——中國神魔小說與西方奇幻小說比較〉	柳州職業技術學院學報，2012 年第 6 期第 12 卷	2012 年
鄒壯雲	〈論明代神魔小說的發展歷程〉	學術探索，2013 年第 6 期	2013 年
張先雲	〈淺談神魔小說《西遊記》人物形象的道德內涵〉	青年文學家·文學評論，2013 年 7 月	2013 年

王淼	〈社會因素在明清神魔小說創作中的作用〉	古代文學研究，2014 年 5 月	2014 年
田榮	〈淺議《西遊記》神魔小說之現實意義〉	青春歲月，2017 年 8 月	2017 年
陳超男	〈淺議《西遊記》神魔小說之現實意義〉	好家長／職業教育研究，2017 年 9 月	2017 年
馮汝常	《中國神魔小說文體研究》	福建師範大學，2004 年，博士論文	2004 年
楊曉娜	《明清神魔小說中的冥府意象》	河南大學，2008 年，碩士論文	2008 年
陳妍	《明清神魔小說情節模式研究》	河南大學，2013 年，碩士論文	2013 年

筆者就上揭《後西遊記》相關研究文獻，進行研究主題分類回顧，發現：

1. 以《後西遊記》為主題或續書進行研究之相關期刊論文，都僅為其於研究神魔小說時始被述及的二分之一。

2. 作為《西遊記》續書研究，目前研究文獻少見提出並駕或超越原書之處，有關文本特色的研究，評語亦多大同小異。

3. 以《後西遊記》為主題研究，其敘事結構與人物藝術形象研究，從早期研究者多為中國小說傳統評點方式，採文本細讀法、中國寫小說的「擬於房屋、擬於形家、擬於繪畫」〔註37〕敘事文法，迄今學界流行西方敘事學理論，尚未見綜合西方敘事學與中國古典小說敘事結構雙重檢視角度，進行解構。

4. 就文學寓意表現觀之，寓意性極強的《後西遊記》，從今人與前人研究結果多近似現象，顯見研究結果目前尚停留在文本表、中層寓意階段，且對於同時富含禪、淨二宗哲思部份的詮解，亦語多籠統。

5. 《後西遊記》中禪淨合流的時代表現意義及其獨立性文學價值，皆尚未見有全貌性的系統研究。

6. 有關作者可能之身份，目前研究文獻僅見視其為是憤世嫉俗、不得志的下層文人單一看法，尚無出現採客觀具體方式進行研判作者可能身份文獻。

綜合上述《後西遊記》之前人研究回顧發現，筆者認為有關《後西遊記》之意蘊、應時之文學價值、時代意義與作者「身份」佐證等議題，仍有很大的研究空間，此亦即本書之研究與探討的重點。

〔註37〕李桂奎：《中國小說寫人研究》，頁 68。

第三節　研究背景與範圍

　　《後西遊記》的成書年代就與作者身份一樣，有著多種說法。為能在不確定作者及精準成書年代情況下，仍可取得知人論世之效，本節擬就《後西遊記》的時代背景與本論文選擇文本的考量與使用範圍，進行研析。

一、時代背景

　　本文所指稱之時代背景，係就文本研究中含括成書時代、出版時間、書中敘寫時代與作者時代，進行概述。

（一）成書時代與出版時間

　　由於《後西遊記》未題撰人，爰目前學界研究《後西遊記》成書時間的依據，有依文本內容述及明朝特有的官制錦衣衛與文人裝束，進而推論為明末作品；亦有據「當下流行的小說書目幾乎都列為清代小說」〔註38〕而將之列為清初作品；至於第三種看法，即是綜合上述兩種見解而視《後西遊記》為明末清初作品，此係為目前學界較多數的共同看法，本書採認《後西遊記》為明末清初作品說法。

　　明代中後期，因執政者對鉗制人民思想及文化等政策較放寬，政治帶動經濟、文化等社會大環境繁榮實況，印刷業的發展亦跟著日益蓬勃昌盛；印刷業的發達，更連帶擴大了明清神魔小說之市場銷售、快速流通與普及化。胡勝《明清神魔小說研究》中提到明初洪武元年（1368）至歷萬壬辰（1592）世德堂本《西遊記》梓行那一年止，在近約二百年間中，只出現了四部神魔小說。然從萬曆二十一年（1593）至天啟末年（1627）止，神魔小說則呈現迅猛發展，僅短短三十多年，就問世了近二十部作品。〔註39〕依據張穎、陳速〈《後西遊記》版本考述〉對《後西遊記》相關版本資料所進行考證提到「自康熙本以來的《後西遊記》版本史已表明：入清以來，《後西遊》有多種刊本在流行」〔註40〕之研究結果。

　　依據前人科學化的數據研究結果與神魔小說之發展歷程特色，被歸屬具

〔註38〕劉洪強：〈《後西遊記》作者及成書年代考〉，濰坊學院學報，2011 年第 11 卷第 3 期，頁 28。

〔註39〕胡勝：《明清神魔小說研究》（北京：中國社會科學出版社，2004），頁 42～68。

〔註40〕張穎、陳速〈《後西遊記》版本考述〉（瀋陽：春風文藝出版社，明清小說論叢第四輯，1984 年），頁 239。

有自覺特質因革期〔註41〕作品之《後西遊記》的出版時間與成書時代，應未相距太久，快者，明末；最慢者，亦不晚於清初。

（二）敘寫時代與作者時代

研究文本《後西遊記》故事中所敘寫的執政皇帝，從歷經誠求賢才的唐憲宗至第 40 回的唐穆宗、唐敬宗即位為止，清楚推知《後西遊記》文本敘寫時代乃指中唐時代。

有關作者時代，雖不能確知《後西遊記》作者姓名，然從小說形式乃明清流行章回體式、文本中之遣詞用句，以及上述對成書時代、出版時間等相關看法，推論作者時代為明末清初時代可能性居大。

二、研究範圍

綜合上述的研究動機、研究目的與回顧前人研究成果心得，研究範圍之設定，包括文本研究範圍及背景研究範圍，分述如下：

（一）文本研究範圍

文本研究範圍，概分就研究文本選擇與參考書目範圍，進行如下說明。

1. 研究文本選擇

目前市場流通《後西遊記》者，計有：上海古籍出版社收入《古本小說集成》的無名氏：《重鐫繡像後西遊記》藏金閶書業刊本、內蒙古出版集團遠方出版社出版【中國古典名著補續系列】之（明）無名氏著《後西遊記》、老古文化事業股份公司出版的《後西遊記》與世一文化出版《後西遊記》等四種印刷版本。

就研究文本之選擇，筆者基於兼具學術研究及便利閱讀考量，《後西遊記》回目與詩證部份，採用上海古籍出版社《古本小說集成》的《重鐫繡像後西遊記》藏金閶書業刊本為主；內蒙古出版集團遠方出版社出版【中國古典名著補續系列】之（明）無名氏著《後西遊記》雖於回目與詩證部份有文字誤植與脫落問題，但序與內文皆附有易於閱讀的標點符號，爰以之作為內文之研究文本，不明處再對照《古本小說集成》版本。

〔註41〕胡勝：〈因革期神魔小說試論〉（保定師專學報，2000 年第 1 期／總期第 39 期），頁 63；作者胡勝認為相對於學界普遍視明清小說的因革期為 1628 年～1661 年，神魔小說的創作因革期應延長為從明崇禎元年（1628）至清康熙六十一年（1722）。

至於由老古文化事業股份公司出版的《後西遊記》雖附有未撰名之〈後西遊記序〉及扉頁附畫有主要角色們的「繡像後西遊記」，但因回目、詩證與內文部份有多處脫字漏句〔註42〕或字句錯置〔註43〕現象，導致閱讀時難解文義；且〈序〉中所加註標點符號與大陸內蒙古出版的《後西遊記》之〈序〉相較，後者明顯更貼近文本本意。世一文化出版的《後西遊記》具有段落分明、字體大的優點，但除了與老古文化出版的《後西遊記》具有相同缺點外，另缺少〈後西遊序〉；爰此二版本僅供參考。惟老古文化出版的《後西遊記》於書名下加註「天花才子評點」，並於文本封底標註了以下這段話：

> 如果你是學文學的，不可錯過《後西遊記》。如果你是學哲學的，不可忽略《後西遊記》。假如你在研究宗教，那麼，你必須平心靜氣，打起精神，參它數遍來回。本書作者天花才子，據說是一位明末的高士，假託小說演義表達他對佛學的心得，書中每一則的因緣、際遇、魔考，都是修道學人必須面臨的種種難關，明眼人一看，自是哂然一笑！笑其說得天花目亂墜，無中生有之妙也。

此段引文雖直謂此書作者即天花才子，或有武斷之嫌；但就研究角度而言，仍有其可供參考點。

2. 參考書目範圍

就宗教研究視角而言，《後西遊記》是一部極具佛教思想寓意色彩小說，因此進行寓意詮解分析時，是以佛教經典書籍為主要參考書目；另從文學研究角度觀之，《後西遊記》含括了儒釋道三教、社會、政治及人生哲思等多主題意蘊性質。期為得獲更豐富周延的研究結果，文本研究用之參考書目範圍，包括：與文本研究相關之佛教經典書籍、人間佛教思想發展史、明代文學與文化、明代四大奇書及其續書、同為神魔小說因革期作品、中國古典小

〔註42〕例如：老古文化《後西遊記》第16回：「小行者遂牽馬請師父騎了，（疏漏：豬一戒收拾行李，沙彌忙說道：『這行李該我挑了。』）豬一戒道：『這行李該我挑了。』」，頁264；第18回：「……不期經過寶山，又蒙大王邀截到此，（疏漏：欲為貧僧解脫。解脫誠僧家第一義，）但不知大王怎生為貧僧解脫？」，頁293；第26回：「只道食人之肉，（疏漏：以生己肉，）了不動心，誰知未殺人之身，先自殺其身，直在轉眼」，頁476。

〔註43〕例如：老古文化《後西遊記》第30回：「縱然套人非我之願，雖天巧設之陷穽；試思好勝是誰之心，實人自投之網羅」正確應為「縱然套人非我之願，試思好勝是誰之心，雖天巧設之陷穽，實人自投之網羅」，頁573；餘如頁498、533等。

說文化闡釋與敘事學等專書與期刊論文，以及對作者創作思維可能具影響力的當時代普遍流行書刊，皆為筆者之文本研究參考書目範圍。

（二）背景研究範圍

以兼具文學與宗教二視域探尋被視為是佛教寓言代表作《後西遊記》之深層寓意及時代意義係本論文研究重點，故對《後西遊記》的文本時代、作者時代與論者時代之佛教（本書所述佛教僅指涉禪宗、淨土二宗門）概況及是時朝野與佛教之互動關係，有進行暸解之必要。

1. 故事時代：唐代之禪、淨概況

唐代歷任君王對宗教信仰的態度，雖有個人偏好，但基於宗教具有安定社會功能的政治考量，對釋、道二教大多採取包容政策；惟崇信道教的唐武宗以僧眾不事生產、不服徭役等嚴重影響國家經濟為由，於西元 845 年展開滅佛行動；破壞四萬多所寺廟並強制二十六萬餘僧尼還俗，是佛教史「三武一宗」法難之一。於此次佛門浩劫中，佛教各宗派中唯有踐行農禪勞作修行，過著自食其力、不寄生社會之質樸生活的禪宗倖存。而百丈禪師「一日不作，一日不食」的禪宗制度改革，不但使禪宗免於劫難，更因此蓬勃發展。故事時代的唐代之禪、淨是佛教中之最具影響力的兩大宗派。

2. 作者時代：明代之禪、淨概況

推定為明末清初作品《後西遊記》作者所處時代的禪、淨概況，執政者對待宗教的態度可謂重大影響要素之一。曾以寺為家的明朝開基皇帝朱元璋，表面上亦同前朝多數帝王一樣採三教合一政策方向，然其對佛教實則又愛又怕；為強化專制中央集權統治，採以重視君臣制度、弘揚心學義理的宋明理學為顯學地位。其時僧人的地位，已大不如文本時代的唐朝時受到皇帝器重，尤至明世宗時代，明顯轉向崇尚道教而排斥佛教。然於民間宗教信仰上，因朝廷仍以傳統儒家思想結合釋教因緣果報論與道教報應觀念，灌輸百姓忠君愛國觀念，爰佛教淨土宗於彼時仍係中國重要且普遍的民間信仰依賴。

至於禪宗發展情況，雖有研究謂「宋元以後直至明清的禪宗雖然香火不斷，但在理論上、本質上，皆與慧能所創的南宗禪南轅北轍，越走越遠……失去了禪宗原生原創的宗風特色，或有宗無禪，或有禪無宗，非禪非宗，似

是而非，大抵名不副實，甚或欺世盜名」〔註44〕，意即或有著看似禪宗的外在卻無禪宗實質精神、或看似禪修卻無宗風可言。

禪宗與淨土宗於成佛方式上雖有不同，但都肯定眾生皆具佛性的認知。歷經宋代永明延壽大師提倡「禪淨雙修」、元代中峰明本禪師撰有《三時繫念》的佛事和儀範各一卷，及至明代四大高僧〔註45〕留予後人迄今之各宗融合主張的巨大影響力，明代的宗教發展雖然「隨著宋明理學顯學地位的確立，作為中國自身的宗教道教和較早傳入中國的佛教，都逐漸走向了衰微」〔註46〕，但對明末清初之作者時代的禪、淨呈現思想合流趨勢發展，並未造成太大阻礙。

3. 論者時代：現代之禪、淨概況

時至文化地球村的當代，中國佛教歷經印度原始佛教、部派佛教、大乘佛教，融合格義老莊及與道教儀軌部分混同，至當代由太虛大師（1890～1947年）首倡「人生佛教」並於 1932 年「提出〈怎樣來建設人間佛教〉；同一時期，慈航法師（1895～1954 年）則在南洋新馬創辦《人間佛教》，傳播人間佛教的信仰」〔註47〕。印順導師（1906～2005 年）續於 1951 年開始推廣「人間佛教」運動思想，此一遙承佛陀本懷思想的精神對台灣佛教界影響甚深，包括「對佛光山的星雲（主張『人間佛教性格』）、法鼓山的聖嚴（主張『人間淨土』）、慈濟功德會的證嚴（主張『人間菩薩招生』）都有不少的影響」〔註48〕，其中之法鼓山與佛光山二道場，又同以弘揚佛法教育與禪修為宗旨；星雲法師（1927～）並倡導「大家共同服膺在一個人間佛教之下，一起來弘揚人間佛陀的教法，讓人間佛教重新尋回佛陀的本懷，讓佛陀的慈悲、智慧之光，再度普照寰宇，真正為人間帶來光明與希望」〔註49〕，以推動人間佛教文化教育為宗旨，強調「佛由人成」並為人間佛教下了「佛說的、人要的、善美的、淨化的」定義。有關禪、淨之當代現況，同時是曹洞宗第 51 代傳人與臨

〔註44〕東方喬〈禪宗：宗教的超越〉，河北大學學報，第 4 期第 31 卷，第 30 頁。
〔註45〕明代四大禪宗高僧係指袾宏大師（1535～1615 年）、智旭大師（1599～1655）、紫柏真可（1543～1603）與憨山德清（1546～1623 年）。
〔註46〕商傳：《明代文化史》，頁 316。
〔註47〕星雲大師口述；妙廣法師等記錄：《人間佛教佛陀本懷》，（高雄市：佛光文化，2016 年），頁 32。
〔註48〕蔂輪顯量：〈現代臺灣佛教與順印法師-五大本山與人間佛教的背景一探〉（佛光學報，2016 年），頁 42。
〔註49〕星雲大師口述；妙廣法師等記錄：《人間佛教佛陀本懷》，頁 51。

濟宗第 57 代傳人的聖嚴法師（1931～2009 年）於以統計資料具體分析明末
居士佛教之時代影響研究結果中，述及中國佛教界於明末當時流行著禪、淨、
密、律合一的思想，且「此一傾向，一直支配著現代中國之佛教。不過影響當
時居士界最大的為袾宏大師，主倡禪、淨並重」〔註50〕；臨濟宗第 48 代傳人
星雲法師自 1953 年於宜蘭雷音寺弘法，成立「宜蘭念佛會」提倡每週六舉辦
「禪淨共修」迄今，「禪淨共修祈福法會」已擴大為全球佛光山道場定期舉辦
的重要活動。

　　所謂「禪淨共修」，就形式而言，相對於宋代永明延壽大師提倡「禪淨雙
修」時期，多僅僧俗二眾同時參禪、念佛之個人修習形式；佛光山「禪淨共
修」是以參與法會形式集體共同修持禪淨二法，包括：誦經、念佛、繞佛、靜
坐等共修內容，星雲大師並於〈我與禪淨共修——解在一切佛法行在禪淨共
修〉一文中說明推行「禪淨共修」是其倡導人間佛教的前奏曲。

　　從梳理《後西遊記》時代背景與背景研究之禪、淨二宗歷史脈絡，得知：
在民間信仰是非常活潑且為佛道不分的《後西遊記》成書時代裏，禪、淨二
宗思想對故事時代、作者時代及至論者時代的影響力，大至國家政策、社會
文化經濟，小至個人思想觀念，都是既深且遠。此一發現，對《後西遊記》隱
而未現之意蘊及文中深層寓意之抉微，是極具研究價值的重點。

第四節　研究方法與流程

　　為期能有效率達成包括意義、寓意及啟示性之《後西遊記》意蘊探析與
作者的可能身份等研究目標，筆者就研究方法與流程架構，進行如下分述。

一、研究方法

　　20 世紀德國接受美學興起廣傳的文學接受理論，倡導「讀者主體地位」
說、「召喚結構」說及「期待視野」〔註51〕等三大基本觀點之思維，選擇以
讀者為主體、文本為研究對象方式，讓讀者可握有參與作品意義構成的權
利，打破慣性思維的創新性期待。尤其帶有創造性理解的文化闡釋批評方
法，其研究對象「既包括作品的情感取向、人物形象、故事情節、母題和文

〔註50〕聖嚴法師：〈明末的居士佛教〉（華崗佛學學報，1981 年第 5 期），頁 7。
〔註51〕胡強：《中國古典小說文化闡釋》（桂林：廣西師範大學出版社，2016.3），頁
　　　　3～11。

學原型等要素，也包括作品所依持的種種文化現象與意識等」〔註 52〕，此文學接受理論令固定不變的中國古典小說文本，因採用不同的研究角度與方法，而得以研究視野更宏觀、觀察抉微更入理，因新發現拓展出新價值；例如：將敘事學應用於諸如紅學、水滸學等中國古典名著，對敘事文內在形式的科學研究與文化闡釋觀點批評之豐碩研究成果，是學術界所有目共睹及認同的。

爰為能可更客觀、宏觀與深入地研究分析《後西遊記》之敘事結構與意蘊，筆者擬定之研究方法分為主、輔二類，說明如下：

（一）主要研究法：文本細讀、敘事學、文化闡釋、比較分析

1. 《後西遊記》是一部含括多主題意蘊與饒富寓教於樂性質的章回小說，爰透過文本細讀是認識進而研究文本的最基本亦最快速方法。筆者藉由對《後西遊記》進行多次數、多層次閱讀，就前人已開發議題進行深度探討，未討論議題進行抉微、研析，細拾評點遺珠及研究新發現。

2. 一部能歷久流傳的古典小說價值，除了主觀的文化因素，亦應經得起客觀的系統科學化檢視。爰筆者綜合應用中國古典小說敘事手法與敘事學理論觀點，進行《後西遊記》之敘事結構與人物形象及其表層意蘊研析，以客觀確認並提升其學術研究性與文學價值性。

3. 就古典小說接受論而言，可凸顯讀者主體地位是文化闡釋法〔註 53〕最具特色的優點。故針對《後西遊記》書中曾提及或引述之經典書籍，詳閱並進行主題分類筆記，期以發揮「從藝術層面進入文化內層，從各種文化視角對文本進行多維度的闡釋，以揭示文本所蘊含的人文價值意向和文化意義」〔註 54〕之文化闡釋功能。

4. 將《後西遊記》與其他神魔小說進行藝術手法與主題意蘊的比較分析，以契合用客觀實證之科學研究精神，開發《後西遊記》文本價值衍異。

〔註 52〕胡強：《中國古典小說文化闡釋》，頁 20。
〔註 53〕寓意研究是本論文之研究重點，爰聚焦於文化闡釋之結構性闡釋之「由表層到深層、由原意到新意、由意義到意味無限擴展和延伸的過程」（胡強：《中國古典小說文化闡釋》，頁 21）；並應用學者傅偉勳依據闡釋學原理設計「創造的詮釋學模型」之實謂層、意謂層、蘊謂層、當謂層和創謂層等五個層次，探析《後西遊記》寓意。
〔註 54〕胡強：《中國古典小說文化闡釋》，頁 20。

（二）輔助研究法：文獻分析、歷史研究

文獻分析法具有避免重覆對既有研究成果進行再述之功能，有助研究新主題價值的開發；因《後西遊記》成書距今 300 多年，故對其研究相關的文獻回顧，是著手規劃研究大綱前，非常重要的前置作業。歷史研究法則有助掌握《後西遊記》之文本時代及作者時代的背景因素，並與文獻分析同樣具備參考功能，俾文本細讀時之更周延的邏輯推演。

上揭六種研究方法，是筆者認為於進行《西遊記》與續書《後西遊記》之比較，及從論者角度研析續書《後西遊記》之敘事藝術手法、美學、意義、寓意等意蘊上，皆為不可或缺的重要研究法。茲將使用上揭研究方法的預期效益圖示如下：

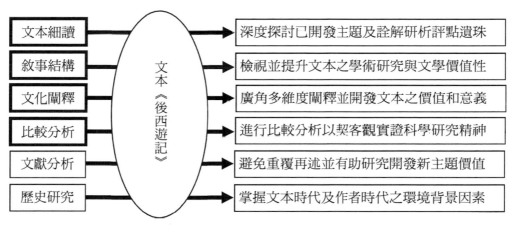

圖 1-1：本書所採研究方法之預期效益示意圖

二、研究流程

「研究流程」之架構設定，攸關從事學術研究之效率性、可行性及品質。《後西遊記》是為寓言故事，而不論是故事的形構技巧或意蘊的研究，最終皆會指向故事的寓意部份；爰欲解讀《後西遊記》文中寓意，最重要的即是要瞭解其形構技巧與意蘊。學者陳蒲清認為「寓言形象具有極大可塑性」〔註55〕，並提出寓言作品的形象與寓意的關係：

> 表層寓意是作者所類比的具體事件，……中層寓意是表層寓意的概
> 括升華，反映了某一歷史時期特有的精神現象，……深層寓意是進

〔註55〕陳蒲清：《寓言文學理論‧歷史與應用》，頁 416。

一步的概括升華，表現為深刻的哲學意蘊，往往反映了全民族乃至

全人類共同的思維積澱，它需要讀者（包括評論家）的開掘。〔註56〕

對照引文中陳蒲清提出寓意層次，例如：當讀者閱讀《後西遊記》中有關對三教敘述，即知是刺佛諷儒與斥道；閱畢第40回結局描述，即認為作者是質疑乃至否決求真解的效益；上述二例之寓意指涉範圍，即約同文化闡釋法之「實謂層」的表層寓意。以特定佛教寓教於樂視角，就《後西遊記》之文本時代與作者時代進行詮解、比較、分析，以理解作品的內在意義和作者創作意旨，乃至原作者自己亦沒意識到的深層意蘊；其指涉範圍，約同文化闡釋法之意謂層、蘊謂層、當謂層的中層寓意。對《後西遊記》所呈現之表中層寓意、研究文本之價值和意義進行創造性的研究發現，則是屬於與文化闡釋法所指稱之蘊謂、當謂及創謂層，約相當深層寓意。

筆者針對「《後西遊記》之敘事結構與意蘊研究」繪製一完整研究流程架構圖【圖1-2】並重點說明如下：

1. 先決定本研究之研究目的、針對研究目的設定研究問題，並從回顧文獻中尋找與研究問題相關之前人研究成果及可再續行研究議題；據上確立本研究的研究理論、方法與如何開展研究。上揭內容規劃於第一章緒論。

2. 為免因《後西遊記》鮮明的佛教色彩遮蔽了對研究文本所具有的其他文學價值，筆者以佛教與文學雙視角，分由文本意、作者意與讀者意等三路徑，每一路徑皆又對《後西遊記》進行細讀深研表、中、深三層寓意研究架構之章節安排：

    （1）首先，透過如實客觀理解作品表層之故事內容、情節結構、人物特點等「實謂層」、通過詮釋、校勘、比較、分析等方式理解作品的內在意義和作者的創作命意之「意謂層」寓意，詳見於第二章、第三章。

    （2）其次，採超越如實客觀詮釋以發掘原作者自己無意識到的深層意蘊之「蘊謂層、當謂層」寓意，詳見於第四章、第五章。

    （3）最後，對作品原有思想進行創造性發展與創新並揭示其價值和意義「創謂層」〔註57〕寓意，詳見於第六章、第七章。

〔註56〕陳蒲清《寓言文學理論·歷史與應用》，頁417～418。
〔註57〕胡強：《中國古典小說文化闡釋》，（桂林：廣西師範大學出版，2016年），頁21。

　　綜言之，筆者是以文學與宗教之寓教於樂雙視域，綜合應用理論與研究方法，先設計出一研究流程架構圖，再次第就《後西遊記》文本之形構技巧、人物藝術形象等表層結構與屬於思想文化之深層寓意，進行研析；意即對《後西遊記》包括意義、寓意及啟示性之意蘊，進行創發性功能抉微。

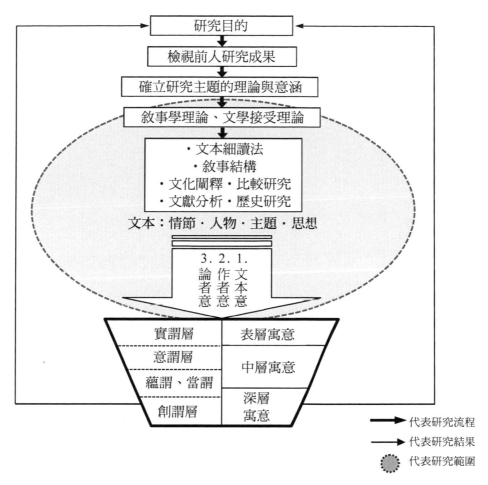

圖1-2：《後西遊記》之敘事結構與意蘊研究之流程架構圖

第二章 《後西遊記》之敘事結構與手法

　　中國古典小說常被批評之處，是在其敘事形式的藝術表現較顯薄弱，李忠昌於〈兩部《西遊記》比較談〉一文中，除了對《後西遊記》提出「衰久不傳」〔註1〕的評語，並對認為《後西遊記》有優於《西遊記》之處的研究者，提出微詞如下：

> 分析一部文藝作品，關鍵或重點不僅在於其主題思想如何，而且更重要的是這個主題思想是怎樣被表現出來的。如果說《後西遊記》的作者因受歷史的局限，情有可原的話，那麼作為今天的研究工作者再重蹈古人的歧路就不應該了。〔註2〕

上揭引文作者聚焦在「主題思想是怎樣被表現出來的」更甚於「其主題思想如何」的觀點。雖說此乃見仁見智問題，但若能同時以中國古典小說敘事結構與西方敘事學〔註3〕敘事觀點來檢視屬中國古典小說的《後西遊記》，就學術研究而言，不論是在《後西遊記》之寓意研究或作品的時代意義上，皆具創發性研究價值。

　　本章是結合中國古典小說敘事結構與敘事學理論研究方法，以結構性文化闡釋中屬「實謂層」之故事內容與情節結構為主要探討範圍。從瞭解《後西遊記》故事之情節組發展，尋析《後西遊記》情節之發展、結構特色、表現意義與敘事手法。

〔註1〕李忠昌：〈兩部《西遊記》比較談〉（社會科學輯刊，1984年第1期），頁143。
〔註2〕李忠昌：〈兩部《西遊記》比較談〉，頁146。
〔註3〕敘事學（narratology，法文：narratologie）一詞最早見於1969年出版的《《十日談》文法》一書，由法國國立科學研究中心研究員托多洛夫（TzvetanTodorov）提出，並將之定義為「即關於敘事作品的科學」；轉引自胡亞敏《敘事學》，頁14～15。

第一節　《後西遊記》之敘事結構

中國「到 20 世紀初接觸西洋小說以前，中國小說基本上採用連貫敘述方法」〔註 4〕，並以情節為中心；西方敘事學理論亦認為小說情節是「故事結構中的主幹，人物、環境的支配點」〔註 5〕。因此，瞭解小說情節之邏輯、句法與結構功能的敘事結構，是敘事學研究分析文本故事寓意，不可缺少的重要基礎環節。

具有時間和邏輯關係特性的序列是情節基本構成單位，基本序列以不同結合方式產生了包括：一序列之結尾同時是下一序列開頭的鏈狀形式、將另一序列插入此序列之嵌入形式，以及同層次序列借助某相似點作平行連接之並列形式等三種典型的複雜序列〔註 6〕，亦即故事情節組織的連接組合。本節就《後西遊記》核心事件發展之包括時間、因果與空間連接混合使用的情節組織原則、情節組織結構特色與情節表現意義三面向，分項進行研析探討。

一、《後西遊記》情節組織原則分析

一部小說的故事開展、人物形象刻畫、主題思想表達，多依賴強調因果關係之核心事件情節的安排；意即小說的故事情節敘事基本結構，是多以具有「起因→過程→結果」因果連接關聯功能構成的序列為基礎架構，進而開展作者的自我意圖並傳遞主觀想法。中國古典小說之創作模式，大多是以情節為結構中心；而情節組織就好似手編中國結，不同編法產生出各具風貌的圖樣。

情節分析之主要根據，是來自小說內容的核心事件，由於《後西遊記》核心事件的安排，與其故事情節敘述章回次序大致相當，基於兼具可同時詮解分析情節的發展、結構特色、敘事手法與表現意義考量，本單元圖示部份是以小說的章回為圖解研析的表示單位。

（一）孫小聖的身世與求道歷程

《後西遊記》作者以第 1 章至第 4 章回篇幅，敷敘小石猴如何在與孫悟空一樣的出生方式與求道歷程框架裏，呈現不同開悟方式的情節內容。

〔註 4〕陳平原：《中國小說敘事模式的轉變》（北京：北京大學出版社），頁 36。
〔註 5〕胡亞敏：《敘事學》，頁 121。
〔註 6〕故亞敏：《敘事學》，頁 124。

1. 核心事件發展

在孫悟空之生身之地——東勝神洲傲來國花果山的同一塊大仙石中，歷經多年後於又迸出一個靈性天機的小石猴；其因看到同類老猴子死了，遂萌發修仙長生念頭。小石猴從通臂仙口中得知自己是孫悟空的嫡派子孫，便自取姓名孫履真，乞求通臂仙告知如何尋訪老大聖後，即開始他的求仙旅途。歷經北俱蘆洲、西牛賀洲、南贍部洲，其間雖至西牛賀洲有訪到一位悟真祖師，但因終究未能從中覺悟身心性命之真諦，便又乘筏飄回東勝神洲。

小石猴最後是在花果山後的無漏洞裏，依照之前在白虎洞定心堂獲定心存想四十九日，因得自心中真師傳授而大悟，並得如龍遊天際舞耍金箍棒；在通臂仙推崇下成了花果山的新主。

孫履真歷經降東海龍、伏西山虎，因自認為全然不懂神仙是要能洞達陰陽、通透五行、講生死、論善惡等「成己成物、盡性至命」，遂在通臂仙指點下入地府欲就「講生死、論善惡」事向十殿閻君求教。惟其冥府之遊心得是那些鬼王之學僅是「死知」後，在通臂仙告知「鬼王終屬下界。……若求造物始終，必達帝天，方無聲臭」〔註7〕便決定親上天界。因玉帝誤會其與當年孫悟空一樣是因鬥氣大鬧天宮，遂勅命三界靈神、五行星官率天兵至瑤池抓小石猴，不料全數戰敗，最後玉帝在太白金星建議下，請鬥戰勝佛孫悟空出面將之收服。孫履真則因此一訪天宮因緣，見到了他的祖大聖，孫悟空送給小石猴四句偈，並在其頭上套下金箍兒。

2. 組織原則分析

就情節組織承續原則之時間連接組合解析，《後西遊記》第1～4回敘述孫履真悟前因、求真師、伏鬼神及與孫悟空見面經過的時間連接組合，是呈現按故事時間先後順序排列的順時連貫方式。

因果連接與理念原則部分，第1回「因」小石猴看到老猴子死亡及得知自己是老大聖的嫡派子孫，而生起要效法老大聖求長生不老之道的「果」；此「果」成了第2回「因」要學老大聖成仙後方能使得動金箍棒的力氣，產生向四大洲訪之旅的「果」；第2回訪道大悟自心真師的結果，又成為第3回欲進一步洞達通透陰陽、五行、生死、善惡的「因」，致成力降龍虎、道伏鬼神的「果」；第3回的「果」又鋪陳出為第4回孫小聖鬧天庭的「因」，製造出太白金星奏稟玉帝，建請出老大聖教示孫小聖的「果」。

〔註7〕無名氏：《後西遊記》第4回，頁25。

由上揭情節研究分析出《後西遊記》第1～4回的情節組織，在時間軸上是採順時連接；因果關係項上，是屬於前因與後果必有關聯之傳統敘事文情節最主要的「鎖鏈式」〔註8〕因果連接；空間貫穿三界，僅用4章回的篇幅，即完整鋪陳出由「天界→人界→冥界→天界」來回穿梭的情節。至於故事情節呈現的理念原則，是屬於向既定的「修仙長生」目標前進的實現連接。

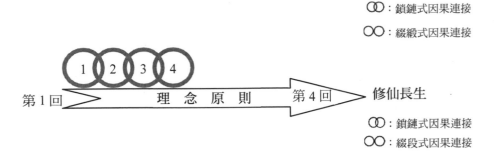

○○：鎖鏈式因果連接

○○：綴緞式因果連接

○○：鎖鏈式因果連接

○○：綴段式因果連接

圖 2-1：《後西遊記》情節組織原則

（二）唐半偈西行求真解的因緣

作者以孫悟空將孫履真與鐵棒重興的事告訴唐三藏為因，師徒二人化身疥癩僧人，下凡找尋足堪勝任西行求真解的真僧，以及唐半偈因巧遇韓愈而決定為佛教出山貢獻己力。

1. 核心事件發展

唐三藏與孫悟空下凡目睹了彼時大唐實況：到處皆有庵觀，憲宗雖英明果斷，卻既好神仙又崇佛教；鳳翔法門禪寺假言唐三藏坐化法門禪寺並遺下佛骨佛牙、無中生有法師以講經愚民惑世；長安洪福寺亦藉唐三藏之名成為名剎，為迎佛骨佛牙正大肆整修……。感慨佛教的度世慈悲，竟被愚僧敗壞，便至靈山上稟如來，如來要二人下凡找尋求解人。唐三藏與悟空即二度化為疥癩僧人再上長安。

於此同時，上表請燬佛骨而被貶至潮州的韓愈，因途中借宿淨因庵認識大顛和尚，並因大顛和尚的言行改變了自己原對僧人的不好印象。兩人就當前佛教所衍生之社會亂象，提出意見交流，最後，大顛和尚答應韓愈出山盡心明教。

〔註8〕胡亞敏：《敘事學》，頁125。

大顛和尚在長安一個名為半偈小庵掛褡，庵中孄雲和尚告知在長安寺院要富盛，主師就得會講經募化，其中最得聖上青眼的正是生有法師。然當大顛到各處訪查結果，見到俗講師們將佛教的萬善妙法多僅以果報施財為正解，遂修書上表奏請正佛法事，表奏重點為強調若要講明佛法大義須訪求有智慧高僧才是；但此舉卻招來生有法師聯合其他講師與大臣向憲宗進讒毀謗。憲宗最後裁示講經照講，但令大顛可到各寺糾聽，倘有不合佛旨者皆可奏聞改正。

生有法師因回答不出唐三藏問其經為何物？為何要講？以及經於講之前與講之後何在？善果又何在？諸等提問，而被三藏斥為妖妄野狐。三藏與悟空並現原形顯靈說其乃奉佛旨將天下經文俱封，親囑憲宗必須遣人上靈山求真解。

生有婉拒憲宗要其西行求真解，並轉而舉薦大顛和尚。憲宗心思大顛和尚未沾皇恩，且求經路上多妖魔、艱難，便下旨貼出訪求上靈山祈請真解高僧的榜文。大顛見文後主動請纓，且行前捨大寺改選住小庵，獲得憲宗讚賞並賜號半偈法師。

三藏與悟空三度化身為疥癩僧人至半偈庵，告知唐半偈只要信心努力成就前志，必獲幫助，另每日三時默誦咒語，自可獲一神通廣大的徒弟；並贈其一條可讓邪魔外道潛形歸正的木棒。唐半偈依言每日早中晚三時默誦定心真言十數遍，果真招來孫小聖。

2. 組織原則分析

綜上文本分析第 5 回至第 8 回之情節組織的承續原則如下：

首先就時間連接關係觀之，唐半偈與孄雲和尚在半偈小庵談論長安寺廟景況的同時，唐三藏與孫悟空刻正在皇宮大殿上斥責虛有其表的生有和尚，並叮囑憲宗要派人去靈山求真解；爰依第 5 回至 8 回玄奘法師臨壇顯聖親說求解以及唐半偈請纓西行求解情節描述，其時間軸更換為是按「將同時發生的事件加以有序連接」〔註9〕的並時連接。

其次，從《後西遊記》第 1 至 4 回有關石猴孫小聖與孫大聖當年如出一轍的生身出現方式與降龍伏虎、遊地府、鬧天宮行徑，綜合鋪成為《後西遊記》第 5 回「因」唐三藏起疑凡間真經度世的實況，遂與孫悟空二人化身疥

〔註 9〕胡亞敏：《敘事學》，頁 125。

癲僧人下凡，進而決定尋找可西行求真解之人選的「果」；而第 5 回「果」又成了第 6 回「因」，在尋找求真解人過程中，作者巧妙地應用史書確有記載的韓愈諫迎佛骨一案，讓西行為真經求取真解的主角唐半偈出現的「果」；透過韓愈的視角豁顯出唐半偈的人格特質，又成為第 7 回「因」，開展出唐三藏與孫悟空同認唐大顛乃具根器者，而主動現真身掃除偽僧生有法師誆騙憲宗謊言的「果」；第 7 回的「果」成了第 8 回「因」生有法師拒絕憲宗提出願義結金蘭做為望其西行求真經條件，此一露出貪生怕死的「因」間接成就了大顛自動請縷西行求真解，因而獲得憲宗賜號半偈、唐三藏賜木棒法寶及定心真言助其收服了孫小聖的「果」。綜上分析得知：第二大部份的情節因果連接關係，仍屬於前因和後果相關聯的鎖鏈式因果連接，空間連接則是來回於人界與天界；理念原則依舊是朝向西行求真解目標前進的實現連接。

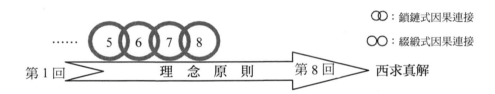

圖 2-2：《後西遊記》情節組織原則

（三）其他核心成員加入求真解的因緣

第 9～16 回描述孫履真為唐半偈來向東海龍王智借龍馬，以及豬守拙與沙致和加入西行求真解的因緣情節。

1．核心事件發展

唐半偈收孫履真為徒並取號小行者，孫履真因見皇帝所賜凡馬根本無法共歷西行，遂自告奮勇前往東海向龍王先禮後兵智借龍馬。

師徒二人共龍馬來至鞏州借宿天花寺千家下院之一小庵，住持點石法師是一個靠因果報應法來哄騙信徒的貪淫西域人，然因佛經被封而無法講經導致各寺冷清無收入，故視求真解的唐半偈是敗壞佛門的好事妖僧，遂先令徒孫將唐半偈請至天花寺與其展開辯論，並鼓動眾人要孫履真揭經以免絕了他們的衣食來源。最後，唐半偈以木棒棒喝眾野狐，制服了點石與眾僧；並針對終於頑石點頭的住持點石和尚所提出「講經可廢可不廢」問題，明確表達了個人的立場與看法。

後因點石拜託半偈師徒至佛化寺幫其收妖，從而展開孫履真與豬八戒的後人的一場充滿趣味的不打不相識情節；最後半偈收豬八戒後人為徒並給法號豬守拙別號豬一戒。豬守拙為取得父親豬八戒的九齒釘鈀來助除妖伏怪，便與孫履真尋訪豬八戒。在無量寺與前來享供獻的淨壇使者豬八戒相認後，方知九齒釘鈀早已借給哈泌國的萬緣山眾濟寺志大心貪的自利和尚。幾經波折，最後在孫履真巧計下幫豬守拙從自利和尚手中智取九齒釘鈀。

師徒三人繼續西行途經不滿山，遇到由葛藤戾氣化生成妖的自稱缺陷大王，雙方展開鬥法，在太白金星贈黃土金母幫助下，孫履真與豬守拙消滅一群由獷子變成的妖怪，但卻讓缺陷大王伺機抓走了半偈。面對缺陷大王對佛法的謬解，半偈始終沈默以對，最後由徒弟入洞解救脫困，然缺陷大王一席邪見之談，讓唐半偈有感「世無佛不尊，佛無衛不顯」〔註10〕。續遇假裝沙羅漢所遣沙彌的媚陰和尚，撒謊哄攝半偈；媚陰和尚後被真沙彌以佛光真火燒逼，轉向唐半偈求饒、改過，並化為骷髏筏子載半偈師徒過流沙河，真沙彌則獲半偈起法名沙致和。

2. 組織原則分析

檢視《後西遊記》第9～16回之情節組織的承續原則：當孫履真與豬守拙正忙著與群妖打鬥的同時，另一端正上演著缺陷大王乘亂逃走並伺機抓走唐半偈予詰難情節；因此，於時間連接組合上，第9～16回情節係屬於並時連接。其情節之因果連接組合關係亦與前二部份情節一樣，同屬前因後果緊密相扣相關、高潮迭起的鎖鏈式因果連接。空間連接雖亦保持來回人、天二界的情節呈現，但在共計8回中，卻只有3回情節有涉及天界。理念原則部份，則仍是朝向「西行求真解」目標前進的實現連接。

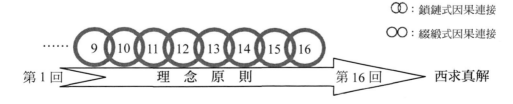

圖2-3：《後西遊記》情節組織原則

〔註10〕無名氏：《後西遊記》第15回，頁104。

（四）唐半偈師徒於求解途中之災厄應對

　　《後西遊記》中唐半偈師徒西行途中面臨的災厄，大多集中在第 17 回至 34 回，作者亦利用唐半偈師徒於此些歷難中的應對表現，來彰顯《後西遊記》有別於《西遊記》之主要核心人物的藝術形象。

1. 核心事件發展

　　逢人逢獸一律殺之的解脫大王，於連損七將領卻仍無法活抓孫履真等人，遂在鉗口先鋒閉不住建議下改用擅長小聰明、歪擺佈、假慈悲等七十二塹將領，轉向唐半偈下手。最後在小行者的智謀下，順利救出師父及兩位師弟。

　　路經地仙之祖—鎮元大仙修真的萬壽山五庄觀，遇到鎮元大仙為留下唐半偈同修，而將其困在火雲樓；最後，在孫履真願先自我反省下，獲得觀世音菩薩以柳枝慈悲甘露水滅除鎮元大仙性中三昧煉成的猛火。

　　緊接著搭船遇黑風，便船泊在剎女行宮岸邊，猪守拙因貪吃被父親猪八戒昔日冤家玉面娘娘綑綁起來。太子黑孩兒請母親玉面娘娘設法偷出羅剎鬼國大力鬼王（即牛魔天）的鬼符，助其領魔軍至剎女行宮對付半偈師徒三人，幾經打鬥，最後在幽冥教主給予「念彼觀音力，黑風自消滅」開示下，終於令大力王偕同娘娘來向唐半偈師徒道歉。

　　又行二三千里，孫履真聽到半偈叮嚀其進村化齋不可魯莽時，心思西方路上人家應皆好善樂施，一定可以化到齋，不料進村後屢遭人吐口水，經詢問，方知此地風俗不容和尚。唐半偈心思此地既不喜和尚，又恐徒弟們莽撞，便決定親自出馬化齋並瞭解個中緣由，經由與絃歌村教書先生交談，得知原來是因絃歌村子民認為百姓之所以貪嗔痴蠢，就是被佛法講捨財布施可獲來生之報所愚妄，遂反過來勸半偈逃釋歸儒。最後，在孫履真運用神通讓全村百姓認為是活佛降臨，速備豐齋，師徒四眾飽食後方得繼續西行。對於慈悲清淨自有感通的佛法，卻淪至須靠神通技倆方能飽食一餐，唐半偈既感慨又難過有愧，告戒徒弟不可再犯。

　　由麒麟妖變成的自號文明大王，聽到絃歌村供齋活佛消息，先是指派石、黑二將軍前去抓唐半偈師徒，戰敗，文明大王便親自出馬用「文筆鎗」與「金錢鉋」綑綁了半偈師徒；後因慶功醉酒，自己將壓在孫履真頭上的那支大筆拿開，讓半偈師徒乘機脫逃。只是沒過多久，唐半偈又被文明大王抓走並用文筆鎗加上金錢鉋壓在頭上。最後是由帝君派令魁星下凡收服麒麟妖，方順利取回當年失落的春秋筆與金錠繳旨，帝君並就將此二物賜與魁星。

西行借宿遇到由麞妖變成的女主人，豬守拙因貪杯醉酒遭女主人栽贓姦污侍女，並以此為由要求半偈師徒必須分娶女主人與其他三位侍女。最後，由孫履真拔毫變成要獵麞鹿的獵人，巧智解救眾人脫困。繼續西行中，大家因忽聞惡臭，遂以嗅論佛法，不臆又遇到因氣粗浮又生得古怪而被稱惡山當前阻路。散居於此以惡招惡的惡山上的十惡妖及小妖群，向來是見人就殺食，倘遇沒人可殺，就自相殘殺。半偈師徒因中計被困，後幸得孫履真運用離間計，讓反惡陸續殺了其他惡王，最後，這十大惡妖終於應了「十惡不赦」的下場。

從「一路上檢點程途，早已行過一半，十分得意」〔註11〕得知《後西遊記》作者是將第27回亦即來至需換關文的上善國，設定為西行路程的下半段開始。因遇到假佛九尾狐綁架的上善國太后後不知去向，而半偈卻又碰巧與由九尾狐假扮的偽佛長相神似而被押解入朝，孫履真為救師父只好利用神通，將計就計，假佛名義編二因果公案讓野狐妖信以為真，狐妖最後被豬守拙築死，順利救出太后。半偈則觀機逗教開示上善國王「佛即是心，心即是佛」，並將「待度樓」改名為「自度樓」。

續行至陰陽山二氣山，因小行者與豬一戒合作鑿通了陰陽二山靈竅，化極熱與與極寒為一團溫和氣象，激怒陰大王與陽大王，設計活捉唐半偈、豬一戒併同行李馬匹都綑綁在洞中。孫履真先後化成蝴蝶與蒼蠅，找到了陰陽二王藏身處，陰陽二王因不敵孫履真與沙彌而逃遁；但此刻的半偈與豬守拙早已被送至造化山圈禁。小行者在李老君的指點下，放下好勝心，遂不再受制於好勝圈束縛。造化小兒放了唐半偈並分別告誡陰陽二王與孫履真，備齋招待師徒四人後，再送四人出山西行。

接著又因借宿之故，得知借宿主人家的獨子與同村其他少年，皆被皮囊山六個妖賊抓去擬獻給喜吃生人血肉的三屍大王。幾經武拼智鬥，孫履真與兩位師弟同心協力，終於殲滅三屍。唐半偈令六賊爾後應「非禮勿視、非禮勿聽、非禮勿言、非禮勿動，便非六賊」〔註12〕洗心改悔，六賊拜謝而去。

〔註11〕無名氏：《後西遊記》第27回，頁212。
〔註12〕無名氏：《後西遊記》第31回，頁257。

原以為越接近西天佛地，路應就越太平的唐半偈師徒，豈料遇到了自稱長顏姐姐的大剝山不老婆婆，因愛慕孫履真的金箍棒威名，執意向孫履真下戰帖，並趁夜鉗走唐半偈，做為交換孫履真長留陪伴的條件。孫履真虛與委蛇地待師父與兩位師弟平安離開後，再用金箍棒打斷不老婆婆強繫其項上的情絲，伺機逃脫。不老婆婆眼見留不住孫履真，半羞半惱地一頭撞向山崖斃命；本已逃走的孫履真聞聲回頭看到此一景況，好生不忍，又見山中那老小無數女子都不管婆婆死活，每人只忙將摔碎的玉火鉗拾了兩片便各自四散逃走，遂喚來山神土地了不老婆婆的屍首。

師徒續行了千里平安路，遇到由蜃妖毒氣幻化成的城池，當孫履真跳飛至半空欲覽全貌之際，師父、師弟與馬匹、行李，皆被吸進蜃妖的五臟廟。幸唐半偈使用緊箍呪讓小行者知道他們的行蹤，最後，在師兄弟三人內外夾攻下，消滅了蜃妖。

2. 組織原則分析

就情節組織的承續原則而言，《後西遊記》第 17～34 回是屬於按順時連貫方式的時間連接組合。

至於因果連接方面，第 17 至 34 回主要聚焦描述半偈師徒西行途中所面臨的種種災厄，包括：第 16 回至 18 回與解脫老怪之戰、第 19 回被困五庄觀火雲樓事件、第 20、21 回與黑風鬼國的新仇舊恨、第 22 回弦歌村化齋風波、第 23、24 與自稱文明大王之賭鬥、第 25 回的麞妖之禍、第 26 回的十惡山之亂、第 27 回的九尾狐綁架上善國太后事件、第 28 回與 29 回陰陽二氣山之災、第 30 回造化小兒的教訓、第 31 回的掃滅六賊三屍、第 32 至 33 回之多情不老婆婆的糾纏、第 34 回的蜃妖之厄等事件情節。

上揭情節中，除了第 22 回唐半偈師徒在弦歌村化齋，最後以神通方式獲得村民前倨後恭的「果」，是第 23 回導致文明大王派石、黑二將去抓唐半偈師徒的「因」，以及陰陽二王事件之故而遇到造化小兒，此二情節是前因和後果相關的鎖鏈式因果連接；其餘發生的種種災厄情節，因為即便彼此互相調換位置亦不會影響故事連貫性，故是屬綴段式因果連接。空間連接依序為人界→天界→人界→天界→人界→冥界→人界→天界→人界→天界，穿梭三界，其中又以頻繁來回人、天二界為主。理念原則，仍是朝向「西行求真解」目標前進的實現連接。

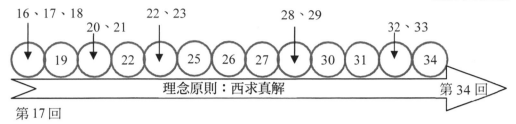

圖 2-4：《後西遊記》情節組織原則

（五）唐半偈師徒到西土所遇諸因緣

第 35～38 回主要敘述唐半偈師徒到了西方，仍面臨到各種挑戰，包括一開始的照驗通關、蓮化村化齋所見、從東寺冥報和尚的挑釁等各種增上緣與逆增上緣。

1. 核心事件發展

師徒四眾脫離了蜃腹之苦，途經松樹林來到猛省庵，從庵裏老和尚口中得知，世尊因見到佛道日益興盛後，為性命真修者反而變少，便請大辨才菩薩立下照驗真心程序。唐半偈、孫履真及沙彌皆順利過關，只有豬守拙因途中不斷貪嗔怨言，致生出掛礙而傷痕累累。最後，豬守拙在唐半偈開示下悔過，方通過照驗，繼續西行。

師徒通過了掛礙關來到蓮化村坊化齋，一進客堂即見滿桌盛齋，經老者解釋方知這村上萬居民皆非父母精血交感生成，而是投托蓮花化生而來的，只要一動念，便隨念而集；所以才會一聽到唐半偈一說化齋，便自然備妥。師徒齋後辭別老者繼續西行，至西村，豬守拙為了趕齋，闖進了從東寺惹禍被抓，沙彌為尋二師兄亦被抓。

從東寺冥報和尚趁機邀唐半偈比試道法，然因其所謂的「道法」是指神通，半偈婉拒，卻反被冥報和尚嘲笑。孫履真便主動向冥報和尚挑戰比神通，以天女散花技倆獲得在場群眾磕頭禮拜，視為活佛，但此舉被半偈喝斥復作絃歌村技倆。

冥報和尚惱羞成怒反斥其乃妖人邪術，並以被咒語困住看似已死的豬守拙及沙彌，來威嚇唐半偈師徒。孫履真見狀即以元神直奔森羅殿，向十王請問解救兩位師弟的方法；最後，孫履真以笑和尚所教偈言破解冥報和尚的咒

法，冥報和尚則含恨自盡。半偈師徒到了西方佛地，遇到一個倒騎黃牛的牧童，開啟一連串「說時似悟，對境生迷」的考驗，師徒四人從中皆各有體悟。

2. 組織原則分析

《後西遊記》第35～38回情節組織的承續原則之時間連接組合，亦屬於並時方式呈現。第36回描述「因」唐半偈師徒在蓮化村受到盛齋招待，產生了豬守拙隨眾來到從東寺欲再享齋，與冥報和尚起衝突被捉，和前往找他的沙彌倆人先後被擒的「果」；此「果」又成了第37回唐半偈與孫履真前往從東寺找人的「因」。其間高潮迭起情節，積累諸「因」，包括：歷經半偈師徒來到從東寺是促使冥報和尚有機會向其邀試道法的因；冥報和尚因較量神通失敗，惱羞成怒是挾被咒語困住的豬守拙、沙彌以要脅半偈師徒向他低頭的因；為救豬守拙、沙彌，孫履真直奔森羅殿救解咒的因；一番神通智鬥，最終結「果」是邪不勝正。但第37回的果與第38回起之起，並無因果連接關係；因此第35至38回情節表現，同時包括鎖鏈式與綴段式的因果連接。

至於空間連接，作者仍於短短4章回裏，鋪陳出神魔小說結構之空間轉換的標誌性特色，其中第35回之大辨才菩薩真心照驗程序，是踏入聖地入口的規定，亦同時標示著整個故事情節發展空間，正從凡間邁向靈山天界聖地。理念原則，依舊維持朝向「西行求真解」目標前進的實現連接。

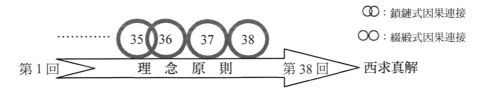

圖 2-5：《後西遊記》情節組織原則

（六）靈山得解返東土、開經重講與證盟

《後西遊記》作者於最後二章回第39～40回，包含了唐半偈師徒至雷音寺、拜見世尊求取真解與取真經回東土後的情節發展，雖已屬故事尾聲，其核心事件的情節發展，卻仍充滿哲思，並鋪陳留下一個懸念的開放式結局。

1. 核心事件發展

半偈師徒四人來至靈山上的雷音古剎卻未見一人，便開始聊起對佛之「色面」與「空面」的個人看法。在笑和尚指引下，來到由須彌園與芥子庵組成的極樂世界。唐半偈向世尊稟告重詣靈山求解的因緣，並就回東土後續事宜，

啟請開示，世尊念其誠懇便予「真經暫封，原因失解，真解既至，則真經豈可仍封？……倘有野狐須加棒喝，木棒聽汝擇人傳付，以代傳燈」〔註13〕。半偈拜謝世尊及眾聖後，驚喜向徒弟們說出此刻自己性如朗月、心似澄江的感受；孫履真聞言向師父道喜，師徒四人及龍馬在雲上回首望向極樂世界，齊念「阿彌陀佛」後即駕雲返東土。

當唐半偈師徒護真解返東土時是長慶4年，始知唐憲宗已晏駕，生有法師因封經而無經可講，聖寵不再，抑鬱而終；其徒弟因妒忌半偈獻上真解並欲為師父報仇，乘機向穆宗獻讒亦告失敗。半偈至半偈庵找嬾雲和尚，得知有一胡僧烏漆禪師知講不得經後，便另立一「宗門」之教，與人談佛論談禪，常常只講一言半語便要人參對，半偈遂將如來賜的木棒交給嬾雲，並告知倘宗教流入野狐，即可用此棒鎮之。穆宗與百姓因親眼目睹孫履真可化出百千萬億個分身，並揭去全國各寺的封經金皮的神通景象，同聲讚歎師徒四人皆是神人；穆宗要半偈講佛經義理以示群迷，半偈從真經中隨手取出一卷正巧是《金剛經》，穆宗認為講得太好了，便要半偈把從西方帶回的35部真經解全數講完；但半偈正欲講第35部的《楞嚴經》時，笑和尚突然出現要半偈不要賣弄精神。孫履真便催請師父與師弟們速與旃檀佛與鬥戰勝佛會合，一起回西方繳旨。在旃檀佛與鬥戰勝佛率領下，孫履真一行人與白馬飛至靈山天界，在大家合掌齊念諸佛菩薩聖號完畢時，作者以世尊眉間忽放出一道射得三千大千世界雪亮的白毫光，看到東土眾生皆歸極樂世界，作為《後西遊記》故事的結束。

2. 組織原則分析

《後西遊記》第39～40回主要聚焦於具目的性之「西行求真解」目標的實現連接結局，於情節組織之時間連接組合，是趨向順時連貫方式呈現；因果連接又回到與故事開始時的鎖鏈式因果連接；以天界→人界→天界為故事最後的空間連接關係。

從梳理《後西遊記》文本內容情節發展過程中，發現唐半偈師徒求真解的路線與《西遊記》求真經路線雷同；但於求真解途中，不論是來到相同地方（例如五莊觀、流沙河、雷音寺等）或名稱相似（《後西遊記》的雲渡山、望經樓相對《西遊記》的凌雲渡、晾經台），核心人物的應對與解決問題方式，皆大不相同。

〔註13〕無名氏：《後西遊記》第39回，頁333。

另從《後西遊記》情節組織原則研析結果，發現於表層文字義上，第39回敘述笑和尚對已來到西方靈山的唐半偈師徒言道「那白毫光內有一個須彌園芥子庵，即世尊的極樂世界」〔註14〕話中對極樂世界的描述，以及唐半偈師徒四人皆證果受封的名號，明顯可見作者理想中的極樂世界，實是融禪淨合一的思維表現。

其次立於神魔小說娛樂笑點角度看待《後西遊記》，雖談不上令人拊掌大笑、抱腹絕倒，而是較似孩童嬉戲、文人雅謔，倒也有不少令人莞爾之處，諸如：唐半偈幫小行者辦皈依時幽默言道「我當與你摩頂受戒，喜得你頭髮不甚多，也不須披剃」〔註15〕；在佛化寺的孫履真與豬守拙，彼此被對方嚇一跳時的逗趣模樣；解脫山的笨小妖因見蛇先鋒被打死，一時驚嚇過度，語無倫次的「蛇先鋒打死了」稟報，讓解脫老妖因此誤以為是蛇先鋒打死和尚的詼諧對話；當孫履真看到長相只約十三、五歲的造化小兒而叫他「孫小猴兒」時，彼此不甘示弱地你來我往，比論誰的年紀較大的唇槍舌劍式對話；蓮化東村老者因耳背將孫履真講他們是「化齋的」聽成是「化來的」，加上看到孫履真與豬守拙的長相，便連打兩個寒噤再言「我這地方化來雖是常事，卻從不見有此異種！莫非不是紅蓮、白蓮？只恐怕來得性急錯投了胎，還是蓮葉下龜蛇化的哩！怎好到我村裡來同居共住？」〔註16〕等語。

至於第三項發現，即是《後西遊記》作者除了對佛教名相的正確使用、講究故事情節發展敷敘邏輯，亦非常注重遣詞用字，例如：描述唐半偈師徒同樣來到萬壽山五庄觀山門前，《西遊記》作者寫通碑上的十個大字是「萬壽山福地五庄觀洞天」而《後西遊記》作者則寫為「萬壽山洞天五庄觀福地」〔註17〕以寓山裏別有洞天、福地福人居之意。

從上述對《後西遊記》實謂層的研究發現，《後西遊記》雖然是《西遊記》續書，但作者以自創新意改寫故事情節，足證此作品非一味仿作，亦非狗尾續貂之作。另在情節描述或人物刻劃上，《後西遊記》作者成功地發揮通俗白話小說的淺白、流暢敘事表達能力，同時避開通俗小說常見的掉書袋與低俗言語形式，係其優點與可貴之處。

〔註14〕無名氏：《後西遊記》第39回，頁330。
〔註15〕無名氏：《後西遊記》第9回，頁62。
〔註16〕無名氏：《後西遊記》第36回，頁298。
〔註17〕無名氏：《後西遊記》第19回，頁136。

二、《後西遊記》情節組織結構特色

有關「結構」一詞在敘事學上有各種解釋，而「把故事視為結構是結構主義敘事學的主張，並得到當代敘事學的認同」〔註18〕；加以序列的因果連接是大多數敘事文情節的基本架構，時空轉換是神魔小說特點之一，爰筆者依據上一單元對《後西遊記》於單一明確理念原則貫穿全書六段情節組織研究分析，彙整並繪製為【圖2-6：《後西遊記》1～40回情節組織分佈圖】與【圖2-7：《後西遊記》情節之空間連接組合示意圖】，分就《後西遊記》情節之因果連接關係、時空順序結構，及其為《西遊記》續書身份與原著《西遊記》、續書《西遊補》和《續西遊記》等進行概述性的比較討論，以尋析《後西遊記》之情節組織結構特色。

（一）兼備鎖鏈綴緞式因果連接

中國古代小說故事情節組織原則，多遵循因致果、果必有因的傳統敘事文情節發展方式，意即「起因→過程→結果」之基本正敘結構。《西遊記》創下歷經81難的經典手法，讓綴緞式因果連接形式成了凡具有「歷經多重磨難」故事的神魔小說的情節因果組合特色。從《後西遊記》六大主要情節概述可發現：《後西遊記》歷難求解過程與《西遊記》同是重複「遇難→排難」線性發展結構。形式結構上，《後西遊記》以唐半偈師徒西行求真解這條「珠鍊」，將過程中所遇到的各式災難「珠子」串聯成形的故事架構，與原書《西遊記》相仿。

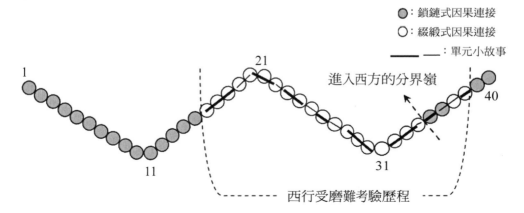

圖2-6：《後西遊記》1～40回情節組織分佈圖

〔註18〕胡亞敏：《敘事學》，頁120。

從【圖 2-6】研究發現：有別於一般行走任務型神魔小說以綴緞式因果連接居多，《後西遊記》全文情節組織之鎖鏈式與綴緞式因果連接是以幾近 1：1 呈現；相較於《西遊記》從第 14 回至 97 回，共計 84 回之高比例描寫遇災難情節以讓讀者歡快地享受神魔小說視覺感官之樂，《後西遊記》作者以等比例進行布局下，必存有值得深思與發掘之作意。

其次，是作者將鎖鏈式因果連接配置於小說全文的首末章回，有「如是因、如是果」象徵意涵。於以綴緞式因果連接為主的歷難故事結束點，仍多以跨章回方式呈現，保留傳統章回小說「欲知結果，請看下回」特色。

至於唐半偈師徒通過分界嶺進入西方後，仍繼續受到磨難考驗的情節鋪敘，隱含淨土宗認為「即使往生於西方淨土，也並不等於就已成佛」〔註 19〕說法之喻。

又將《後西遊記》與另兩部亦是集中在明末清初從《西遊記》原著故事芽出延展的知名續書〔註 20〕《西遊補》與《續西遊記》進行比較：《後西遊記》與《西遊補》、《續西遊記》皆含有神魔小說之「寓意諷刺」特色。然《後西遊記》以其全文僅 40 章回敘事篇幅，即含括《西遊記》100 回中的種種磨難象徵，並意同《西遊補》聚焦於三界六夢之欲難、《續西遊記》強調機心生磨難之威脅利誘等情境。從上揭研究分析結果，即可比較出《後西遊記》作者的情節架構能力。

（二）講究對稱的時空連接組合

三界的空間轉換是神魔小說的特色標誌之一，而路線型的敘事結構模式則是神魔小說作者慣用手法，《後西遊記》與《西遊記》同時有著神魔小說路線型及追尋目標的特徵與轉換型情節；加上三教思想普遍雜糅入文，因此以人物行動的場合「天─地─天」的空間安排，成了神魔小說的時空順序結構模式特點之一。因此清楚《後西遊記》的空間連接組合，有益瞭解研究文本的敘事結構。

〔註 19〕楊應龍：〈禪宗與淨土宗成佛論比較〉（江西社會科學，1994 年第 5 期），頁 56。

〔註 20〕依最早刊本序分別為《西遊補》（1673）、《後西遊記》與《續西遊記》（1868）

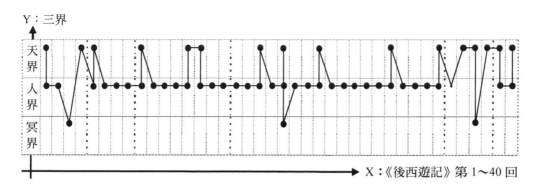

圖 2-7：《後西遊記》情節之空間連接組合示意圖

　　筆者依據【圖 2-7：《後西遊記》情節之空間連接組合示意圖】中之曲線分析，獲得與情節結構相關之如下研究成果：

　　首先，從圖中曲線落點處清楚看到《後西遊記》有共計 35 回，是在人界進行情節開展，於天界的情節敘事計有 15 回，於單回中情節來回穿梭天界與人界的共計 19 回；從單回中之天界與人間來回穿梭次數即佔約半數，證明《後西遊記》於形式表現上，符合神魔小說之神仙、神通、神怪之「神」、「怪」特質。

　　其次是冥界情節雖僅有 3 回；然而細察此三章之連結點，有 2 回是直接連結天界，有 1 回是來回貫穿三界，呈現冥界同時具有「神」、「魔」元素特質。

　　從《後西遊記》的情節空間連接組合曲線分佈，發現整部小說的情節發展是故事起端與結局終端皆在天界，且其情節曲線是呈兩端對稱分佈；時間連接結構方面，除了開始 1 至 4 回與最末兩回是順時連貫表現，其餘皆屬於並時連接關係。因此《後西遊記》情節織組之時、空連接關係皆呈對稱表現。

　　相較於《西遊記》雖為神魔小說經典名著，但因有研究者認為鬧天宮情節乃屬孫悟空的自傳部分，與其西行取經修成正果並無必然關係，因此「不具備『天─地─天』之間的轉換」〔註21〕；而屬於意識流形式表現手法的《西遊補》，依其情節亦不完備「天─地─天」結構。《後西遊記》卻可讓三界轉換結構貫穿分佈於全文的 40 章回、六大段之情節概要範圍，並順暢達到符合前後呼應、首尾對稱的情節組合；作者以縝密構思創造出《後西遊記》之具對稱的時空連接組合結構特色。

〔註21〕馮汝常：《中國神魔小說文體研究》（福建師範大學，2004 年，博士論文），頁222。

（三）獨樹一幟的續書創作風格

本單元依據《西遊記》續書之「起因」與「結果」繪製【表 2-1：《後西遊記》與《西遊記》、《西遊補》、《續西遊記》之敘事結構比較表】並進行創作風格表現比較說明。

表 2-1：《後西遊記》與《西遊記》、《西遊補》、《續西遊記》之敘事結構比較表

小說＼結構	成員（人）	起因（因）	過程／條件（緣）	結果（果）
西遊記（100回）	唐三藏 孫悟空 豬八戒 沙僧	上西天求取可勸人為善的三藏真經。	歷經 81 難	取回真經，成員皆修得正果本位。
西遊補（16回）	孫悟空	唐僧師徒三調芭蕉扇煽滅火焰山後，孫悟空因化齋被鯖魚精所迷，誤撞入妖怪幻造的「青青世界」所生發連串故事。	歷經三界六夢	方知一切皆幻。
後西遊記（40回）	唐半偈 孫履真 豬守拙 沙彌	唐三藏取回的真經因無「真解」導致取回之經淪為斂財工具，因此由唐半偈師徒續上西天取真解。	歷經種種磨難	取回真解，成員皆成功受職正果。
續西遊記（100回）	唐三藏 孫悟空 豬八戒 靈虛子	唐三藏師徒取回真經於東還途中，卻因機心所生發之連串故事。	歷經種種機心磨難	終於消滅機心，而真心向佛。

在故事起始與結局的安排上，《西遊記》起因取經，並以五聖「完成品職脫沉淪」〔註22〕的善功圓滿結局；《西遊補》作品以孫悟空為故事主角，其續書之接續切入之「因」係以孫悟空因化齋被鯖魚精迷入由妖怪幻造的「青青世界」作為續寫起因，全文雖充滿現代小說意識流形態筆觸的想像性，但其結局並無留予讀者特別之懸念。《續西遊記》仍以唐三藏師徒四人團體為主要角色組合，以《西遊記》取回真經東還途中，機心所生之事為「因」主軸續寫，強調「為指人身一點真」〔註23〕；結局則仍保留以《西遊記》中描

〔註22〕吳承恩：《西遊記》，（新北市：西北國際文化，2013 年），頁 1180。
〔註23〕無名氏：《續西遊記》，（湖南：岳麓書社，2014 年），頁 1。

述唐太宗有親至望經樓觀看，並迎接唐三藏東還帝都類同歸真正果之情節敘述。

《後西遊記》依《西遊記》取回真經的「果」為開展之「因」，故事描述在距唐三藏師徒四人西行取經回來後之二百年，因取回之經典缺乏「真解」，衍生出諸多亂象，以及取回之經變相淪為斂財工具等弊端，故須再有人上西天取真解為續寫起因。雖亦同以師徒四人團體為主要角色組合，但唐半偈只是與唐三藏同樣皆是人間僧扮相，作者並未予以像唐三藏有著前世金蟬子的神格經歷，至於孫履真、豬守拙及沙致和，則分別仍是帶有神格身份扮相之孫悟空、豬八戒與沙悟淨的後人。作者巧心安排以原書之「果」做為續書西行取「真解」故事起因，於所有被歸類為《西遊記》續書作品中，此「因」堪謂接續得最為順理符邏輯。

又有別於一般神魔小說之結筆，多為功成圓滿的封閉式大結局；《後西遊記》作者自出機杼地兼具善功圓滿的橋段，以及留下一個充滿懸念意味、供讀者多思維的開放式結局，甚具獨樹一幟創見，筆者認為此乃《後西遊記》超越其他《西遊記》續書作品的重要亮點之一。

三、《後西遊記》情節類型表現意義

透過對故事情節類型之表現意義的研究，具有可使研究者「從新的角度揭示情節結構的內在組織，找出序列之間隱蔽的聯繫，使人們更細緻地理解作品的構成」〔註24〕優點，而此一優點，有助於本論文對《後西遊記》寓意之橫向拓展與縱向的抉微。分析《後西遊記》之情節組織原則與結構特色之後，為能發掘研究文本情節語義組織裏的更深層意義關係，本單元分就「《後西遊記》之複線情節四層次」、「《後西遊記》之「發現」情節表現」與「《後西遊記》之「對立」情節表現」三面向研析《後西遊記》的情節表現意義。

（一）《後西遊記》之複線情節四層次

又稱故事型的線型情節類型，可分為單線、複線與環形三種，其中複線類型所具備的情節四層次—主線、副線、作為背景的小故事及非動作因素，通常表現在長篇小說上。

〔註24〕故亞敏：《敘事學》，頁138。

　　《後西遊記》之情節主線層次，是以唐半偈師徒為主要人物，主要表現在西行求真解過程中，師徒是的如何對抗的經歷，諸如面對：因錯誤思想見解產生的煩惱魔、因錯誤言行所造的惡業魔，以及屬於誘惑天魔的身外之一切名、聞、利、養、財、色、名、食、睡等魔難。

　　《後西遊記》之情節副線層次，則是以不肖僧人為副線發展的人物，描述渠等如何假佛之名以遂個人貪婪目的。例如：生有法師為維護其國師地位，以不正確的佛法知見誤導唐憲宗；為恐唐半偈取代他的地位，先是找徒子徒孫去對唐半偈進行威脅利誘，接著又聯合朝中大臣向憲宗讒言毀謗、假推薦唐半偈西行求真解之名實欲陷害之，後因無經可講，失寵抑鬱而亡；生有法師雖死，但穆宗敕令負責暫貯真解的洪福寺住持不空，正是生有法師的徒弟，不空一來為報師仇，再則因心生妒忌，便也一樣向現任皇帝穆宗讒言挑撥，然終未得逞。其他諸如：為增加寺方收入，天一亮就出門催布施的自利和尚，欲將豬八戒的九齒釘鈀永佔己有，所表現出一連串的妄言行騙情節；冥報禪師展神通挑戰唐半偈，乃及其至死不悟等情節，皆是《後西遊記》副線層次所要表達貪婪的精彩情節。

　　作為文本時代背景的小故事，包括附會史實的韓愈諫迎佛骨文、與佛教故事傳說相關的法門寺、鳳翔寺的背景描寫。至於故事情節的非動作因素層次部份，《後西遊記》中關於佛教禪宗哲思之對話與議論、中唐至晚明時期的禪、淨發展與社會對佛教信仰的態度等敘寫，即屬於非動作因素。

　　綜上研析得知，《後西遊記》確實含括故事情節之主線、副線、背景小故事及非動作因素等四層次的複線型發展軌跡要素，亦即具有長篇小說之基本複線型情節發展類型元素。

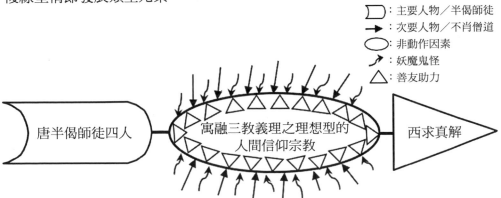

圖 2-8：《後西遊記》之複線型情節發展軌跡示意圖

（二）《後西遊記》之「發現」情節表現

所謂「發現模式情節」是一種以「從不知到有知」或「從無知到漸知」表現方式來「逐步揭示或證實事件真相」〔註25〕的情節類型。《後西遊記》中的孫小聖從一隻無憂無慮的小石猴，目睹了猴子因「老」而死的事實，而對死亡有所認知；韓愈通過與唐大顛的交談，方知世上果有真僧，進而改變其對僧人原有的成見。上揭二例皆是「從不知到有知」轉換型之「發現」情節的表現。

至於《後西遊記》應用「發現模式情節」鋪陳小石猴整個修道過程，是先經由透過自己體悟緣起道理的緣覺（獨覺）乘階段，進而邁向護持僧人西行求解真經度眾生之大乘修行路；以及唐半偈師徒係透過歷經西行靈山求真解之關關磨難，方了悟所謂「靈山」原在自己心中。此二例情節表現意義皆屬以「從無知到漸知」方式，傳遞所謂靈山原在自己心頭，實勿須遠求之寓意。

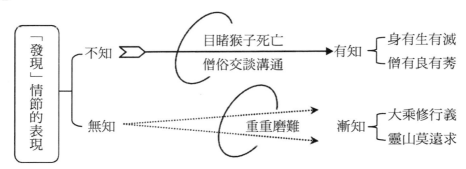

圖 2-9：《後西遊記》之「發現」情節表現示意圖

（三）《後西遊記》之「對立」情節表現

應用「事件的對抗或事件向對立面轉化構成的情節類型」〔註26〕是長篇小說常見的情節框架；勢不兩立的正邪兩股力量產生的對抗和衝突，更是神魔小說系列必備的精彩情節。一如《西遊記》、《後西遊記》等神魔小說之情節基本語義，除了「勝與敗」的對立，同時亦有「是與非」的分野。

從筆者所繪【圖 2-8：《後西遊記》之複線型情節發展軌跡】（p37）中，佈滿隨處可見「對立」符號，顯知「對立」是整個《後西遊記》中重要情節架

〔註25〕胡亞敏：《敘事學》，頁 135。
〔註26〕胡亞敏：《敘事學》，頁 137。

構之一,例如:扮演真禪僧角色的唐半偈,與生有和尚、點石和尚、冥報和尚等不肖僧人的論法,代表真僧與邪僧對佛法之「真解」與「假解」的對立;強調注重心脫解的唐半偈與執意身解脫的解脫老妖,二人於佛教解脫義上之「正念」與「邪說」觀念對立;孫小聖與群妖亂魔等鬼怪的正義與罪惡對戰,則明顯是在表現「善舉」與「惡行」對立。《後西遊記》中之所有「對立」情節,又多以智取勝做為主要解決問題之道。

在情節表現意義項上,《後西遊記》具備長篇小說複線情節四層次的表現,並將神魔小說的幻事特徵,靈活置入於「發現」與「對立」的情境轉換中;形塑出同時兼具「行走」、「修行」、「救世」、「任務」的綜合型神魔故事情節表現意義。

第二節 《後西遊記》之敘事手法

小說之敘事手法的研析,有助更深入認識小說作品的內容形式、表達形式與文本的內在思想蘊涵。結構主義敘事學代表人物之一的熱奈特(Gérard Genette)借用語言學之語氣(mood)與語態(voice)二概念,對泛指敘述者與故事關係的所有面向的「觀察點」,提出分解;熱奈特認為「視角」研究的是誰在看?指是誰在觀察故事;「聲音」研究的是誰在說?是指替敘述者傳達給讀者的語言。針對造成視角與聲音混淆的原因,胡亞敏認為「視角與聲音在有些敘事作品中基本一致,如巴爾札克小說中的敘述者,中國話本小說中的說話人,故事由他們觀察,也由他們講述」〔註27〕。因此,筆者以上述分類標準檢視脫胎於話本小說的章回小說《後西遊記》,分就《後西遊記》的敘事視角、敘述者類型與敘事時間的表現,進行研究。

一、《後西遊記》敘事視角的變化運用

視角是敘事學研究敘述方式的起點,採以何種視角觀察故事、如何進行述敘表達方式,皆直接影響小說的編排、風格與呈現意義;經由對視角應用的瞭解,將可更進一步認識結構性闡釋下的《後西遊記》實謂層。

(一)《後西遊記》全知視角下的懸念

採全知型(非聚焦型)視角的敘事手法,是中國古典小說的慣用模式,

〔註27〕胡亞敏:《敘事學》,頁31～32。

其無所不知的敘述方式，雖具有可令讀者順暢閱讀的優點，但卻也讓讀者易於不知覺中產生閱讀惰性。然若從作者角度看待此一全知型的敘事手法，亦可謂是施展作者意的一個好應用點。

當《後西遊記》中的草庵笑和尚第一次出現時，相信凡看過《西遊記》的讀者，或許直覺地就認為《西遊記》中的笑和尚，即是彌勒佛的化身；然當隨著笑和尚數次暗助唐半偈，但都不願說出自己的真正身份時，即將讀者的思維，從肯定推向懷疑，再從懷疑聚會成一個懸念。尤其到了第 39 回：

> 只見那笑和尚立在山門外招手道：「你們游戲夠了，快來跟我去見如
> 來佛。」唐半偈看見，大生歡喜，忙上前拜問道：「弟子大顛，不知
> 前劫中有何因緣，屢蒙指引。」笑和尚又笑嘻嘻說道：「有因緣，有
> 因緣，且去見佛要緊。」〔註28〕

唐半偈師徒都到了靈山，笑和尚還是不願說出實際真身份，一句告知「有因緣，有因緣」將懸念升至高點。到了第 40 回末，笑和尚的身份之謎方才揭曉，結束懸念；但從其真正身份並非《西遊記》中的彌勒佛，而是陳玄奘旃檀功德佛，看到作者為此鋪陳懸念至故事最終回，始才結束的懸念的高妙手法。至於《西遊記》中求回東土的真經，其所發揮的效果是「大覺妙文回上國，至今東土永留傳」〔註29〕，而《西遊記》中一樣是從靈山求回的真解，卻是「漸流漸遠，漸失其真。這是後話不題。〔註30〕」就敘事文學寓意而言，此死角或空白造成的懸念，是對讀者的開放，亦是進行古典小說接受中的文化闡釋的重要研究對象。《後西遊記》作者留予讀者對故事結局可多重可能性思考的開放性結局，即是在敘述者為無所不知的「非聚焦型」視角下形塑而成的敘事技法。

（二）《後西遊記》視角變異的表現

視角變化的技法被視為當代實驗小說於「革新小說的重要手段，他們借此以動搖傳統的敘述邏輯，擴大敘事藝術的表現空間」〔註31〕。針對《後西遊記》視角變異的表現，本論文所聚焦的是「主要指以某種聚焦類型為主導的情況下其他類型的摻入」〔註32〕，例如《後西遊記》第 6 回〈匡君失賢臣遭貶明佛教高僧出山〉：

〔註28〕無名氏：《後西遊記》第 39 回，頁 329。
〔註29〕吳承恩：《西遊記》第 100 回，頁 1178。
〔註30〕無名氏：《後西遊記》第 40 回，頁 339～340。
〔註31〕胡亞敏：《敘事學》，頁 44。
〔註32〕胡亞敏：《敘事學》，頁 44。

那僧人看見韓愈入來，忙起身迎入佛堂，打問訊道：「大人何來？山僧失於迎接。」韓愈道：「因祀神海上，歸城不及，要借寶庵下榻，故爾到此。」那僧人道：「只恐草榻非宰官所歇，荒廚無菲（伊）蒲之供，未免褻尊。」因吩咐侍者備齋。齋罷，遂送韓愈在東邊禪床上安歇，自家卻在西邊蒲團上打坐。韓愈……見那僧人，默然打坐，全不動念，心下暗想道：「吾閱僧人多矣，不是趨承貴勢，便是指佛騙人；這個僧人，二者俱無，頗有道氣，不可以其為僧而失之。」復又走下禪床，到琉璃前閒步。那僧看見，也就立起身來陪侍。〔註33〕

引文中的敘事聚焦型態，先是以屬於中國古典小說慣用的「非聚焦型」全知視角，意即從無所不知的非聚焦視角描述韓愈初見唐大顛「默然打坐，全不動念」情形，轉為韓愈在心中暗想「吾閱僧人多矣，不是趨承貴勢，便是指佛騙人；這個僧人，二者俱無，頗有道氣，不可以其為僧而失之。」的限知型的內聚焦，繼而又再回到全知型的非聚焦「復又走下禪床」。又例如孫履真針對造成其頭痛的頂上金箍兒疼痛來源，進行的抽絲剝繭敘述：

清晨起來，將近痛時，他先一個獨坐，一心緊對著金箍兒上，果然有些奇異，不多時，頭額痛起，漸漸痛到兩邊。心下想道：「從當頭痛起，這念咒人定在南方。」又疑惑頭痛定從當頭起，到了午間，他便側過身來向西而坐，真也作怪，忽一點痛又從東半邊頭上起，他猶不信。到了晚間，他又側身向東而坐，果然不差一點，痛又從西半邊頭上起。孫小聖驗準了，心下方喜道：「這個念咒的定在南方無疑了。」。〔註34〕

引文中先是透過非聚焦視角敘述孫履真產生頭痛的時間，以及疼痛發作時的樣子是先從額頭痛起再漸擴至兩邊額角，而後將視角轉換至內聚焦視角表現孫履真的內心思維；接著二度運用非聚焦視角、又再換到內聚焦視角，作者以視角變異的敘事手法，讓讀者宛如置身其中，親見孫履真的頭痛與思考的模樣。另再舉一例：

那點石將小行者細細一看，忽想起那日講經時，封經的正是這等一個毛臉雷公嘴。因暗想道：「原來封經一案就是這和尚弄的幻術！今

〔註33〕無名氏：《後西遊記》，頁45。
〔註34〕無名氏：《後西遊記》第8回，頁59。

> 既相逢識破，如何放得他過！」一面擺設盛齋款待他師徒二人；一
> 面就齊集了二、三千徒子法孫，只候他師徒齋罷，遂一齊涌入法堂
> 來見唐半偈，要求他開經。〔註35〕

引文中，作者同樣運用「非聚焦型」視角手法敘述「那點石將小行著細細一看，忽想起那日講經時，封經的正是這等一個毛臉雷公嘴」接著轉為內聚焦視角表現出點石法師內心的暗想「原來封經一案就是這和尚弄的幻術！今既相逢識破，如何放得他過！」，視角繼而又再回到是以全知視角在觀察故事。《後西遊記》中與上揭三例同屬採取視角變異手法的情節，並不少見，可見作者在視角上的敘事技巧應用並非一成不變。

二、《後西遊記》敘述者身分的靈活轉換

敘事文之敘述者具有敘述、組織、見證、評論及交流等功能〔註36〕，閱聽者必須透過敘述者的話語，以瞭解敘述者和人物的觀察和感受。又小說作者為讓敘述方式更豐富、敘述邏輯得更自由，選擇變化敘述者身分，即所謂敘述者的違規現象〔註37〕。本單元就《後西遊記》之敘述者類型，進行如下探討。

（一）文本層次分明的外內敘述關係

《敘事學》依文本中的敘述層次，將敘述者分為外敘述者與內敘述者兩種。所謂外敘述者是「既具有結構的作用，又參與主角的活動，具有行動的性質」〔註38〕的第一層次（外部層次）故事的講述者，有著居於支配地位或僅具起框架作用。傳統章回小說文本中的楔子和尾聲，即是充當故事框架的第一層次外敘述者典例。通常透過文中序文，引領讀者知道內文，進而起到居於思想支配地位功能。

《後西遊記》即是藉由文中篇首序文，帶領讀者知道內文重點是聚焦在佛教義理；內文最後一章的回末詩「前西游後後西游，要見心修性也修。過去再來須著眼，昔非今是願回頭。放開生死超生死，莫問緣由始自由。嚼得靈文似冰雪，百千萬劫一時休」〔註39〕則明顯為加強完整章回小說結構的補

〔註35〕無名氏：《後西遊記》，頁 72。
〔註36〕胡亞敏：《敘事學》，頁 59～60。
〔註37〕胡亞敏：《敘事學》，頁 58～59。
〔註38〕胡亞敏：《敘事學》，頁 52。
〔註39〕無名氏：《後西遊記》，頁 343。

充說明，達到外敘述者「為內敘述者提供擔保，指明該故事的背景與緣由」〔註40〕之敘事技巧。

至於屬於第二層次（內部層次）的內敘述者「在作品中往往具有交待和解說功能」特色。對照《後西遊記》，例如第1至4回中的長臂仙對花菓山歷史交代、開悟後的孫悟空之於「空」義和自性上的解說等諸情節表現，即符合了內敘述者「充當解釋角色」、「或明或暗地回答外敘述者的問題」〔註41〕敘事技巧。

通過上揭引例檢視《後西遊記》作品中之外敘述者與內敘述者，兩者確實存在著上述提到的功能或某種因果關聯，進而在意義上產生類同或對比，因此二者亦具有語義關係上的聯繫。

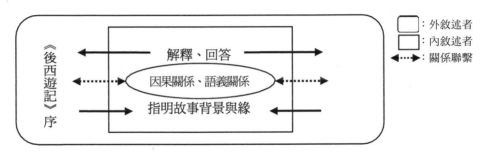

圖 2-10：《後西遊記》之外內敘述聯繫關係示意圖

（二）靈活的主客觀敘述者態度

敘述者如何為故事中的人物、事件之傳遞訊息態度，對讀者而言，是攸關其於閱讀小說時產生趣味性、聯想性及對故事真實性感受的重要敘事技巧。本單元依據敘述者對故事的態度，分就《後西遊記》干預敘述者與客觀敘述者進行分析。

1. 干預敘述者

於陳述故事的同時又具有發揮解釋與議論功能的干預敘述者，具有較強主體意識，是中國古代小說常見的敘事技巧，尤其為脫胎自說書人型態的傳統長篇章回小說的慣用手法。

〔註40〕胡亞敏：《敘事學》，頁52。
〔註41〕胡亞敏：《敘事學》，頁52。

於《後西遊記》文中確實常見干預敘述者在敘事過程中以簡短的文字闡明其看法，例如：「儒自歸儒，釋還從釋」〔註42〕，或是以譬喻性話語表達思想傾向，例如：「青天轟霹靂，了不礙閑雲，饒盡老僧舌，定心如不聞」〔註43〕。至於應用對話形式，傳遞敘述者強烈分明的情感、懲惡揚善語氣與個人觀點的干預敘述者特徵，在被歸類為宣教小說的《後西遊記》中多處可見，即不贅述列舉。

2. 客觀敘述者

不表現出敘述者個人的主觀價值判斷態度，是客觀敘述者與干預敘述者的最大不同處亦即是其基本特徵；其技巧是「借助敘述結構的要素，諸如：情節的設置、人物的安排或文體技巧（寓喻、象徵等）」呈現〔註44〕。

細品《後西遊記》文本，以韓愈因上諫迎佛骨奏章而被唐憲宗謫貶潮州此一真實史事所進行的情節設置、人物安排；以及故事中多處以寺廟千家一律的華麗建築，來與始終未加嚴飾的樸素庵堂進行強烈對照，構成出佛性乃本自具、淳樸的寓意象徵情節，皆是符合上揭借助敘述結構要素之客觀敘述者技巧的體現。

從對《後西遊記》敘述者對故事的態度分析，作者將干預敘述者及客觀敘述者二身分做了靈活應用。

三、《後西遊記》敘事時間的巧妙穿插

在敘事文之時序研究部份，倒敘（閃回）、預敘（閃前）與交錯此三種屬於「逆時序」時間運動軌跡，是評定敘事手法的重點。本單元依從倒敘、預敘與故事的時間、關係及功能角度，研析《後西遊記》之文本時間運動軌跡。

（一）《後西遊記》之「倒敘」敘事表現

《後西遊記》第5回至第40回為西行求真解的主要歷程，起自唐憲宗結束於唐穆宗，是一部含有開端時間與結尾時間的傳統敘事文；然亦可在文本中，見到作者巧妙地發揮所謂敘事文中的閃回（倒敘）功能。例如：第9回

〔註42〕無名氏：《重鐫繡像後西遊記》藏金閣書業刊本，影印收入《古本小說集成》（上海：古籍出版社，1990年）第23回，頁515。

〔註43〕無名氏：《重鐫繡像後西遊記》藏金閣書業刊本，影印收入《古本小說集成》第35回，頁832。

〔註44〕胡亞敏：《敘事學》，頁56。

〈心猿求意馬東土望西天〉中，小行者為讓師父西行求真解途中，得有匹好代步的坐騎，便到東海向老龍王借龍代馬，當被老龍王因不願自貶志氣婉拒時，小行者就提起舊話，追溯過去：

> 小行者又笑道：「直要我說出來，當年馱唐佛師西天求經的那匹白馬，豈不是你北海龍王敖順的兒子麼？」老龍王道：「那是他縱火燒壞了殿上明珠，被父親告了忤逆，玉帝吊在空中要誅他，虧得觀世音菩薩救了性命，故罰他變馬馱經，以消罪孽……」〔註45〕

小行者說出當年唐三藏西天求經的白馬坐騎，即是由北海龍王敖順的兒子所變成的往事，是屬於敘述開端時間之前的事之「外部閃回」。至於當小行者提出前例，卻仍無法獲得老龍王應允，便強將老龍王鎖住，以招來其他三位龍王前來搭救；南海龍王提議將伏羲時負河圖出水的那匹龍馬送給小行者，引來老龍王講了一大段有關這匹龍馬「只因有功聖門，不忍騎坐，白白的養了這幾千年；今日，將他來救我性命，也可准折了。只是他是個開儒教的功臣，至今頌贊又明都指龍馬負圖為證據。今為我貪生怕死，將他去馱和尚，陷入異端，未免做個壞教的罪人」〔註46〕之龍馬負圖情節敘述，除了是屬敘述內容為開端時間之前故事的「外部閃回」，因在內容上亦有發揮於事後追述事件發生過程作用，故亦兼具填補故事空白的「填充閃回」功能應用。

另經由對往事的回顧、追憶，而與現時敘述中的情景產生反差的，以達映襯作用的「對比閃回」部份，於《後西遊記》第4回〈亂出萬緣定於一本〉中，當花果山的猴子們得知孫小聖要上天去，便跪求道：「當時老大王上天時，倚著神通廣大，手段高強，歸來或是仙酒，或是仙桃，或是仙丹，定然帶些來賞賜我們」〔註47〕情節；以及小石猴因應允眾猿猴帶回仙酒、仙桃、仙丹，爰透過新弼馬溫引路到蟠桃園再至王母仙宮，被玉帝誤會是要大鬧天宮而大怒道：「當年孫大聖雖然無禮強橫，就是偷桃偷酒，尚是盜賊所為；這小猴子能有多大神通？敢藐視天母，坐索仙酒、仙桃，以居大賓之位」〔註48〕遂派三界靈神、星官展開大戰。上揭二情節，皆是充分應用「對比閃回」技巧寄寓意蘊的情節例子。

〔註45〕無名氏：《後西遊記》第9回，頁64。
〔註46〕無名氏：《後西遊記》第9回，頁65。
〔註47〕無名氏：《後西遊記》第4回，頁25。
〔註48〕無名氏：《後西遊記》第4回，頁29。

（二）《後西遊記》之「預敘」敘事表現

有關與結尾時間有關聯性的閃前（預敘），其具有「明確的提示，是對後來事件的預先敘述，它通過時間上的指向性以引起讀者的期待」〔註 49〕，其中就所敘述事件不會在故事中出現，但具有「可視為對故事時空的延伸和擴展」〔註 50〕功能的外部閃前，以其功能特質檢視《後西遊記》最終回，敘述者以明確提示的「漸流漸遠，漸失其真」之表述，確實達到透過時間指向性引起讀者期待與故事時空的延展之效。至於常寫於故事開端做為對故事的梗概介紹、結局預言，俾讓讀者對故事有大致瞭解的內部閃前，《後西遊記》之序文與內文中的詩詞即具有內部閃前的功能。

從敘事時間角度檢視《後西遊記》的文本時間運動軌跡，除了充分靈活發揮閃回之外部閃回、填充閃回與對閃回等敘事功能，又同時兼備中國古典小說，以詩詞對內文作預示、概括功能的內部閃前技巧與提升作品內蘊的外部閃前技巧；爰就小說之運用時間運動軌跡而言，《後西遊記》之敘事手法亦符合了西方敘事學的基本敘事技法。

本章小結

本章結合中國古典小說敘事結構與西方敘事學理論方法對《後西遊記》故事情節之發展、結構特色、表現意義與敘事手法，逐項進行實謂層研析，研究結果包括：

首先，就中國古典小說敘事結構觀之，《後西遊記》之情節組織原則，與常見說書習慣之序曲、前戲、主戲與結尾相對應；仍多保留傳統章回小說「欲知結果，請看下回」之跨章回方式呈現特色。

其次，有關《後西遊記》之情節組織發展與結構特色，包括：（1）《後西遊記》的情節組織發展，兼備鎖鏈綴緞式因果連接，且其情節組織之鎖鏈式與綴緞式因果連接是以幾近 1：1 等比例進行布局，應存有值得深思與發掘之作意；（2）講究對稱的時空連接組合，將鎖鏈式因果連接配置於小說全文首末章回，有「如是因、如是果」象徵意涵；半偈師徒進入西方後仍繼續受到磨難考驗的情節鋪敘，隱含淨土宗認為「即使往生於西方淨土，也並不等於就

〔註49〕 胡亞敏：《敘事學》，頁 74。
〔註50〕 胡亞敏：《敘事學》，頁 75。

已成佛」說法之喻；（3）相較於《西遊記》續書《西遊補》、《續西遊記》，《後西遊記》作者以原書之「果」做為西行取「真解」故事之「因」，堪謂於所有被歸類為《西遊記》續書作品中，接續得最為順理合邏輯。並有別於一般神魔小說多為功成圓滿的封閉式大結局，作者自出機杼地留下一個充滿懸念意味、供讀者多重思維的開放式結局。

《後西遊記》之情節類型計有：（1）含括長篇小說複線情節之「主線、副線、作為背景的小故事及非動作因素」四層次（2）《後西遊記》之「發現」與「對立」情節表現意義。

至於《後西遊記》之敘事手法：（1）包括敘事視角之全知視角下的懸念與視角變異運用（2）敘述者身分之「文本層次分明的外內敘述關係、主客觀敘述者態度」的靈活轉換（3）敘事時間之倒敘與預敘運用。

筆者針對《後西遊記》進行實謂層研究所呈現之上述諸結果的客觀事實，應資證明《後西遊記》作者雖受歷史局限，但大抵而言，《後西遊記》的敘事手法，實亦含有符合西方敘事學的敘事表現方式。

最後，從本章梳理研析中，發現《後西遊記》作者擬以時下流行的神魔小說框架，貫徹其認為佛教應改革的作意意圖強烈；於靈活運用敘事技巧中，仍講究情節設置的平衡布局，文本中對佛教禪宗、淨土二宗教義用語明確的遣詞用字。小說中之人物不論是對話或自語，亦多以符合該人物角色的身份與個性認知講話，惟於劉仁被六賊捉走情節裏，那個正傷心哭得昏暈的寡母趙氏，面對因天色已晚欲前來希望借住一宿的唐半偈師徒言道「列位聖僧既是遠來，沒有駐錫之處，素齋草榻，請自尊便」〔註51〕的口吻與使用「駐錫」用語，似與趙氏角色不甚符合，但若換個角度思考，此亦正流露出敘寫者之慣用佛教術語習性。

〔註51〕無名氏：《後西遊記》第 31 回，頁 250。

第三章 《後西遊記》之人物形象及其意義

　　文備眾體特色的章回小說，主要仍多以敘事手法來形塑人物形象，尤其是神魔小說中的神魔人物或非神魔人物，於諸如代表善惡對立角色之顯著標籤性身份性質外，多亦另含藏作者賦予之象徵性意義或寓意，學者王先霈即認為「描畫人物比敘述事件更困難，對於小說也更重要」〔註1〕。

　　有關《後西遊記》唐半偈師徒人物形象，學界多予以不如《西遊記》唐三藏師徒之評價，例如：〔清〕佚名〈讀西游補雜記〉所載「小行者、小八戒未免窠臼」〔註2〕、陳美林認為「作為續書的《後西遊》在這方面卻是大為遜色」〔註3〕以及蘇興言述：

> 小行者、豬一戒都是模仿孫悟空、豬八戒寫的，只唐半偈與唐僧微有差別。他們（包括唐半偈）沒有獨立的鮮明的個性，形象站不起來，小行者之成仙了道，直到在給唐半偈當徒弟，是孫悟空之求仙訪道、鬧三界的翻版，且是不成樣子的翻版。〔註4〕

雖然針對《後西遊記》求真解的唐半偈師徒四人之藝術形象，前人相關研究大多予以不如原書之評價。筆者為期能從含融人性、神性與物性於一身的神

〔註1〕王先霈：《古代小說序跋漫話》，（瀋陽：遼寧教育出版，1992年），頁18。
〔註2〕高玉海：《古代小說續書序跋釋論》，頁113。
〔註3〕陳美林：〈《後西遊記》的思想、藝術及其他〉，《文學評論》1985年第5期，頁132。
〔註4〕蘇興：〈試論《後西遊記》〉，《明清小說論叢》第一輯（瀋陽：春風文藝出版社，1984年），頁125。

魔人物形象中，瞭解《後西遊記》之人物形象藝術及其寓意研究，進而得從中關聯尋析文本意涵與作者意；本章是以《後西遊記》中西行求真解的僧眾四人、文中出現最多的助手與對頭角色為研究對象，綜合敘事學之敘事結構、文化闡釋法與中國寫人理論等，應用文本細讀與跨界闡釋，進行屬「創造的詮釋學模型」中的實謂層研究；意即應用敘事學理論之「敘述」與「對話」，立於不同觀察點，理解作者是如何形塑人物之外在形貌與內在神氣，研析《後西遊記》之重要表層人物的形象與寓意。

第一節　唐半偈：言行一如真高僧

在《後西遊記》西行四僧眾中，孫履真、豬守拙與沙致和分別與孫悟空、豬悟能、沙悟淨三人皆有著各自的前世因緣，惟《後西遊記》中的唐半偈此一角色雖與《西遊記》中唐三藏同是人間僧眾身份，作者並未給予二人任何前世因緣關係；於角色個性表現上，更與《西遊記》原著中的唐三藏極大不同。依據樓含松提出「唐半偈大顛和尚實有其人，為中唐名僧，俗姓陳，居潮州，曾與韓愈交往，但生平無西遊之事」〔註5〕與煮雲法師〈折服韓愈的大顛禪師〉文中記載韓愈向大顛禪師留衣致敬的千古佳話〔註6〕等前人研究記述，得知史上確有大顛和尚一人，但並無有唐憲宗賜號半偈之記載，亦無大顛西遊求真解之實。本節從敘事學觀點，就視角與人物對話二面向梳理分析《後西遊記》中之唐半偈此一人物之表層形象與寓意。

一、不同視角下之唐半偈

雖說以敘事見長的西方敘事學是將小說人物視為「是情節的產物，是動作的執行者」〔註7〕，但描述小說人物的外在形貌，確實具有令讀者如親見其人的功能。鑑於章回小說多存有話本說書人難為客觀態度之弊，爰本單元兼融西方敘事學之敘述者視角與中國小說重視人物形氣神之敘事手法，探看《後西遊記》核心人物唐半偈的外在形貌與精神內蘊。

〔註 5〕無名氏：《重鐫繡像後西遊記》收錄在《古本小說集成》（上海：古籍出版社，1990 年），頁 1。
〔註 6〕釋煮雲：《佛門異記 3》，（高雄市：佛光文化，1980 年），頁 390～395。
〔註 7〕胡亞敏：《敘事學》，頁 142。

（一）以全知敘述者為視角承擔者

同樣是以干預敘述者視角對西行取經、求解的僧人代表的描寫，相較於《西遊記》第 12 回〈唐王秉誠修大會　觀音顯聖化金蟬〉中對玄奘的描述：

> 凜凜威顏多雅秀，佛衣可體如裁就。暉光豔豔滿乾坤，結綵紛紛凝宇宙。朗朗明珠上下排，層層金線穿前後。兜羅四面錦沿邊，萬樣稀奇鋪綺繡。八寶妝花縛鈕絲，金環束領攀絨扣。佛天大小列高低，星象尊卑分左右。玄奘法師大有緣，現前此物堪承受。渾如極樂活阿羅，賽過西方真覺秀。錫杖叮噹鬥九環，毘盧帽映多豐厚。誠為佛子不虛傳，勝似菩提無詐謬。〔註8〕

從上揭引文裏《西遊記》以對仗整齊文字串成的介紹，看到干預敘述者帶給讀者的，只有視覺上玄奘華麗穿著之「形」與「誠為佛子不虛傳，勝似菩提無詐謬」的告知。至於《後西遊記》干預敘述者於第 6 回〈匡君失賢臣遭貶　明佛教高僧出山〉中，則是以全知視角對被唐憲宗賜號半偈的唐大顛，進行「形、氣、神」的形容：

> 形如槁木，而槁木含活潑潑之容；心似寒灰，而寒灰現暖融融之氣。穿一領破衲衣，曄曄珠光。戴一頂舊僧帽，團團月朗。不聞念佛，而佛聲洋洋在耳；未見參禪，而禪機勃勃當身。僧臘已多，而真性存存不老；世緣雖在，而凡情寂寂不生。智滅慧生，觀內蘊，方知萬善法師；頸光頂秀，看外像，但見一個和尚。〔註9〕

干預敘述者在這段完整包含對唐半偈的容貌、衣著、身分、個性、依「僧臘已多，而真性存存不老」推算應已過青壯年紀，以及以「活潑潑之容」、「暖融融之氣」寄穿槁木、寒灰而出之態，表達了唐半偈有著超越外表的堅韌與不為外境所轉的淡定；即便身著破衲衣、舊僧帽亦遮蓋不了其曄曄珠光、朗朗氣質。李桂奎針對中國本土寫人理論特質提出綜合研究結果，認為：

> 中國寫人理論所謂的「性格」，有的側重於氣質與情調為基本內涵的「性」，有的則是「性」與「格」二者的交糅。把人物「性情」作為關注點，是中國本土寫人理論的又一特質。〔註10〕

〔註 8〕吳承恩：《西遊記》，（新北市：西北國際文化，2013.08），頁 158～152。
〔註 9〕無名氏：《後西遊記》，第 67 回，頁 44。
〔註 10〕李桂奎：《中國小說寫人研究》，頁 32。

對照全知視角下的唐半偈，不但讓讀者看到了主角唐半偈的質樸形貌，同時亦感受到眼前這位和尚散發出來的不凡氣質與智者神韻。不但完全符合上揭引文中所言之中國本土寫人理論特質，整段引文就似為是一位有修為的禪僧之自我介紹。

（二）三界人物為視角承擔者

採用「憑藉一個或幾個人物（主角或見證人）的感官去看、去聽，只轉述這個人物從外部接受的資訊和可能產生的內心活動」〔註11〕的內聚焦型視角形式，亦是《後西遊記》作者用來形塑人物的方式之一。諸如透過僧人、妖怪等其他故事人物為敘述者，進行對大顛之「形、氣、神」的形容。

天界代表唐三藏與孫悟空二人為尋找適合的西行求真解者，化身為疥癩和尚前至長安城西半偈庵，看到的正在合眼打坐的唐大顛是：

> 頭頂中露一點佛光，面皮上現十分道氣。體結青蓮，骨橫白法。兩眉分靈慧之色，雙耳垂大智之容。布納塵中，雖尚是中國僧伽；蒲團物外，已知是西方佛器。〔註12〕

唐大顛雖還是一介僧人，但唐三藏與孫悟空兩位天人以其天眼，實已見到散發著靈慧、大智與道氣的唐大顛其頂上佛光，而斷言日後定是佛門大器。於凡人視角，作者分以不同社會階層與年齡層來形塑唐大顛形象，例如第 7 回〈大顛僧盡心護法　唐三藏封經顯聖〉中寫到長安各庵觀寺院僧人看到唐大顛「人物奇古，言語清爽」〔註13〕，便以殷勤態度表示願要留大顛在寺裏掛單；知識份子代表的長安士大夫來拜訪唐大顛，則「見他沉靜寡欲，盡皆欽敬。」〔註14〕；第 6 回中遭貶的韓愈因公務外出借宿淨因庵，因見到唐大顛「默然打坐，全不動念……頗有道氣」〔註15〕而改變其對一般僧人的既定成見；至於天花寺少年和尚慧音向其師祖點石法師形容唐半偈時，率真地說道：「這個唐半偈，為人清淨冷落，全不像個和尚」〔註16〕，相對於干預敘述者所描述的「看外像，但見一個和尚」的唐半偈，在少年和尚慧音眼裏則是「全不像個和尚」，作者以相稱於敘述者小和尚年齡口吻，因其平時接觸的僧人，

〔註11〕胡亞敏：《敘事學》，頁 38。
〔註12〕無名氏：《後西遊記》第 7 回，頁 51。
〔註13〕無名氏：《後西遊記》第 7 回，頁 105。
〔註14〕無名氏：《後西遊記》第 7 回，頁 111。
〔註15〕無名氏：《後西遊記》第 6 回，頁 44。
〔註16〕無名氏：《後西遊記》第 10 回，頁 158。

大多是像點石一樣是以熱鬧法事為主業的法師，故而才會產生覺得為人清淨冷落的唐半偈並不像和尚之心理反應，作者以反襯方式達到對唐半偈為人清淨形象的更強化。

另於妖怪眼中的唐半偈，從第 16 回〈弄陰風熱心欲死　酒聖血枯骨回春〉中小妖向解脫大王報告，僧眾四人中大概只有唐半偈較好擒獲的理由是「四個和尚，一個騎馬的，生得白白淨淨，好個儀表。若要拿他，我看他忠厚老實，也還容易」〔註17〕；到了第17回〈小行者力打截腰坑　老魔王密鋪情欲塹〉，解脫大王在向七十二塹將軍描述戰況時，所夾雜對唐半偈形容「單剩下一個白臉純善和尚，斯斯文文，坐在馬上壓陣」〔註18〕；鬼國裏兩個精細魔小鬼在黑孩兒太子吩咐下，先悄悄潛入剎女行宮打探情況，看到的是「琉璃燈下端端正正一個和尚，盤膝裹腳在那裡打坐哩！滿面佛光，映著玻璃燈光，照得滿樓雪亮……還生得純眉善眼」〔註19〕；作者以簡練幾筆，即勾勒出眾妖眼裏的唐半偈其白淨容貌、斯文氣質與純善神態。

作者藉由不同敘述者視角對唐半偈之殊異形容，豁顯其筆下西行求真解的僧人唐半偈，其無穿著當時代常見的光鮮僧服外表下，所流露出全無俗僧習氣的靈慧本色。

二、禪儒兼備之真僧風範

從佛斯特在《小說面面觀》的人物分類理論觀之，《後西遊記》中的唐半偈與《西遊記》中的唐三藏，雖同可歸類偏向扁形人物；然相較於唐三藏動輒掉淚、時而膽顫懦弱、時而無智慧的慈悲言行表現；同為僧人的唐半偈，其人格特性則顯得豐富許多。

（一）以身作則守僧戒

生有法師是《後西遊記》中第一位出現的寺院僧代表，其因恐失聖寵，遂私下吩咐慧眼、聰耳與廣舌等三位徒子，設法引誘大顛沾染貪嗔淫欲事，當廣舌先以寵榮利誘大顛犯罪時，大顛回答：「為僧既入空門，且無一身，何有官職？況乎富貴？況乎寵榮？」〔註20〕廣舌不死心地續以雖不慕富貴，難

〔註17〕無名氏：《後西遊記》第 16 回，頁 116。
〔註18〕無名氏：《後西遊記》第 17 回，頁 124。
〔註19〕無名氏：《後西遊記》第 21 回，頁 156。
〔註20〕無名氏：《後西遊記》第 7 回，頁 50。

道亦不畏寂寞探之，大顛則笑道：「老僧清淨中開眼見聖，合眼見佛，天地萬物盡現吾心，應接不暇，何為寂寞？」其與天地一心、視富貴如雲的淡定，令三沙彌無言再拜離去。接著又面對傳虛、了言與玄言三僧的假言威嚇，勸大顛儘早遁去，大顛仍是一派淡然笑答：「死生夢幻一視久矣」。至於其他大寺廟以大叢林為住錫之處較體面為由來迎請者，大顛以「同一佛地，有何大小？」〔註21〕婉辭，連贈送來的袈裟，亦一概拒絕不受。

當大顛自動請纓向唐憲宗表達願奉聖命西行求真解之意，憲宗聞言感動提出欲擇吉日與大顛義結金蘭時，大顛以「佛門以清淨為宗，臣僧正欲以清淨之旨，正己正人；若喧闐迎送，移入大寺，便墮落邪魔，則求真解無路矣」〔註22〕婉拒與皇親權貴攀緣機會。不論面對同參道友的利誘威脅或一國至尊的盛情邀約，大顛皆不為所動，以清淨來正己正人。正因大顛這種以身作則、不著名相的光霽人品，令憲宗欽佩其「可謂心持半偈萬緣空矣！」〔註23〕進而賜號半偈，時人也從此開始稱大顛為唐半偈。西行求真解前，憲宗賜唐半偈許多路途中所需的衣帽鞋襪、乾糧食物、通關文牒、向如來求解表文、一路地方程途冊子與兩個精壯僧人做為隨從，大顛謝恩但只接受了兩件衣帽鞋襪和一匹馬，其餘連同隨從僧人皆退還；連憲宗擬親自為其餞行，並要文武百官與各寺僧人香花遠送，唐半偈概以「並非佛門清淨之道」〔註24〕為由婉辭。

於第10回中，當點石和尚被唐半偈棒喝嚇得息妄念、消邪念，便好奇問追問半偈此棒既能辨別邪正，但不知是否也可能除妖時，作者以「唐半偈因未試過，便不答應」的反應，來體現僧人嚴守不妄語之戒律。另於幫葛、藤兩村解決缺陷大王造陷生禍事件後，辭謝闔村百姓的拜謝供齋後，並不作逗留，喚來豬一戒收拾行李準備繼續西行；協助上善國王救回其被假佛九尾狐綁架的太后後，亦僅開示「要懺悔只須懺悔此待度之心」〔註25〕且將待度樓改稱自度樓，至於國王、太后所贈金銀珠寶，則分毫不受，並堅持倒換關文後立即西行。

〔註21〕無名氏：《後西遊記》第 7 回，頁 50。
〔註22〕無名氏：《後西遊記》第 8 回，頁 57。
〔註23〕無名氏：《後西遊記》第 8 回，頁 57。
〔註24〕無名氏：《後西遊記》第 9 回，頁 67。
〔註25〕無名氏：《後西遊記》第 27 回，頁 221。

從上揭情節對話中，看到作者以唐半偈面對皇親權貴時的：不攀緣、對不知事不妄語、心繫求解不逗留、視為眾生解難係本份且不邀功之表現，成功形塑了唐半偈不慕名利的守僧戒形象。

第 22 回，當饑腸轆轆的唐半偈聽到小行者給他的這缽飯是用神通隱身方式取來的，便以「君子不飲盜泉之水，這齋隱身取來，又甚於盜泉矣！我佛家弟子犯了盜戒，怎敢去見如來？寧可餓死，不敢吃此盜食，你還該拿去還他」〔註 26〕為由拒吃，作者透過角色略顯不懂權變言語反應，形塑了唐半偈嚴守戒律情操的形象。

第 25 回敘述師徒四人因天晚就近借宿由麝妖所變的美人家，屋主美人以其所送之酒，是以沒有濃烈酒味的仙露釀成為由，強向師徒敬酒，唐半偈則答之以酒味雖或不同但一樣是酒而婉拒領飲。未料美人並未因此放棄勸酒，續以「妾聞真解者實際也，今怎居實際而畏虛名」〔註 27〕為由，再叫侍兒奉上酒；此時的唐半偈則答以「非獨畏名，畏名中有實耳。求女菩薩原諒」〔註 28〕，面對美人的勸酒激將法，如法應對，再次婉拒。作者借南明大臣郭之奇（1607～1662 年）詩作〈十可畏〉中之「虛名真可畏，實禍從中沸」詩意，從唐半偈分與自家人代表小行者和外人代表麝妖所幻化的美人之對話情節，作者為視功名利祿為浮雲的唐半偈，再添不言神通、不受酒色誘的僧人恪遵戒律之形象。

唯一一次例外，是在徒弟們打敗六妖賊與三屍大王後，作者以干預敘述者視角描述，唐半偈為滿那些被救出的孩子們的父母願，原本是「次早起來就要走路，怎奈劉家母子苦苦留住，備盛齋相請。不多時，眾少年的父母、親戚都來叩謝，這家請，那家邀，唐長老苦苦推辭，也纏了三日方得出門」〔註 29〕讓讀者看到嚴守僧戒的唐半偈，其實並非全不通世情的。

時存感恩心、平等心及懺悔心，是佛教基本教義。《後西遊記》展現唐半偈具有感恩、平等及懺悔等三心的情節亦不少，例如：當唐半偈解決了屍靈媚陰和尚假名金身羅漢弟子沙彌一事後，得知眼前的這個沙彌亦是要隨他西行取真解，不禁大喜言道：

〔註 26〕無名氏：《後西遊記》第 22 回，頁 169。
〔註 27〕無名氏：《後西遊記》第 25 回，頁 196。
〔註 28〕無名氏：《後西遊記》第 25 回，頁 196。
〔註 29〕無名氏：《後西遊記》第 31 回，頁 254。

> 我受唐天子欽命以來，已拚隻身獨往。不期未出長安，蒙佛師指
> 點，收了孫履真，又得履真討了龍馬，一師一徒已出萬幸。何意
> 五行餘氣山淨壇後人豬守拙又奉佛教來歸。今又蒙沙羅漢遣侍者
> 沙彌相從，儼然與玄奘佛師規模相似。此雖是四位尊者願力洪深，
> 卻也是我大顛一時遭際，佛恩不淺也！吾誓當努力西行，以完勝
> 果。〔註 30〕

視求真解為己任且已做了隻身獨往的打算的唐半偈，不料因緣際會而有與唐
三藏西行求經的同數成員規模，遂誓以當努力西行報佛恩。又師徒於消滅了
皮囊山的六賊、三尸，續向西行途上，只因唐半偈心生歡喜地說了認為一路
來走愈走愈順，應是漸與西天接近緣故的話，招來孫履真不以為然，進而展
開的一段對辯；唐半偈在對辯中言道：「雖說清淨在心不在境，然畢竟山為佛
居便稱靈山，雲為佛駕便名慈雲，雨為佛施便為法雨，豈可人近西天不叫佛
庇？」〔註 31〕上揭二段唐半偈和孫履真對話的情節內容，表現了唐半偈的時
時心存感恩。

唐半偈棒喝點石和尚後，告之以「一念貪嗔，即屬邪魔外道；寸心悔過，
便成賢衲高僧」〔註 32〕，以及當大家於中分寺迷路時，相較於豬一戒因心生
抱怨導致沿途傷痕累累，唐半偈在繞了一大圈後發現竟又再繞回中分寺時，
旋即朝山門下拜道「弟子大顛想是存心怠惰，故去來反復，尚望小師父引見
菩薩，求為懺悔」〔註 33〕，前者是唐半偈言教懺悔心的情節表現，後者是唐
半偈身教懺悔心的實踐敘述。作者採用對比式的敘事寫法，以唐半偈和不同
人物對話情節，再次強化形塑出唐半偈是一位以身作則的守戒僧形象。

（二）儒僧風範明仁勇

一部富含釋、儒思想特色被奉為禪僧必讀之佛門寶訓《禪林寶訓》〔註 34〕
書中所記錄內容是「以宗杲為代表的一大批有識的禪僧為挽救佛教禪學弊端

〔註 30〕無名氏：《後西遊記》第 16 回，頁 114。
〔註 31〕無名氏：《後西遊記》第 32 回，頁 258～259。
〔註 32〕無名氏：《後西遊記》第 10 回，頁 73。
〔註 33〕無名氏：《後西遊記》第 35 回，頁 296。
〔註 34〕《禪林寶訓》，又稱《禪門寶訓》、《禪門寶訓集》，共計四卷，初由未臨濟宗
　　　　妙喜宗杲、竹菴士珪二禪師輯錄，因經長久年代遭書蠹之災而嚴重破損，後
　　　　由南宋僧淨善重新彙集黃龍惠南等先輩遺語修算分類編輯為現存內文約三
　　　　百篇的《禪門寶訓》。

而做的種種努力」〔註35〕的事蹟，其中一段有關浮山法遠圓鑑禪師（？～1067）〈二事與淨因臻和尚書〉重要言錄記載：

> 遠公曰：「住持有三要：曰仁，曰明，曰勇。仁者行道德，興教化，安上下，悅往來。明者，遵禮義，識安危，察賢愚，辨是非。勇者，事果決，斷不疑，姦必除，佞必去。仁而不明⋯⋯缺一則衰，缺二則危，三者無一，則住持之道廢矣。」〔註36〕

圓鑑禪師對仁的定義是落實在「行道德，興教化，安上下，悅往來」的淑世慈悲，明是要能做到不被名聞利養、五欲六塵迷惑污染的「遵禮義，識安危，察賢愚，辨是非」的大智行止，與為匡正世風可置個人死生於度外的直下承擔大勇表現。圓鑑禪師對「明、仁、勇」的定義展現，實與以淑世為旨的儒家所倡「智、仁、勇」思想精神意相通；圓鑑禪師視為是佛門住持之道的明、仁、勇展現，是具有淑世情懷的儒僧必備條件、亦是佛家修行成聖的重要條件。

　　本單元從梳理《後西遊記》故事人物對話中，尋析出唐半偈具備儒僧應有之如下的「明、仁、勇」人格特質。

1. 唐半偈的明

　　《後西遊記》作者針對佛門亂象，假唐半偈之口，以與其用水來滅火必招來愛火者的開罪，莫如以火之靜制火之動觀點為喻，對因上疏諫迎佛骨而被斥貶潮州的韓愈提出「以儒攻佛，而佞佛者必以為謗。群起而重其焰。若以佛之清淨，而規正佛之貪嗔，則好佛者雖愚，亦不能為左右袒，而不思所自矣」〔註37〕的看法，從中可看到作者筆下的唐半偈，乃一跳脫世俗常態思維、具有活潑創意見解的僧人。

　　唐半偈面對迂儒角色代表──絃歌村學堂老先生曲解「禮」之真諦言語，因憂心標榜斯文從事教育工作的教書先生「滿口咬文嚼字，一味毀僧謗佛，幾將佛門面皮都剝盡」〔註38〕，故選擇有別於拒吃小行者以神通取飯食的作法，採取默許孫履真以神通對不信佛者施以權變教化。

　　豬守拙因醉酒被㹠妖所變的美人設局陷害，當唐半偈乍見侍兒從床上下來時本亦信以為真，但在聽了豬守拙的懇切發誓，旋即向美人道「這事雖可

〔註35〕徐小躍釋譯：《禪林寶訓》，頁9。
〔註36〕宋・淨善編集；徐小躍釋譯：《禪林寶訓》高雄市：佛光文化，1997年），頁51。
〔註37〕無名氏：《後西遊記》第6回，頁46。
〔註38〕無名氏：《後西遊記》第22回，頁172。

疑，其中或別有隱情，還望女菩薩悲慈細察」〔註39〕，唐半偈如此行事謹慎又果敢決斷的態度，亦見於其他多處情節，例如：第34回〈惡妖精口中設城府莽和尚腹內動干戈〉，當豬守拙哭訴著他們可能陷入妖怪的五臟廟，沙致和則質疑二師兄的話時，唐半偈見狀即言：

> 我們在嶺上就望見城池，及走了一、二十里反看不見，又叫孫履真去探望，忽又現出城池，或有或無，自然是妖精變化迷人的了！後來我們進城，先過了一條長橋，豈非妖精之舌？後到城圈邊，黑洞洞一望無際，豈非妖精之喉？繞入城圈，就被一口氣直吸到這裡，這裡又有五臟廟兒，豈不是明明在妖精肚裡？再有何疑！〔註40〕

從聯想式地以長橋附會妖精之舌、城圈邊對應妖精之喉、繞入城圈以喻五臟廟，半偈臨危不亂且耐性地仔細向兩位徒弟說明其合理推論依據。又當聽到笑和尚主動提到豬守拙與沙致和恐有危難時，唐半偈即推斷笑和尚的話中應有機旨，遂決定親自入草庵向笑和尚祈教並求趨避之方；其一貫謙虛、遵義禮的態度，更為自己獲得來自笑和尚賜予破解咒語的偈語助緣。

作者透過故事人物對話，形塑出唐半偈的智，實乃兼具創見、懂權變、臨危不亂、行事謹慎又觀察入理的明智形象。

2. 唐半偈的仁

《後西遊記》中有不少關於唐半偈與三個徒弟和其他後生晚輩的對話情節，首先是與孫履真初見面時，唐半偈除了主動先自我介紹，包括法名大顛由來及其因憂心佛教與個人認為「我佛真經，必須求我佛真解，方得宣明度世」〔註41〕原因而上表，並為避免徒弟緊張遂以「你既入我佛門，拜我為師，便是我佛家弟子，我當與你摩頂受戒，喜得你頭髮不甚多，也不須披剃」〔註42〕幽默呼應孫履真的活潑。至於與孫履真起個僧家俗號小行者，亦以非命令式口吻，而是用商議的語氣告以「狂妄之號，非我僧家所宜。你老祖當時歸佛教時，也有個俗號，叫做孫行者。你既是他一派，以後只以小行者稱你，何如？」〔註43〕令孫履真歡喜接受。餘如：領旨西行前夕，唐半偈

〔註39〕無名氏：《後西遊記》第25回，頁198。
〔註40〕無名氏：《後西遊記》第34回，頁283。
〔註41〕無名氏：《後西遊記》第9回，頁62。
〔註42〕無名氏：《後西遊記》第9回，頁62。
〔註43〕無名氏：《後西遊記》第9回，頁62。

垂問孫履真是否還有什麼掛懷事？面臨孫履真要獨自去佛化寺除妖怪時的叮囑小心，行至尚不知住有妖怪的解脫山時對徒兒們叮嚀：「一路來高山雖有，不似這山陡峻。徒弟啊！你們須當小心，不可大膽」〔註44〕等表現，將唐半偈在在處處所流露出對徒弟之慈愛心，躍然紙上。

又當唐半偈與豬守拙、沙致和同陷妖精肚裡，兩位徒弟得知師父唐半偈只消念個靈咒讓師兄孫履真頭痛，即等同傳訊讓師兄知道他們在哪兒，便一起勸請唐半偈快念咒，但唐半偈第一時間不假思索說的是「他一路吃辛受苦，百依百順，怎忍再念？」〔註45〕雖然，最後基於脫困考量，只好選擇盤坐默念定心咒使孫履真知其行蹤，但其仁心可見一斑。

師徒同陷險境時，唐半偈視徒弟安危甚於己命的事實，可從師徒西行途中屢遭凶險可見，例如：遇到狡滑且不可理喻的缺陷大王，孫履真於向金星問明緣故與對策後，決定讓豬守拙護守師父，獨自去拿妖怪；半偈聽到孫履真要獨自一人去抓妖時，即叫豬守拙陪同孫履真前往抓妖，自己則選擇「自在此坐」即為一例。唐半偈初見豬守拙時，並未因豬守拙外貌而生分別心，仍同對待孫履真一樣的商量口吻，起一個取義戒五葷三厭及貪嗔色相，外人又方便稱呼的「豬一戒」別號。相較於唐三藏與豬八戒的之初見面，三藏對向他禮拜的八戒講「既從吾善果，要做徒弟，我與你起個法名，早晚好呼喚」〔註46〕，益顯唐半偈的仁愛慈心。

另針對豬八戒與豬守拙同在表示肚子餓事項上，《西遊記》中的唐三藏師徒拜別烏巢禪師，續行日晚，豬八戒一說「我老豬也有些餓了，且到人家化些齋吃，有力氣，好挑行李」〔註47〕卻被孫悟空譏為戀家鬼，唐三藏聽了兩個徒弟的對話，並未做聲；但當八戒回道「哥呵，比不得你這喝風呵煙的人。我從跟了師父這幾日，長忍半肚饑，你可曉得？」〔註48〕三藏聽了卻立言道「悟能，你若是在家心重呵，不是個出家的人，你還回去罷」〔註49〕慌得八戒連忙跪下解釋，結果是忍餓繼續向前行腳。

〔註44〕無名氏：《後西遊記》第16回，頁115。
〔註45〕無名氏：《後西遊記》第34回，頁283。
〔註46〕吳承恩：《西遊記》第19回，頁240。
〔註47〕吳承恩：《西遊記》第20回，頁245。
〔註48〕吳承恩：《西遊記》第20回，頁245～246。
〔註49〕吳承恩：《西遊記》第20回，頁246。

　　反觀《後西遊記》中的唐半偈，當其看到蓮化村老者給予的盛筵款待時，心思一路化齋難得有如此盛齋，便想讓徒弟吃個夠；遂待豬守拙「放開肚皮，直吃得風卷殘雲，落花流水」〔註50〕一碗接一碗地吃到撐腸拄肚，放下筷子抹嘴坐著，方才起身代表大家向老者作禮道謝布施。過了蓮化東鄉接至蓮花西鄉，豬守拙因又欲邀大家一同化齋，而遭到大師兄孫履真揶揄，此時唐半偈看到豬守拙翹嘴生氣地挑起行李往前直奔，即改變主意對孫履真言：

> 履真呀，你看豬守拙發急往前跑，想是他食腸大，肚裡實實餓了，
> 故作悻悻之狀。總是佛門廣大，各人有各人的本來面目，不必強他。
> 我們到前面去看有甚大戶人家，化些與他吃吧。〔註51〕

一句「各人有各人的本來面目，不必強他」展現了唐半偈為師者的仁心與同理心，即便遭到小行者勸其莫要慣壞了豬守拙，唐半偈只是不言語，但還是將馬韁一拎，遠遠隨著豬守拙趕來。兩相對照，《後西遊記》中的唐半偈較之於《西遊記》中的唐三藏，於對待徒弟上，明顯多了一份同理心的慈悲。

　　唐半偈與沙彌沙致和二人的初見面，端因假扮沙致和的媚陰和尚終於被真的沙彌收服，在對處置媚陰和尚過程中，半偈以萬劫修行不易為由，告訴沙致和應要以佛慈悲心予媚陰一條改過自新的路。

　　在整個西行求真解過程中，唐半偈對待三位徒弟，除了示以慈悲身教，同時不忘觀機逗教；面對因受媚陰冷氣而差點兒凍死的豬守拙替其抱不平時，唐半偈除了同樣要一戒體諒媚陰，並觀機教育豬守拙，應專注於各修各的前程，不可效尤別人的不如法。

　　唐半偈與孫履真、豬守拙和沙致和的互動，雖名為師徒，實乃抱持亦師亦友態度；行途中，因天寒夜黑欲借宿民家，聞內有哀哭聲，於取得家主人同意進入前，唐半偈先是細心囑咐徒弟們「他家既有苦切之事，我們須要小心，不可囉唕。」〔註52〕。見到孫履真伶牙俐齒地唐突老和尚，唐半偈便趕緊上前以徒弟們是頑蠢胡談，請老和尚見諒不要介意；得知豬守拙因受困「掛礙關」落後未到，即向看守中分寺正門的小沙彌拜託言道：「豬守拙雖貪嗔未淨，也是弟子一手一足，萬望轉達菩薩，赦其前愆，容後改過。」〔註53〕；

〔註50〕無名氏：《後西遊記》第36回，頁299。
〔註51〕無名氏：《後西遊記》第36回，頁302。
〔註52〕無名氏：《後西遊記》第31回，頁250。
〔註53〕無名氏：《後西遊記》第35回，頁296。

又當唐半偈聽到菩薩言道已照驗明白他確實是道念真誠，慧根清淨而准放西行，但隨行徒眾則仍須一一報名照驗，因擔心三個徒兒因道念不夠真誠、慧根尚未清淨而無法過關，便先跪下來，以三個徒弟都是不懂禮節的山野頑蠢為由，來向菩薩求情，其愛徒之心溢於言表。

當豬守拙與沙致和因前一日被文明大王的金鉋打怕了，慌了手腳，顧不得師父，逕自駕雲逃跑一事，被文明大王拿來做為揶揄半偈被自己的三個徒弟棄之不顧時，半偈答以「此不過暫避大王之鋒耳，豈有不顧之理？況他三人頗能變化，或者此時原變化了暗暗在此保護，也未可知」〔註 54〕，更充分表現出一位師父對徒弟的完全信任。

然除了以同理心的慈悲和藹應機教示對待弟子之外，唐半偈認有需屬色訓誡徒弟時，仍會正色予以教示。例如：當大家正忙著用鐵棒、禪杖企圖划動陷在水中流轉的船，只有豬守拙因還在氣頭上，非但不幫忙且還在一旁說風涼話，唐半偈便重話喝斥一戒是沒規矩的野畜生！又當聽到豬守拙對老道婆僅以粥齋僧，便嘰嘰噥噥地抱怨連盤素菜都沒的態度，亦立即教訓「饞嘴畜生！多感這女老菩薩，煮這樣好粥齋僧，已是莫大功德，你怎敢爭長競短！」〔註 55〕當師徒四人身陷亂石堆砌得水泄不通的夾壁中，討論該如何突圍時，沙致和却說著只要砍些樹木搭個篷兒就可棲身、挑些野菜煮菜羹便可充飢的話，被唐半偈解讀為是未正視困境的無所謂態度，便指責沙致和於困苦中應商量正事而非油談。

當見到豬守拙沒聽懂師兄孫履真對沙致和講「和而不流」的本意，即隨口一句「流沙河已過，再流些甚麼？」唐半偈立即告誡豬守拙休得野狐禪。師徒一同上嶺接受大辯才菩薩照驗的徒弟中，只剩豬守拙尚未通過，唐半偈立即代徒弟向菩薩求情；但轉身見到滿身沙礫、頭破血出的豬守拙，總算跌跌撞撞地奔回來，卻還咕噥抱怨個不停，旋以「不悔自家貪嗔，生出許多掛礙，轉怨道路難走。若果道路難走，為何我們平平安安走了過來？」〔註 56〕喝斥豬守拙要自我反省。又從未遭鞭策的龍馬，因突被豬守拙蠻打一下，負痛長嘶，如奔雲掣電般地向前狂跑，導致半偈捧馬跌倒；豬守拙在先後遭師父及師兄責備後，非但不知悔過，還遷怒做勢要打龍馬。唐半偈見狀訓其以

〔註 54〕無名氏：《後西遊記》第 24 回，頁 185。

〔註 55〕無名氏：《後西遊記》第 20 回，頁 150。

〔註 56〕無名氏：《後西遊記》第 35 回，頁 296。

「不知事的野畜生！你驚了馬跌我，怎不自家認罪，反要打馬？打傷了馬，前去還有許多程途，卻叫他怎生走？論起理來，該痛打你這畜生幾下纔是」〔註57〕，及時糾正了豬守拙遷怒他人的行為。

言教之外，唐半偈更重身教弘法。師徒一行來到聖凡交界的雲渡山，就是否要選擇相信牧童之言，給其銀錢做為交換指引渡口一事，各有各的看法。最後，半偈以「非我不知痛癢要轉遠路，但為僧之義須要腳踏實地，若夫空來巧去，實不願托足，況從前甘苦已經十萬八千，至此百里勤勞，又何足憚？」〔註58〕唐半偈以身教告訴弟子為僧之義應「腳踏實地」而非「空來巧去」，令徒弟們心悅誠服。孁妖所變美人因惱羞成怒遂將半偈師徒鎖住，已淪為階下囚的半偈還告訴徒弟：「這女子昨夜備那樣的盛齋款待我們，又鋪設那樣床帳請我們歇宿，你又頂著此污穢之名，他一時之氣，將我們關鎖在此，也不為過」〔註59〕，又當聽到孫履真打算「去弄個手腳，包管他自來開門，請我們走路」〔註60〕時，更不忘提醒「徒弟呀，任你如何做為，只是不可傷人」〔註61〕，作者以唐半偈仁慈以待傷害自己的人，形塑其以德報怨性格。

與冥報和尚對談中，唐半偈面對言行雖不如法的冥報和尚，並未動怒，始終抱持謙虛態度，然當他目睹豬守拙與沙致和兩個徒弟的尸首被扛出來放在禪堂門外時，則怒斥「死有何妨！只是青天白日之下，都市善門之中，怎敢殺人？縱無佛法，也有王法！」〔註62〕，作者透過唐半偈對冥報和尚之孰可忍孰不可忍反應表現，再次強化形塑唐半偈非濫慈悲之人。

至於對待非門下弟子的後生晚輩，唐半偈仍一秉平等心，例如：與少年和尚慧音論佛法，仍是溫和善誘；看到點石與其他欲起亂的僧眾被棒喝後選擇皈命，滿心歡喜，慈悲地扶起點石並予機會教育：「一念貪嗔，即屬邪魔外道；寸心悔過，便成賢衲高僧」〔註63〕。當聽到媚陰原係枯骨修行，因不得聖僧純陽之血，致以萬劫無法生肉，故欲取純陽之血時，半偈先是肯定媚陰的枯骨能修是佛門善事，並表達自己「死生如一」的心態，再以「莫若留了自

〔註57〕無名氏：《後西遊記》第38回，頁321～322。
〔註58〕無名氏：《後西遊記》第38回，頁318。
〔註59〕無名氏：《後西遊記》第25回，頁199。
〔註60〕無名氏：《後西遊記》第25回，頁199。
〔註61〕無名氏：《後西遊記》第25回，頁199。
〔註62〕無名氏：《後西遊記》第37回，頁312。
〔註63〕無名氏：《後西遊記》第10回，頁73。

家本來面目漸次修去，或者佛法無邊，還有個商量。若要損人利己，以我之死易汝之生，恐佛門中無此修法」〔註64〕，即時糾正媚陰錯誤的修行觀念與方式；唐半偈幾經折騰方被救出後，不但選擇原諒本欲噬其血以生陽、生血的媚陰和尚，還阻止豬守拙對媚陰的報復，並念及媚陰和尚真修不易，以「妄想固自招愆，真修從來不昧。我如今不究你的妄想，但念你的真修」〔註65〕之由，慈悲地咬破自己的右手無名指，滴出幾點血來灑在媚陰頂門中間，並為其祝頌「莖草能成體，蓮花善結胎。願將一滴血，充滿百肢骸」〔註66〕，希望媚陰要知曉成身容易修心難，莫再自甘墮落，充分體現了佛家無緣大慈、同體大悲之教義精神胸懷。

《後西遊記》作者透過唐半偈以智慧的慈悲、平等心和同理心態度對待徒弟和其他後生晚輩的故事情節，形塑唐半偈乃具有德行、重教育的慈悲僧人藝術形象。

3. 唐半偈的勇

《後西遊記》中的唐半偈為不讓佛教因舉世邪魔致淪為有識者所譏諷，遂決定離開只求個人平安之不焚不誦的山中禪定生活，選擇為護法、弘法而出山的情節，是寓意唐半偈為護法而展現直下承擔的表現。其後親訪各寺廟得知「佛教今已盛極，若再令天下講經，這些俗講師定以果報施財為正解，豈不令我佛萬善妙法轉為朝廷治世之蠹」〔註67〕實況，即主動撰寫表文請黃門官轉奏唐憲宗表達「倘必欲講明大法，亦須敕使訪求智慧高僧」〔註68〕之個人建議。從其憂思當時講師多僅以果報施財為正解，導致原是應世的萬善妙法反變成朝廷治世之蠹，從其於上表文前之謹慎求證態度，可看出唐半偈的勇，並非暴虎馮河之勇。

唐半偈除了上揭為護法所展現直下承擔的大勇，其為護法而可置個人死生於度外的大勇情節，則大多集中在與不如法的法師和妖怪的正邪之辯上。例如：唐半偈與諸法師在對包括布施、化齋、收入等佛法教義上的辯論情節；唐半偈見到天花寺建築十分富麗，本不打算進去，但見少年和尚慧音再三拱

〔註64〕無名氏：《後西遊記》第 15 回，頁 109。
〔註65〕無名氏：《後西遊記》第 16 回，頁 114。
〔註66〕無名氏：《後西遊記》第 16 回，頁 114。
〔註67〕無名氏：《後西遊記》第 7 回，頁 48。
〔註68〕無名氏：《後西遊記》第 7 回，頁 49。

請，為滿其願，方才答應；接著被留在客堂枯等了一個時辰，亦未顯不悅，但當聽到佛法被誤解，其勇於護法之心則相對表現出強烈的無比堅定；面對天花寺住持點石認為三藏真經流傳既久實無求真解之必要，唐半偈道：

> 真經雖流傳天下，然未得真詮，將我佛萬善法門，度世慈悲，俱流入講經說法，果報小因，屬民害道。故我佛不勝憐憫……要天子如昔年求經故事，再遣人去求，求得真解來解真經，方得度世度人的利益。〔註69〕

唐半偈認為今令講經說法只停留在果報小因上，肇因真經未被真詮解的一番言語，被點石法師斥為是敗壞佛門、愚惑天子的妖僧所為時，唐半偈並未動氣；當點石針對唐半偈西行求真解乃荒唐之負評時，唐半偈亦仍理直氣和地告知以「真經之必求真解也」〔註70〕回應；然而當聽到點石指責封經文乃妖僧之術時，唐半偈則怒斥點石指佛為妖行徑，實才是真佛門之妖；又當點石齊集並鼓動二、三千徒子法孫七嘴八舌對唐半偈施壓時，唐半偈毫不猶豫地接下小行者奉上來的木棒，將點石與眾僧們的妄心、邪念，一一棒喝息消，進而皈依；以及唐半偈與冥報和尚針對東土西天孰優？受人天供養、佛門清淨、奢華與莊嚴之辯等等，在在充分彰顯唐半偈臨危不懼、除姦去佞的大勇精神表現。

另作者又藉由唐半偈與蓮化村老者的對話情節，描述熱心齋僧的蓮化村老者提醒並勸半偈師徒往天竺國雷寺必經蓮花西鄉時，最好是悄悄避開那位能幻術又會持咒咒人的從東教冥報和尚時，唐半偈答以「貧僧既為佛家弟子，佛法是非敢畏禍而不辨明？承老菩薩指教，且到前途，再作區處」〔註71〕以形塑唐半偈直下承擔、勇於面對的人格特質。

《後西遊記》作者透過上揭多例描述唐半偈與眾妖魔、不如法僧人間，就於解經等佛門相關作為上，因持不同認知而唇槍舌劍的對立情節，漸次形塑唐半偈為護法所展現的臨危不懼、無畏生死、除姦去佞之儒僧大勇性格，是來自其個人堅深的佛法修行，而非依仗神通。

就故事主角唐半偈之表層人物形象部份，藉由不同身分的神魔人物視角來疊塑唐大顛的形、氣、神，迥異於《西遊記》中之唐三藏動輒掉淚、懦弱與

〔註69〕無名氏：《後西遊記》第 10 回，頁 71。
〔註70〕無名氏：《後西遊記》第 10 回，頁 72。
〔註71〕無名氏：《後西遊記》第 36 回，頁 301。

濫慈悲。《後西遊記》作者於第 7 回到第 21 回中，以其生花妙筆、遊戲行文方式，藉由上揭諸情節，形塑出唐半偈，其明，兼具有創見、懂權變、臨危不亂、行事謹慎又觀察入理的明智形象；其仁，落實在施以平等、同理心的教育方式與慈悲的德行上；其勇，是直下承擔、無畏生死、除姦去佞之儒僧大勇性格。換言之，即賦予唐半偈兼具恪守戒規的禪僧品德，與明仁勇的儒僧特質的藝術形象，完全符合本論文前揭全知敘述者所「見」之唐半偈；尤其唐半偈視眾生解苦難是本份，並付諸行動西行求真解的表現，幾可謂是現實歷史上唐朝真僧唐玄奘之化身。

然而，作者並未因要賦予唐半偈具有明仁勇的儒僧形象，便將唐半偈神格化為完美無瑕聖人形象，亦即並未忽略唐半偈是凡人身分的事實；在《後西遊記》中，不乏看到作者鋪陳唐半偈之具凡人情緒與對境生迷情節。

例如：唐半偈禪定時因不夠專心，導致妖怪有機可趁的情節；遇到馬顛身骨難受時，忍不住氣又上來遷怒開罵豬守拙；但隨後看到豬守拙全身著火跑來，還是關心地問這個讓他受氣徒弟為何被燒？只是置身愈燒愈旺的火團境上，唐半偈更加焦躁。直至孫履真提到此行所發生之事，皆一一應驗了牧童之口，或許棧道火燒真的就是肇因動了肝火所致，唐半偈聽了孫履真的一番分析後，言道：「徒弟呀，你這話說得深有意味。我方才因豬一戒驚馬跌我，一時惱怒，也只認做七情之常，誰知就動此無明，真可畏也！今幸你道破，我不覺一時心地清涼，炎威盡滅。」〔註 72〕唐半偈對於弟子的指正，非但不生氣，並立即自省是自己的一念瞋心起火燒功德林，而此一股燒得遍天紅的莫名之火，在就唐半偈的幡然大悟下瞬間熄滅。

又如：唐半偈將冥報和尚的從東寺改名蓮化寺後，師徒一行歷經千辛萬難終於來到所謂的西方，進入天竺國管下的雲渡山。唐半偈在途中因受不了乘船忽上忽下的重力顛簸，怒斥豬守拙「好畜生怎捉弄我？我方才不要上船，你又再三攛掇我上船，及上了船怎又叫我上岸？」〔註 73〕的反應，當聽了孫履真提到這實應驗了先前遇到的那位牧童講的「聖河水枯只得要上岸」的話後，唐半偈的默然表現，即已顯露出自己有省思到，即便是豬守拙提出上船的提議，但最後上船的決定也還是自己的選擇；待出了問題，才遷怒怪弟子，實對豬守拙有欠公允，且有失為人師之風度。唐半偈接受弟子

〔註 72〕無名氏：《後西遊記》第 38 回，頁 323。
〔註 73〕無名氏：《後西遊記》第 38 回，頁 321。

指正的雅量與及時懺悔省悟，是凡人知恥近乎勇的表現。整段情節對話，將即便是具有明仁勇風範的儒僧，一旦面臨逆境，仍可能會有瞋心生的反應，描寫得很符合自然人性真實面；就似真實世界中，真存在這般個性的唐半偈大顛和尚。

有別其他神魔小說作者常將主角完全神格化的敘事作法，《後西遊記》作者賦予僧人角色代表的唐半偈，亦有像凡人因日常小事而情緒失控的反應表現，寓有「佛由人成」的深意表現，堪謂是作者在故事人物形象與意蘊項上的一大特色。

第二節　孫履真：跨灶之才靈巧心

《後西遊記》作者透過眾猴視角，親眼目睹山頂上連續七七四十九日的奇觀，就小石猴的出世與形貌精氣神，給予彷彿置身其中、歷歷在目的形容：

> 霞光萬道，瑞靄千條，結成奇彩」的好奇，及至忽聽空中一響雷，
> 山頂上霞光瑞靄，霎時全被兩道金光衝散。幾隻較膽大的猴子，爬
> 到山頂上，看見「形分火嘴之靈，體奪水參之秀。金其睛而火其眼，
> 原為有種之胚胎；尖其嘴而縮其腮，不是無根之骨血。」〔註74〕

作者讓大家看到孫履真尚是小石猴時，其在與孫悟空一樣是吸取日月菁華而從石頭中迸出的降生方式，與同般火嘴金睛、尖嘴縮腮的相貌下；單純的小石猴因看到死亡，這與佛陀尚為悉達多太子時，因遊四城門見到世間老病死的類似因緣，而開啟對無常的思考。孫履真是在無漏洞中自悟出心中真師，亦與佛陀在菩提迦耶的菩提樹下金剛座上禪定開悟相似。

除了上述不同的開悟方式，《後西遊記》作者更以其創意思維、生花妙筆敷敘出孫履真在因嫡系關係而具有與孫悟空相似容貌下的種種大不同。

一、智勇雙全不躁進

《後西遊記》作者在第一回與第二回以伏筆式的情節鋪陳，運用與《西遊記》中孫悟空類似境況，架構出自稱小聖的小行者孫履真，其與老祖孫大聖在待人處事上的迥異風格，以及各自不同的求道因緣條件。從尚為小石猴時的孫履真，因目睹老猴子死而萌發修仙長生念頭，遂亦效法老大聖四海求

〔註74〕無名氏：《後西遊記》第1回，頁3。

成仙之道，編筏乘海隨風飄訪北俱蘆洲、西牛賀洲、南贍部洲，最後乘筏再回到自己的東勝神洲；外出繞了一大圈，最後在回到無漏洞裏，定心存想四十九日方大悟「真師」原就在自心中。

　　孫履真前往幽冥地府，本意原是要向十殿閻君請教「講生死、論善惡」，卻因此發現陰司生死案上崔判官的徇私作弊；孫履真非但未像當年老大聖的咄咄逼人、替天行道式訓斥，反而是奉勸盛怒的十王對過往之事莫追究，並提供「權在列位賢王，解到上帝，未免多事。今幸尚是唐家天下，莫若挪前減後，扯平他的運數便了」〔註75〕的參考作法，令十王聞言大喜。又與冥府十王理辯生死善惡與智判地府三案中所展現的智慧與辯才，其與當年孫悟空手持如意棒去至冥府，即大剌剌地就逕自往森羅殿上正中間南面坐下，並拿過生命簿但見註有猴屬之類的名字全數刪除，還邊摔簿子邊大言「了帳！了帳！今番不伏你管了！」〔註76〕迥然不同的行止，更是贏得十王予以：「昔年老大聖判斷公事，只憑鐵棒，威則有餘，理實不足。今上仙針芥對喝，過於用棒，可稱跨灶」〔註77〕之高度評價。

　　乃至為求「真知」而飛到天宮，遇到御馬監的新弼馬溫，孫履真誤以為此處即有仙酒、仙桃，遂向新弼馬溫提出給些充飢止渴就好的要求，於經新弼馬溫解釋該處只有水草類，蟠桃在蟠桃園而非其監所管有，也就不強人所難。此舉獲得新弼馬溫「這人大有本事，確是孫大聖嫡派子孫。且喜他心性直，明道理，肯聽人說話」〔註78〕的評價。

　　作者透過與《西遊記》中孫悟空同有過的鬧龍宮、入冥界、鬧天宮等經歷之不同處理結果的強烈對比情節，藉由孫履真分別與冥界十王與天界新弼馬溫的對話，以及龍王、十殿閻君等人對大、小聖不同處理方式所給予的殊異評價，形塑堆疊出孫履真講道理的形象，讓閱聽者具體觀知到其筆下孫履真，實有別孫悟空傲岸不馴的潑猴形象。

　　又例如孫履真因突然的連日莫名頭痛，思及老大聖曾告訴他頭上戴著的箍兒是其魔頭，遂向通臂仙求助，聽到通臂仙述及當年觀世音菩薩教唐三藏用念緊箍咒方式收束老大聖的法術，並提醒有痛處就一定有痛的來源處，孫

〔註75〕無名氏：《後西遊記》第3回，頁26。
〔註76〕吳承恩：《西遊記》第3回，頁50。
〔註77〕無名氏：《後西遊記》第3回，頁22。
〔註78〕無名氏：《後西遊記》第4回，頁26～27。

履真便抽絲剝繭地回想自己頭痛過程：第一次頭痛時間是在清晨，心思對他念咒的人想必在南方；第二次頭痛時間是午間：

> 到了午間，他便側過身來向西而坐，真也作怪，忽一點痛又從東半
> 邊頭上起，他猶不信。他又側身向東而坐，果然不差一點，痛又從
> 西半邊頭上起。孫小聖驗準了，心下方喜道：「這個念咒的定在南方
> 無疑了。」挨到次日，遂一路筋斗雲向南而去。不多時，早到了南
> 瞻部洲，按下雲頭一看，乃是大唐國界。〔註79〕

作者運用偵探般推理思維，帶領讀者隨著孫履真進行地毯式求證，並透過上述情節，除了強調孫履真雖頭痛卻仍能冷靜尋析頭疼方向的智慧，同時形塑了孫履真聰明、活潑卻不躁進的性格；例如：如以孫履真是「挨到次日」才出發，以說明孫履真在確定頭痛起因方向時，並未立即行動；當孫履真尋著頭痛源點來至大唐，花了兩天時間南、西、北、東全都轉了，才找到長安城西的半偈庵，當時即使早已頭痛欲裂，又恐怕錯怪人而不敢冒然行事，因此忍著頭痛在窗外偷看，直至待到觀察確定是眼下屋裏那位和尚一念經，他的頭就又痛起來後，多方確認後才敢付諸行動。

孫履真為讓師父能得有匹好馬乘坐以西行取真解，自動請纓去與東海老龍王借龍變馬的過程中，孫履真以先禮後兵態度，採迂迴戰術、未動干戈，終於智令東、南、西、北四海龍王，先後借出了那匹負河圖的龍馬，並送上周時昭王南征時所駕御馬身上的那付「雙鐙珠鑲玉嵌，一鞍銀縷金雕。層層襯雁軟隨腰，繡帶絨繩奇巧。環嚼彩光艷艷，障泥錦色飄飄。絲韁滴滴紫蒲桃，真個是駕馭龍駒至寶」〔註80〕的鞍轡。

與豬守拙前往萬緣山眾濟寺，欲向自利和尚討回其之前向豬八戒借的釘耙，想到行前豬八戒曾提到，自利和尚是一個油腔滑調、喜入怕出的人，待見到自利本人，果真是不認帳，在手中確無證據可資證明情況下，孫履真遂先假裝是誤聽並故意對豬守拙說「獃兄弟，老師父這等一個大寶剎，難道賴你一柄釘耙不成，想是我們誤聽了」〔註81〕讓自利和尚先卸下防備心，再變身為米蟲飛進寺中，一探究竟；最後，伺機與豬守拙分別假扮為苦禪和尚和與鶚化道人，智巧取回釘耙。

〔註79〕無名氏：《後西遊記》第 8 回，頁 59。
〔註80〕無名氏：《後西遊記》第 9 回，頁 66。
〔註81〕無名氏：《後西遊記》第 12 回，頁 86。

來到葛藤村，遇到專門在平地弄陷阱害人的缺陷大王，孫履真帶著向金星借來的一粒金母，在與豬守拙合力消滅將由狗獾變成的妖精過程中，看到自己使出打在葛藤上的金箍棒一但掣起，葛藤又恢復原貌；豬守拙的釘耙向前一築，鈀齒反被葛藤絆住。孫履真見狀便停住使勁，邀豬守拙一同改為直接斫倒硬根好讓軟枝條無可依附，這樣子的打擊方式終於滅了獾怪，救回師父。繼續西行，一路上又接連碰到文明大王的挑釁、麝妖美人計等障礙，所幸關關險惡層層克服。

行至十惡山，師徒中了忍惡妖王所設圈套，全被困在前後路皆被石塊阻斷的夾壁峰中。身陷於英雄無用武之地狀況下，孫履真先交代妥師弟們應如何照顧好師父吃食問題，再隻身混入妖巢，利用十惡山上妖王間彼此的不信任進行挑撥離間，以促其自相殘殺，整個過程亦全是以智取勝。面對師父被抓，生死未卜，狡滑的鉗口妖又在一旁以素齋款待為由，故弄玄虛時，孫履真在心中的自語：

> 「這妖精若是實意，我不進去，師父如何得出來？若弄虛頭，他兩
> 個已入圈套，止我一人在外，倘再著手，叫誰來救應？」又想一想
> 道「有主意了。」遂滿口答應道：「我去，我去。你們一齊先走領路」
> 哄得眾妖一齊背過身去……〔註82〕

引文中在敘述孫履真心思可能有詐，遂先盤算分析進洞或不進洞的各可能後果過程中，作者改以透過敘述者自語方式，來呈現人物的情緒與思維變化，之後再回到干預敘述者視角告訴讀者：孫履真要眾妖們一齊先走前頭領路，自己則在後利用神通悄悄用手指著洞口前一塊大石頭叫了聲「變！」就變出一個長得和自己同模樣的分身，然後自己再變一隻蒼蠅，叮在小妖頭上跟了進去，以及小行者選擇先制伏群妖再解救師父的內心想法。最後終於巧智救回師父及兩位師弟。

見到兩個師弟因被冥報和尚施咒如死屍不動時，孫履真亦是採取冷靜處理，先是以「師父，不要嚷傷了和氣！他兩個又不曾死，不過是連日辛苦，貪懶躲在此睡一覺兒」〔註83〕安撫師父唐半偈情緒，再假藉撫摩著兩個師弟身體之際，讓自己的元神跳出逕奔森羅殿，向十王求解咒之法，終於有驚無險地再次救回兩位師弟。

〔註82〕無名氏：《後西遊記》第 18 回，頁 132。
〔註83〕無名氏：《後西遊記》第 37 回，頁 312。

　　又當孫履真與師父、師弟一行人來至解脫山前，聽到唐半偈雖不知眼前是何山，但從其險峻形狀，恐山中有妖魔而要徒弟們小心點兒時，孫履真聞言說道「『有妖魔也要過去，沒妖魔也要過去，管他有無做甚？師父只管大著膽跟我來。因取出金箍鐵棒，吆吆喝喝在前領路」〔註84〕寥寥數語，即讓孫履真勇敢無畏的灑脫模樣，躍然紙上。

　　作者藉由對孫履真所施展的各種巧智、急智、圓融智等情節敷敍，巧妙形塑出孫履真那由具敏銳觀察分析力、講道理、不躁進所組成的智勇雙全的藝術形象。

二、率真溝通不好鬥

　　具有敏銳觀察力與不躁進，是作者筆下孫履真的人格特質，因此當他在確定導致他頭疼欲裂的人就是眼前這位和尚，始才進入佛堂：

> 忙走進佛堂，雙膝跪在唐半偈面前道：「老師父！我與你前世無冤，今世無仇，你為何在此咒我？」唐半偈忙抬頭一看，只見一個尖嘴縮腮猢猻般的人，雙手抱頭跪在地下說話，因答道：「貧僧自持定心真言，何嘗咒你？」孫小聖道：「你不咒我，為何你念咒我便頭痛？」唐半偈道：「哪有此說！我不信。」孫小聖道：「你不信，試再念念看。」〔註85〕

一句「老師父！我與你前世無冤，今世無仇，你為何在此咒我？」流露出孫履真願以溝通取代鬥氣鬥力的本性，其一副「雙手抱頭跪在地下說話」的模樣，與當不知情的唐半偈不相信真是其「念經」造成別人的頭痛時，孫履真答以「你不信，試再念念看」的率真，令讀者閱之不禁心生憐惜。又從其尚是小石猴身份在拜師過程中對唐半偈說的話：

> 人皆贊說，心如金石，我的心是石頭裡生出來的，怎麼不真？我是個急性人，就此拜了師父罷。」隨趴在地下磕了八個頭，又說道：
> 「既拜為師徒，就是一家人了，那個真言卻是再不可念。〔註86〕

從上揭引文與當唐半偈問小行者行前尚有何牽掛時，小行者回答以「老師父也忒婆子氣，既做了你的徒弟，便死心塌地跟你，要去就去，還有什麼牽

〔註84〕無名氏：《後西遊記》第 16 回，頁 115。
〔註85〕無名氏：《後西遊記》第 8 回，頁 59。
〔註86〕無名氏：《後西遊記》第 9 回，頁 62。

掛？」〔註87〕；以及為填平缺陷山，在順利向金星借得一粒金母後，頑皮地故意反問金星自己有否試驗過？有沒有效？而當金星笑言跟別人拿東西卻還這麼急，小行者立即還以「哪個要你的？我只拿住妖怪就送來還你。快取來！莫要小家子，惹人笑話」〔註88〕；幾則簡單流暢的情節，即成功鋪陳出小行者可愛、率真、機敏與淘氣模樣。

至於因受到孫大聖指點而息妄心，並反省自己仗著一支金箍棒便自以為是的態度乃「真取禍之道也」而「自此之後，已上天下地，各處游行，卻亂念不生」〔註89〕的情節，則凸顯孫履真除了明理，並且是懂得自我反省的個性形象。

由於孫履真在歷經定心堂中的大悟自心真師、祖大聖的偈語開示，已非昔日懵懂小石猴，因此面對好不容易從不老婆婆處逃了出來的豬守拙，情緒激動地數落他是個戀懶人、賊心肝、狗肚腸並提出拆夥各奔前程話時，孫履真耐性地給了解釋：

> 呆兄弟不要急，不是我不來救護，豈不聞兵法上說得好：朝氣盛，暮氣衰。這婆子初出來，坐名尋我，一團銳氣正盛，我若便挺身出去，縱不怕他，畢竟難於取勝，故叫你二人出去先試他一試。他如今連贏了你二人兩陣，定然心驕志滿，看人不在眼裡，又等了我這半日，一閒盛氣自然衰了，他那玉火鉗的夾法，我又看得明明白白。我如今走出去，一頓金箍鐵棒，不怕不打得他魂銷魄散，讓我們走路。〔註90〕

作者藉由孫履真與豬守拙的對話，再次形塑出孫履真的巧智，以及其採取溝通代替爭執的處事態度。

遇到事親至孝且英明的十八歲上善國王，只因誤會來換關文的唐半偈，就是綁架其母后的那位「自稱古佛」妖僧而堅不放行，導致半偈師徒無法繼續西行求解時程；被上善國國王斥為言語荒唐的孫履真並未動怒，為營救師父，在耐心聽完了上善國王講述太后失蹤的來龍去脈後，孫履真以理析取代理辯，回答以「都是太后妄想成佛，動了貪心，起了邪念，故近山中妖獸聞

〔註87〕無名氏：《後西遊記》第 9 回，頁 62。
〔註88〕無名氏：《後西遊記》第 14 回，頁 97。
〔註89〕無名氏：《後西遊記》第 5 回，頁 39。
〔註90〕無名氏：《後西遊記》第 32 回，頁 265。

知，假變佛形來鼓惑、攝去，皆小小幻術耳！不足為奇。等我去拿他來與陛下細審，看是也不是？」〔註91〕並且主動表達願將妖怪捉來讓國王細審，圓融地釋出友善之意。

　　集天地精華、看似無所不能的孫履真，作者亦賦其凡間應有的人之常情。例如：當孫履真目睹不老婆婆摔碎玉火鉗後觸死在大剝山崖，心生不忍之餘，本想叫同不老婆婆出戰的那些女兵們幫主人收屍，沒想到全跑個精光；再轉進山叫人，卻看到那山中跑出無數老老小小的女子，根本不管婆婆死活，大家皆只走到不老婆婆身邊，各拾了兩片摔碎的玉火鉗，便逕自四散逃生去了，孫履真基於「道中還有道，情外不無情」〔註92〕之念，咒喚山神土地幫埋了不老婆婆的屍首。又於獲悉師父唐半偈與兩位師弟皆身陷蜃妖腹中，喚來土地詢問，卻仍無法得知蜃妖藏身之處，「一時苦上心來，止不住痛哭起來」〔註93〕，這是《後西遊記》描述小行者的唯一一次掉淚；這段有著性情中人掉淚的描述，是作者依據自己於前面章回中對孫履真此一人物性格形象的合理化延展。

　　回顧《後西遊記》第34回之前的情節中，孫履真敬師唐半偈自不在話下，其對待兩位師弟亦重情有義，諸如：豬守拙因見到父親豬八戒可以日日享受各壇供獻，後便動搖了西行求真解的心意，沒想到卻招來父親一頓告誡。孫履真見狀則以「師弟此來，原非為嘴。只因西方路上多妖，手無寸鐵，難以西行。聞師叔九齒釘鈀久在西方路上馳名，今已證果，要他無用，何不傳於師弟，去保護師父。一以顯師叔世代威風，一以全師叔未完功行，豈不美哉？」圓融地為自己的師弟緩頰。第28回中的孫履真滅了假扮古佛的野狐，順利還了唐半偈的清白，沒想到了陽陰二氣山又被困著了；遂與豬守拙跳到空中勘查陽陰二氣山的山頂，其以敏銳觀察力看出其象似太極，便告訴豬守拙該山的竅脈應就在東西兩旁。豬守拙便提議若要讓東邊熱氣與西邊的寒氣相通，倆人就必須從兩邊挖起，孫履真聞言，立刻一句「兄弟說得是，就先從東邊挖挖看」〔註94〕回應，展現了為人師兄的氣度。

　　當孫履真中了妖怪的調虎離山計，導致師父唐半偈落入妖怪手中，於前往討人時，即與妖明言：「你若是有些靈性，見景生情，急急將我師父送過山

〔註91〕無名氏：《後西遊記》第27回，頁214。
〔註92〕無名氏：《後西遊記》第34回，頁278。
〔註93〕無名氏：《後西遊記》第34回，頁281。
〔註94〕無名氏：《後西遊記》第28回，頁225。

去，我便與你講明，各奔前程。我們自去證我們的佛果，你自做你的妖情」
〔註95〕；看到黑孩兒派去的小惡鬼們包圍著師父唐半偈挑釁，也只是抽出金
箍鐵棒，大喝一聲，震嚇那群小鬼妖；見到師父完好無恙地端坐，也就不再
追趕那些鬼妖。又從對奉文明天王前來追殺其師徒四人的黑將軍的「你做你
的天王，我做我的和尚，我過路和尚又不犯你天王之法，為何拿我去受死？」
〔註96〕一段話，與後來順利自文明黑洞中逃脫，卻又偏遇上文明天王騎烏騅
在後窮追不捨，孫履真遂要兩位師弟保護師父先行離去，自己則踅回身用鐵
棒擋道：「潑妖精，趕人不可趕上。我們昨日讓你贏一陣燥燥皮，今日可知趣，
悄悄回避，你也算是十分體面夠了！怎又不知死活來趕我們做甚？」〔註97〕。
從孫履真與妖怪們交鋒時的種種應對過程，在在展現孫履真並不好鬥的本性。

　　乃至從老和尚口中得知大剎山不老婆婆「聞得當年天生石猴孫悟空有條
金箍鐵棒，乃大禹王定海的神珍鐵，能大能小，方是件寶貝，曾在西方經過，
卻又不湊巧，不曾撞著與他對敵取樂一場，故至今抱恨」〔註98〕，遂命心腹
押著老和尚日夜打聽會使金箍鐵棒的孫履真。從小行者聞言後主動向老和尚
提出「老師父倒不如瞞了他不去報知，讓我們悄悄過去了，留他那條老狗命
多吃兩年飯，也是老師父的陰騭」〔註99〕，作者以情節敷敘出孫履真非但已
改掉昔日初獲金箍鐵棒到東海嬉戲之心，且還選擇了要息事寧人地悄悄過去。
又因聽說蓮化西村有妖僧，因此當豬一戒表示想至西村多化一餐吃時，孫履
真還是提議「莫若悄悄過去，趕到前村再去化齋也不遲」〔註100〕，此些情節
表現，充份流露出孫履真並不好鬥之人格特質。

　　相較於《西遊記》中孫悟空講出「古人云：『斷送一生惟有酒。』又云：
『破除萬事無過酒。』」〔註101〕的世故，《後西遊記》作者掌握住每一個可同
時呈現孫履真多元面向性格的機會。除了為孫履真形塑了「智勇雙全不燥進、
率真溝通不好鬥」，一切皆為真經求解的佛門大護法藝術形象；同時並未忽略
孫履真尚存有與生俱來古靈精怪的猴性。聽到小道童講到老道士的鼎爐藥器

〔註95〕無名氏：《後西遊記》第18回，頁129。
〔註96〕無名氏：《後西遊記》第23回，頁175。
〔註97〕無名氏：《後西遊記》第24回，頁183～184。
〔註98〕無名氏：《後西遊記》第32回，頁260。
〔註99〕無名氏：《後西遊記》第32回，頁260～261。
〔註100〕無名氏：《後西遊記》第36回，頁301。
〔註101〕吳承恩：《西遊記》第71回，頁836。

就是姹女，忍不住好奇心遂「到了夜深黑暗，拿出他的猿猴舊手段，輕輕的從前殿屋上直爬到後殿菩提閣邊」〔註102〕，以及仗著師徒四人中只有自己有上過西天，因此在雷音寺假扮如來作弄豬守拙等作為。

雖說明清時代的白話小說，以全知敘述者進行情節推展為常態，然《後西遊記》中的全知敘述者在形塑孫履真人物形象時，卻不像在描述唐半偈時的如影隨形，反倒似站得遠遠地旁觀，讓孫履真躬行演示告訴讀者：自己雖有著跟祖大聖一樣的形貌，卻是如何地不一般。

第三節　豬守拙：外醜內誠願受教

《西遊記》中的豬八戒此一人物角色，其貪吃、好色、好計較與喜在唐三藏面前挑撥孫悟空的不是之藝術形象，可謂深植人心。至於與豬八戒有著俗世親子血緣關係的豬守拙之藝術形象，本節分就時豬守拙與師父、師兄弟、妖魔鬼怪和其他人物的互動，以及其面對困境時的因應態度，進行梳理研析。

一、時現憨直偶靈光

《後西遊記》作者安排讓豬守拙窩在香積廚竈下草柴堆裡，做為於故事中出場的地點，藉孫履真尋至香積廚聽到的哼哼唧唧打鼾聲為線由，以及提起鐵棒打破大水缸開展情節畫面，先是從孫履真的眼看見「竈下草柴堆裡忽然跳出一個長嘴大耳的妖怪來，懵懵懂懂往外亂跑」〔註103〕，旋即掄起金箍棒將豬一戒的鐵幡桿打做兩截，雲行追趕得令豬守拙乾脆也就不再跑了，回轉身來架著半截斷幡桿問道：「你這惡魔頭，我與你往日無仇，近日無冤，你為何苦苦來逼我？」〔註104〕令讀者即便尚未隨故事發展來知曉豬守拙就是豬八戒兒子，單從這段與孫履真的不打不相識過程，即看到豬守拙個人特質中之重視吃、懵懂憨勁兒與並不好鬥性情。

當豬守拙聽到孫履真告知其所等待的求解人，即是他的師父唐半偈時，豬守拙卻又說要先去看看寺前山下是否真有師父，再決定要否相信孫履真的話，表現出豬守拙雖憨直卻非愚笨，亦可同時解讀為是作者為表現遺傳自尚未成為淨壇侍者前的父親豬八戒猜疑個性的伏筆。

〔註102〕無名氏：《後西遊記》第2回，頁13。
〔註103〕無名氏：《後西遊記》第11回，頁76。
〔註104〕無名氏：《後西遊記》第11回，頁76。

遇到唐半偈後，豬一戒「弟子外雖醜惡，內實真誠，止有一心，並無二念」、「但憑師父」、「我小豬性情愚蠢，不知什麼叫做五葷，什麼叫做三厭，只求老師父直脫些為妙」〔註105〕等話語，流露出直截不藏拙自然本性，讓唐半偈認其實也算是個入道之器，為其取名「守拙」，認為「守拙」與「履真」，俱是實地工夫，另又與他取了個連貪嗔色相一切都戒了的「豬一戒」名字。當然，若以佛教戒律觀點深究「一戒」此名，筆者認為作者在此「一戒」名中，隱含了能先守住一「戒貪」就很好了的寓意。

其他情節諸如：師徒好不容易從蠶妖腹中逃出後，聽到師父憂慮眼前陡峻之山恐又是蠶氣所化，故要大家小心點兒的話時，豬守拙嚇得連忙放下行李站著不敢走，惹來孫履真與沙彌的取笑，便只說了句「我說的是正經話，你卻當取笑」〔註106〕就「挑起行李來捂著嘴往前又走」〔註107〕；當師徒四人終於取回真解，隨旃檀佛與鬥戰勝佛同往大雄寶殿功成受職時，唐半偈、孫履真與沙彌聽到升職，無不歡喜拜謝佛恩，只有豬守拙悶不吭聲，世尊遂問其是否嫌淨壇職小？豬守拙才說出他不願接受的理由是「我父親曾說，淨壇乃受馨香之氣，恐充不得飢腸，故不願受」〔註108〕，直到聽了世尊道以還未成佛是享受不出此馨香味，必得待成佛後才會瞭解，此馨香之氣是勝似甘露醍醐味的說明，方才開心地拜謝佛恩。

相較於《西遊記》中的豬八戒是在被孫悟空半哄半騙下，跳進古井中救國王的被動個性；豬守拙遇到與自己在行的事時，則表現出自告奮勇的態度。例如：孫履真貼著水一路追，仍不見被假沙彌帶走了的師父唐半偈，急得暴跳如雷回東岸與豬守拙說：「怎麼青天白日睜著眼被鬼迷了！」看見師兄這般著急自責，豬守拙猜測應是水中邪祟所為，便自告奮勇對孫履真說：

> 河雖闊大，也必定有個聚會潛藏之處以為巢穴。我豬一戒托庇在天蓬水神蔭下，這水裡的威風也還有些。你倒看著行李、馬匹，等我下去找尋一個消息，再作區處。〔註109〕

豬守拙表現了臨危不亂、主動承擔，尤其在聽到孫履真對他說，若能尋到師父，即算是其西天求解第一功時，豬守拙只回了：「只要尋著師父，脫離此

〔註105〕無名氏：《後西遊記》第 11 回，頁 79。
〔註106〕無名氏：《後西遊記》第 35 回，頁 288。
〔註107〕無名氏：《後西遊記》第 35 回，頁 288。
〔註108〕無名氏：《後西遊記》第 40 回，頁 340。
〔註109〕無名氏：《後西遊記》第 15 回，頁 107。

難,便大家造化,什麼功不功!」〔註110〕語畢,快速脫去衣服,提起釘鈀就跳進河中,直入波濤深處,四下找尋唐半偈,讓人見識了豬守拙率性不居功的灑脫一面。

解脫山七十二輊妖魔利用調虎離山計捉走了唐半偈,孫履真等三師兄弟與解脫山眾妖群戰後,回到原處發現師父唐半偈不見了,沙彌第一時間說可能是師父等得不耐煩,騎著馬別處逛逛,這時,豬守拙則指著一塊石頭提出反問:「我們的行李明明放在此處,怎麼如今不見了?難道行李也會耍子?」〔註111〕。聽到孫履真說陰陽二氣山之竅脈可能是在東西兩旁時,豬守拙立即提出若要東西相通,就須從兩旁挖起;又當孫履真將發現正東中間土色與別處土色不同之事告訴豬守拙後,豬守拙說畢「果然有些古怪,等我試試看」〔註112〕,即立刻取釘耙去鋤紅土。從豬守拙在這兩件事上的反應,可看到豬守拙仍有其觀察入微與主動性的一面。

二、臨危急智理虧默

作者賦予以懵懂、憨直形象出場的豬守拙,隨著故事情節發展,陸續流露出與憨直、善良、勇敢等正向表現互相衝突的個性,除了上述猜疑表現外,在遇到危難時所展現的如簧之舌,更是顛覆了豬守拙向唐半偈自我介紹時,形容自己是性情愚蠢的小豬。例如:在與師父唐半偈二人同被陰、陽二王捉到洞中審問,唐半偈因「無用正乃二位大王之大用,若必以有用顯能,則不為正氣而為妖氣」〔註113〕一席話惹惱了陰、陽二王,豬守拙見到小妖們聽令要來殺他們之際,急中生智大喝「妖怪不得無禮!誰敢殺我?」並有條不紊地介紹師兄孫履真是鬥戰勝佛孫大聖的後人、師弟沙彌是金身羅漢的侍者,以及孫履真與沙彌二人之降妖伏魔的豐功偉業,並自報家門是天蓬大元帥之子等語,來與敵周旋〔註114〕。在第32回中,豬守拙盼不到孫履真的救援,為求脫困,遂轉向不老婆婆哀告:

> 婆婆請息怒,我實是僱來挑擔的沒用的和尚,怎敢與婆婆相抗?
> 實是被那姓孫的賊猴頭耍了,他雖有些本事,只好欺負平常妖怪。

〔註110〕無名氏:《後西遊記》第 15 回,頁 107。
〔註111〕無名氏:《後西遊記》第 18 回,頁 127。
〔註112〕無名氏:《後西遊記》第 28 回,頁 225。
〔註113〕無名氏:《後西遊記》第 28 回,頁 230。
〔註114〕無名氏:《後西遊記》第 29 回,頁 232。

昨日見婆婆下了戰書，曉得婆婆是久修得道的仙人，手段高強，不敢輕易出來對敵，故捉弄我二人出來擋頭陣，他卻躲在後面看風色。我二人若是贏了，他就出來爭功，今見我二人輸了，只怕要逃走也不可知。婆婆若果要見他，可快快放了我，趁他未走，等我去扯了他來。……我老豬是個天生成的老實人，從來不曉得說謊，況又承婆婆高情，這等耳提面命，就是平昔有些玄虛，如今也要改過了，怎敢哄騙婆婆以犯逆天之罪？……我只說，婆婆是個有情有義的好人，要見你一見，只不過是聞你的名兒，並無惡意。你若躲了不出去，豈不喪了一生的名節？還要帶累師父過不得山去……〔註115〕

為取得不老婆婆相信，豬守拙不但將話說得是極盡阿諛奉承，待脫困回去見到了孫履真，生氣歸生氣，聽完了孫履真的解釋，卻也還是告提醒師兄莫要輕敵，要小心不老婆婆的厲害夾法；且嘴巴雖嘟嚷著要散伙，但最終還是配合孫履真的計謀，翌日再去哄騙不老婆婆，從對守山寨的小妖說「昨日與他對敵是他的仇人，故被他夾了一下。今日與他講好是他的恩人，他還要謝我哩！怎說納命？還不快引我進去相見」〔註116〕，然當轉身面對不老婆婆時，卻又表現得一本正經地喝大喏「天生老實豬一戒參見婆婆，謝昨日不殺之罪，請今日不說謊之功」〔註117〕。作者運用豬守拙唱作俱佳地與不老婆婆對話過程，將豬一戒的識時務與急中生智的表現，描寫得活靈活現。若就更深層寓意探之，此段情節實則隱現了作者認為倘是為解難而編造的謊言，並不算妄語的觀點。

好不容易才等到見了生身父親的豬一戒，看到父親豬八戒說明釘耙去處後就要告別，毫不掩飾的一句「生不見親，才能識面，怎麼就要去了？」〔註118〕自然流露出的稚子情深，令人感動。

在對待師父的態度上，是完全的尊敬與聽從。諸如唐半偈師徒在一開始討論要不要鑿通二氣一事上，豬守拙與孫履真是持不同看法的，但當看到師父聽了孫履真的解釋後「連連點頭」，也就不敢再言，掣出釘耙言道：「既是

〔註115〕 無名氏：《後西遊記》第 32 回，頁 264。
〔註116〕 無名氏：《後西遊記》第 33 回，頁 272。
〔註117〕 無名氏：《後西遊記》第 33 回，頁 272。
〔註118〕 無名氏：《後西遊記》第 12 回，頁 84。

這等,快去,快去!」〔註119〕又豬一戒面對仇家玉面娘娘的兒子黑孩兒王子,師父唐半偈以一句冤家宜解不宜結為由,要他釋前嫌放了黑孩兒,縱使心有不甘,嘴裏對著黑孩兒碎碎念自己被其抓後不知打了多少,此時卻要這樣輕放他,最終還是尊從師令,將綁在黑孩兒身上的繩索解了,可見豬守拙是非常尊師的。

　　與師兄弟互動上,雖與孫履真偶有拌嘴,但基本上仍是同心協力護持師父西行取真解,諸如:孫履真一早叫醒豬守拙一同去捉妖怪,豬守拙就立刻爬起來問要去哪裡?孫履真只講:「你莫管,只拿了釘耙跟我來,不要驚動師父」〔註120〕豬守拙也就未再多言,悄悄拿了釘鈀,跟著小行者走;到了目的地不滿山,按八卦方位找到了西北乾方的一塊光潔土上,就叫豬守拙快動手,豬守拙亦依言舉起釘鈀用力築。豬守拙與師父及沙致和誤入蜃妖腹中,卻不自知時,當見到一座小廟時,作者以豬守拙第一時間的暗自竊喜反應:「既有廟宇,就不是僧家也是道家,且進去告訴他一番失路的苦楚,問他化些飯大家吃了,也可遮飾前言,免得沙彌笑我」〔註121〕,成功形塑出本性憨直的豬守拙,那既怕丟臉亦想彌補過錯的單純心。

　　從人物特性上觀之,《後西遊記》作者將「憨」做為豬守拙此一角色穿梭於整個故事中的一條人物形象軟籐,至於籐條上時而又出旁生的其他諸如貪嗔痴情等枝葉,維妙維肖的活靈活現,並不亞於「憨」主幹。

　　作者賦予豬守拙是豬八戒的親生子身份,以父子倆有相似處亦有殊異點,來作為形塑豬守拙的人物形象重點之一。例如:當父親的豬八戒有飲素酒〔註122〕,而豬守拙亦因貪享美酒香甜而中了麝鹿妖的美人計〔註123〕;然除此之外,豬守拙其實與豬八戒在臨境處事上仍有很大區別。豬守拙對待父親、師父唐半偈及與兩位師兄弟,在互動應對上,每次當知道是自己不對時,大多時候就不再多言爭辯,即便有時覺得委曲,也就生悶氣或嘟嚷幾句罷,展現了合乎人倫的孝親尊師觀。

　　整部《後西遊記》之人物類型中,作者用情節堆砌出豬守拙那綜合了「時現憨直偶靈光、臨危急智理虧默」人格特質,亦即有著在直腸子個性下卻又

〔註119〕無名氏:《後西遊記》第 28 回,頁 225。
〔註120〕無名氏:《後西遊記》第 14 回,頁 976。
〔註121〕無名氏:《後西遊記》第 34 回,頁 282。
〔註122〕吳承恩:《西遊記》第 54 回,頁 652。
〔註123〕無名氏:《後西遊記》第 25 回,頁 196。

仍知分寸、願受教的優點，也有著好吃、毛燥與沒耐性等缺點，應算是具有最貼近人性、令人信服的圓形人物。

第四節　沙致和：剛正守信敬師友

　　《西遊記》作者雖賦予《西遊記》中的沙僧具體明確的「一頭紅燄髮蓬鬆，兩隻圓睛亮似燈。不黑不青藍靛臉，如雷如鼓老龍聲。身披一領鵝黃氅，腰束雙攢露白藤。項下骷髏懸九個，手持寶杖甚崢嶸」〔註124〕外貌形象，但因全書藝術光芒主要集中於孫悟空身上，其次是唐三藏與豬八戒，整個求真經團隊中，沙僧就如其面容，顯得較黯淡無色；唯一較突出的情節表現，是集中在其對豬八戒的消遣揶揄，以及看到豬八戒被唐三藏罵時的幸災樂禍。

　　然於《後西遊記》中的沙致和，作者除了予其是沙僧已證成金身羅漢的弟子身份，並以一開始即名之為沙彌，間接表達了這位受沙羅漢命令，在流沙河岸等候唐半偈的沙彌，年紀尚不足 20 歲，抑或可能還未受貝足戒的初級出家男子。因此，筆者選擇以佛教戒律視角，梳理沙彌沙致和的人物藝術形象。

一、誠信正直重和諧

　　誤信媚陰謊言而離開流沙河岸再返回的沙彌，從一開始聽到孫履真告知也是個自稱金身羅漢遣來隨侍的和尚帶走唐半偈時，怒道：「這尸靈怎敢假我名號哄騙聖僧？罪不容於死矣！」〔註125〕；面對豬守拙的質疑時，則回答「師兄駁得極是，連我一時昏也被他騙了」〔註126〕，作者以短短幾語，就令讀者看到沙彌剛直、有禮的形象。沙致和聽到孫履真決定自行去救師父，要他只幫忙看行李、馬匹時，認為原奉師命來送唐師父過河，卻因受騙而害唐師父被抓，全是自己的罪過，遂自告奮勇要去收伏尸靈，將唐半偈平安送還上岸。從第 16 章前半回情節敘述，就已看到沙彌除了正直有禮，又加上重義負責的人格特質。

〔註124〕吳承恩：《西遊記》第 22 回，頁 268。
〔註125〕無名氏：《後西遊記》第 16 回，頁 112。
〔註126〕無名氏：《後西遊記》第 16 回，頁 112。

　　當唐半偈賜名沙彌有著寓意出家眾首重六和敬之「沙致和」名時，兩位師兄針對「致和」一詞，一給提醒、一給開玩笑，沙致和聽了非但沒生氣，看到豬守拙在收拾行李，並還主動表示隨行的行李，此時該輪到他挑了；當豬一戒回說還是由兩人分擔，沙致和即言「聽憑師兄」，作者透過人物間的簡短對話，即體現了佛陀攝眾之「六和敬」法重點之口和無諍、意和同悅。

　　第 38 回〈從肝脾肺腎以求心歷地水火風而證道〉中，沙致和首先發現柳樹下的河中有艘大船泊在岸邊，便喚來豬守拙一起上船，待出了狀況，從沙致和言道「想我們真是呆子，要圖安逸纔上船；上了船若似這等趴在地下掙命，轉覺挑行李走路又是神仙了」〔註 127〕，可感知到其言語下那自責的心與自覺的慧根。

　　師徒一行被十惡山的忍惡妖設計引入夾壁峰後，不久發現被眾妖以石塊塞斷前路、阻住後路。唐半偈見狀即憂言不要說沒地方棲身，恐怕光餓就餓死了之語。沙致和聽了率真直言：「餓是餓不死，若要棲身也還容易。一路來看見那夾壁中樹木廣有，野菜甚多。斫些樹木，搭個蓬兒，就可棲身；挑些野菜，煮做菜羹，便可充飢。愁他怎的？」〔註 128〕雖然說這話後，被唐半偈訓斥為是油談，但從另個角度來看待沙致和說這段話的本意，也許是希望緩和大家的緊張氣氛，又或許真是出自其隨遇而安的個性使然；從閱讀接受者角度觀之，筆者感受到的是沙致和以維持團隊平安、和諧為優先的話中心意。

二、臨危不亂尚務實

　　師徒行至陰陽二氣山，皆明顯感受到東邊陽山的炎熱，孫履真見狀便將唐半偈的馬牽轉走向有陰雲的西邊，豬一戒雖亦受不了酷熱，但因不想轉來轉去多走，索性賴坐地上，沙致和挑起行李在跟著師父到了西邊陰山，臨著颯颯清風，霎時覺得涼快不熱，就趕緊向二師兄招手喚其快來，看到豬守拙不答應，就耐著性子一直招手喚到二師兄跟上來為止。當聽到豬守拙因太累而心生抱怨，認為師父坐在馬上，全然不懂得他們倆挑著重擔跑山路的艱苦，便提議乾脆就停下來歇歇時，沙致和一席「哥哥呀，各人走的是各人的路，

〔註 127〕無名氏：《後西遊記》第 38 回，頁 321。
〔註 128〕無名氏：《後西遊記》第 26 回，頁 206。

各人走到了是各人的前程,莫要看樣」〔註 129〕的回答,讓豬守拙停止了抱怨。

師徒離開蓮花西鄉行至一座亂山,正思量著該走哪條路,遇到一個倒騎黃牛的牧童,因唐半偈與小行者傾向不答應牧童提出要付錢方肯引路的要求,導致豬守拙抗議他實是走不動了,沙致和為免大家因此傷和氣,便又對豬守拙言道:「你且不消與師父、師兄爭得,只問你,這牧童要錢財,你將什麼與他,他肯領你過渡?」〔註 130〕。從沙致和遵從師父意思,並很有耐性地對待二師兄及中和異議,確實形塑出符合沙彌法名「致和」的人物個性形象。

又從當陰陽二妖王假「僧來看佛面」言語而故意放行離去,沙彌因認為眼前的這個妖精說話未必老實,便建議挑起行李就要繼續前行的豬守拙暫莫前進,以防誤中對方設下的圈套哄騙。與唐半偈、豬守拙同陷蠶妖腹中,大家皆身受如同山搖地動跌宕顛簸危險之際,沙彌因聽到蠶妖肚皮外,傳來陣陣吆喝聲,便又立刻對豬守拙說:「我們好呆!師兄既往外面廝殺,我們何不內外夾攻?」〔註 131〕師兄弟三人同心協力、裏應外合終於打敗蠶妖。作者以上述二情節,彰顯沙致和的謹慎、臨危不亂與務實的性格。

另外,於辯才大菩薩在進行各別照驗小行者等三人的過程中,孫履真師兄弟三人,因非出於心甘情願,便跟著唐半偈磕了個頭後,就全都起身,尚且勉強表現了相同的尊從師意;至辯才大菩薩一一點名時,即明顯表現出不一樣的反應:孫履真俐落地上前一步,扼要簡答「小孫便是」;豬守拙先是悶不吭聲,接著才「搖頭擺腦」地回應;至於沙致和,則中規中矩地報全名「小和尚就是沙致和」,作者以簡單的一個動作、一句話,便將唐半偈的三個徒弟的個性特質,恰如其份地活靈活現出來。

若以續書角度進行人物對照研究,沙致和與《西遊記》中的沙悟淨最大共通處,大概即是個性較無變化;惟深入觀察,實可發現倆人除了表現出一樣的任勞任怨,仍沙彌其別於沙悟淨之「誠信正直重和諧、臨危不亂尚務實」的個人形象。

〔註 129〕 無名氏:《後西遊記》第 38 回,頁 319。
〔註 130〕 無名氏:《後西遊記》第 38 回,頁 319。
〔註 131〕 無名氏:《後西遊記》第 34 回,頁 285。

　　從研析《後西遊記》核心人物形象及其意義過程中，看到作者以其生花妙筆讓唐半偈師徒栩栩如生地躍然紙上，並為表現西行求真解的師徒四人皆是同具優、缺點的人間性格，縝密鋪陳出唐半偈仍有對境生迷時刻，已自悟心中真師的孫履真還有古靈精怪的猴性與好強不服輸的人性弱點，豬守拙亦曾經為了圖一時安逸而興起打消護持唐半偈西行的念頭，沙致和於大家正值危難之際說了不得體的話而挨師父的罵。綜合前揭研究結果，在在顯示作者確實做到「小說寫人應該注意『人無完人』這一事實」〔註132〕。

第五節　《後西遊記》之助手與對頭角色

　　以「角色模式」和「語義方陣」理論享譽於形名學界的格睿瑪（Georges Bernanos）認為，有關故事中人物的性格個性看似有無限變化類型與關係，實際上是由有限的基本型式變化延伸出來的；格睿瑪並依故事人物關係提出「支使人（destinateur）、承受人（destinataire）、主角（subject）、對象（object）、助手（adjuvant）、與對頭（opposant）」等六種角色，並從敘事觀點認為：

> 「支使人」（或「發動人」）引發「主角」的行動，行動又有一定「對象」，「主角」又往往有一「對頭」（或「敵手」）阻擋其獲得「對象」，但通過「助手」的輔助，主角終於克服困難，並獲得「對象」而將之授予「承受人」（「主角」往往也是「承受人」）〔註133〕

格睿瑪認為引文中之六種角色，彼此的相應關係代表著一定的語法與主題關係，又一個角色可由故事中的不同人物來扮演，或一個人物亦可能同時扮演兩個以上的角色，格氏後又提出將每個角色相應出反面角色的模式修正。

　　筆者依據格睿瑪「角色模式」立論繪製【圖3-1：《後西遊記》故事人物關係表】，說明：對應《後西遊記》故事人物，擔任下達尋取求解人命令的如來是發動整個西行的「支使人」、「對象」是佛經真解，至於「承受人」則是沿途憑藉團隊力量突破重重魔難困境的唐半偈師徒，師徒四人亦同時是「主角」，爰就略而不研。本節僅就《後西遊記》中扮演助力者、阻力者、既是阻力者又是助力者的故事人物，進行如下分述。

〔註132〕李桂奎：《中國小說寫人研究》，頁32。
〔註133〕高辛勇：《形名學與敘事理論》（臺北市：聯經出版，1987年），頁148～153。

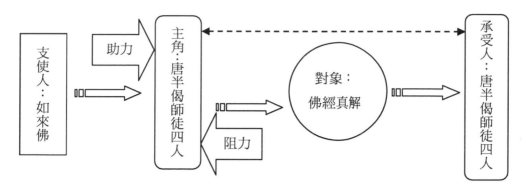

圖 3-1：《後西遊記》故事人物關係表

一、《後西遊記》中之助手角色

對以仙佛、魔怪、神通與寶物等為主要元素，做為鋪陳下凡歷劫、濟世度人、功成證果情節的神魔小說而言，其中擔任助力、阻力者，是不可或缺的重要人物。細察《後西遊記》中扮演純助力角色者，可概分下列二類：

（一）神通廣大的助手角色

《後西遊記》中的唐三藏與孫悟空，雖是承佛旨負責完成指令者，但主要還是扮演「助手」角色，除了適時給予唐半偈、孫履真指點迷津，對於唐半偈師徒遇到危難時，尤其是碰到為凡間人不信佛威時，唐三藏與孫悟空則以其本具神格的身分，顯神通化點俗眾幫助解危，例如：在全國封經事件上的表現、唐三藏化身為笑和尚點撥唐半偈；孫悟空指點孫小聖至南海普陀山求觀世音菩薩出面，解救被困在火雲樓的唐半偈等情節即屬之。另於神魔小說常見之的山神、土地，扮演著類似今日為民服務的基層村里長功能，提供孫小聖於入境問路、問俗時之協助，則屬神通廣大型的「助力」角色。這些神通廣大型的助手，《後西遊記》作者常是以簡要數語之表面上是指點迷津，實另意有所指的人物對話，鋪陳並推展情節前進；例如：唐三藏告訴唐半偈「有路，有路！只是到臨期不要推諉」〔註134〕即屬之。

（二）直諒多聞的助手角色

在《後西遊記》諸多助手中，最先登場亮相的是有提攜後進之慈愛心的通臂仙，面對孫履真尚身為懵懂無知小石猴時的提問，總知無不言地為其解

〔註134〕無名氏：《後西遊記》第 7 回，頁 51。

惑，並適時給予指點迷津；另諸如：總為在天庭闖禍的孫小聖緩頰並及時伸援手的太白金星、以智巧讓小行者醒悟自己的缺點的造化小兒、點撥型的笑和尚與牧童，都是具有友直、友諒、友多聞性質的善知識。

又從《後西遊記》之唐半偈師徒四「主角」組隊西行求真解情節觀之，孫履真與豬守拙從不打不相識到為護師西行，二人聯手從自利和尚手中索回九齒釘鈀；甫加入團隊的沙致和說他願扛起西行所有行李挑擔工作時，豬守拙則主動表達願與其分工；西行途中，不論遇到多大危難，唐半偈師徒四人始終彼此直心對待、互相體諒，終於克服萬難功成證果的文本內容，唐半偈、孫履真、豬守拙與沙致和四人，實則亦同時扮演著彼此的「助手」角色。

二、《後西遊記》中之對頭角色

本單元依據《後西遊記》中立於阻礙唐半偈師徒西行求解的阻力角色特質，將《後西遊記》中的「對頭」角色，概分為貪戀名利的「對頭」角色與曲解佛法的「對頭」角色，進行梳理研析。

（一）貪戀名利的對頭角色

《後西遊記》故事敘述唐半偈因有感舉世邪魔導致佛為有識者譏諷，遂義不容辭決定走出山林護教，因此招致來許多障礙，諸如：因瞋心做崇妒忌唐半偈比自己優秀，故屢向唐憲宗進讒毀謗，並想方設法要動搖半偈西行求真解之心的鳳翔法門禪寺生有法師；靠著一張能言善道的嘴，專以講因果報應來煽惑不懂佛法真諦的百姓，使百姓誤視其為活佛而布施如山水般多錢財米糧的天花寺點石法師，點石法師亦因嫉妒心煽動群眾包圍威嚇唐半偈；假福田布施之名，行滿私欲之實的萬緣山眾濟寺自利和尚；還有以施咒愚民，至死都不知悔過的冥報和尚等人，渠等皆是同具一寺住持的身份，卻因貪著名韁利鎖，阻礙真僧唐半偈之發心踐行菩薩道的「對頭」角色。

（二）曲解佛法的對頭角色

認為一死百了的軀體解脫即是解脫的解脫大王、外假儒家言內實虛偽的文明大王與弦歌村的學堂老先生，扮演的是因曲解佛教之「解脫、化齋」等佛教教義真諦，進而主動攻擊唐半偈師徒的「對頭」角色。至於綁架唐半偈的獞妖，與源自五根六欲擾亂人心的三屍六賊、痴迷於耽溺欲樂的麝妖美人與不老婆婆，則是扮演因無法自控起心動念、受制無明、行、識、愛、取而無法出離，最終成了損己害人的「對頭」角色。

對於肇因不同禍源的純「對頭」角色，《後西遊記》作者一律以佛家所強調之智慧的慈悲，做為唐半偈師徒西行途中，解決困境之道的基本思想依據。

三、《後西遊記》中既是「阻力」又是「助力」者角色

化為骷髏筏子載半偈師徒過河的媚陰和尚，原是以取唐半偈陽血為目的，但在計敗被擒後，因受到半偈以德報怨的感召，遂主動化為骷髏筏載半偈師徒渡過流沙河。鎮元大仙原本冀望半偈可與其同修仙道，便用計將唐半偈困在火雲樓，後來在觀世音菩薩以柳枝甘露水調解下，轉念為二人是有緣相合的一緣一會，遂釋出善意請唐半偈師徒品嚐人參果壯神後再西行。救母心切的上善國王，只因唐半偈長相與妖狐化身的偽佛相似，便視其為敵；但一旦誤會冰釋後，半偈師徒因上善國王速予交換度牒，而可順利繼續西行。

《後西遊記》是一部宗教寓意濃厚的章回小說，爰以佛教認為人世間一切皆因緣和合觀點，來看待《後西遊記》中之人物角色代表，可謂最貼切文本意與作者意。上揭情節中之媚陰和尚、鎮元大仙與上善國王，渠等都是在因緣和合下，因轉念或誤會冰釋，致使原係「阻力」角色後為「助力」者角者。乃至於西行沿途中所出現的偽僧與妖魔，雖明顯扮演了阻力的「對頭」角色，然若從佛教之逆增上緣角度觀之，亦可稱之為既是「阻力」又是「助力」者角色。

經由對《後西遊記》四位核心人物，以及西行之助手與對頭角色之形象梳理分析，針對左芝蘭〈對明末清初《西遊記》續書的研究〉提到《西遊記》續書的作者們「力圖借《西遊記》之名，表達自己對人生社會的認識。因此，人物性格刻劃被忽略了，哲理意味則加濃了」〔註135〕，筆者認為《後西遊記》確實充滿哲思意涵，然作者並未因此而忽略人物性格刻劃；常可在同一情節裏就形塑出主角人物的多元個人特質，至於配角人物之刻劃亦不馬虎，讓人物得以恰如其分地發揮為情節服務功能。

〔註135〕左芝蘭：〈對明末清初《西遊記》續書的研究〉（晉中學院學報，第 24 卷第 5 期 2007 年 10），頁 36。

本章小結

本章立於綜合應用敘事學理論之敘述與對話、文化闡釋法與中國寫人理論等不同觀察點，藉由敘述者自語與故事人物對話方式，研究《後西遊記》中以同置身於危急魔難境遇下，求真解的唐半偈師徒四人與《西遊記》中西行取經的唐三藏僧徒四人的不同反應表現，形塑出如下故事主要人物形象與意蘊。

首先，小說家常透過不同故事情節對話模式描述，就只為強調小說人物的某一個人性格特質；然《後西遊記》作者於描述故事人物性格技巧上的最大特色，即是可在同一情節中，同時形塑出人物的多元個人特質，充實此一角色的豐富性，進而形塑出西行求真解四位人物共有及個別性格。包括：

一、作者除了刻意運用人名對故事人物進行標籤化，在人物個性的形塑上，更跳脫前書《西遊記》西行取經的僧徒四人予世人的「唐三藏之心慈面軟，又不明事理，遇到險難便埋怨別人。孫悟空機智、好鬥，玩世不恭，時而揶揄神佛，捉弄豬八戒。豬八戒最市俗，呆頭呆腦却經常耍小心眼，口饞、偷懶、好說謊，又標榜自己最老實。沙和尚厚道」〔註136〕形象。

二、《後西遊記》中的唐半偈，雖然完全符合干預敘述者所「見」，是兼具守禪僧戒規、儒僧明仁勇之言行一如的高僧形象，宛若唐朝真僧唐玄奘化身，但仍有凡人情緒失控時候。孫履真擁有讓地府十王與天宮新弼馬溫皆認是超越其祖大聖的跨灶之才，然而在其智勇雙全不燥進、率真溝通不好鬥的特質下，還是存有古靈精怪、愛作弄人的猴子性。豬守拙雖仍改不掉好吃習性，但作者成功賦予了《西遊記》中豬八戒所缺乏的純真憨厚，且遇事不再錙銖必較，自知理虧挨罵時亦選擇沈默受教；至於沙致和，作者以展現「重和諧、尚實務」致和性格，形塑沙致和與沙悟淨同般剛正守信敬師友的人物藝術形象。

三、《後西遊記》作者給本具神格的孫履真三師兄弟共有人性的積極正面形象之外，同時亦染著貪、瞋、痴等凡人惡習，以象徵人間性格多於神魔性格，傳遞「佛由人成」之寓意。

其次，從梳理《後西遊記》中具對情節跌宕起伏有推波助瀾之效的助力角色、阻力角色、既是阻力者又是助力者等敘事角色，發現：《後西遊記》與

〔註136〕袁世碩：《文學史學的明清小說研究》（濟南：齊魯書社，1999.12），頁132。

其他神魔小說的最大不同處，即在於作者發揮糅合中國小說寫人之「性」與「格」理論特色，並賦予小說人物「非絕對的善與惡」個性，而是符合人性本然之相對性善惡；這些相對性善惡的呈現，同時傳遞人性善惡皆因緣和合而成。

第四章 《後西遊記》之序、
回目與詩證意蘊

就小說敘事功能而言，帶有評論性質、置於小說正文前的序與正文後的跋，咸具為文本內容進行介紹說明的作用，包括：可從中尋析文本的時代背景、歷史並推測作者可能性，以及其為文本要義濃縮特性，可令讀者快速容易掌握小說精華與脈絡等導讀功能。至於章回小說特有的回目與詩詞對句形式的詩證表現，回目具有介紹內容大綱功能，詩證內容可達承前劇情啟後情節、製造懸念與讓作者可從中表現個人思想意識評論功能。

章回小說之序、回目與詩證內容除了具備上述功能，且因不論是回目或詩證皆有助理解章回小說作者的創作思想意識與涵攝全書之形構與藝術風格，可從中進行深度尋析故事意義、寓意等意蘊；爰序、回目與詩證，向來是進行中國古代小說研究的重要參考資料。

筆者為期能透過《後西遊記》的序、回目與詩證內容，理解實謂層之文字義，並從中探析作品的內在意義、作者創作意，乃至發掘連作者自己並未意識到的更深層意蘊，本章綜合意謂層、蘊謂層、當謂層與創謂層等結構性闡釋視域，分就「〈後西遊序〉之表義與深意」與「《後西遊記》之回目與詩證題旨」二面向，進行《後西遊記》之意蘊研析。

第一節　〈後西遊序〉之表義與深意

始自唐代的中國白話通俗小說，因作者的身份「大多是藝人或佛教徒（演

說佛教故事），傳到今天的，弄不清作者，也不見有序跋」〔註1〕，即便有序跋，亦多因起自稗官野史、閭巷議論閒談的通俗白話小說。白話小說的語言藝術，雖從元末到晚清有著很大的進步發展，惟序跋部份大多數仍使用文言文寫成，形成「小說寫給老百姓看，序跋還是給文人看的」〔註2〕現象。又因傳統封建時代寫小說者的普遍社會地位不高，且明清時代因採專制高壓政策，知識份子為避禍文字獄，導致常見很多小說作者署名無名氏。上揭諸因素，連帶影響到當時代小說序跋者身分呈現多樣化，包括：小說作者本人或匿真名書之、或另託人寫之，或書商為暢銷買氣而撰之。

　　〈後西遊序〉同《後西遊記》一樣是無名氏，雖有研究者提出《後西遊記》「序言（很可能是作者自序）」〔註3〕看法，但因小說序具備前揭諸功能，爰不論序文是自序或他序，並不影響〈後西遊序〉是研究《後西遊記》重要線索的價值性。惟通篇文言文的形式〈後西遊序〉，因原文之文句，未分段落與標點符號，易因閱讀者斷句不同處而意有別，或產生各自解讀現象。為周延詮析〈後西遊序〉之序文意涵，筆者以無名氏：《重鐫繡像後西遊記》藏金閶書業刊本之〈後西遊序〉作為研究文本，進行〈後西遊序〉之文字表義與內容深意梳理詮釋。

表 4-1：〈後西遊序〉與加註說明表

〈後西遊序〉

　　蓋聞天何言哉，而廣長有舌久矣嚼破虛空；心方寸耳，而芥子能容悠然遍滿法界。造有造無，三藏靈文，緣茲演出；觀空觀色，百千妙義，如是得來耳之希有，諦聽若雷；目所未曾，靜觀如鏡。故花吐拈香，泠泠般若之音；月呈指影，滴滴菩提之味。悟入我聞，萬緣解脫；猛登彼岸，千佛證盟。

　　無如聾聵渺茫，失之觀面；遂至癡嗔固結，誤也當身。己飢而貪割他人，鷹虎麋我佛之軀；獲罪而幸求自免苦難費觀音之力。佛心清淨，而莊嚴假相，佞入迷途；性體光明，而撲滅慧燈錮居暗室。淨蓮出口，障作藤烟；亂棘叢心，詫為花雨。施開妄想，首禍究及慈悲；果炫誑言，下根因之墮落。諸佛菩薩，喚醒我無過夢幻須臾，鬼判閻羅，嚇殺人也只死生苦惱。豈知去也如來恆性顯金剛於不壞，觀之自在靈光妙舍利於常明。匪我招怨，深憫有生之失教；是誰作俑，追尤無始之立言。蓋津水甚深，無濟半沉半浮之淺渡；法門至正，難供百出百入之旁求。

〔註1〕王先霈：《古代小說序跋漫話》（瀋陽：遼寧教育出版，1992年），頁19～20。
〔註2〕王先霈：《古代小說序跋漫話》，頁20。
〔註3〕王民求：〈《後西遊記》的社會意義〉（瀋陽：春風文藝出版社，1984年），頁151～152。

袖觀不忍，<u>於焉苦瀝婆心</u>；直口誰聽，無已戲<u>拈</u>公案曲借麻姑指<u>爪</u>，<u>遍搔俗腸之痛癢</u>；高懸秦臺業鏡，<u>細消矮腹之猜疑</u>。悲世道，<u>古今盲毒加天眼之針</u>；憂靈根，<u>旦暮死硬著佛頭之糞</u>。聚魔煉聖筆端弄水火神<u>通</u>，挾獸驕<u>人</u>，言外現去存航筏。以敬信而益堅敬<u>信</u>，善緣永不入於輪迴；就沉淪而超拔沉淪，惡趣早同歸於極樂。<u>活機觸竅</u>，<u>木石生情</u>，<u>冷妙刺心</u>，<u>虛無出血</u>。聽有聲，觀有色，雖猶然嘻笑怒罵之文<u>章</u>；精不思，妙不<u>議</u>，實已參感應圓通之道法。<u>大事因緣謂不信請質靈山</u>，<u>真誠造就如涉誣願沉阿鼻</u>。

說明：
1. 文字劃底線者，代表天花才子於〈後西遊序〉文中的評點劃圈。
2. 筆者為便於詮解分析，以天花才子評點劃圈處為依據，為〈後西遊序〉加註分段與標點符號標示。

一、〈後西遊序〉之文字表義

筆者依據《後西遊記》作者為何要選擇以佛教作為小說宣教對象的原因、作者的創作動機與創作目的、作者為何要選擇神魔小說寫作形式，以及最末結束內容的含意，將〈後西遊序〉分三大段，依序對撰序者於序文的各段旨要進行詮析。

（一）佛法難聞今已聞

首段「蓋聞天何言哉，而廣長有舌久矣嚼破虛空……悟入我聞，萬緣解脫；猛登彼岸，千佛證盟。」撰序者以自久遠以來用以解天地間事、造有造無的三藏靈文內容，皆源自小若芥子卻是能容下遍滿法界萬物的方寸之心，以此喻說萬法唯心造。

又以能夠聽到具有觀空觀色、百千妙義的正信佛法，就似遇到象徵祥瑞之兆的優曇華，三千年才開一次花般稀有可貴，來形容得聞佛法之殊勝與不易；強調在聽經聞法的態度上，要恭敬專注地諦聽，方能如春雷震起蟄中蟲，脫卻塵凡、悟見本性。藉由指月之指的佛典，自可體會出滴滴高妙佛法智慧的菩提醍醐味。因聽經聞法，獲得佛陀所說的般若實相開示，進而開悟佛知佛見，自然就可以萬緣解脫無礙；迅速登達彼岸，獲得千佛證盟。

〈後西遊序〉第一段旨在強調學佛重修心、佛法難聞今已聞，只要恭敬信解，必可從聽經聞法殊勝中悟佛知見，進而無礙了脫生死。

（二）悲世道盲入迷途

第二段「無如聾瞶渺茫，失之觀面……就沉淪而超拔沉淪，惡趣早同歸於極樂。」撰序者用佛陀為救鴿子而割肉餵鷹典故，來譬喻無知眾生之自私

貪婪如鷹，當自己飢餓時，希望別人能像佛陀有割肉餵鷹般的慈悲，不惜犧牲自身一切來滿足你的有求必應；造了罪就又心存僥倖，想靠求觀音菩薩來避災禍免苦難。又言學佛修行，意在尋找人本具有的佛性清淨，但世人卻聚焦在莊嚴佛像、佛事等假相，以致佞入迷途。人本具之彌陀自性是如此光明，卻因自己撲滅內在那份良知、佛性，導致將自性幽錮在暗室之內。續說無知的眾生，雖有人與之講如淨蓮般的真理語言，卻被自己內在貪嗔痴遮蔽而不相信；反而視那些貪嗔痴妄者講的話，如花雨墜地般好的不得了；以及是自己妄想彌漫，卻怪是佛陀沒講清楚等等，眾生因不覺自性盲入迷途行徑。

上述眾生肇因無知渺茫，未能見到真理實相，導致錯誤思維，而墜入貪嗔痴妄，是促發《後西遊記》作者的創作動機。

至於序中「匪我招愆，深憫有生之失教；是誰作俑，追尤無始之立言」這段話，王民求認為是作者「面對著一個是非顛倒的社會」、「深懷憂世憂民之慨」〔註4〕，高玉海則提出「即續書作者覺得《西遊記》中許多情節、人物有待繼續發展」〔註5〕。筆者從與故事連結角度研析，認為撰序者所欲表達者，是透過作者憐憫有情眾生因未能遇到以真經真解的講經法師，導致喪失了可聽聞具有教化功能的佛教百千妙義。易言之，撰序者以「匪我招愆，深憫有生之失教；是誰作俑，追尤無始之立言」點出呼籲真經要真解是《後西遊記》作者的創作目的之一。

（三）麻姑指爪方便力

撰序者以「悲世道，古今盲毒加天眼之針；憂靈根，旦暮死硬著佛頭之糞」說明《後西遊記》作者感到深切的悲哀與憂心，是來自人本具有的佛性不彰。深憫沒有智慧如同盲人的眾生，因盲目隨從，久而久之就中了諸邪見之毒；又因輕慢佛法，未能珍惜短暫即逝的難得人身，及時聽經聞法，喪失接受佛法熏習教化的機會。

又言作者雖不忍袖手旁觀，但亦苦口婆心的直心言說，惟言者諄諄、聽者藐藐；不得已，只好已選擇以「戲拈公案曲借麻姑指爪，遍搔俗腸之痛癢；高懸秦臺業鏡，細消矮腹之猜疑」，選擇用彼時民間流行的通俗神魔小說形式，例如：採道教的仙佛觀點，描述孫小聖「因將身一縱，直至九霄。再抬頭一看

〔註4〕王民求：〈《後西遊記》的社會意義〉，《明清小說論叢》第一輯，（瀋陽：春風文藝出版社，1984年），頁151～152。
〔註5〕高玉海：《古代小說續書序跋釋論》，頁121。

時，早望見金闕瑤宮，巍然煥然，北斗懸於左右，三臺列文昌之上，二十八宿四面環繞，甚是威儀。再走近前，南天門豁然大開」〔註6〕之天庭景觀描述，以及人民普遍相信地獄因果報應等觀念，就似「麻姑搔背指爪輕」般，讓讀者能輕鬆舒服地從閱讀淺白易懂的神魔小說中，對佛教真諦有所正確認識，以達寓教於樂的創作目的。

至於序文中最末段寫道「聽有聲，觀有色，雖猶然嘻笑怒罵之文章；精不思，妙不議，實已參感應圓通之道法。」則呼應了第12回首詩中所言的「莫怪老僧饒謊舌，荒唐妙理勝圓夷」，明白告訴讀者《後西遊記》內容雖然看似嘻笑怒罵，見不到在小說中有講說精湛的佛理妙言，但創作《後西遊記》的作者，其實是一位已參透感應圓通悟得佛智佛見的人。從序文之此一結語，可延伸推知：作者之所以會選擇神魔小說此種表現形式，主因面對庶民對佛法真諦普遍有限認知的現況，遂只好藉具有活潑、通俗特色的神魔小說形式，創作寓教於樂的宣教小說《後西遊記》；實乃效法佛陀為度眾生脫離頑迷與貪著，而施以「言辭方便力而為說法」〔註7〕精神所行的權變善巧之方便力表現。

筆者經由上述對〈後西遊序〉之文字表義梳理，對照前人僅以〈後西遊序〉中片語與內文中某幾段情節的解讀，所提出對《後西遊記》作者之評論，諸如：《後西遊記》序文所流露的「完全是一派憤世嫉俗的心腸，所以才會有這種嘻笑怒罵的文章。其作者恐也是不得志的下層文人」〔註8〕、《後西遊記》作者是「對世事不滿的不得志文士」〔註9〕的身份看法；筆者認為或恐過於粗略，蓋《後西遊記》作者的可能身份，縱不能以《後西遊記》文中有寫「莫怪老僧饒謊舌，荒唐妙理勝圓夷」〔註10〕、「饒盡老僧舌，定心如不聞」〔註11〕等字語，即認為作者是僧人；但從序文中之字裏行間，所流露的盡是作者充

〔註6〕無名氏：《後西遊記》第4回，頁25。
〔註7〕太虛大師：《法華經教釋》（高雄市：佛光文化，1986年）第4回，頁93。
〔註8〕胡勝〈因革期神魔小說試論〉（保定師專學報，2000年第1期／總第39期），頁64。
〔註9〕蘇興：〈試論《後西遊記》〉，《明清小說論叢》第一輯（瀋陽：春風文藝出版社，1984年），頁124。
〔註10〕無名氏：《重鐫繡像後西遊記》藏金閣書業刊本，影印收入《古本小說集成》第12回，頁225。
〔註11〕無名氏：《重鐫繡像後西遊記》藏金閣書業刊本，影印收入《古本小說集成》第35回，頁225。

滿愛教、護教的使命感，反倒認為作者即便真是一位下層文人，其心腸亦應非憤世嫉俗者。

二、〈後西遊序〉之內容深意

探析並抉微《後西遊記》意蘊是本論文的研究重點，爰〈後西遊序〉之內容深意，自當列入研究範圍；本單元分就「天何言哉無礙道、大事因緣禪淨修與神魔小說三教戲」進行研析。

（一）天何言哉無礙道

王先霈於《古代小說序跋漫話》對現存序跋提出「從漢代開始……小說序跋在相當長的時間談儒教的道理少，講道家的觀點多」〔註12〕研究心得，然《後西遊記》序文之首句「天何言哉」四字，即引自《論語・陽貨》：

> 子曰：「予欲無言。」子貢曰：「子如不言，則小子何述焉？」子曰：
> 「天何言哉？四時行焉，百物生焉，天何言哉？」〔註13〕

朱熹認為孔子之所以發此警言，乃在於看到了「學者多以言語觀聖人，而不察其天理流行之實，有不待言而著者。是以徒得其言，而不得其所以言」〔註14〕之失。筆者基此義延伸，分從儒釋道三教之「道」義理角度，探析撰序者借儒家「天何言哉」一詞作為〈後西遊序〉開門見山破題語，另具深層意涵如下：

首先，撰序者意在借孔子講「天何言哉」之「欲無言」意，比喻《後西遊記》文本之「言或不言」實皆影響不了「道」之存在事實；一如宋・雲蓋智本禪師所云禪偈「天曉不因鐘鼓動，月明非為夜行人」，是否鳴鐘鼓，概不影響天亮；有否夜行人，無礙月升光芒耀四方。

其次，雖說言或不言皆無礙「道」之存在，但因眾生根器有別，〈後西遊序〉中所言「因指見月」，隱顯了《後西遊記》作者亟盼透過文字，傳遞其思想意旨，以達「因指見月」之效能。

第三，經由將儒家經典用語作為呼應正文的首借引之句，間接映現儒家思想對《後西遊記》作者的創作思維，有著一定影響力的事實。

〔註12〕王先霈：《古代小說序跋漫話》，頁29。
〔註13〕宋・朱熹：《四書章句集注・論語卷九》（臺北市：臺大出版中心出版，2016年），頁252。
〔註14〕宋・朱熹：《四書章句集注・論語卷九》，頁252。

　　至於撰序者擇「天何言哉」為全文首句的最後一個用意，從三教之言「道」的義理觀點析之：儒家言「道」者，強調「道之本原出於天而不可易，其實體備於己而不可離……學者於此反求諸身而自得之」〔註15〕的中庸之道；道家以《道德經》之「人法地，地法天，天法道，道法自然」言簡意賅地解出自然即道；在佛家，所謂「佛道」是指人本具之佛性、自性，亦可概念為透過八正道，實踐邁向最究竟真理之中道。至於佛教禪宗可以六祖惠能給薛簡之開示「不斷不常，不來不去，不在中間及其內外；不生不滅，性相如如，常住不遷，名之曰道」〔註16〕表之。一言以蔽之，《後西遊記》中所言之「道」即指人之真如本性、真理實相。依空法師從佛教禪宗觀點，認為：

> 真理就在我們的日常食衣住行生活之中，只是我們不自知而已。一朵花開，集合水分、陽光、空氣、種子、灌溉……等等因緣而成；一朵花謝，是生、住、異、滅的循環現象。一朵花，就是全宇宙的呈現，就是因緣法的詮釋，禪師只是從花開花落的鬧紅表相，看到它的不變實相罷了。「四時行焉，百物生焉，天何言哉！天何言哉！」〔註17〕

依空法師詮解禪師對「真理」的體悟，豁顯佛家所言「諸佛妙理，非關文字」之本義，意通被儒家尊為「五經」之始—《易經》所言「百姓日用而不自知」，且於文中同時引用「天何言哉！」，並以「就在映面桃花的豔紅裡，也在木犀的香華內、寒梅的傲骨枝，更在你我的慧心中」〔註18〕說明「道」之所在。

　　續將「天何言哉」加上天花才子連續劃圈評點的「廣長有舌久矣嚼破虛空」一語，進行詮析。佛教經典之「廣長有舌」一詞，諸如：《大智度論‧卷八》記載「世尊出廣長舌相，徧覆三千大千世界……是故出廣長舌為證，舌相如是，語必真實」〔註19〕、《佛說阿彌陀經》言「如是等恆河沙數諸佛，各於其國，出廣長舌相，徧覆三千大千世界，說誠實言」〔註20〕等大乘經典皆有述及，意指佛陀舌頭現長而廣相，是因所言皆是如實語、不妄語。爰針對〈後西遊序〉中首句之「蓋聞天何言哉，而廣長有舌，久矣嚼破虛空」，筆者認為寓意有二：

〔註15〕宋‧朱熹：《四書章句集注‧中庸章句》，頁22。
〔註16〕張華釋譯：《景德傳燈錄》（高雄市：佛光出版，1997年），頁98。
〔註17〕依空法師：《頓悟的人生》（高雄市：佛光出版，1993年），頁73～74。
〔註18〕依空法師：《頓悟的人生》，頁74。
〔註19〕龍樹菩薩：《大智度論》（臺北市：真善美出版，1967年），頁126。
〔註20〕〔後秦〕鳩摩羅什譯：《佛說阿彌陀經》（台北市：妙法堂），頁20。

一是藉由道言或不言，都存於生活中的事實，即如蘇軾〈盧山東林寺偈〉云：「溪聲便是廣長舌，山色豈非清淨身」〔註21〕，強調「道」就在生活中的惠能禪特色；並透過溪聲、山色既皆可說法，延伸表達《後西遊記》擬以小說形式說法的作者意。再則，即「廣長有舌，久矣嚼破虛空」乃意表佛陀說法係真實不虛的「廣長有舌」，同時亦是對淨土宗講經說法、誦經拜懺修行法的肯定。「久矣嚼破虛空」於淨土法門是認為「當念佛念到『入定』之後，所得到的念佛三昧境界，是虛空粉碎，大地平沈，當前一念心性，與十方諸佛法身融為一體」〔註22〕的體現，而此一觀點亦同時為禪宗所認同。

透過對〈後西遊序〉中首句「蓋聞天何言哉，而廣長有舌，久矣嚼破虛空」的深意詮析研究，得知序文首言延伸意蘊，包括：強調「道」不論置於哪一門教下，其本質是不變的；以及點出禪、淨二宗觀點上的相通處，說明禪、淨二宗義，實乃貫穿整個《後西遊記》故事之修行的核心思想。

（二）悟佛知見禪淨修

《後西遊記》多處引用記載六祖惠能大師言行錄之《六祖壇經》，〈後西遊序〉之「心方寸耳，而芥子能容，悠然遍滿法界」亦借引《壇經》記載惠能大師在法性寺對韋使君等聽眾所開示「心量廣大，遍周法界」〔註23〕之意。而通篇〈後西遊序〉充滿常見佛教名相〔註24〕與典故，名相中諸如：解脫、妄想、慈悲、自在、神通等，於《後西遊記》中皆有相呼應的故事情節描述；序中相關佛教典故，除了時人常聞之廣長有舌、鷹虎麾我佛之軀外，亦有借引表現禪者開悟、自在的花吐拈香、泠泠般若之音、佛頭著糞等禪宗公案；至於出現於〈後西遊序〉文中末段「大事因緣」一詞典故，語出《妙法蓮華經》中佛陀告訴舍利弗：

> 諸佛世尊唯以一大事因緣故出現於世。……諸佛世尊欲令眾生開佛
> 知見使得清淨故出現於世，欲示眾生佛之知見故出現於世，欲令眾

〔註21〕李淼：《禪詩三百首譯析》（新北市：祺齡出版社，1994 年），頁 345。
〔註22〕楊應龍：〈禪宗與淨土宗成佛論比較〉（江西社會科學，1994 年第 5 期），頁58。
〔註23〕六祖惠能著；丁福保箋註：《六祖壇經·般若品第二》（臺北市：商周出版，2017 年），頁 112。
〔註24〕本論文基於佛法中之所謂小乘、大乘與各宗派間，常見同一名詞有隨上下文經義而出現不同義解現象之考量，爰凡本論文所述及之佛教名詞，係以中國禪宗及大乘佛教常用者為詮釋定義與範圍。

生悟佛知見故出現於世，欲令眾生入佛知見故出現於世。〔註25〕

引文中「佛知見」的知見之義，太虛大師引述《金剛般若論》、《智度論》與《大乘起信論》等佛典詳列數義〔註26〕，星雲大師精義為「佛陀出現於世間的唯一大目的，是為開顯人生的真實相」〔註27〕；宣化上人（1918～1995年）則從佛由人成角度於《大乘妙法蓮華經淺釋》中將「佛知見」分為「佛知」與「佛見」：

開佛知見，就是對「關上佛的知見」來講。我們佛的知見這個門，從什麼時候關上的呢？就是從有無明那個時候；所以現在再把它打開。什麼是佛知？就是我們一切眾生共有的一個心，這個心具足佛的智慧，所以佛知也就是佛心。什麼叫佛見？就是有佛眼；你開了佛眼，然後你就會洞明一切諸法實相。〔註28〕

宣化上人認為吾人本具佛性的知見之門，是因無明而關閉，亦即沒有開佛眼是由無明、煩惱、粗惑、細惑造成的不清淨所致；簡言之，原本是清淨的自性變得不清淨，即肇因於未悟入佛知見。綜觀〈後西遊序〉上下文義與語鋒，撰序者於序文中言道「大事因緣謂不信請質靈山，真誠造就如涉誣願沉阿鼻」之語，除了具有強調對佛所說之法深信不疑的表義，實亦寓含有情眾生應將悟入佛知見，視為最重要的人生大事之諄諄告誡意。

蓋因一旦悟入佛知見即可臻至生脫死境界，而〈後西遊序〉文中以既強調淨土法門聽經聞法的重要，又引禪宗著名公案說明於日常行、住、坐、臥、觀空觀色禪修中亦可見性；意即不論是修習禪宗或淨土法門，皆是可達悟入佛知見的途徑方法。正因序有表現小說要旨精華的功能，爰從〈後西遊序〉文中結尾處的「大事因緣」一詞，延伸思惟隱現出撰序者認為透過禪修或聽經念佛皆是可圓滿了悟個人生死大事的重要因緣，是《後西遊記》作者所欲傳遞的創作意。

又〈後西遊序〉文中的「性體光明，而撲滅慧燈錮居暗室」從表義可解為人本具的自性一如光明的燈，卻被自己的無明、煩惱、粗惑、細惑等造成的不清淨撲滅；未開佛眼，就似自性被幽錮在暗室之內。

〔註25〕太虛大師：《法華經教釋》，頁89。
〔註26〕太虛大師：《法華經教釋》，頁89～90。
〔註27〕佛光星雲：《佛教常識》（高雄市：佛光文化，1999年），頁166。
〔註28〕摘引自法界佛教總會線上閱讀宣化上人《大乘妙法蓮華經淺釋》，搜索時間：2018.05，網址：http://www.drbachinese.org/

　　然若從《華嚴經》云：「譬如暗中寶，無燈不可見；佛法無人說，雖慧莫能了」觀點詮解，則亦可將〈後西遊序〉所言「慧燈」喻為說法者，當吾人的光明自性被無明遮蔽，自己又無自度的能力與根器時，就需要借助如慧燈般具有可為人照破無明迷闇之說法者的他度；但可悲的是，因說法者的錯解而非真經真解，導致吾人本具的自性，因無法得到他度而開悟見性，故自性依舊被錮居暗室。於此詮析下延伸寓意，《後西遊記》所強調的真經必須要真僧真解，是屬於著重聽經聞法的淨土修行法。

　　又依《六祖壇經》記載六祖惠能將定慧譬喻為「猶如燈光，有燈即光，無燈即暗」〔註 29〕，此時〈後西遊序〉之「性體光明，而撲滅慧燈，錮居暗室」此句中的「慧燈」則可意指「定慧」而言；不論是漸悟或頓悟，只要得悟，即可「萬緣解脫，猛登彼岸」即又可解為是具禪宗轉迷為悟、明心即見佛性觀點。

　　依上揭二段分別引自《華嚴經》與《六祖壇經》對「性體光明，而撲滅慧燈錮居暗室」進行詮析，則映現出撰序者傳遞作者的禪、淨合一思想表現。另序文中「就沉淪而超拔沉淪，惡趣早同歸於極樂。」之「極樂」一詞，對照第 40 回半偈師徒四人來至靈山上的雷音古刹，卻未見一人，師徒遂聊起對佛之「色面」與「空面」的個人看法。在笑和尚指引下，來到由須彌園與芥子庵組成的極樂世界情節；從明顯可知是形容「心」的高廣如須彌山、細微似芥子的極樂世界組合，而此極樂世界又設置在存有真經真解的西方處，亦有禪淨思想合一之寓意。

　　綜合上述對〈後西遊序〉中表現有禪有淨思想的詮析，撰者實已立基於大乘思想之徹悟自性與踐行人間菩薩道等相關意，傳遞了《後西遊記》作者所流露之禪淨合一思維。

（三）神魔小說三教戲

　　撰序者除於序文中說明作者的創作動機、創作目的與選擇的表現形式，並將《後西遊記》中西行求真解途中所遇到的種種魔難障礙，靈活精簡為「聚魔煉聖筆端弄水火神通，挾獸驕人，言外現去存航筏」，讓閱者讀之即可略曉內文將會出現哪些魔難，並提醒這一些小說情節就如同是用來幫助渡河到彼岸的簡易交通工具。

〔註 29〕六祖惠能著；丁福保箋註：《六祖壇經・定慧品第四》，頁 153。

對照文本內容，諸如：孫履真的道伏鬼神、大鬧五庄觀、猪守拙狹路遇到父親猪一戒的對頭冤家等情節，是屬於釋與道的打鬥情節；唐半偈碰到學堂老學究的文鬥情節，以及師徒解脫妖用文筆鎗、金錢鉋壓人捉將武鬥情節，表現的是釋與儒二教之間的思想矛盾。

撰序者除於序文中交代了神魔小說之三教鬥法的重要元素，並附加「言外現去存航筏」說明這一切看似三教鬥法的魔難障礙，都不過是戲如人生，皆是為要磨煉成聖而為之乘舟過河的方便，因此不論是小筏或大船，待渡過苦海到達彼岸後，就都要放下，莫再執著。

筆者綜合上述對序文進行梳理過程，研究發現：撰序者以其錦繡文采傳遞了《後西遊記》作者心繫有情眾生的老婆心切，方創作出《後西遊記》這樣一部具有以禪、淨思想合流，以達教化救世、見佛、成佛為主軸的章回小說。

另於梳理序文過程中同時發現：含括的淨、禪二宗思想內容的〈後西遊序〉，文中遣詞用字與寫作語鋒，與由宋末元初中峰明本禪師（1263～1323 年）所撰含融禪、淨思想，《三時繫念佛事》〔註30〕內容很相似。

第二節 《後西遊記》之回目與詩證題旨

《後西遊記》除了在敘事表現方式上，將宋、元以降說書人的運用特定語言風格，轉至具「虛擬說話人向虛擬聽眾講述故事」、「說話人於其間或說明、或引導或陳述價值判斷與道德意識」〔註31〕等適合閱讀型態的說話藝術形式特徵，同時符合章回小說之於每章回皆附起首詩詞與結尾詩詞的標準；發揮首末對句提點與呼應文本內容題旨功能。惟所謂詩無達詁，近代學者同時是詞人之譚獻在〈《複堂詞錄》序〉中亦言：「作者之用心未必然，而讀者之用心未必不然」，《後西遊記》中的首末聯句亦因此而有言人人殊的見解。

〔註30〕 元·中峰明本禪師著有用於作法度亡之《三時繫念佛事》與用於結會自修之《三時繫念儀範》各一卷；其中《三時繫念佛事》旨在闡明中峰明本禪師所開示的「唯心淨土，自性彌陀」亦即「阿彌陀佛即是我心，我心即是阿彌陀佛；淨土即此方」。當生者為亡者舉辦三時繫念法事時，以至誠心讀誦聽講並發願奉行，必能托質蓮胎，圓滿無上菩提，被視為是冥陽兩利之法事。前揭資料係綜合整理自全國宗教資訊網 https://religion.moi.gov.tw/Knowledge 與華藏淨宗弘化網 https://www.hwadzan.com/HwadzanActivity/threetimes3/about/2830.html。

〔註31〕 許麗芳：《章回歷史小說的書寫與想像：以三國演義與水滸傳的敘事為例》，（臺北：秀威資訊科技，2007 年），頁 5～6。

　　筆者對《後西遊記》40 回目進行歸納分析，繪製成【表 4-2：《後西遊記》之回目與其相關主題思想統計表】，其中與「心」主題相關者居最多數，共計 25 個，與儒釋道三教之「淑世、勸世」相關計 4 個，強調「求真解」、「因緣果報」主題相關各計 3 個，述及「賢君忠臣與真僧」和佛教「神通」主題相關有 2 個，以及 1 個與「生命意義」主題相關者。

表 4-2：《後西遊記》之回目與其相關主題思想統計表

章回	回目與首末對句之主題思想	章回	回目與首末對句之主題思想
1	與「心」主題相關	21	與「心」主題相關
2	與「心」主題相關	22	與「三教勸化」主題相關
3	與「心」主題相關	23	與「三教勸化」主題相關
4	與「心」主題相關	24	與「心」主題相關
5	與「求真解」主題相關	25	與「心」主題相關
6	與「賢君忠臣真僧」主題相關	26	與「心」主題相關
7	與「神通」主題相關	27	與「心」主題相關
8	與「賢君忠臣真僧」主題相關	28	與「生命意義」主題相關
9	與「求真解」主題相關	29	與「心」主題相關
10	與「心」主題相關	30	與「心」主題相關
11	與「因緣果報」主題相關	31	與「心」主題相關
12	與「因緣果報」主題相關	32	與「心」主題相關
13	與「心」主題相關	33	與「心」主題相關
14	與「三教勸化」主題相關	34	與「心」主題相關
15	與「神通」主題相關	35	與「心」主題相關
16	與「心」主題相關	36	與「心」主題相關
17	與「心」主題相關	37	與「三教勸化」主題相關
18	與「心」主題相關	38	與「心」主題相關
19	與「心」主題相關	39	與「心」主題相關
20	與「因緣果報」主題相關	40	與「求真解」主題相關

　　其中有關《後西遊記》「因緣果報」與「神通」主題部份的相關研究，本書置於第六章探討《後西遊記》之情節寓意時併述討論。本節經將《後西遊記》的回目、聯句詩證意涵與文本內容對照，梳理出「歷難反思明心性、戒定慧學見真解、賢君臣僧正世風、三教合一贊化育」四個主題進行意蘊研析。

一、歷難反思明心性

　　《後西遊記》中之 25 個關涉「心」之章回題目，除了第 1 回至第 4 回主要敘述孫履真尚為小石猴時的覓心歷程、第 10 回棒喝點石和尚與第 16 回度化媚陰和尚，其餘大多集中於四人西行求真解途中所遇到的各種煩惱魔、惡業魔與屬於身外一切誘惑的天魔災難。本單元題旨「歷難反思明心性」之「心」是指由對善惡順逆境界上尚存有種種分別之緣慮心，修至混千差而不亂的靈知心。所見之「性」意同佛性、法身、自性清淨身、如來性、覺性等，是佛的本性、眾生成佛的覺性〔註32〕。

（一）小石猴的覓心歷程

　　作者於第一回的起首詩歌曰：「我有一軀佛，世人皆不識。不塑亦不裝，不雕亦不刻。無一滴灰泥，無一點彩色。人畫畫不成，賊偷偷不得。體相本自然，清靜非拂拭。雖然是一軀，分身千百億」〔註33〕中，指出禪宗所言之佛並非傳統佛教所讚頌宣揚的西天之佛，而是自覺自悟的明心見性。意即《六祖壇經》中引述《菩薩戒經》云：「戒本源自性清淨」、「識心見性、自成佛道」經義而寫下「體相本自然，清靜非拂拭」之語。此起首詩歌呼應出小石猴在通臂仙告知下，因獲悉自己是孫悟空的嫡系後代，即興起欲循老大聖芳規成仙成佛念頭，其不二之道唯在識心見性。

　　直接轉引唐・無盡藏比丘尼詩偈「著意尋春不見春，芒鞋踏遍嶺頭雲。歸來笑折梅花嗅，春色枝頭已十分。」作為第二章回的起首詩，以及南宋詩人夏元鼎個人的求道心得〈絕句〉：「崆峒訪道至湘湖，萬卷詩書看轉愚。踏破鐵鞋無覓處，得來全不費工夫」中後二句為章回的結尾詩。作者藉以明喻一心執著向外求道，未必真能開悟的事實；故而連訪四大洲求道的小石猴，最終幡然大悟「與其在外面千山萬水的流蕩，莫若回頭歸去，到方寸地上做些功夫，或有實際也未可知」〔註34〕，因而選擇返回到東勝神洲的情節。

　　小石猴因在無漏洞中悟得了自己心性中確有真師，便生起慢心欲賣弄神通，帶著金箍棒到處試法，循著與《西遊記》裏孫悟空類似的降龍虎、伏鬼神軌跡，雖然處置手段並不相同，但從字裏行間，仍可嗅到心思單純的小石猴，當其進化至自稱孫小聖的傲氣。作者遂於第三回起首詞寫道「驚天動地播馨

〔註32〕釋慈莊：《法相》（臺北市：佛光，1997 年），頁 254～255。
〔註33〕無名氏：《後西遊記》第 1 回，頁 1。
〔註34〕無名氏：《後西遊記》第 3 回，頁 13。

香，終是粗疏伎俩」隱喻看似很厲害的停留在相上的世智辯聰，終究不是般若智慧。借引自唐代詩人元稹《離思》之「曾經滄海難為水，除卻巫山不是雲」作為第四回結尾詩，乃是作者藉由孫小聖視角看到的孫大聖，因證得佛果修成貌呈慈悲相、眼含智慧光，惡氣盡除，完全不像是鬧過天庭的孫悟空，以此情節引伸寓意：一但領略過佛法之妙諦，則其他法味即如滄海之外的水、巫山之外的雲了。

第 1 回至第 4 回描述石猴於覓心歷程所遇到的災難，實乃由自心內在的無知、愚昧與慢心所致，最後在祖大聖要其牢記「頑力有阻，慧勇無邊；不成正果，終屬野仙」〔註35〕偈言開示下，因知自我反省懺悔方始「妄心忽盡、邪念頓消」〔註36〕。

（二）求真解途中的魔難

從《後西遊記》中諸如：缺陷留連、葛藤掛礙、心散著魔、口中設城府、腹內動干戈、貪嗔有牽纏及走漏出無心等個人情緒波動，以及諸如：歸並一心、掃除十惡、平心脫套、掃清六賊等因應態度，與從「情絲繫不住心猿、唐長老清淨無掛礙、從肝脾肺腎以求心、歷地水火風而證道、到靈山有無見佛、得真解來去隨心等回目」，這類章回標題，即知內文應與「心」相關。

有關西行求真解途中所遭遇寓意為「心」魔難部份，將《後西遊記》回目與對句詩證，兩相對照所堆積出之「心」意涵，實多元廣深。又《後西遊記》第 7 回首詩云「萬派千流徒浩渺，曹溪一滴是真源」〔註37〕，從「曹溪一滴是真源」可知作者是以駐錫曹溪惠能大師言行錄代表作《六祖壇經》為主要思想依據。其對於述「心」之重要，理由依據乃在「不識本心，學法無益」〔註38〕；覓得本心的最終目的，是六祖惠能回答五祖其所以不辭千里路迢遠來禮師「惟求作佛，不求餘物」〔註39〕；五祖弘忍於丈室中親為惠能講說《金剛經》，講到「應無所住，而生其心」時，惠能當下即大悟「一切萬法不離自性」，遂向五祖啟稟所悟：「何期自性，本自清淨！何期自性，本不生滅！何期自性，本自具足！何期自性，本無動搖！何期自性，能生萬

〔註35〕無名氏：《後西遊記》第 4 回，頁 32。
〔註36〕無名氏：《後西遊記》第 5 回，頁 33。
〔註37〕無名氏：《後西遊記》第 7 回，頁 47。
〔註38〕六祖惠能著；丁福保箋註：《六祖壇經・行由品第一》，頁 85。
〔註39〕六祖惠能著；丁福保箋註：《六祖壇經・行由品第一》，頁 65。

法」〔註40〕；《後西遊記》中所覓的「心」，是六祖惠能在大梵寺講堂說法初始即言明了「菩提自性，本來清淨，但用此心，直了成佛」〔註41〕，強調覓得人人所本具有的自性是成佛首要條件，此亦即為何禪宗如此強調清淨自性的重要。

至於如何開發覺悟禪門中形容為「本來面目、本地風光及自己本分事」的自性，《後西遊記》作者不僅在故事中的角色對話多採禪者機鋒方式，回目與對句詩證中，亦多應用禪宗公案、典故為喻，書寫與「心」主題相關。除了上一單元已提及過的唐・無盡藏比丘尼詩偈，第11回借引自宋・無門慧開禪師（1183～1260年）公案典故〔註42〕的回末對句「要知山下路，須問去來人」一語，以欲知有哪些路可通往山上，只消向曾上過山的人請教就會知道為喻；說明若欲成就某事，就該虛心向對該事有經驗者請教，方可避免多走冤枉路或迷路。明代憨山德清與蕅益智旭二位大師亦皆有引用，以教示時人〔註43〕，透過已開悟明心見性之善知識的正確指導，來幫助自己學佛、禪修之重要性。《後西遊記》作者有時亦採「不是從正面來說的，而是從反面來說；有時候從矛盾裡來統一，有時候則從差別中表現平等」〔註44〕來表達禪宗覺悟明心境界；例如：第27回〈唐長老真屈真消野狐精假遭假騙〉之回首詩「秦州牛吃草，益州馬腹脹。天下覓醫人，炙豬左臀上」〔註45〕，並於回末以「早知心是佛，哪有野狐纏」做為該章回以心為主題的前後呼應。其它以三個字為一詞置於回末對句中的佛教術語，如真解脫、大沉淪、青蓮花，菩提樹、菩提心、觀音力、歡喜心、清淨心等，讓人一目了然其表佛教禪宗義理的意旨。

〔註40〕六祖惠能著；丁福保箋註：《六祖壇經》（臺北市：商周出版，2017年），頁85。

〔註41〕六祖惠能著；丁福保箋註：《六祖壇經》，頁60。

〔註42〕宋・無門慧開禪師（1183～1260年）：「大眾，黃檗指臨濟見大愚，意旨如何？不見道：要知山下路，須問去來人。」參閱《卍續藏・1355・69冊；無門慧開禪師語錄・卷下》。

〔註43〕明・憨山德清法師（1546～1623年）《龍藏・1634・155～156冊；夢遊集・卷十六》：「貧道隨風漂泊，略無寧止，始知古人以塵中作主，大非細事。隨緣解脫，誠不易得。每憶別時叮嚀之言，及接來教，切切以此再三致意。諺語有之：要知山下路，便問去來人。」明末清初・蕅益智旭大師（1599～1655年）《卍續藏・0285・13冊；楞嚴經文句・卷五》：「垂詢聖眾，其故有二。一者正顯方便多門，二者正顯門門各有成驗。所謂要知山下路，須問過來人也。」

〔註44〕星雲大師：〈星雲說偈─顛倒不顛倒〉（台北市：人間福報，2014年5月16日），人間佛教學報・藝文綜合版。

〔註45〕無名氏：《後西遊記》第27回，頁211。

餘如借引自：唐代詩人元稹《離思》之「曾經滄海難為水，除卻巫山不是雲」、《西遊記》第34回之「空裡得來，巧中取去」情節、道教之「土逢金固、木遇火燒」五行原理、以動物為角色的「蛇吞象、螳擋車」典故成語和暮四朝三術等，與改自元沉和《賞花時·瀟湘八景》曲：「欲求生富貴，須下死工夫」的第32回之回末對句「欲求生快活，須下死工夫」〔註46〕。從《後西遊記》回目與對句詩證中，對儒釋道經籍典故的靈活應用，在在可看出作者個人之豐富學養與獨到見解。

綜言之，《後西遊記》中唐半偈師徒所遇到的種種危難情節，其所欲傳遞之中心思想，即如同四祖道信對法融禪師的開示：「百千法門同歸方寸，河沙妙德總在心源。一切戒門、定門、慧門，神通變化，悉自具足，不離汝心。一切煩惱業障，本來空寂。一切因果，皆如夢幻。無三界可出，無菩提可求。」將《後西遊記》回目與聯句詩證，對照故事情節中有關明心見性部份，作者以小石猴為擔任與生俱有上等根器者代表，隱喻上等根器者的明心見性，是可自行頓悟或稍經點撥即可開悟；至於一般的中、下等根器者，往往還是得要透過歷經臨境而來的磨難修鍊，方能增上啟悟。

二、戒定慧學見真解

佛教戒定慧三學之意義內涵，以八正道說明，即戒學包括恪守正語、正業和正命，慧學是指對人對事應以正見和正思惟，定學強調隨時保持正精進、正念與正定。佛經有云「勤修戒定慧，息滅貪瞋痴」，故戒定慧三學可謂是學佛者的修行綱領，亦為不論是出家眾或在家眾，為斷煩惱、了生死所必須修習的課題。

《後西遊記》中與「求真解」相關的回目與聯句詩證，雖僅共計3章回，但與內文對照，實意貫全文。

將開啟《後西遊記》「求真解」情節之第五回回目「唐三藏悲世墮邪魔如來佛欲人得真解」與詩證「大道何曾有曲邪奈何走得路兒差」〔註47〕對照文本內容：

故事中的國君唐憲宗雖拜佛、信佛，但所接觸到生有法師「只以禍福果報，聚斂施財，莊嚴外相，聳惑愚民。……卻將眼前力田行孝的正道，都看

〔註46〕無名氏：《後西遊記》第32回，頁266。
〔註47〕無名氏：《後西遊記》第5回，頁33。

得輕了……所以有識大臣、維風君子，往往指斥佛法為異端，髡緇為邪道」
〔註48〕；天花寺住持點石和尚亦僅以講因果報應，就可讓男男女女視他為活
佛而向他磕頭禮拜，錢財米糧亦如山水湧入寺來；出家眾本應放下萬緣，但
萬緣山眾濟寺的自利和尚卻借佛田名色化緣為由，日日五更天就出門催布施。
從文中敘述「真經雖已流傳，天下雖已講解，然未得真詮，將我佛萬善法門，
度世慈悲，竟流入邪魔，只言因果報應，而誑民害道」〔註49〕、「佛教本自慈
悲，被這些惡僧敗壞，竟弄成一個坑人的法門」〔註50〕、「唐佛師求來的真經，
世人不得其解，漸漸入魔」〔註51〕等內容，即知回目中所言之「邪魔」，即是
指有上述不當行徑的不肖僧人。

同回詩證「貪多心久佞，想妄性成昏」〔註52〕與回末對句「不知自寶還
珠櫝，又向天涯踏鐵鞋」〔註53〕借鄭人向楚人買櫝卻還珠典故，皆是用以譬
喻世人對宗教信仰的錯誤認知與本末倒置的修行觀與行為。而此顛倒行徑，
亦正是來自不肖僧人的誤導。

第9回詩曰：「圈兒跳不出，索子自牽來。始信無為法，為之何有哉？」
〔註54〕寓意人若不放棄我執，不論再怎麼修持，終究跳不出因自己個性所
設下的圈限。作者又於同回回末聯句「未聞我佛真如解，先見高僧清淨風」
〔註55〕，表達這些以講經弘揚正信佛教為己任的法師，本應先做到自心清淨，
卻因個人貪欲異念而忘了彌陀自性的感慨，一如中峰明本禪師所言「諸苦盡
從貪欲起，不知貪欲起於何，因忘自性彌陀佛，異念紛馳總是魔」〔註56〕而
成了令世墮的邪魔禍首。

作者認為悲世沈淪肇因不肖法師對佛教義理的曲解，並以此給了「西行
求真解」一個充分理由發展情節，除了具有用「真解」來弘傳佛教經典，方為
正本清源之道的表義，從故事中代表禪僧角色的唐半偈對點石言道「求得真

〔註48〕無名氏：《後西遊記》第5回，頁34。
〔註49〕無名氏：《後西遊記》第10回，頁71。
〔註50〕無名氏：《後西遊記》第13回，頁89〜90。
〔註51〕無名氏：《後西遊記》第19回，頁137。
〔註52〕無名氏：《後西遊記》第5回，頁34。
〔註53〕無名氏：《後西遊記》第5回，頁39。
〔註54〕無名氏：《後西遊記》第9回，頁61。
〔註55〕無名氏：《後西遊記》第9回，頁67。
〔註56〕〔元〕中峰明本禪師：《中峰三時繫念法事全集》（台北市：華藏淨宗學會，
2014年），頁32。

解來解真經,方得度世度人的利益」〔註57〕、對解脫老怪說「三藏真經,指望度世,不期未得真解,被後世愚僧講入小乘,誤了眾生」〔註58〕等對話,同時隱顯了作者認為不肖僧之所以沒有具備清淨風骨,肇因僧人本身對佛教三藏十二部經典真諦之未能通透瞭解的看法。

綜合上揭回目、對句與情節延伸思惟,筆者認為尚有講經僧人本身必須是先接受正確的佛學教育,方有講經說法資格之深層寓意。至於《後西遊記》全文中句數最多的一首回末聯句:

> 前西遊後後西遊,要見心修性也修。過去再來須著眼,昔非今是願回頭。放開生死超生死,莫問緣由始自由;嚼得靈文似冰雪,百千萬劫一時休〔註59〕

相關前人研究有:胡淳豔「在《後西遊記》第40回回末詩云……可見作者認可明代人以修心觀點看待《西遊記》並將這一觀點作為《後西遊記》的主導思想」〔註60〕、高桂惠「這種『莫問緣由始自由』的提法,頗似王龍溪在面對三教問題時的『豈容輕議,凡有質問,予多不答』宋明理學家……對失去主體性的焦慮是一種不易言說的困境,選擇沈默,是一種判斷的暫停」〔註61〕。

筆者依據《後西遊記》作者多有將每單一章回首末聯句,再行符合上下文義表達作法,爰基於對第40回回首詩云「文字休拘儒釋玄,但能有補即真詮」〔註62〕,認為此詩證表義,是指作者認為不必拘泥於僅能三教中擇一教義,凡有益開智慧、真解脫、助修行即是「真解」之個人定義;易言之,只要願意放下過去種種我執與法執,所謂回頭是岸,不論是選擇易信難行、強調憑自力頓悟的禪宗,抑或難信易行、主張靠他力念佛的淨土法門,只要放下苦惱於如何超生死、布施可得多少功德等執著,著眼道在生活當下,即可感受到「心淨國土淨」的身心自在。

循上述詮析,延伸抉微作者此首回末詩所欲傳遞的深意,筆者認為是:不論是《西遊記》的求真經故事,或是《後西遊記》的求真解故事,要將其間

〔註57〕無名氏:《後西遊記》第10回,頁71。
〔註58〕無名氏:《後西遊記》第18回,頁128。
〔註59〕無名氏:《後西遊記》第40回,頁334。
〔註60〕胡淳豔〈心路歷程——論《西遊記》三部續書的傳播〉(明清小說研究,2008年第2期),頁71。
〔註61〕高桂惠:《追蹤躡跡:中國小說的文化闡釋》,頁143。
〔註62〕無名氏:《後西遊記》第40回,頁334。

歷難過程情節同時視為是在修心與修性。其中所謂「修性」，基於研究文本《後西遊記》是一部具通俗性、娛樂性的章回小說，爰筆者將第 40 回回末詩云所言「性也修」之「性」擴大廣義解。因此，對有修習佛法者，可將「性」解為即是諸法實性空的法性；對一般未接觸佛法者，則將之解讀為白話的個性、性情、性子之意亦可。而不論是指本具的法性，抑是會受到人性六根塵所影響的性情，皆須透過戒、定、慧三學勤修行，方能自度度人。

綜合《後西遊記》回目與詩證中有關「戒定慧學見真解」題旨意蘊表現，顯知作者認為一定要具有清淨風骨的法師，方能如法詮解佛教義理，亦才能幫助眾生獲得正確的宗教信仰認知；而法師的清淨風骨，則須同時完備戒定慧三學修養，並對佛教三藏十二部經典要有正確理解的學養，方可勝任之。

續對照文本內容，整部《後西遊記》透過唐半偈真僧角色西行求真解故事情節，強調唯有真經真解，方能真正發揮淨化人心、安定社會的宗教力量見解，實與現代人間佛教以文化教育弘法利生的理念，相合一致。

三、賢君臣僧正世風

在封建專制的古代，有否具備愛民如子條件的賢君、忠臣，和扮演傳播影響民間信仰認知重要角色的僧道大士，對一國之政治、經濟等社會環境風氣時尚，皆影響甚鉅。本單元分就《後西遊記》之萬民渴盼的明君、忠君愛民的賢臣與應世弘法的真僧三部份，進行《後西遊記》之「賢君臣僧正世風」題旨意蘊研析。

（一）萬民渴盼的聖君

中國古代知識份子因多深受儒家「學而優則仕」思想影響，瀟灑自許並期盼入仕「一為書劍客，二遇聖明君」[註63]。惟能否成為書劍客，可操之在己；但得否一展淑世抱負，則端視有無遇見聖明君。同樣地，在封建世襲制度下的百姓，無權決定誰來當明君，只能透過不同形式、管道來表達對理想明君的渴望。

寓情於文，尤其是原被視為不入流者的小說，自唐傳奇開始盛行後，吾人常可於小說中，見到作者對國君之或英明、或昏庸的描述，《後西遊記》即為顯例。《後西遊記》作者將故事文本的時空背景設定在中唐，與學界較多數

[註63] 錢學烈：《寒山拾得詩校評》（天津市：天津古籍出版，1998），頁 47。

所認定《後西遊記》成書年代應於明末清初相較，前者雖已由盛開始走下坡，但文本中的唐憲宗有著中興明君之稱；後者則不論是正值國勢將盡，抑或處於歷經戰亂又一新朝，可肯定的一相似處，即皆位於該朝代興衰曲線轉折點上。在封建君主時代的彼時，賢君忠臣就如波濤洶湧的海中大船，是百姓期待著可信任賴以乘風破浪的希望。

作者於第 6 回起首詩「治世為君要聖明，聖明原賴道相成，賢愚莫辨招災亂，邪正無分失太平。佞佛但知希保命，求仙也只望長生，長生保佑何曾見，但見君亡與國傾」〔註64〕，短短 56 個字，已言簡意賅地說明聖君治世之道，與導致亡國的種種禍因。將此諫言詩對照《後西遊記》文本內容，作者將世墮邪魔歸因於國君之對佛教的無正信認知，認為倘若遇有賢臣與能對佛義詮以真解的真高僧，則可對抗佞臣、偽高僧，以改善錯誤迷信的社會風氣。另意則慨嘆賢臣遭貶只因匡君失，期盼有德高僧莫再隱居，應以出世心入世以明弘佛教；否則恐如該回首詩中所云，將因不辨賢愚招來災亂，邪正不分而失太平，終致君亡國傾之悲哀。

《後西遊記》文本中述及的國君，包括盛唐的唐太宗、中唐的唐憲宗、上善國王與唐穆宗。

歷史載唐憲宗李純在位 15 年期間，勤勉政事、勵精圖治，重用賢良、改革弊政，史稱「元和中興」，憲宗主政時期，堪謂是唐朝自安史之亂後的重要中興盛世，雖然此一全國統一的局勢，在穆宗繼位後不久後即告分裂，但憲宗確是繼唐太宗、唐玄宗以後，歷史評價相當高的唐朝皇帝。《後西遊記》作者筆下的唐憲宗，亦是一位明理君王。

從唐大顛因為修書上表提出應訪求智慧高僧講經建議，招來向來獨得聖寵的生有法師不滿，聯合其他講師與皇帝親近的大臣齊向唐憲宗進讒言毀謗；但憲宗並沒有因言者是自己十分信任的法師，就只聽片面之詞，而是下達「講經仍遵前旨，但勅大顛任意各寺糾聽，有不合佛旨者拈出，奏聞改正，以全善果」〔註65〕的裁示，展現出憲宗傾聽及仲裁之圓融。憲宗向生有法師提出願效法昔年太宗與陳玄奘，因求經因緣義結金蘭之意，不料生有法師藉口自己生在長安、長在長安，且從未踏出過長安一步，不識路況而無法歷千山萬水為由婉拒，作者以憲宗聽了只笑道：「法師既不識路，何以

〔註64〕無名氏：《後西遊記》第 6 回，頁 40。
〔註65〕無名氏：《後西遊記》第 7 回，頁 51。

指迷？」〔註66〕的反應，彰顯憲宗一語雙關的幽默與智慧形象。

　　《後西遊記》作者一開始即賦予唐憲宗是一個有主見的明智君王形象。面對唐三藏與孫悟空凌空封天下經文，憲宗立刻舉手向天言道：「俗僧講經固非傳經之意，佛師封經不講又恐非求經之心，還求佛師開一線人天之路」〔註67〕，當唐三藏要求必須再派遣一個人，和他當年一樣重到靈山，求回真解來解真經，就可保國泰民安時，憲宗立即回答「願求真解」，此與當聽到生有告知其雖不能遠求真解，但可佛前焚修以祈保聖壽無疆時，憲宗直言已對生有失望，作者透過憲宗的不同反應情節，表現小說中的憲宗是視國泰民安更甚於個人壽長的明君。

　　針對究竟是應派誰西行求真解此一問題，憲宗並未受生有煽惑影響而下詔命令唐大顛，而是決定用榜文方式，內容以：

> ……朕思真經必須真解方足宣揚。朕雖涼薄，安敢驟棄前功？今發大願，訪求高僧如玄奘法師者，遠上靈山祈求真解東來，以完勝事。倘有志行尊者，慨然願行，朕當如玄奘法師故事，賜為御弟。竭誠恭奉，決不食言。〔註68〕

作者透過訪西遊求真解之人的兩段情節，以憲宗不以威勢強人的態度，除了形塑憲宗仁君風範，另亦藉由憲宗縱然面對如生有和尚這般小人挑撥，亦不為其所惑，暗喻「從來木朽蠹方生，讒佞何曾亂聖明」〔註69〕說明聖君的英明。

　　憲宗見到自己卜旨的君臣歡送儀式和已送出的豐厚物資人力，一番隆情盛意，竟都被自動請纓上靈山求真解的唐半偈以「佛門以清淨為宗，臣僧正欲以清淨之旨，正己正人；若喧闐迎送，移入大寺，便墮落邪魔，則求真解無路矣」〔註70〕幾近訓示的言語拒絕，憲宗非但沒有生氣，除了高興得聞正信佛法，還為自己對佛法的錯解發出「朕從前好佛之誤，聞法師高論，已悔八九矣！」〔註71〕慚愧之語。作者以唐憲宗被嚴詞峻語拒絕後的自省，展現憲宗是為一位有著接納諫言寬容大度的至尊天子；此一領導者應有的人格特質

〔註66〕無名氏：《後西遊記》第8回，頁60。
〔註67〕無名氏：《後西遊記》第7回，頁53。
〔註68〕無名氏：《後西遊記》第8回，頁56。
〔註69〕無名氏：《後西遊記》第8回，頁56。
〔註70〕無名氏：《後西遊記》第8回，頁57。
〔註71〕無名氏：《後西遊記》第8回，頁57。

塑造，確與史載的唐憲宗形象〔註72〕相符。

延伸思惟作者敷敘憲宗得知大顛行前是捨棄大寺而選擇借住半偈小庵，遂由衷讚其「心待半偈萬緣空」〔註73〕而賜號半偈法師之此一賜號情節，筆者認為隱含作者的期待：希望有如同憲宗這類對佛法知見有偏之國君，只要用心體悟，仍可經由一語半偈的法語而悟緣空真諦的深意。

上善國的十八歲少年天子「為人至孝，又甚英明」〔註74〕，雖然自己在待度樓中曾親眼看到對母親太后說法談禪的和尚，確實就是與唐半偈長得一模一樣，但在聽了唐半偈以外貌雖相同，但實有殊異處之由，提出請求加察；其思量著大唐與上善兩國相距五六萬里，倘非是有德行的高僧，又怎能順利通過一路上的眾多魔怪而安然到此？遂在將唐半偈綁來的二十四個校尉與隨駕前來的大小臣僚面前，說出大家的疑惑「今你與他面貌既已相同，他適去，你適來，時候又剛剛湊巧，若只以口舌鳴冤，誰肯信你？」〔註75〕並以此為由，做了要唐半偈只消查出太后的息下落，就可證明自己清白的裁示，贏得小行者立即趨向前，讚佩上善國王是位講理的英明之主。對照第十三回〈缺陷留連葛藤掛礙〉首語云：

> 惡惡惡，真慘虐，若要除之須痛割，倘放鬆時禍亂作。不是被他磨，
> 定是受他縛，一到纏身擺不脫。所以髖髀施斧鑿，軟款仁柔用不著。
> 四夷之屏恩不薄，殺戮蚩尤誠聖略。寄語當權應揣度，千里毫厘不
> 可錯。〔註76〕

將引文中寄語執政者要能有防患未然、防微杜漸的智慧與魄力之呼籲，連結上揭唐憲宗與上善國王之君主風範，《後西遊記》作者將文本時代設定在以真實存在並創下「元和中興」輝煌歷史的帝王唐憲宗時代，加上虛設人物上善國王之事親至孝、英明果敢鮮明形象；作者成功達到形塑並傳遞了是自己，同時亦是天下黎民翹首渴盼明君的理想典範作意，亦即兼具明辨是非的智慧、知人善用的果斷、以民為貴的仁慈之明君形象。

〔註72〕唐憲宗具有知人善任與接納諫言的優秀君王特質，《資治通鑑》元和 7 年所記載憲宗與宰相的對話（《資治通鑑》，卷 238，頁 7689～7690；《白居易詩人自覺研究》，頁 34～48）

〔註73〕無名氏：《後西遊記》第 8 回，頁 57。

〔註74〕無名氏：《後西遊記》第 27 回，頁 213。

〔註75〕無名氏：《後西遊記》第 27 回，頁 214。

〔註76〕無名氏：《後西遊記》第 13 回，頁 89。

（二）忠君愛民的賢臣

整部《後西遊記》於回目部份觸及賢臣與高僧字詞者，僅見第 6 回與第 8 回，但從作者於情節編排上，第 6 回回目「匡君失賢臣遭貶、明佛教高僧出山」觀之，中之乃緊扣第 5 回「唐三藏悲世墮邪魔、如來佛欲人得真解」而來，足見作者欲傳遞「賢臣」與「高僧」之重視性的企圖。

南朝梁僧人慧皎（497 年～554 年）大量引用史料撰《高僧傳》，以弘揚高僧行誼為旨趣，並於〈高僧傳・自序〉中言其以「高僧」為名，乃意取「高蹈獨絕」的僧人。然從《後西遊記》第 6 回回目「匡君失賢臣遭貶、明佛教高僧出山」與文本內容觀之，《後西遊記》作者筆下的高僧，是具有明仁勇風範的儒僧形象，較近似於懷抱以淑世為己任的儒士。爰本單元將具有象徵賢臣特質形象角色人物與具儒僧形象的真僧，分開討論。

首先，第 6 回回目之首句「匡君失賢臣遭貶」對照故事情節，《後西遊記》以唐憲宗時代確有歷史人物韓愈為主要忠臣角色，韓愈因上表諫迎佛骨而遭貶，作者於小說中轉引原文並未擅改，另描寫憲宗之所以大怒，是因認為韓愈說其好佛便致短祚是謗君行為，但百官以韓愈的本心原意也是為國家好而代向唐憲宗求情，最後折衷出將韓愈貶為潮州刺史的決定，與真實歷史記載亦無太大出入。

又基於《後西遊記》作者敘寫韓愈前往潮州途中認識唐半偈情節裏，兩人聊的內容，皆都與時下社會宗教信仰風氣有關推論，筆者認為《後西遊記》作者以此史事入小說，有利用諫迎佛骨表中所書之「佛如有靈，能作禍患，凡有殃咎，宜加臣身。上天鑒臨，臣不怨悔；無任感激，懇悃之至」〔註77〕此段話，來彰顯韓愈的本意：一來，韓愈相信正信的宗教，是不會因他基於忠君愛國的坦誠言語而降禍罰他，並以倘出乎意料地讓他因此受懲，韓愈亦無畏、無悔的愛國情操，以此象徵來自受傳統儒家思想教育的知識份子風骨；再則，作者透過韓愈理性拒迎佛骨並非即等同反對佛教之事實，曲折寄意自己於《後西遊記》中之對佛教亂象的批評，實乃基於知識份子於自覺定位上之對社會的人文關懷。

當聽到大顛以「竊見世之顛者，往往自以為定；則小僧之大定，以為大顛，不亦宜乎？」〔註78〕之對「定、顛」妙解，與不設經文及鐘磬寂然的詮

〔註77〕無名氏：《後西遊記》第 6 回，頁 43。
〔註78〕無名氏：《後西遊記》第 6 回，頁 45。

釋後，韓愈高興地說出：「使天下尊宿，盡如老師，我韓愈佛骨一表，亦可不上矣」〔註79〕作者透過此一情節對話，同時彰顯了韓愈被貶官仍憂國憂民的忠臣形象，與其對事不對人之直爽的鮮明性格。

　　續以第6回回目第二句「明佛教高僧出山」對照故事情節，可知作者所敘寫之賢臣人物，除了具鮮明忠臣形象的韓愈，唐半偈師徒亦含忠貞形象。例如：唐半偈為闡明佛教真諦而主動請纓西行求真解，師徒歷經萬難西行求真解回東土所耗用的時間，雖比唐三藏西行取經短了許多，但返回東土時，憲宗已駕崩，換成年輕穆宗為帝。當穆宗問到何時可揭去封皮、開經重講時，唐半偈答以：「開經日期當聽聖恩選擇，臣僧焉敢擅主！但開經之日須令各寺仍置一臺，以使好揭封皮」〔註80〕。此「開經日期當聽聖恩選擇，臣僧焉敢擅主」之語，顯現作者遵儒之君臣思想；而唐半偈不卑不亢地如實回答「但開經之日須令各寺仍置一臺，以使好揭封皮」之應須配合事項的態度，正是作者認為人臣盡忠的表現。

　　從分析《後西遊記》第6回末詩云：「真儒了不異真僧，一樣光明火即燈。門隔人天多少路，此心到底不分層」〔註81〕話語得知《後西遊記》作者認為真儒同真僧一樣，都具有能讓暗室光明的正能量，於對國家大愛上，皆同為積極入世之觀點。

　　至於《後西遊記》故事中的唐半偈，明明是自願西行求真解，但第8回回目卻寫成「大顛僧承恩求解、唐祖師傳咒收心」之「承恩求解」，明顯與情節不符。筆者認為此正是明清時代的知識份子於高壓政策下，為能文諸於世的一種或妥協、或對策、或儒者敬君之表現；回末對詩「雪隱鷺鷥飛始見，柳藏鸚鵡語方聞」雖是借引《金瓶梅》第五回回末詩末二句，但可從中看到作者旨在借可多情境詮解之「雪隱鷺鷥」與「柳藏鸚鵡」之深微意涵。以「雪隱、柳藏」喻困境，可解為當面臨國家有難時，就可看出是不是真的是賢臣真僧；若將「雪隱、柳藏」喻國君，則賢臣真僧之高風亮節與欲一展抱負、為國效力的愛國心，得否被見、被實現，則端視有否時逢明君。至於第8回目第二句「唐祖師傳咒收心」，意味著有願心者，必蒙佛威加被之「自助人助天助」的激勵效果。

〔註79〕無名氏：《後西遊記》第6回，頁45。
〔註80〕無名氏：《後西遊記》第40回，頁336。
〔註81〕無名氏：《後西遊記》第6回，頁46。

雖然《後西遊記》回目中僅以第 6 回之回目明顯標示「賢臣」二字，但於整部故事中，作者對於儒家忠君愛國思想的情節表現，實則不少，例如：孫履真、豬守拙與沙致和盡心力保護師父西行求解，亦可稱為是忠貞之士，即屬之。又如孫履真為救身陷夾壁峰中的師父及師弟們，隻身去向十惡王進行挑撥離間計過程裏，主動假意表示為免這些被殺的惡王們死後還纏攬不得安寧，願幫最後倖存者反惡妖懺悔出他們的罪狀，好讓死者得無怨，生者得安享。樂得反惡妖信其話遂也同意願朝天跪下，看著孫履真取出金箍棒，指天祝贊說：

> 篡惡不忠該殺，大王殺得是，無罪。逆惡不孝該殺，大王殺得是，無罪。暴惡、虐惡不仁該殺，大王殺得是，無罪。殘惡、忍惡不慈該殺，大王殺得是，無罪。叛惡不義該殺，大王殺得是，無罪。反惡與叛惡同科，該殺，求上天赦了吧！上天有旨：十惡不赦。著孫履真打殺吧！〔註82〕

上揭引文中述及「忠、孝、仁、慈、義」是儒家核心思想，亦是中國傳統道德之普世價值。《後西遊記》作者認為凡違背忠孝仁義者，皆得該被誅滅，故而反惡妖同叛惡妖算是一樣罪，因此最後亦被小行者消滅。這段情節文字表義上，雖有諷刺那些做了惡事，再拜天懺悔祈安寧者的意味；但若以君臣角度深究，此段文本深意，實可謂是對完備「忠、孝、仁、慈、義」之理想型忠臣的期許。

《後西遊記》有關韓愈的理性耿直、唐半偈的不卑不亢與孫履真師兄弟三人忠心護師等情節表現，在在皆映射出作者個人心中的理想型忠臣形象。

（三）應世弘法的真僧

將《後西遊記》第 5 回回目「唐三藏悲世墮邪魔、如來佛欲人得真解」與第 6 回回目「匡君失賢臣遭貶、明佛教高僧出山」對照文中韓愈與唐半偈在淨因庵的情節對話，作者藉由唐半偈以水火為喻，提出以佛之清淨來規正佛之貪嗔，做為掃除佛門邪魔之個人見解，獲得韓愈的讚賞。

作者以韓愈提出唐半偈即是掃除佛門邪魔最佳人選，以及原本隱居山中平靜安好禪定久矣的唐半偈，為弘正信佛法知見，義不容辭選擇走出山林等情節，來表現唐半偈雖隱居山林，但並非逃禪。

〔註82〕無名氏：《後西遊記》第 26 回，頁 210。

上揭情節與《後西遊記》中好名聞利養、遇事則推諉的生有法師，形成強烈對比；再將此情節與史載真人真事，宋代寶覺禪師拒絕溈山靈佑禪師邀請〔註83〕一事，所表現出獨善其身的明哲保身作法，將兩位同屬佛門龍象之才的行為表現進行比較，《後西遊記》作者所形塑出兼具明仁勇、言行一如，願為佛教犧牲小我的唐半偈，其為護法弘法之捨我其誰的態度，度世精神立判高下，亦可從此中清楚看見《後西遊記》作者心中理想型的真高僧形象。

綜合與「賢君臣僧正世風」題旨相關之回目詩證，並對照《後西遊記》內容之研析，得知作者述及明君賢臣高僧時，雖各有各特質，但有兩項共通點，即是不論是明君、賢臣或僧之德高皆源自「真」，亦即不加矯飾之禪門所謂的真心、本性，並且是以實際行動，來展現其對社會風氣與百姓的關懷。簡言之，作者於「賢君臣僧正世風」題旨所欲豁顯之意涵，就發揮淨化及安定社會功能上而言，明君、賢臣與真僧一如鼎之三腳，實為缺一不可。

四、三教合一贊化育

儒釋道三教對中國人而言，就哲思辯證層面嚴肅待之，不論就心性論或修養工夫等觀點融斥議題，皆可謂為是既深且廣的大哉問；但若僅就怡情文學小說觀之，尤其是在通俗的神魔小說世界裏，並列為重要民間信仰文化的三教思想，則顯得簡單，且多聚焦於故事人物在「義利邪正善惡是非真妄諸端，皆混而又析之」〔註84〕境遇裏，如何與魔戰鬥、匡世濟民、成仙證佛等情節發展表現。有關中國宗教文化的民族特點，與基督教國家或伊斯蘭教國家最大的不同之處，認為王先霈即以現存明清小說作品為例：

> 統治者和老百姓都有務實的傾向，對於宗教，既不絕對排斥，也不是始終堅持祀奉。很多的人，有事求神，無事就不再理會，至於求如來佛、求張天師或求自己祖宗，都無所不可，甚至可以同時求幾

〔註83〕《禪林寶訓》記載宋徽宗時的宰相陳瑩中得知黃龍祖心寶覺禪師拒絕溈山靈佑禪師邀請後，在給黃龍祖心寶覺禪師的一封勉勵信中提到：「正宜老成者，惻隱存心之時，以道自任，障回百川固無難矣。若夫退求靜謐，務在安逸，此獨善其身者所好，非叢林所以望公者」（徐小躍釋譯：《禪林寶訓》，頁87）表達了自己認為一個既老成穩重又有大悲心的僧人，當其是以弘道為己任時，縱有百川阻隔在前，對其應構不成困難障礙；況且禪宗叢林，亦應不希望看到寶覺禪師只求獨善其身的作法。

〔註84〕魯迅：《中國小說史略、漢文學史綱要》，頁154。

種神道。《禪真逸史》、《禪真後史》的流行，得到許多官紳文士的品
題評訂，讓我們具體真切地了解中國古人這種文化心理。〔註85〕
引文中提到中國古人之於「宗教」的文化心理，不論是尊貴的在上者，或是
中下階層的老百姓，都是傾向務實性的「不絕對排斥，也不是始終堅持祀奉」。

《後西遊記》中之回目與首末對句述及三教義理相關者，數量僅次於探討
「心」議題，作者並藉由聯句詩證「道化賢良釋化愚，無窮聾瞶幾真儒」〔註86〕
提出自己對三教施行教化對象根器的區別，本單元分就「釋道勸世義相通」
與「儒釋淑世心一如」進行探討。

（一）釋、道勸世義相通

第14回回首詩云：「莫怨莫怨，人世從來多缺陷。祖宗難得見兒孫，富
貴終須要貧賤。此乃天運之循環，不許強梁長久占。若思永永又綿綿，惟有
存心與積善」，是釋道二教弘教時，普遍慣用勸世歌文形態，此勸人修善得
善報觀點與《易經·坤卦·文言曰》：「積善之家，必有餘慶；積不善之家，
必有餘殃。」、佛教善書《了凡四訓》及道教經典《太上感應篇》等宗教性
善書義理相通，可知「存心與積善」是儒、釋、道三教所共認同，並納為基
本教化重點。

同回的回末對句，運用陰陽五行學說之東方甲乙木、西方庚辛金、南方
丙丁火與北方壬癸水的說法，以東、西屬金木，具有有形實體和價值；南、北
則屬水火，是為虛角度，寫下「土逢金固體，木遇火燒身」，呼應故事情節，
暗寓煩惱無明火是會燒掉一個人的功德林之警示，以及正心念的重要性。

對應內文敘述缺陷大王以設下各種陷阱方式，讓居民來向其獻供以求平
安；直至小行者去找金星協助，方知肇因土地不夠博厚，才讓獾妖有機可乘
以弄陷阱跌人與鑽入躲藏。作者透過小行者與金星一段應用道家五行術語的
對話，鋪陳出一個可分從儒釋道三教角各有所解的情節。於儒家角度，以土
之薄脆，比喻為人要培福以厚德載物；於釋家，以會鑽地獾妖象徵煩惱，說
明佛國極樂淨土是因無煩惱故，方可黃金鋪地；於道家，提醒要正確發揮土
能生金功能，而不是「學仙家去點外丹」錯將鉛、汞金屬當藥服用，妄想以此
求得長生不老。

〔註85〕王先霈：《古代小說序跋漫話》，頁41。
〔註86〕無名氏：《後西遊記》第5回，頁37。

作者不但首末聯句皆符合內文情節，從其寫出令三教可各自喻解之勸世義，為見識到《後西遊記》作者於布局構思上的講究平衡與連貫思維，再添一筆。

（二）釋、儒淑世心一如

《後西遊記》第 22 回回目〈唐長老逢迂儒絕糧小行者假韋馱獻供〉與起首詩云「畢竟人心何所從，喜新厭舊亂哄哄。東天盡道西行好，及到西天又想東。洪福享完思淨土，枯禪坐盡望豐隆。誰知兩處俱無著，色色空空遞始終」，作者以淺白字句道出當時社會普遍對宗教的信仰心態，應證了前引文，王先需提到的中國古人「對於宗教，既不絕對排斥，也不是始終堅持祀奉」的信仰心理。同回結尾詩中寫到儒、佛雖受盡批評，但因確存有各自妙義，故在多神信仰的中國社會裏，仍佔有舉足輕重地位。

第 23 回回目〈文筆壓人金錢捉將〉與第 22 回回目，一樣是望文生義即可推知情節必定與儒、釋間之彼此磨擦、相斥有關。惟不同處，在於第 22 回之首尾詩，敘述的是時人信仰心態，與儒、釋二教於不受尊重、又遭污衊的危境下，仍得以存續的關懷因素；至於第 23 回起首詩與結尾詩，則是作者對儒、釋的個人見解。作者以迂儒和假扮佛門的護法韋馱作為情節對立角色；另將象徵儒教淑世的最大利器—文筆，喻為同時是儒教壓迫人的最強束縛，進而凸顯知識份子對社會影響面上的正負向矛盾。以金錢指代名利，諷刺公侯將相亦淪為名利的階下囚。回目明示儒、釋二教衝突所在，然從第 23 回開首語中一段「儒釋從來各一家……大家各不掩瑜瑕。你也莫毀我，我也莫譽他；你認你的娘，我認我的爺；為儒尊孔孟，為僧奉釋迦，各人血肉各精華」〔註87〕與結尾詩中的「儒自歸儒，釋還從釋」，以及第 37 回起首詩中所言「各說各有理，各行各相宜。雖亦各有短，短苦不自知」〔註88〕等語，可視為作者個人對儒、釋二教進行各有瑜瑕的客觀評述，包括對儒、釋某種程度上的認同與肯定，蓋儒釋二教之大愛淑世情懷是一般無二的。

《後西遊記》作者透過故事情節展現三教於勸世、淑世上之理念相通，間接表達其對三教對參贊化育功能的認同，此與現代人間佛教佛光山，基於尊重不同宗教信仰所舉辦世界神明聯誼，兩者出發觀點是一樣的。又以「各

〔註87〕無名氏：《後西遊記》第 23 回，頁 174。
〔註88〕無名氏：《後西遊記》第 37 回，頁 306。

人血肉各精華」提醒並勸告世人各投所好信仰的同時，應互相尊重彼此的宗教選擇，而非用黨同伐異心態毀謗與自己不同信仰者，此一觀點，與人間佛教佛光山道場所訂定並稟持的「來時歡迎、去時相送」之對待會員大眾的態度，不謀而合。

（三）參贊化育莫逆天

第 28 回從回目〈鑿通二氣無寒暑　陷入陰陽有死生〉與回首詩「閒從萬化想天工，玄奧深微不可窮。頑石無端能出火，虛空何事忽生風。大奇日月來還去，最妙冬春始復終。誰贊誰參都是謊，陰陽二氣有全功」〔註89〕中，可看到作者對天地化育自然萬事萬物的玄奧深微，所發出的敬畏、讚嘆，並予人莫逆天而為之警示。將對回首詩照第 28 回情節內容，因孫履真和豬守拙在陰陽二氣山合力推碑通氣，招來孤陰、獨陽二將軍聯手夾攻時，孫履真毫無懼色答以「我聞孤陰不生，獨陽不長，留你這種賊氣在天地間也無用，倒不如待我掃除了吧」〔註90〕，而於陰、陽二王因戰敗遂向其主人造化小兒哭訴告狀：

> 我二人雖不才，也忝居二氣，參贊小主公化育，就是有時以寒熱加
> 人，也是理之當然。怎麼這孫小行者倚著他有神通，能變化，竟將
> 我鎮山碑推倒，山澤鑿通，致使二氣混為一氣，寒不成寒，熱不成
> 熱，叫我二人陰陽無準，禍福皆差，怎生為人？。〔註91〕

綜上引文內容與先前小行者聽到山神對造化小兒「專管著天下禍福，他說禍福無門，惟人自召；若先設一門便有私了」〔註92〕、陰、陽二王後來跑去造化小兒告狀等情節對話，除了比喻人要經得起嚴寒與酷熱考驗，可延伸隱喻天地萬物的成長，實須依賴陰陽調和之意旨，此與佛教所言世間萬法乃因緣和合的教義相通，皆在強調任何事物的圓滿，是要靠各方條件通力合作，而非僅憑單一條件獨力成就，可謂是一不二。

又同回回末聯句「漫道久修心似佛，誰知到此命如雞」乃借引蘇軾〈獄中寄子由〉之「魂飛湯火命如雞」典故入詩，以表生命危脆與無常之感；如何在無常中惜時發揮個人的生命價值與意義，可視為是作者個人的有感而發與自我期許。一般神魔小說對關涉儒、釋、道三教之思想衝突的表現方式，通常是聚

〔註89〕無名氏：《後西遊記》第 28 回，頁 222。
〔註90〕無名氏：《後西遊記》第 28 回，頁 228。
〔註91〕無名氏：《後西遊記》第 30 回，頁 241。
〔註92〕無名氏：《後西遊記》第 28 回，頁 239。

焦在三教間的嬉笑怒罵與鬥法；然從梳理《後西遊記》回目與首末聯句有關三
教旨要思想，筆者看到作者是利用透過神魔小說框架，反映其對三教思想對整
體大環境的深層影響，以及對社會責任省思的警世作用。因此，縱然不能確定
撰序者與作者是否同一人，但從序文中對儒、釋、道三教典故恰如其份地巧妙
運用，可見撰序者對於儒、釋、道三教之義理的融會理解。

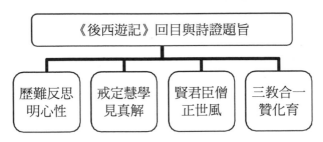

圖 4-1：《後西遊記》回目與詩證題旨分項圖

梳理《後西遊記》之序、回目與詩證過程中，發現作者於遣詞用字上，
皆清楚、明確且無張冠李戴之筆，並由《後西遊記》每回之皆既符文意又含
深義的首末詩對中，尋析出主題意蘊及寄意如圖【圖 4-1】之包括「歷難反思
明心性、戒定慧學見真解、賢君臣僧正世風、三教合一贊化育」作者意，由此
可知作者創作意圖，並非僅止於對當時社會的諷刺與批判之故事表層情節敘
述而已。

本章小結

有關本章以《後西遊記》的序、回目與聯句詩證，進行研究文本的主題
意蘊，有如下研究發現：

撰序者先是以「天何言哉」一語，表示「言或不言」皆無損真理之道存
在意涵，次語「廣長有舌，久矣嚼破虛空」證明佛經所言不虛與講經說法的
價值性，並於序文中次第表述禪、淨二宗義理是《後西遊記》往靈山為真經
求真解故事的核心思想；強調不論是採易信難行的禪宗自力覺悟，或是難信
易行之淨宗一心念佛修行，一秉清淨心是自度他度的修行前提，此乃《後西
遊記》作者創作要旨之一。序文中之佛法名相應用，間接點出作者時代的禪、
淨思想合流現象；惟因世人並不瞭解或錯解三藏靈文的百千妙義，作者只好
權借好似道教麻姑指爪功能的輕鬆筆調，亦即以時下流行淺白易懂、令人解

頤的神魔小說形式來傳遞創作意圖。簡言之，經由綜合逐段詮解〈後西遊序〉多層次寓意，梳理出作者時代具有禪淨思想合流現象。

其次，針對有研究者認為《後西遊記》章回首末聯句，是無相干地忽來一筆與內文並無相關，筆者依據《後西遊記》回目與詩證所表現意蘊，分類歸納出包括：與「心」主題相關、與儒釋道三教之「淑世、勸世」相關、強調「求真解」、「因緣果報」、述及「聖君賢臣與高僧」、佛教「神通」與言「生命意義」等主題與內文情節對照研析，發現：《後西遊記》中的每一章回首末聯句詩證，不但發揮了情節連結與表達個人思想意識評論的功能，且多引用儒、釋、道各家典故於各章詩證中，且亦多既符文意又含深義，豁顯《後西遊記》作者之寓意「歷難反思明心性、戒定慧學見真解、賢君臣僧正世風、三教合一贊化育」等題旨意蘊。

最後，針對有研究者僅以序文中片語與某小段情節解讀，即認為《後西遊記》作者應是憤世嫉俗、不得志的下層文人或對世事不滿的文士身份看法，筆者從《後西遊記》之序文、回目與詩證中之用典與詞語涵攝，以及文中靈活引用《六祖壇經》、《妙法蓮華經》等大乘佛教經典的客觀事實，佐以敘寫風格又與中峰明本禪師所著含括禪、淨、密教義的佛教超薦法會用本《三時繫念佛事》內容意涵表現，極為類似，題旨意蘊又泛涉禪僧必讀典籍《禪林寶訓》；因《三時繫念佛事》與《禪林寶訓》皆為具佛門特定意義性典籍，爰合理推論：撰序者與作者姑且不論是否同一人，二者對佛教典籍、義理，應是熟稔且具有一定的深廣度學養。

因此，縱不能以《後西遊記》文中有寫「莫怪老僧饒謊舌，荒唐妙理勝圓夷」、「饒盡老僧舌，定心如不聞」等字語，即認為作者是僧人；但從作者充滿愛教護教的使命感，《後西遊記》作者的可能身份，即便真是下層文人，亦應非憤世嫉俗者。

第五章 《後西遊記》之禪淨、三教與信仰

　　一時代的政治、文化、宗教等社會大環境，通常是影響創作者之創作思維的重要因素；且就研究對象之具歷史延續性的文化有所認識，是從事中國古典文學學術研究的重要課題。因此，對《後西遊記》之文本時代與作者時代的一些社會文化現象有所認識，對本書旨在探討《後西遊記》意蘊研究而言，是有其重要性與必要性。

　　雖然有研究者認為神魔小說受道教影響較大，且「不局限於某一具體作品，而是在整個『神魔小說』這個文學類型中表現出來」〔註1〕，但從筆者於第四章所梳理出的《後西遊記》序、回目與詩證意蘊，並將之與文本對照研究結果，發現《後西遊記》多為與佛教禪宗、淨土宗與儒、釋、道〔註2〕三教思想相關情節表現，且從【圖5-1：《後西遊記》西行歷難考驗情節分佈圖】明顯可見《後西遊記》自第16回開始的歷難考驗情節，其中對禪、淨修行相關情節的敷敘，實多於釋與儒、道二教交鋒情節呈現。

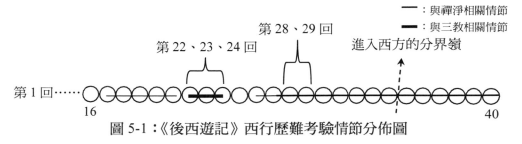

圖5-1：《後西遊記》西行歷難考驗情節分佈圖

〔註1〕苟波〈道教與神魔小說〉（世界宗教研究，2005，p123），頁57。
〔註2〕《後西遊記》文本中所指稱之「道」實含括道家思想與道教儀式內容。

從上揭對《後西遊記》西行歷難分佈內容圖示的客觀分析，得知成書時代的佛教之禪淨二宗思想、三教的相容相斥情況，以及執政者、士大夫與一般庶民的信仰認知與態度等，皆屬於會對《後西遊記》作者創作思維產生影響的重要因素。爰本章就貫穿《後西遊記》之核心思想的禪淨流變、禪淨情節之時代表現意義、《後西遊記》之機鋒應用、《後西遊記》中之三教融斥與《後西遊記》中所表現不同階層對信仰的態度等主題，進行分節研究探討。

第一節　《後西遊記》之禪淨流變與機鋒表現

欲瞭解《後西遊記》文中所含禪風與機鋒表現，首先必須對從文本時代至作者時代的佛教兩大宗派——淨土宗與禪宗，此二宗發展流變及當代現況有基礎認識。本節分就《後西遊記》之禪淨流變、《後西遊記》之禪風取向與機鋒應用，進行梳理。

一、《後西遊記》中之淨土定義與禪風取向

欲研析《後西遊記》中所呈現禪淨流變情節表現意義，首先應就《後西遊記》中之淨土定義與禪風取向有所認識，本單元即針對文本中之淨土意義範圍與禪風取向，進行研析。

（一）《後西遊記》中之「淨土」意義與範圍

中國的淨土思想包括彌勒（兜率）淨土思想與彌陀（極樂），淨土思想「是同於後漢（公元三世紀頃）時代傳來」〔註3〕，雖然彌勒信仰於隋末唐初朝漸轉以阿彌陀信仰為民間信仰主流「在唐代，淨土信仰的特定內涵乃信仰對象由彌勒向阿彌陀的轉變」〔註4〕但因彌勒菩薩乃是具有積極救世精神大乘菩薩，故彌勒淨土思想信仰並未從此消失。

針對「淨土」一詞，著名佛教臨濟宗禪師、哲學家、被推崇為當代人間佛教創始人的太虛大師於〈兜率淨土與十方淨土之比觀〉文中，提到「淨土」是一很寬廣的公共名字，而無量淨土中攝受我們最親、最接近的是彌勒兜率淨土，蓋因「彌勒淨土，是由人上升，故其上升，是由人修習十善福德成辦，即是使

〔註3〕慧嶽：〈上升兜率淨土的勝義和行法〉，張曼濤主編《現代佛教學術叢刊》第七輯《彌勒淨土與菩薩行研究》（臺北市：大乘文化，1979年），頁163。
〔註4〕王耘：〈唐代淨土信仰的美學解讀〉（江海學刊，2005年6月），頁170。

人類德業增勝，社會進化成為清淨安樂人也」〔註5〕，太虛大師對彌勒淨土信仰的解讀，是其建構人間淨土理念的關鍵立論依據。當代印順導師亦於《淨土與禪》強調「佛教的淨土與念佛，不單是西方淨土，也不單是稱念佛名」〔註6〕。星雲大師則綜引佛教大乘經典，點出「淨的內容是含積極性的……也就是功德莊嚴」〔註7〕的功能性，並就彌勒淨土與彌陀淨土特色進行說明〔註8〕。

（二）《後西遊記》中之禪風取向

所謂「禪」，印順導師以佛經中於曠野上發現古道之妙喻，提出佛法（禪）是「自覺體驗的那個事實。佛是發現了，體悟了，到達了究竟的解脫自在」〔註9〕的看法，並認為禪法之方便施設與演變，應是禪史的重要部份。從《後西遊記》文中所充滿的禪味機鋒，不難發現「禪文化」於《後西遊記》的作者時代與文本時代之社會大眾，乃至整個人文思想，都有著甚深影響力。

雖說禪是言語道斷，且本書亦非以專研探討佛學哲思為旨，惟因《後西遊記》是一部宣教意味明顯的小說，瞭解小說中所述之禪風與機鋒，有助對研究文本之意蘊探討。本節繪圖【圖5-3：《後西遊記》中之禪風發展示意圖】並分就《後西遊記》之禪風取向與「機鋒應用二面向，以研析瞭解《後西遊記》作者時代的禪風取向與作者如何應用機鋒表現寓意。

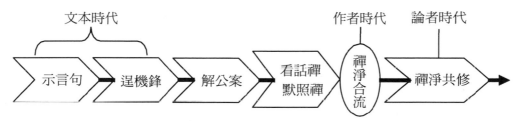

圖 5-2：《後西遊記》中之禪風發展示意圖

〔註5〕太虛：〈兜率淨土與十方淨土之比觀〉，張曼濤主編《現代佛教學術叢刊》第七輯《彌勒淨土與菩薩行研究》（臺北市：大乘文化，1979年），頁158～159。

〔註6〕印順：《淨土與禪》（新竹縣：正聞出版社，1970年），頁1。

〔註7〕星雲大師：《談淨土法門》（高雄市：佛光文化，2018年），頁45～51。

〔註8〕星雲大師：《談淨土法門》，頁52～62；說明彌勒淨土是以實現將人間轉化為善根成熟、解脫自在的人間淨土為思想理念，著重於現實世界的六度修行，爰彌勒菩薩具有積極救世的大乘菩薩精神；彌陀淨土則因具有「時空無限、生活逍遙、社會和樂、融會一體」諸殊勝和其修行法又較彌勒淨土更簡易，只要「信」賴彌陀願力、「願」生極樂世界、「行」虔心稱念阿彌陀佛聖號以收攝放逸身心，就能帶業往生極樂世界。

〔註9〕順印：《中國禪宗史》（北京：中華書局，2010.1），頁6～7。

　　《後西遊記》於書中詩云「曹溪一點源」，又處處強調《壇經》首篇開宗明義的「菩提自性，本來清淨；但用此心，直了成佛」等禪宗特別重視本性清淨等修行相關要義內容，例如：以「一心清後一心淨，萬法空時萬法通；慢道寸絲俱不掛，寸絲不掛妙無窮」喻意祖師禪的禪定生智慧。

　　欲瞭解《後西遊記》故事人物或對話、或自語，或隱或現地應用禪宗機鋒，以及撰序者為何會於序中敘述禪、淨二宗思想，首先即要對中國禪的家風流變有概略認識。

　　以禪宗傳承方式分之，始於菩提達摩〔註10〕，禪宗初期採不立文字方式的參悟，盛於唐朝六祖惠能〔註11〕「已將佛推過一邊，惟以祖師為中心」〔註12〕的「超佛祖師禪」獨立發展出的中國本土的中國禪〔註13〕，傳至六祖惠能一脈相承的「直指人心」禪法，六祖以後禪宗不拘義理的宗風，縱放橫出的禪趣，與淨土宗同成為唐代最興盛的二支佛教宗派，此種「只以平常語句，直捷了當的提示方法引導僧徒」〔註14〕，一直到青原行思、南嶽懷讓，可稱之為示言句階段；例如：《後西遊記》中唐半偈與三個徒弟的初見面情節，包括聽了孫履真說話爽直、豬守拙說話直截、沙彌說話直截而心生歡喜，皆是喻指強調禪宗直指人心的特色。

　　禪宗強調「諸佛妙理，非關文字」、「即心即佛」的己度度人，自馬祖道一建立禪門叢林制度至北宋初年，禪宗注重「從疑入手」只能參不能講的參禪形式，致使禪意有多變的詮解；禪宗祖師們常運用不同方式，亦即藉由指示、隱喻乃至猛利如反詰、棒喝等機鋒形式，來引導學人開悟，稱為逞機鋒階段；《後西遊記》之文本時代的禪宗發展，即屬於此階段。

〔註10〕印度菩提達摩乃中國禪宗公認的東土初祖，於北魏傳入的禪宗思想，是以阿含、般若修法為主，亦名如來清淨禪。

〔註11〕惠能大師之言行錄《壇經》是唯一非佛言行錄，卻得以「經」名稱著之佛教經典，記錄惠能說法核心思想。惠能說法核心思想，包括：自性本就就清淨具足、「空」不是指一無所有、人皆有佛性、成佛是要靠自悟、坐禪是指自性不動而非指身體坐著不動、佛法只有人的悟性快慢而無漸頓之分，以及消除執著的「無念為宗，無相為體，無住為本」三原則等。

〔註12〕太虛：《中國佛學特質在禪》，頁38。

〔註13〕印順：《中國禪宗史‧序》，頁1：「慧（惠）能下第三傳的百丈懷海（814卒），藥山惟儼（828卒），天皇道悟（807卒）約有三百五十年，正是達摩禪的不斷發展，逐漸適應而成為中國禪的時代」。

〔註14〕任澤鋒釋譯：《碧巖錄》（高雄市：佛光文化，1997年），頁5。

　　然就宗教傳承角度而言，歷代祖師大德之智慧若不藉由文字記錄、保存、講解、代代相傳，勢必會面臨失傳危機；禪宗在歷經數代漸趨圓熟發展，激盪出一則則留予後人，諸如「何謂祖師西來意」等禪門著名公案，都是必須靠自己體悟而非用語言符號的公案禪。《後西遊記》中豬守拙聽到孫履真笑牠是野豬，竟還侈言要修行的話時，一段「你打扮雖像個和尚，卻原來是個門外漢，一毫佛法也不知道，豈不聞狗子皆有佛性，莫說我是佛祖的後人，就是野豬，你也限我修行不得」〔註15〕即是借引祖師公案禪入故事情節之顯例。至北宋以後，傾向重視拈古頌古與評唱，稱為解公案階段；尤其是佛果圓悟禪師所著《碧巖錄》，一時成了禪者務必研讀之書。直至佛果圓悟禪師所印可的弟子大慧宗杲禪師，改立參「無」字話頭的看話禪與天童正覺提倡靜坐之默照禪階段。

　　禪宗至《後西遊記》作者時代明末清初之發展情況，雖言「宋元以後直至明清的禪宗雖然香火不斷，但在理論上、本質上，皆與慧能所創的南宗禪南轅北轍，越走越遠……失去了禪宗原生原創的宗風特色，或有宗無禪，或有禪無宗，非禪非宗，似是而非，大抵名不副實，甚或欺世盜名」〔註16〕，此一批評披露了當時部份禪僧的表現，或無禪者應有修為、或已喪失既有宗風，名不副實，甚至假禪僧之姿行欺世盜名之實，此些批評是於作者時代不可否認的事實。然與其相同存在的另一事實，即是彼時的禪宗已因歷經示言句、逞機鋒、解公案、看話禪與默照禪，而包羅了多元接引學人明心見性的禪宗各式家風，此一現象於禪宗發展史上實具重要研究價值性。

　　經上揭梳理中國佛教禪宗歷史演變概要，吾人可看到《後西遊記》作者時代之禪宗各派「由禪而悟」風格的禪風取向，實是呈現活潑潑地多面向。

二、《後西遊記》禪淨情節之時代表現意義

　　瞭解《後西遊記》之文本時代與作者時代之禪淨表現，對研究《後西遊記》於文本意與作者意之個中寓意，具有一定的必要性與極有助益。爰就《後西遊記》創作者在宗教資訊與教育尚未普及化的古代，究係如何透過故事情節表現，來讓讀者認識淨（包括彌勒淨土與彌陀淨土）、禪二宗思想對當時代民間的影響力，以發揮其宣教目的，亦是本書探討重點之一。

〔註15〕無名氏：《後西遊記》第 11 回，頁 77。
〔註16〕東方喬〈禪宗：宗教的超越〉，河北大學學報，第 4 期第 31 卷，第 30 頁。

　　本單元「《後西遊記》禪淨情節之時代表現意義」旨在裨益《後西遊記》的意蘊抉微而非聚焦於佛學精研，爰僅以該法門盛行時代對照《後西遊記》之文本時代與作者時代，略行劃分繪製【圖5-3：《後西遊記》之時代禪淨流變與三教融斥情節表現比例】與客觀簡述如下：

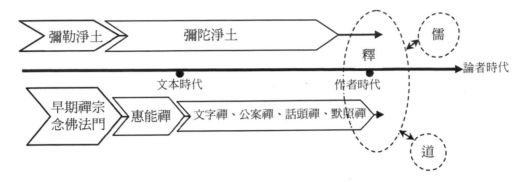

圖5-3：《後西遊記》之時代禪淨流變與三教融斥情節表現比例

（一）文本時代的禪淨並秀互競

　　《後西遊記》文本時代的中晚唐時期，發生了唐武宗的會昌毀佛事件，是佛教史上的重大法難。然呈「家家彌陀佛，戶戶觀世音」民間普遍信仰的淨土宗，因信徒多為居家型的念佛修行，而禪宗跳脫印度佛教遵行《佛遺教經》不斬草伐木之托缽乞食維生模式，因踐行農禪制度而具備自力經濟生產能力，故禪、淨二宗，成了毀佛活動中未受明顯影響的兩大宗派。

　　淨土宗與禪宗雖於成佛修行方式觀點不同，但因同源於佛教大乘思想，「禪」之講究置心一處與「淨」的注重一心不亂，意實相通，且都持認同「眾生同具佛性」的看法。依據劉宋・求那跋陀羅所譯禪宗最初根本性經典—四卷本《楞伽經》中「已經明確地提倡『念佛』，禪宗初祖達摩並以此經傳授惠可」〔註17〕、四祖道信禪師亦以淨心為目的，念佛為方便法教導弟子們要「繫心一佛、專稱名字」〔註18〕即說明了早期禪宗念佛法門的存在事實。雖然禪宗的念佛是實相念佛，著重現前見佛，而淨土的念佛強調的是當來見佛，二宗於立基於「唯心淨土，自性彌陀」的本質上並無區別，佐以唐朝有禪僧掛

〔註17〕張子開：〈念佛、淨土觀念與早期禪宗彌勒信仰〉（宗教學研究，2006年第4期），頁83。
〔註18〕張子開：〈念佛、淨土觀念與早期禪宗彌勒信仰〉，頁83。

單淨土寺院的事實,讓雙方僧人因有接觸互動的機會,而彼此瞭解對方的宗派教義。

《後西遊記》第 1 回中有詩云:「混沌既分天地立,陰陽遞禪成呼吸。識知未剖大道生,文字忽傳鬼神泣。五行並用多戰爭,三教同堂有出入。好求真解解真經,人天大厄一時釋」〔註 19〕、「天何言哉地何言,三藏經文無乃繁。有字何如無字好,木窮根本水窮源」〔註 20〕與「源水常清淨,流來漸漸渾,貪多心久佞,想妄性成昏開罪在梁武,歸您到世尊。自從來白馬,滿地是非門」〔註 21〕等語,即是立於禪宗成佛觀點與修行方式角度,一方面標榜禪宗的自性清淨、不立文字,另方面對照於帶回東土的三藏經文因真經未予真解導致貪佞、妄想等種種弊端,對淨土聽經聞法修行法提出質疑與諷喻,同時亦隱含國君佞佛卻反怪罪於佛的批判。並藉由「語有機兮言有鋒,相逢一笑已成宗;若從字句求靈慧,尚隔千重與萬重」〔註 22〕、「尊佛豈在多言,驅邪惟有一正,理屈難免辭窮,道高自然人敬,度世方見慈悲,施財邪魔諂佞,從來不染高僧,只是身心清淨」〔註 23〕自讚禪宗的優秀。上述諸聯句,在在流露了執禪批淨的意味,與僧人應以德行為重之呼籲,即如明教嵩禪師所言「尊莫尊乎道,美莫美乎德」〔註 24〕寓意。

又第 36 回描寫唐半偈師徒通過掛礙關行至蓮化村,唐半偈在馬上因看到村坊一片風光清淨、氣象無為而讚歎不已,小行者回答以「佛法微妙宏深,這地方雖然清淨卻無造就,止不過得些皮毛」、「這都是師父在中國看厭了那些邪魔外道,故纔挹真風,便生歡喜。其實佛法莊嚴何所不有,也不是一味枯寂,老師父見過我佛自然知道」〔註 25〕等語,即是作者透過故事情節中的淺顯對話,反映了唐代時人對佛教淨土與禪二宗之於所謂莊嚴淨土觀念上的不同看法。

從文本時代至作者時代之前的禪宗與淨土宗,其間亦有僧人主張禪淨雙修,例如:唐末五代永明延壽詩作〈四料揀〉,即是對禪淨思想融合顯例,然

〔註 19〕無名氏:《後西遊記》第 1 回,頁 2。
〔註 20〕無名氏:《後西遊記》第 5 回,頁 38。
〔註 21〕無名氏:《後西遊記》第 5 回,頁 34。
〔註 22〕無名氏:《後西遊記》第 7 回,頁 52。
〔註 23〕無名氏:《後西遊記》第 7 回,頁 52。
〔註 24〕徐小躍釋譯:《禪林寶訓》,頁 19。
〔註 25〕無名氏:《後西遊記》第 36 回,頁 298。

因禪宗與淨土宗於成佛修行方式上的觀點不同，例如：宋代提倡看話禪的大慧宗杲（1089～1163年），因認為「看經、禮佛、唸咒等一般性宗教行為，都是『希求功德』；這和『不得下語、不得思量、不得向舉起處會、不得去開口處承當』的禪法背道而馳」〔註26〕。大抵而言，於文本時代中唐時期的中國佛教發展，是呈現禪淨並秀互競狀態。

（二）作者時代的禪淨思想合流

及至晚明，由明初強調天理人欲截然二分的程朱理學、明中期重視反求諸心的陽明心學，以及崛起與晚明講究經世致用等實學思想，激流如潮交滙湧盪呈現多元人文主義思想背景下，禪、淨二宗亦產生合流變化。

《後西遊記》第21回，敘述小行者為救被鬼國黑孩兒太子抓走的豬一戒，奔而至幽冥地府找秦廣王幫忙，秦廣王說自己識見淺薄，要小行者改找幽冥教主幫忙指路，話剛落地，就見到：

> 早有一個童子捧了一張簡帖，是地藏王菩薩送與孫小聖的。小行者接了，大驚道：「好靈菩薩！怎麼就未卜先知？」展開來一看，只見上寫著四句頌子道：「迷卻自在心，黑風吹鬼國。念彼觀音力，黑風自消滅。」小行者看了兩遍，心下疑惑，因送與十王看道：「鬼王作祟，怎麼叫我念起觀音經來？」十王道：「教主既示微文，定有妙義！小聖只須遵行。」小行者方歡喜，叫童子致謝菩薩。〔註27〕

作者將於民間信仰中代表救苦救難最普遍亦最有力的兩位菩薩—觀音與地藏植入故事情節，並藉地藏菩薩之口，說出極富禪味的「迷卻自在心」一語，寄意心因迷而苦，因迷退開悟而自在，可見於作者時代，民間對禪、淨二宗教義思想認知上的雜合；又從此混同現象，亦可感受到淨、禪二宗思想，對於當時民間信仰與神魔小說作者在創作小說之有關三教情節內容上的影響力。

在《後西遊記》中唐半偈與豬守拙、沙致和身陷蠱妖腹情節裏，豬守拙、沙致和為讓孫履真能得知他們險境，兩人與唐半偈的對話：

> 沙彌道：「師父呀！我們如今在九死一生之時，若有人寄信，便叫大師兄受些痛苦也顧他不得。」豬一戒道：「師父原來也會說謊，他在那裡，我們在這裡，誰人寄信？」唐半偈道：「我倒不是說謊，當初

〔註26〕楊惠南：《禪史與禪思》（臺北市：東大，2016年），頁187。
〔註27〕無名氏：《後西遊記》第21回，頁163。

他尋到我處來皈依的時節，他住在傲來國花果山，隔著兩大部洲，
毫無因緣，多感唐玄奘佛師傳授了我一篇定心真言，叫我三時默念。
但念時，你大師兄便頭痛欲裂，所以尋聲來歸，做了我的徒弟。」
〔註28〕

引文中禪僧代表唐半偈默念由唐玄奘佛師傳授的定心真言，即隱顯了作者時
代存有禪僧同時修淨密念佛和持咒之情形。

　　整部《後西遊記》主要敘述透過唐三藏與孫悟空下凡目睹人間宗教亂象，
故積極覓得以清淨心修行的唐半偈，為掃除身口意皆不淨的邪魔以拯救沈淪
眾生，陸續收了孫履真等三個徒弟，組隊前往靈山求真的情節表現，即是發
揮大乘菩薩積極救世精神、彌勒淨土實現「人間淨土」創造圓滿人間願心的
積極思想展現；唐半偈師徒前往西方淨土過程中，其所遭遇到的種種磨難，
亦多寓意以禪心安頓順逆境、明心見性。

　　將上揭《後西遊記》之「文本時代的禪淨並秀互競」與「作者時代的禪
淨思想合流」情節表現意義，對照本書第一章之「研究背景與範圍」（p14～
19）中對有關禪、淨於論者時代的發展現況說明，綜合研析發現：

　　連結佛教禪淨二宗從文本時代的並秀互競、作者時代的思想合流，迄今
當代的法會共修之流變，《後西遊記》以《六祖壇經》之中國禪思想與主張行
菩薩道之彌勒淨土思想合流，作為貫穿西行求真解故事的主要思想核心，實
可謂已先預示了禪、淨二宗思想合流傳佈，及至論者時代呈現之禪淨法會共
修型態趨勢。

三、《後西遊記》中之寓教於樂的機鋒展現

　　從《後西遊記》第7回回目首詩中寫道曹溪是真源，一直到最末回穆宗
下旨要欽天盟選擇民間俗稱的「六祖誕」〔註29〕的二月初八日上吉日期，命
各寺設置講經台，以便正式開經重講。作者重複顯示《後西遊記》是以傾向
慧解脫的祖師禪為主要禪觀。從研究文本中亦發現多例，類似小行者轉述孫
悟空告訴他「這雖是你的魔頭，你的正果卻也在這個籃兒上」〔註30〕給半偈
聽之充滿禪意的話語。《後西遊記》作者應是考量到閱讀者具有知識程度差異

〔註28〕無名氏：《後西遊記》第34回，頁283。
〔註29〕六祖惠能大師係於唐貞觀12年（公元638年）農曆二月初八生於嶺南新州，
　　　　故民間將農曆二月初八俗稱為六祖誕。
〔註30〕無名氏：《後西遊記》第8回，頁60。

現況，因此採用了不同方式表現禪機。筆者就《後西遊記》中以指示、譬喻、反詰、棒喝等形式呈現禪機意含進行研析。

（一）指示法教示

《後西遊記》中屬於禪宗祖師用單一明白的話語，來接引學人開悟的方式，亦即指示法開示的例子不少，諸如：

第 5 回〈唐三藏悲世墮邪魔如來佛欲人得真解〉中，如來告訴唐三藏與孫悟空求真解重點，並說明之前觀世音前往長安時，祂給的五件法寶，或尚是莊嚴外飾、或未免近術，所以這次便只給了一條木棒，並囑咐「但要叮嚀那求解人：求解與求經不同。求經，文字牽纏，故生多難；求解，須直截痛快，不可遲疑，又添掛礙……遇著邪魔野狐，只消一喝便不敢現形」〔註31〕、「到得心明性見，總都是本地風光」〔註32〕皆是屬喻直指本心之指示法。

唐半偈以「要懺悔只須懺悔此待度之心」〔註33〕，告誡上善國太后必須正知正見的開示；面對豬一戒抱怨師父顧念媚陰和尚前程，但媚陰和尚卻不這麼想時，半偈回答「他不念我，正是他的前程；我念他，卻是我的前程」〔註34〕之自修自得開示。當豬守拙沒聽懂師兄孫履真對新進師弟沙致和所說的「致和雖好，也要和而不流」話意，便隨口說句「流沙河已過，再流些甚麼？」〔註35〕時，唐半偈聞言立即告誡豬守拙休得野狐禪，則是直接糾正的指示法。

孫履真見到因經佛法薰陶而相由心生變得和藹的孫悟空時，希望孫悟空教其如何努力修心，孫悟空給了「頑力有限，慧勇無邊。不成正果，終屬野仙」明示，同時告誡小行者要以他為前車之轍，只要待到因緣成熟日，自有招邀。

豬守拙疑問一座大山具萬千靈竅，為何只鋤通了一個，陰陽二氣便可通透時，孫履真回答以「你豈不聞一竅通時萬竅通」〔註36〕；唐三藏與孫悟空化身疥癩僧人告訴唐半偈「這求解之事，乃天大的福緣，海深的善果，須要努力。就要徒弟也不難，我包管你三個」、「只要你信心努力，成就我的前志，

〔註31〕無名氏：《後西遊記》第 5 回，頁 38。
〔註32〕無名氏：《後西遊記》第 38 回，頁 317。
〔註33〕無名氏：《後西遊記》第 27 回，頁 221。
〔註34〕無名氏：《後西遊記》第 16 回，頁 113。
〔註35〕無名氏：《後西遊記》第 16 回，頁 113。
〔註36〕無名氏：《後西遊記》第 28 回，頁 226。

若到危急之時，我自來救你」〔註37〕、「要我發慈悲，不如還是你自家努力」〔註38〕等語，明白指示唐半偈求人不如求己，只要努力自助，必獲天助。唐半偈告訴金頂大仙，自己之所以只用了四年多時間，就走到靈山腳下的玉真觀，關鍵在於「幸步步實歷，所以來得快」〔註39〕，皆意指唯有腳踏實地學佛，方為快到的明示。又如唐半偈對因迷信妖所化之偽佛而惹禍上身的上善國太后說「佛即是心，心即是佛，要待誰度？一待度，先失本來，而野狐竄入矣！」〔註40〕

以上情節對話，是針對學佛者應有「去貪嗔、須懺悔、自修自得、自助方得天助」等與修心相關之方法與觀念態度的指示法。《後西遊記》中的指示法教示，多具短而簡明特色。

（二）譬喻法教示

公案禪語中不乏記載禪宗祖師們使用包括明喻與隱喻的譬喻法，來開示門人，惟隱喻之於同一事物的看法與定義，是會隨因緣改變而轉念、轉化。《後西遊記》中亦有不少譬喻法開示，諸如：

1. 以植物特性象徵為喻，《後西遊記》取葛藤之具四處攀附、雜亂的生長特性，以比喻自心邪思、妄念、煩惱與「語言、行為」惑人者等。例如：豬一戒告訴師父，儘管狐兔之類的妖怪很會亂鑽，但一定有個巢穴，只要找到巢穴給它「一頓釘鈀，包管斷根」，隱喻所有煩惱妄念皆其來有因，只要斬斷煩惱葛藤根，就可解脫的小乘斷念思維。面對砍不斷、理還亂的大片葛藤枝葉，孫履真引聽說「一落言語便惹葛藤」〔註41〕一語，告訴豬一戒乾脆兩人用閉嘴不言方式來讓葛藤無法纏身；除了暗喻言多必失招致煩惱，另就禪宗之不立文字、明心見性特質而言，一落言語便惹葛藤中之「葛藤」，實又可隱喻為文字障。

2. 用意象化的妖魔為喻，《後西遊記》以西行途中所遇見的各式妖魔鬼怪比喻修行道上的心內魔與心外境，例如：唐半偈師徒途經羅剎鬼國，小行者告訴煮薄粥供養他們的老道婆說「我師父昨夜不曾睡，在樓上打坐，忽有許多魔

〔註37〕無名氏：《後西遊記》第 8 回，頁 58。
〔註38〕無名氏：《後西遊記》第 7 回，頁 51。
〔註39〕無名氏：《後西遊記》第 39 回，頁 326。
〔註40〕無名氏：《後西遊記》第 27 回，頁 221。
〔註41〕無名氏：《後西遊記》第 14 回，頁 101。

怪來侵犯戲侮，幸我老師父道高德重，侵犯不得去了」〔註42〕、行至上善國，唐半偈因面貌與綁走走太后的妖僧相同而被縛，聰明的年輕國王則生疑言道「朕聞大唐與我上善國相距有五、六萬里程途，一路上魔怪不少，若非有德行、有手段的高僧，焉能到此？」〔註43〕上述二段情節中，借「魔怪」喻修行道上的心內魔與心外境，言下之意譬喻但凡道高德重者，內不萌生邪思妄念心，外不著威脅利誘境；換言之，俱足德行、有權巧方便手段的高僧，是可降外妖或伏內魔。進而伸喻，即便是實境中的魔怪，見了道高德重者，亦曉得要敬畏。

　　3. 借人物典故象徵譬喻，例如：民間傳說中的黃果老倒騎驢，代表的是對洞察世情的智者形象。故事中打扮倒騎著黃牛走過嶺來的牧童，〔註44〕表面看似是與孫履真抬損，從兩人的對話中，實已暗喻牧童是一位有智慧者。

　　4. 視上下對話歧義解譬喻，例如「路」字，諸如：象徵智者的倒騎黃牛牧童告訴唐半偈「條條都是路」中之「路」、「只要有路，遠近總是一般」與沙彌提醒豬一戒的「也要訪訪這條河可是往西的大路，倘或不是路，到不得靈山，見不得佛祖，求不得真解，成不得正果，便快活一時也無用」〔註45〕中所言之「路」，皆是喻指方向正確的法門。佛教所謂八萬四千修行法門，只要是方向正確的法門，皆殊途同歸正信修行；若所選擇的方向錯誤，再怎麼努力終究成不了正果，見不著自家的本來面目。當小石猴來向通臂仙辭行時，通臂仙提醒小石猴要認得路回來，小石猴答之以充滿禪機的「有去路自有來路……」〔註46〕回應，此處之「路」乃喻指本心；唐半偈向假份疥癩僧人的唐三藏與孫悟空表達一定會努力，就只怕努力無路時，三藏告知：「有路！有路！只是到臨期不要推諉」〔註47〕與半偈對欲燒死媚陰和尚的沙彌說「我佛慈悲！我非庇護他，為佛廣慈悲也！況萬劫難修，一敗塗地，豈可不開自新之路」〔註48〕，所言的「路」是指因緣、機會而言。唐半偈在雷音古剎再度遇見笑和尚，甚是歡喜，上前拜問不知前劫中究竟是有著怎樣的因緣，才會屢蒙指引？笑和尚笑嘻嘻地回道：「有因緣，有因緣」；「因緣」即條件，所謂

〔註42〕無名氏：《後西遊記》第 21 回，頁 159。
〔註43〕無名氏：《後西遊記》第 27 回，頁 214。
〔註44〕無名氏：《後西遊記》第 38 回，頁 317。
〔註45〕無名氏：《後西遊記》第 38 回，頁 320。
〔註46〕無名氏：《後西遊記》第 2 回，頁 10。
〔註47〕無名氏：《後西遊記》第 7 回，頁 51。
〔註48〕無名氏：《後西遊記》第 16 回，頁 113。

人有誠心，佛有感應，正因半偈是一個如法的聖僧，佛才會幫忙，故此處因緣即喻人需先自助，方得獲天助。

5. 具宗教特定意涵物為喻，另如：面對小行者提出為何龍王的滂沱大雨都滅不了的火雲樓熊熊大火，菩薩卻只消灑了幾滴甘露水就滅了火的困惑，觀世音菩薩回答「雨雖猛勇，不如甘露慈悲故耳」〔註49〕是喻慈悲無敵。如來對其所賜木棒的「比之拄杖而短不過頭，較之揮塵而長不齊眉」〔註50〕形容，乃取木棒喻禪宗棒喝教示法；又以木棒長度在智慧之腦，以喻般若智，擴而再喻，只要具有不會受語言、行為等外境所惑的般若智慧，便能不為外境所困，即是解脫。韓愈走進淨因庵佛堂，只見「上面供著一尊古佛，佛面前只掛著一盞琉璃，琉璃中一燈焰焰」，此敘述隱喻千年暗室，一燈不滅。唐半偈請求唐三藏、孫悟空大發慈悲開示情節對話後，敘述者一段「正是：語有機兮言有鋒，相逢一笑已成宗；若從字句求靈慧，尚隔千重與萬重」〔註51〕是藉禪宗公案「拈花微笑」為喻，延伸出「語有機兮言有鋒，相逢一笑已成宗」，就禪宗不立文字之真諦引申之，其中之「若從字句求靈慧，尚隔千重與萬重」，即在喻示莫陷入文字障。以上四則是明顯具佛教禪宗色彩譬喻的情節。

另外屬於寓意性較強的隱喻法，包括：金星告訴小行者「將地土培厚，任是妖精，也鑽他不動了。妖精鑽不動，缺陷自然漸漸填平」〔註52〕，乃隱喻為人只要靜定工夫夠深，就不易生煩惱；培德夠厚，小人就難得逞。小行者向唐半偈轉述金星的話說，妖精之所以能夠鑽進鑽出地弄人缺陷，肇因此處的土地太薄之故，意即暗喻是心不夠定，才會讓煩惱邪念妄念時不時出現；德薄，方易被小人有機可乘。老大祖對小行者說「這雖是你的魔頭，你的正果卻也在這個箍兒上」〔註53〕這話，寓意著每個人應將於人生旅途中所遇到的每一磨難，都視為是個人生命中的一份逆增上緣的隱喻。唐半偈問牧童前去之路好走嗎？牧童回答「這卻定不得，若是……就從小兒走到頭白，也只好在皮囊中瞎闖，若要出頭，恐無日子」〔註54〕，牧童以「肝火、脾風、腎水、肺氣」在「皮囊中」之行為為喻，說明心與身之互

〔註49〕無名氏：《後西遊記》第 19 回，頁 144。
〔註50〕無名氏：《後西遊記》第 5 回，頁 38。
〔註51〕無名氏：《後西遊記》第 7 回，頁 51～52。
〔註52〕無名氏：《後西遊記》第 14 回，頁 97。
〔註53〕無名氏：《後西遊記》第 8 回，頁 60。
〔註54〕無名氏：《後西遊記》第 38 回，頁 317。

相影響。一樣是喻指應勤修戒定慧以修心，以及修心道上必會遇到困境，只要善用智慧轉念，困境即逆增上緣。

小行者回答豬一戒，祖大聖與自己既皆屬一體，再怎麼上天下地總應不離開方寸中，遂打算以用以心問心方式去找自己的祖大聖，果真在佛宮中找著正高高端坐靈臺上的祖大聖，便開心地抓耳撓腮言道「原來是條直路，一線也不差」〔註55〕，隱喻當困惑無助時，先問己心。

6. 先指示後譬喻開示法，《後西遊記》中有不少混合禪宗指示與譬喻兩種教示法的情節，例如：笑和尚送給唐半偈的趨避之方是「毒心為仇，毒口為咒。嚼爛舌頭，虛空不受」〔註56〕，並告知此咒語即是解毒真言，須牢記在心；意即只要自己不理會別人的惡語批評攻擊，該惡語就彈回說話者自身。唐半偈師徒四人全被自稱文明大王的麒麟獸用文明筆抓住，用索繩大結小結綑綁得無法動彈時，小行者以「結無大小，只要會解。不會解千劫猶存，會解時片言可脫」〔註57〕；當經小行者先自行掙脫繩困再幫忙解結後的唐半偈，又提出雖已解開繩結，但「黑洞裡人生路不熟，怎生出去？」小行者聞言道：「師父你們且莫動，待我去看明方向，尋個燈火照路，方好來領你」〔註58〕隱喻結雖已解開脫困，亦仍需明燈指路。上述二例與唐半偈向小行者、豬一戒兩個徒弟解釋，他並非在獵子妖怪安身的洞中打坐，而是「以正伏邪，以無言制有為」的說法一樣，都是屬於先指示後譬喻開示法。

7. 先譬喻再指示開示法，例如：擺脫了麝香妖的溫柔鄉美人計，唐半偈師徒卻在行數里程後換聞到一股沖天臭氣，小行者遂要大家「一心作主，只辨走路便好，怎容鼻頭這等生事？」，唐半偈認同小行者的話並加以補充說「不消掩鼻，只要掩心了」，孰料小行者接道：「心要掩便掩不住，莫若以不掩為掩」〔註59〕隱喻應顧好自己當下的一顆心；後來果真出事，被妖精用計逼進夾壁峰且以泥石塞斷後路時，小行者道：「我們又不生退心回去，任他塞斷，與我何干？我們好歹只努力前行，包管有出頭日子」〔註60〕寓意只要道心不退轉，不為外境亂心，必能成功。

〔註55〕無名氏：《後西遊記》第 19 回，頁 142。

〔註56〕無名氏：《後西遊記》第 37 回，頁 308。

〔註57〕無名氏：《後西遊記》第 23 回，頁 180。

〔註58〕無名氏：《後西遊記》第 23 回，頁 181。

〔註59〕無名氏：《後西遊記》第 26 回，頁 202。

〔註60〕無名氏：《後西遊記》第 26 回，頁 206。

　　《後西遊記》中不論是指示法、譬喻法、指示混同隱喻方式的禪風教示方式，多以直指本心、如何修心作為情節思想主軸表現。

（三）詰問法教示

　　禪門詰問法具有斥責、質問與追問意味，是佛門中人相互討論佛法或與外道論道時常用的方式。《後西遊記》中表現反問、詰問法的情節對話，亦有數例，就以唐半偈面對不肖僧人詰問為例，諸如：

　　1. 與點石和尚就真經有無真解之辯、冥報和尚身為禪師，卻提出：「無樂無辱，以為佛家之正，則靈蠢同科，聖凡無二，木石與人有何分別？」、「佛法洪深，一時也難為粗淺者顯言，但立教者必具神通，若不具神通，即言言至道，亦屬虛浮」、「若無神通，救死且不暇，敢爭口舌之利以與至人相抗乎？」〔註61〕等之似是而非錯誤知見的質問；唐半偈分別以立教貴乎窮源、不可逐末忘本、一心清淨以及「若果至人，抗之何害？倘薄其無能，而罪其相抗，此非至人，邪人也！從來邪不勝正，雖不具神通而自具神通也！」〔註62〕直截回應。

　　2. 孫履真與閻羅十王之「龍王未生時，善惡尚未見端，為甚北斗星君先註其合死人曹官之手？既先註定了，則老龍擅改天時，就減雨數，這段惡業皆北斗星君制定，他不得不犯了。上帝好生，北斗何心，獨驅老龍於死地？」、「若說今世無罪遭刑，足以報前世之冤業，則善惡之理何以能明？」〔註63〕等就善惡生死的對辯亦屬於以詰問式對話方式教示。

　　3. 行至雲渡山，小行者以「有水方有渡，山又不是水，雲又不是船，這山什麼意兒叫做雲渡山？」，牧童亦不甘示弱地以「豈不聞孔夫子說的『知之為知之，不知為不知』，你又不是我這裡人，又不知我這裡事，怎就尖著嘴楂著耳朵逞能兒搶白人！」〔註64〕亦屬於詰問式的機鋒相對。

　　4. 唐半偈與小行者二人於殲滅皮囊山後，一段對「路上太平不太平，卻與西天有甚相干？」〔註65〕的各自看法，作者借小行者之口言道「這些時路上太平，還是老師父的心上太平」〔註66〕做為對話結束；作者以此一詰問式

〔註61〕無名氏：《後西遊記》第37回，頁310。

〔註62〕無名氏：《後西遊記》第37回，頁310。

〔註63〕無名氏：《後西遊記》第3回，頁20。

〔註64〕無名氏：《後西遊記》第38回，頁317～318。

〔註65〕無名氏：《後西遊記》第32回，頁258。

〔註66〕無名氏：《後西遊記》第32回，頁259。

的機鋒情節，以「路上太平不太平」喻自己的一顆心，將「西天」譬為外境，寓意心是否平靜，主要還是視個人之修為。

5. 引用禪宗公案的詰問情節，尚有小行者在佛化寺初次與豬一戒鬥嘴時，小行者嘲笑豬一戒的野豬嘴臉，竟還敢說修行二字，簡直是沾污佛門；豬一戒聞言不示弱地回道「你打扮雖像個和尚，卻原來是個門外漢，一毫佛法也不知道，豈不聞狗子皆有佛性，莫說我是佛祖的後人，就是野豬，你也限我修行不得」〔註67〕豬一戒的回應即屬之。豬一戒與沙彌就「自在」的各自看法，和唐半偈與小行者師徒倆於「分別心」，兩段情節都是採用禪宗的思辯機鋒模式；內容亦皆是乍聽似是有理，但若深究，卻都是須審慎思考的觀念。

6. 詰問具有咄咄逼人意味，但唐半偈對後生晚輩的詰問，例如：面對生有法師派來的三沙彌挑釁，唐半偈答以「既入空門，且無一身，何有官職？況乎富貴？況乎寵榮？」、「清淨中，開眼見聖，合眼見佛，天地萬物，盡現吾心，應接不暇，何為寂寞？」、「同一佛地，有何大小？」、「子自有佛，何必來求老僧？」〔註68〕來回答假意前來表示願隨侍受教的慧眼、聰耳、廣舌等三個沙彌，則明顯溫和許多。

從梳理上列《後西遊記》情節對話表現禪門詰問法的第1～4項、第5項傾向活潑鬥嘴的詰問對話，以及第6項明知故問的反問對話，筆者從中察覺到作者所流露之老婆心切與文人溫柔敦厚特質。

（四）棒喝法教示

棒喝法是禪門表現機鋒中極具特色的一種示教法，「棒喝」典故源自唐·臨濟義玄禪師早年跟從黃檗希運禪師出家，三次向黃檗請教「什麼是佛法的大意？」結果三次都遭到黃檗棒打，臨濟義玄「自恨障緣，不得深旨」，黃檗遂指點他去請教大愚禪師。臨濟義玄在聽完大愚告知黃檗的三次棒打用意只是為助其領悟佛法大意，當下立即開悟，後返回黃檗的身邊；每當黃檗以棒打開示弟子時，他就在一旁大喝助陣，遂當其創立了臨濟宗，就以「棒」、「喝」的方式來啟發弟子開悟佛法〔註69〕。

〔註67〕無名氏：《後西遊記》第11回，頁77。

〔註68〕無名氏：《後西遊記》第7回，頁50。

〔註69〕另有一說為是因德山宣鑒禪師喜歡用「棒」，臨濟義玄禪師喜歡用「喝」，爰後世禪宗便有「德山棒，臨濟喝，雲門餅，趙州茶」典故流傳。

然因看似無言說的棒喝得否真能收到開悟效，端視被棒喝者的根器利鈍，面對眾生根器以中下居多的事實，禪門「棒喝」此一詞義亦隨時代變遷而行廣義解，不再局限在專指佛法上的參透頓悟，凡具可促人立即醒悟的警告、具當下之警醒、省思、覺悟乃至當下意解，皆可以「棒喝」喻之。林師淑貞於《寓莊於諧：明清笑話型寓言論詮》中，針對不論是對人及對事的嘲諷揶揄之諧趣方式，提出如下觀點：

> 皆可透過諷諭的方式達到譎諫的效能。然而又因為施用的對象有所不同，所以採用的方式斷不可一致，且因為對象的情性及特質不同亦有不同的操作方式。〔註70〕

就創作心理而言，採通俗化神魔小說形式創作宣教性質之《後西遊記》作者，諒必亦有考量到其作品「施用的對象及對象的情性及特質」是以庶民為主要閱讀對象。因此本文係採「棒喝」廣義解進行《後西遊記》中之禪門棒喝開示法情節幾例如下：

第10回〈心明清淨法棒喝野狐禪〉：寫道小行者看見那些凡僧欲動粗，料想師父必無法承受：

> 忽見行李中那條木棒躍躍欲動，琅琅有聲。因想起道：「此物欲顯靈也！」因取出，雙手奉與唐半偈道：「師父，邪魔外道甚盛，請試試佛寶如何？」唐半偈看見，豁然大悟。因接在手，指著點石與眾僧大喝一聲道：「眾野狐休得無禮！將謂我佛法不靈乎？」唐半偈這一喝，聲氣也不甚高，不知怎麼，就象雷鳴一般，直若驚天動地。那條木棒，雖不離唐半偈手中，早已在點石與那眾僧頭上，各各打了一下，嚇得點石與眾僧一時妄心盡息，邪念全消，滿口伶牙俐齒，寂然不敢再辯一字，俱痴痴呆呆拜伏於地道：「請受老師教誨。」唐半偈看見棒喝有靈，眾僧皈命，滿心歡喜。」〔註71〕

引文中作者以唐半偈接過孫履真奉上的木棒，只是「指著點石與眾僧大喝一聲」就驚天動地地「嚇得點石與眾僧一時妄心盡息，邪念全消」，加上神魔小說慣有的玄奇誇飾表現手法「那條木棒，雖不離唐半偈手中，早已在點石與那眾僧頭上，各各打了一下」即是展現棒喝威效的情節敷敘。

〔註70〕林淑貞：《寓莊於諧：明清笑話型寓言論詮》（臺北市：里仁，2006 年），頁101。

〔註71〕無名氏：《後西遊記》第10回，頁73。

又例如為尋找求真解人而下凡人間的唐三藏與孫悟空，對著正合眼默坐的唐大顛大喝道：「如來將為人嚼死，這和尚好忍心，不去糾聽，卻躲在此處打瞌睡」〔註72〕大顛聽了如聞驚雷的反應。

其他諸如唐半偈師徒於西行求真解路上，唐半偈對猪守拙與沙致和所表現出短而有力的喝斥相關情節，亦可屬廣義的棒喝法。

從量化角度觀之，本單元《後西遊記》之機鋒展現研究發現：四種禪門開示法的情節裏，多具簡明特色的指示法與譬喻法，明顯高出反詰或棒喝法許多，應證了《後西遊記》之宣教性特色。又於不肖僧人與妖魔二角色，其多採反詰口吻質問唐半偈的提問內容，實亦多為一般社會人士對佛教的質疑，可知《後西遊記》作者具有強烈以寓教於樂方式讓世人對佛法有正確認識的企圖。

作者透過一問一答對話情節表現，以或直接或間接的啟發方式，深入淺出地融中國禪各發展階於故事中，藉以段啟發學人明心見性的示教法，將佛教禪宗之義理旨趣次第貫穿全文，賦予具次第性寓教於樂效果，同時豁顯了《後西遊記》之兼具廣、深度的作品獨立性價值。

綜合第一節「《後西遊記》之禪淨流變與機鋒表現」研究結果，《後西遊記》西行求真解故事，可謂是從成書時代的「之前」預示了「之後」的現當代太虛大師以彌勒信仰為倡導人間佛教、實現人間淨土的核心思維；所鋪陳出一個個富含禪、淨思想的寓意故事情節，則預告了當代禪淨共修的趨勢。作者於表現禪門詰問法情節對話（p117〜118）中所流露之老婆心切與文人溫柔敦厚特質，以及將禪宗歷代祖師之主要教示法，予以融會貫注入淺白易懂的故事情節對話中，且不論以何種方式呈現，皆含有值得再深入思考的隱喻，符合禪宗示人參悟的精神，足見作者對禪學之認識深廣與靈活運用。

第二節 《後西遊記》之三教融斥

明代中後期的社會文化正處於「內部生發與外部生發交相融合、撞擊而成的變革時期的特殊文化」〔註73〕，「三教」不但在中國民間信仰文化裏有其

〔註72〕無名氏：《後西遊記》第7回，頁51。
〔註73〕陳寶良：《悄悄散去的幕紗——明代文化歷程新說》（西安：陝西人民教育出版社，1988年）。

一定影響力，明代具宗教領導指標性代表人物蓮池大師、紫柏大師、憨山大師與藕益大師等四高僧，更皆主張三教思想融合。至於「三教合一」在中國古典文學裏，向為神話小說的重要文化背景，是「歷來三教之爭，都無解決，互相容受」〔註74〕之神魔小說特色元素。尤其隨著因革期神魔小說創作者「文人意識」注意力由外觀到內省的轉向，創作內容亦從初期的嬉笑怒罵諷喻，發展出多有令人細品深思意涵，其中，自然包括三教融斥。以下就《後西遊記》中之釋教分別與儒、道二教的思維相融處，進行探討。

一、《後西遊記》之釋與儒、道思維相融處

　　由於《後西遊記》有別於其他神魔小說的特點之一，即在三教議題上，少有三教混戰情節呈現，且從本文繪製【圖5-3：《後西遊記》之時代禪淨流變與三教融斥情節表現比例】（p109）中明顯可見：《後西遊記》情節內容主要是聚焦在以佛教為主體前提下之釋分別與儒、道二教，於義理思維上的相融相斥。爰本單元分就「《後西遊記》之釋與儒、道思維相融處」與「《後西遊記》之釋與儒、道義理相斥點」二部份進行討論。

（一）釋、儒二教思維相融處

　　於孫履真向海龍王借龍馬情節裏，由於東海老龍王視將以要龍子龍孫變馬給孫履真的師父當西行腳力，是壞盡龍宮體面之事，故而南海龍王敖欽遂提出以那匹伏羲時負河圖出水的龍馬，來代替自家子孫去變馬。老龍王聞言一則歡喜一則矛盾道：

> 我倒忘了。這匹馬只因有功聖門，不忍騎坐，白白的養了這幾千年；
> 今日，將他來救我性命，也可准折了。只是他是個開儒教的功臣，
> 至今頌贊又明都指龍馬負圖為證據。今為我貪生怕死，將他去馱和
> 尚，陷入異端，未免做個壞教的罪人。〔註75〕

整段話將象徵傳統當權者角色的老龍王，那種固守陳規、既好面子又貪生怕死的心態表露無遺。身為前來營救哥哥的弟弟西海龍王敖閏的「賢兄，你又來迂闊了！近日的文人墨士哪一個不磕頭拜禮去奉承和尚？何況畜生！」〔註76〕一席話，獲得敖欽、敖順都贊同。此故事情節中的人物對話，間接表

〔註74〕魯迅：《中國小說史略·漢文學史綱要》（新北市：新潮社，2011年），頁154。
〔註75〕無名氏：《後西遊記》第9回，頁65。
〔註76〕無名氏：《後西遊記》第9回，頁65。

現說明從唐朝至明清，歷代儒士與釋子之往來頻繁且微妙互動的事實。

正因受傳統儒家思想教育的知識份子與釋門常有接觸並交流論道，釋、儒二教於思維相融處並不少。《後西遊記》中唐三藏在得知韓愈是因為上疏內容而被貶，有感而發地對孫悟空言：「我佛萬善法門，不過要救世度人，實與孔子道德仁義相表裡」〔註77〕，短短數語，即彰顯佛家救世度人之大乘思想和儒家淑世思想，二者皆為付諸積極行動的入世關懷。

又韓愈上表諫迎佛骨而遭斥貶潮州情節中，韓愈於至潮州途中路過淨因庵而與唐大顛有了首次見面因緣。韓愈在聽了唐大顛之所以不設經文與鐘磬寂然理由後，慨嘆要是天下僧眾都像唐大顛一樣，那他的佛骨一表，就可以不上了；而從唐大顛聽到韓愈的自報姓名，便向韓愈表示自己雖方外人士，卻是「實潛心大道之中，一代偉人，敢不傾慕」〔註78〕，表現了真儒與真僧間的惺惺相惜。至於唐半偈對韓愈說出自己是因上《佛骨》一表細陳弊端，導致被貶至潮州的反應是「大人此表，不獨為朝廷立名教，實為佛門掃邪魔矣！今雖未聽，而千秋之後，使焚修不復侵政治之權者，必大人此表之力也」〔註79〕，從這段作者藉韓愈與唐大顛對話情節裏，可看到儒子與佛子皆認為政治與宗教應保持適度距離。

又透過一儒一僧針對當時因佛門焦芽敗種所引發社會亂象的對話，憂慮並同譴責是「舉世邪魔，使我佛為有識所誚」〔註80〕情節，看到真儒與真僧憂國憂民之同慨。

孫履真消滅野狐，順利將太后安全迎回上善國，刷清唐半偈冤屈，繼續西行途中，唐半偈將此一無妄之災視為是助人善緣，並稱許多虧小行者有辨才。作者借孫履真之口笑答，野狐以假佛唬弄太后，他遂以假佛作弄野狐的以牙還牙作法不過是「儒者謂之出乎爾者反乎爾，佛家謂之自作自受耳」〔註81〕的應用，充份流露作者對儒、釋二教見解意通的表達企圖。

另就釋、儒二教對教育傳承的看法觀之，佛教認為眾生根機雖有高低之別、利鈍之差，然佛性之前人人平等，故諸如鳩摩羅什度化其小乘師父盤頭達多這類「徒度師」美談，佛教史上多有記載；《後西遊記》中的唐半偈與小

〔註77〕無名氏：《後西遊記》第 6 回，頁 44。
〔註78〕無名氏：《後西遊記》第 6 回，頁 45。
〔註79〕無名氏：《後西遊記》第 6 回，頁 45。
〔註80〕無名氏：《後西遊記》第 6 回，頁 46。
〔註81〕無名氏：《後西遊記》第 28 回，頁 222。

行者於整個西行求真解過程裏，兩人亦師亦友的互動亦屬類同表現。孔子言有教無類，唐·韓愈〈師說〉一文中亦提到「弟子不必不如師，師不必賢於弟子」，可見儒、佛二家皆贊成平等受教機會，並肯定「弟子不必不如師，師不必賢於弟子」，亦認同「不管徒弟、兒子如何的卓異聰慧，對於師長恩、父母恩的報答之念，是千古一如，歷久而彌新的」〔註82〕之孝親尊師觀點。

　　從上述所舉數例極富寓意性情節與文中首末歌詩的作意呼應表現，可探知《後西遊記》所表現釋、儒二教之思維相融處，最明顯者即是：就小我而言，釋儒皆共同認為修心養性，是身為人之非常重要功夫；六祖惠能即言：「佛法在世間，不離世間覺。離世覓菩提，恰如求兔角」。就大我而言，佛教大乘度己度人思想，亦即星雲大師所言「佛說的、人要的、善美的、淨化的」的佛陀本懷；此與聚焦於胸懷天下、強調積極淑世情懷的儒家，二者皆具有積極入世匡世濟民的思想特質。

（二）釋、道二教思維相融處

　　奉道家老子為主要神祇的中國本土的宗教道教，之所以會成為佛教格義依據對象，主因道家某些思維與佛教小乘心態相通，而道教強調凡人積德者飛天成仙、造罪者則下地獄受懲的觀點，也同於佛教因緣果報論。釋、道二教在民間之祭祀儀軌上的互參混同現象，更常出現在中國古典文學、戲劇作品中。

　　《後西遊記》第 2 回〈旁參無正道歸來得真師〉中，藉由小石猴來至西牛賀洲遇到參同觀的悟真祖師情節，戲劇性地點出：釋、道二教之所謂修仙求道，皆強調從方寸定心養氣開始。第 19 回描述唐半偈師徒途經五莊觀拜訪鎮元大仙情節，除了達到續接《西遊記》故事中當年孫悟空與鎮元大仙八拜之交情節的延伸功能，透過唐半偈與鎮元大仙相見時的彼此謙讓表現，以及鎮元大仙言道「聖凡性道實無高下」〔註83〕傳遞釋家與道家於聖凡性道見解上的思維相通處。

　　第 20 回描述最後消滅由鎮元大仙性中三昧煉成的猛火者，是觀世音菩薩的柳枝慈悲甘露水，唐半偈師徒方得脫離火坑厄境繼續西行，作者透過敘述者視角，寫大家一路上同時又是稱羨大仙法力，又是讚歎菩薩慈悲的行為；

〔註82〕釋依空：《頓悟的人生》，（高雄市：佛光文化，1993 年），頁 65。
〔註83〕無名氏：《後西遊記》第 19 回，頁 139。

雖然佛教對神通的使用條件有所規範限制，但僅就對「神通」是否存在的認定上，從《後西遊記》故事情節反映出的，不論是文本時代或作者時代，民間皆存在相信釋、道二教存在「神通」能力的普遍看法。

《後西遊記》第28回〈鑿通二氣無寒暑　陷入陽陽有死生〉作者藉孫履真之口對孤陰、獨陽兩位將軍說了「孤陰不生，獨陽不長」這話，並應用陰陽五行論說之術語鋪陳故事；其情節要意即在體現道教常言天地萬物成長須賴以陰陽調和之意旨，與佛教所言世間萬法乃因緣和合之教義，二者皆強調任何事物的圓滿並非僅憑單一條件可獨力成就。

又《後西遊記》第34回中不老婆婆於軟硬兼施地使盡所能，卻仍留不住孫履真，於「欲待任他去了，心中却又割捨不得」〔註84〕狀況下，一頭撞向大剝山自盡。作者以不老婆婆因執著却求不得所產生的痛苦難捨情節，示證佛經上所言人生八苦中的「求不得苦」，佛教此一勸人不要貪戀執著世間法之教義，其與《道德經》云「無執故無失」〔註85〕之莫執著把持不放就不會因感覺好像是失去而痛苦之意相似。

從《後西遊記》中展現釋、道二教思維上的相通相融，見到作者將神魔小說中常只見三教嬉鬧打鬥的情節，昇華賦予哲思性的文學應用。至於對心性修養的重視，則是三教所共認同的觀念，惟在如何修身養性方式上各有所表。

二、《後西遊記》之釋與儒、道義理相斥點

雜糅儒、釋、道三教文鬥武打情節，是神魔小說的特色之一，《後西遊記》亦不例外；惟以佛教禪宗明心見性為故事核心思想主軸的《後西遊記》中的三教爭鬥衝突情節，作者將其較多聚焦於釋教分別與儒、道二教義理相斥上。

（一）釋、儒二教義理相斥點

現實歷史上之儒、佛二教產生相斥情況原因，從《弘明集》、《廣弘明集》等佛教文獻中，清楚可知佛教初傳中土時即存有排佛主張〔註86〕，其中尤以僧

〔註84〕無名氏：《後西遊記》第34回，頁278。

〔註85〕傅佩榮：《究竟真實：傅佩榮談老子》（臺北市：遠見天下文化，2006年），頁417。

〔註86〕楊惠南將排佛理由依據概分為「（1）批評佛教倫理不合於中國固有的倫理；（2）批評佛教僧人不尊敬帝王；（3）批評佛教是『夷狄』宗教；（4）批評佛教僧人不事生產」（楊惠南：《佛教思想發展史論》，頁209～219）。

人不事生產與中國人傳統「不孝有三無後為大」之傳宗接代的家庭觀念相衝突最為明顯。《後西遊記》中對類此觀念亦有多處精彩描述，例如：弦歌村學堂老先生對唐半偈言道「妄以為捨財布施可獲來生之報，以致傷父母之遺體，破素守之產業，究竟廢滅人道，斬絕宗嗣，總歸烏有，豈不哀哉！」〔註87〕作者除了借學堂老先生之口，說出當時一般人對佛教布施的錯誤認知，其中述及「廢滅人道，斬絕宗嗣」，更直言批評僧人出家儀式所定戒規與中國人注重的傳宗接代家庭人倫相違。

另《後西遊記》中有多次事端起因，幾乎都與化齋有關的情節表現，例如：有一段是敘述由唐半偈親自前往村裏化齋情節，唐半偈沿途陸續聽到由不同民宅內傳來的「唐虞孝弟是真傳，周道之興在力田。一自金人闌入夢，異端貽害已千年」、「不耕而食是賊民，不織而衣是盜人，眼前君父既不認，陌路相逢誰肯親？」〔註88〕等朗朗吟誦聲，吟誦內容中的「周道之興在力田」、「不耕而食是賊民，不織而衣是盜人」以及絃歌村學堂老先生在對來向其化齋的唐半偈言「子異域之人也，不耕不種，又遑遑求異域之空文，何功於余土？而余竭養親資生之稻糧，以飽子無厭之腹，余不若是之愚也！子慎毋妄言」〔註89〕等情節表現，除了是道出當時民間普遍對化齋不滿的原因，亦代表了一般不識佛教化齋真諦者所常會存有的看法與現象，更可視為是儒家批評對戰佛家思想的縮小版、核心版。唐長老一句「不知老居士何故獨輕賤僧家如此？」〔註90〕更道出僧者面對不懂化齋本意之在家眾的無奈之嘆。

又第23回〈文筆壓人金錢捉將〉，文明天王接受石、黑二將軍的遣兵討救，發兵前往救應的坐騎前一對龍旗上兩行金字「大展文明以報聖人知我，痛除仙佛使知至教無他」〔註91〕，與第24回裏宮娥問文明天王為何不乾脆將已擒拿到手的唐半偈等四人處死時，文明天王答以「我拿這四個和尚，原非與他有仇定要害他性命，不過要興我文教，滅他釋教」〔註92〕，就表義看，好似孰為「至教」才是儒教所在乎的；但若綜觀全文研析個中深意，則發現作者想要表達的，實為儒、釋二教基於教義所產生的觀念衝突。

〔註87〕無名氏：《後西遊記》第22回，頁172。
〔註88〕無名氏：《後西遊記》第22回，頁170。
〔註89〕無名氏：《後西遊記》第22回，頁171。
〔註90〕無名氏：《後西遊記》第22回，頁171。
〔註91〕無名氏：《後西遊記》第23回，頁176。
〔註92〕無名氏：《後西遊記》第24回，頁187。

　　例如《後西遊記》文中寫道自從貞觀年間唐三藏取回真經後，是佛教所謂的捨財可獲福、布施能增壽說法，讓上至天子下至庶民崇信佛法到民間寺廟林立；既崇神仙又尚拜佛的皇帝，根本不懂何謂佛法所言之真正清淨無為與善世度民妙理。佐以不肖僧人的亂解經文，導致「將先王治世的君臣父子、仁義禮樂，都看得冷冷淡淡，不甚親切」、「卻將眼前力田行孝的正道都看得輕了」〔註93〕；此些現象，對向來注重五倫的儒家而言，產生「有識大臣、維風君子往往指斥佛法為異端，髡緇為邪道」〔註94〕的反應自是難免。

　　一場文明大王以「文筆鎗」及「金錢鉋」與半偈師徒四人的對戰，更是淋漓盡致地將儒、佛之對峙觀念表露無遺。唐半偈見到三個徒弟先後皆被文明天王及其手下石、黑二將軍捆縛，遂惑問文明天王：「從來三教並行。天王自行文教，貧僧自尊佛法，各不相礙。天王何苦定要滅我善門？」〔註95〕唐半偈類此之提問內容，於其面對弦歌村私塾老教書先生的謗佛時亦曾言及。

　　絃歌村學堂老先生與文明大王，同是代表的是儒門中對佛法教義有著誤解的知識份子，面對不肖僧人引發社會亂象時，所怒吼出的肺腑之言。若要說二者有何差別，相較於學堂老先生的迂儒表現，文明天王則是打著儒教幌子的偽儒，自詡文明卻不講道理溝通，粗暴蠻橫地以負河圖的文明之馬給其視為異端者的僧人乘坐，簡直是辱聖門為由，強行將半偈所乘之馬龍馬佔為己有，並且大言不慚地說負圖龍馬與自己的文明天王名號最相稱。

　　除了可從《後西遊記》之專章鋪陳、文中對子或是散回裏，時不時可見到作者透過敘述者的視角或聲音進行儒、釋相斥之情節表現，亦可從中觀察到作者對儒教的評價。例如小石猴想學老大聖四海去求成仙道，通臂仙了送給尚未涉世的小石猴一段話：

> 世上有三教，曰儒，曰釋，曰道。儒教雖是孔仲尼治世的道法，但立論有些迂闊。他說，天地間人物有生必有死，人當順受；其證仙佛，求長生不死，皆是逆天；衣冠禮樂頗有可觀，只是其人習學詩書，專會咬文嚼字，外雖仁義，內實奸貪，此輩之人決無成仙之理，不必求他。要求，還是釋、道二教，常生異人。〔註96〕

〔註93〕無名氏：《後西遊記》第5回，頁34。
〔註94〕無名氏：《後西遊記》第5回，頁34。
〔註95〕無名氏：《後西遊記》第23回，頁179。
〔註96〕無名氏：《後西遊記》第2回，頁10。

引文裏作者借通臂仙之口對儒教做了一番批評，其中「外雖仁義，內實奸貪，此輩之人決無成仙之理」一語，對強調積極入世淑世的儒家而言，看似諷刺，但亦難駁其全無道理，因為即使未達奸貪之地，凡放不下人間名利者，確實難達完全清淨自性之境。

至於楊惠南歸納出排佛理由的四大依據之一的「批評佛教僧人不尊敬帝王」這部份，從《後西遊記》中唐三藏與孫悟空化為疥癩僧人下凡尋求真解者情節裏，透過二人用大踏步姿態走進皇宮大殿，且當見到當朝皇帝唐憲宗的唐三藏僅當胸合掌、將身一控問訊的行為表現，惹怒了憲宗斥其是為何方來的大膽野僧，進而展開一段對話：

> 唐三藏道：「我們是西方極樂世界來的。」憲宗道：「若是西方佛地
> 來的，必知禮法，怎麼見朕不拜？」唐三藏道：「若論為僧，見駕自
> 當禮拜，但貧僧與陛下不同。」憲宗道：「有甚不同？」唐三藏道：
> 「貧僧曾蒙先朝太宗皇帝賜為御弟，又有求取真經之功，今又忝在
> 西方我佛會下，故乞陛下優容。」〔註97〕

上揭引文中，作者雖然賦予唐三藏是以「御弟」身份，希望憲宗能得以優容為由，但從「若論為僧，見駕自當禮拜」一語，則又隱現了作者對「僧眾不跪拜國君」之個人看法。

又當上善國王在聽畢孫履真詳述其是如何巧變成蒼蠅入洞，尋到太后與發現九尾狐假佛之事後，上善國王高興得「不顧帝王體統，忙倒身下拜」〔註98〕之舉，被孫履真以「陛下不必如此，觀瞻不雅」為由連忙扶起，以及孫履真認為貴為一國之母的太后必須用法駕迎回方符體統，作者透過上揭情節，表現傳統封建時代的時人，尤其是受儒家思想教育的文士，對帝王過於優待僧人與「僧眾不跪拜國君」之舉的不滿，凸顯當時代儒家思想與佛教制度的衝突觀。

除了上述幾例，餘如作者順著孫履真與牧童二人對「雲渡」一詞的白字之辯情節，鋪陳出牧童以笑嘻嘻態度說著「知之為知之，不知為不知」、「若像這個人自作聰明，恥於下問，我怎肯對你說！」〔註99〕等儒家思維語言，對孫履真進行反駁，亦皆在凸顯有關釋、儒二教間因義理而產生相斥處。

〔註97〕無名氏：《後西遊記》第 7 回，頁 52～53。
〔註98〕無名氏：《後西遊記》第 27 回，頁 220。
〔註99〕無名氏：《後西遊記》第 38 回，頁 318。

（二）釋、道二教義理相斥點

印度佛教於東漢和帝時傳入東土，為能快速弘法，格義中國本土老莊思想以解佛教經義；道家隨著歷史演變，老子又成了道教的最高要神領袖。從民間信仰角度看待中國釋、道二教，不論是在教義思想或是儀軌形式上，明顯多有混同；針對定心養性部份，雖咸認同關鍵在於方寸之心，修行方式卻又大不同。

《後西遊記》作者藉由孫履真為求通透生死大事而棄道從佛，以及代表道教的悟真祖師之修行方式的行為表現，展現：道教追索終極是個人形壽上的長生，係屬有限性；釋教注重自心解脫「原來自己心性中原有真師，特人不知求耳」〔註100〕，方具永恆性。以孫履真運用活潑潑的禪宗機鋒反駁冥府十王生死善惡之論，體現道教對地府的民間傳說之矛盾，同時傳遞了佛教禪宗義理之理事圓融特質。

綜上對研究《後西遊記》之釋各別與儒、道義理相斥點結果，發現：釋、儒二教產生相斥處，主要來自包括：經濟上有否從事勞力生產、政治上對君王是否行跪拜禮儀式與對家庭人倫等殊異觀點，以及對布施、化齋等佛教儀式真諦的不同認知；而釋、道二教相斥點，則主要在於對修行的方式與對生命價值觀定義的不同。

作者以遊戲之筆透過寫出對釋教分別與儒、道二教義理之相融相斥點情節，令閱者可從中看到當時民間對三教的認知與普遍觀感，同時可從作者每每於情節中夾敘入字裏行間的個人建議，可察覺作者多具人間佛教菩薩道精神的見解。

於梳理《後西遊記》情節篇幅發現儒、釋二教之相融處實多於相斥處，於主要敘述釋、道二教衝突的情節，又明顯少於釋、儒二教之義理相斥章回比例，可知《後西遊記》作者主要聚焦於儒、釋二教融斥之創作意圖。

第三節 《後西遊記》之不同階層的信仰態度

中華民族的多神教信仰文化心理，不但是促發神魔小說興盛的重要背景因素之一，亦同時對各該時代的不同階層人士之於信仰態度上，有著關鍵性影響力。《後西遊記》中環繞信仰態度議題表現的人物角色，包括上至天子下

〔註100〕無名氏：《後西遊記》第 2 回，頁 14。

至庶民等各階層，爰本節擬從人物角色之相對立身分角度，探析《後西遊記》所呈現之社會不同階層人士對宗教信仰的態度。

一、國君人臣之宗教信仰心態

佛、道二教在中國歷代各朝，都有著不容小覷的影響力。國運昌榮時，對上位者於政策推動上，是有效的政治安定工具；時局動盪、民不聊生時，則佛、道二教對置身大環境下的百官庶民，又有著或安撫人心、或心靈依歸的影響。

《後西遊記》不論就其是在唐元和年間的文本時代，或學者研究推論之明末清初作者成書時代，兩者所指時代皆正處於承盛世後之國勢漸向下滑的轉折期。因此，本文以從君、臣二身分角度，擬從《後西遊記》探尋當時代的從政者對宗教信仰的價值認知。

（一）宗教信仰對國君的價值性

《後西遊記》中提到的國君角色，計有唐太宗、唐憲宗、唐穆宗、唐敬宗與作者杜撰的卜善國國王共 5 位。

唐太宗的角色雖是出現在小石猴與冥府十王論生死善惡情節裏，然從韓愈為請毀佛骨事疏中言及「高祖始受隋禪……即位之初，即不許度人為僧尼、道士，又不許創立寺觀。臣常以為高祖之志必行於陛下之手。今縱未能即行，豈可恣之轉令盛也？」〔註 101〕可看出唐國君對宗教信仰的認知與價值觀選擇，多與承襲先祖、追求世壽與國祚綿延等政治安定考量有關。韓愈又於疏中寫道：

> 百姓愚冥，易惑難曉，苟見陛下如此，將謂真心事佛，皆云天子大
> 聖，猶一心敬信，百姓何人，豈合更惜身命？焚頂燒指，百十為群，
> 解衣散錢，自朝至暮，轉相仿效，唯恐後時，老幼奔波，棄其業次。
> 若不即加禁遏，更歷諸寺，必有斷臂臠身以為供養者，傷風敗俗，
> 傳笑四方，非細事也。〔註 102〕

則顯示封建時代的國君對宗教信仰的選擇，對教育水準尚未普及的百姓而言，有著一定的影響力；至於國君對宗教政策的施行分寸，是否拿捏得宜，對社會風氣影響甚鉅。

〔註 101〕無名氏：《後西遊記》第 6 回，頁 43。
〔註 102〕無名氏：《後西遊記》第 6 回，頁 43。

　　《後西遊記》最終回敘述年輕穆宗的敬信佛法，是因親眼目睹唐半偈師徒與龍馬全具飛天神通所致，繼穆宗之後 15 歲即位的少年國君敬宗則因不知留心內典導致佛教亂象情節，雖為戲文，確也點出當時國君對宗教信仰的認知與態度，是影響中唐國運趨向更衰蔽原因之一。

　　為更周延探析《後西遊記》中之各面向意蘊，綜合《後西遊記》中所有述及的史載確有君王與作者杜撰出來的上善國王，進行國君的宗教信仰態度比較，以尋析作者意。

　　首先，作者於唐憲宗部份，僅描述其敬僧但又對佛法不甚瞭解的一面，卻隻字未提及有唐中興之君美譽的唐憲宗亦好研神仙長生之術事實，筆者認為應是作者為將故事情節集中聚焦於佛教之宗教信仰之故。

　　其次，作者將其形容為才 18 歲，為人至孝又甚英明的少年天子，其對佛教的接受與認知，設定在上善國王只是因為事親至孝，爰順從篤信佛教的母后意思蓋待度樓，書中並未述及國王對宗教信仰的態度；相較於唐憲宗崇信佛教諸情節表現，上善國王扮演的是與宗教保持行禮如儀態度之國君類型角色，可謂是作者透過形塑《後西遊記》中的唐憲宗與上善國王，兩位皆具有英明、果敢的形象的不同君王，惟在信仰態度上的殊異比較，來傳遞心中理想型國君之精心作意。

　　又因封建時代國君對宗教信仰的認知與態度，確是影響國運興衰原因之一，中唐亦不例外。延伸將杜撰出的上善國王人物年齡設定為 18 歲，與正史中分別於 25 歲、15 歲繼任為帝的穆宗與敬宗相近，實亦隱含了作者認為年少國君亦能有英明、果敢可能性之寓意。

　　綜言之，從《後西遊記》作者選擇以韓愈上諫迎佛骨表的唐憲宗為文本背景，即可看到中國古代掌控全國資源的一國之君的個人宗教信仰取向與態度，不論是基於政治考量或個人好惡，其對群臣、人民與整個社會風氣與文化，皆具有很大程度與範圍的影響力。

（二）宗教信仰與人臣仕途關係

　　對接受儒家思想教育為主的封建時代士大夫而言，其對宗教信仰的接受度，通常來自個人對該宗教義理的認知，或是因受當朝皇帝宗教信仰影響。從李白、白居易、柳宗元、韓愈等古代知名文士人臣，於浮沈宦海中所親近宗教類型觀之，可知佛、道二教對古代知識份子思維，有著不可小覷的影響

力；又因歷代多有同時精通佛典與子史經書的僧人，例如名僧皎然、貫休與齊己等名僧與士大夫往來藝文交流，影響更深。

《後西遊記》作者依附史料《資治通鑑》記載〔註103〕及佛教故事，描述刑部侍郎臣韓愈上疏請毀佛骨一事，是因看了皇榜有感而進諫，惱怒了憲宗，遂被貶至潮州任刺史。於謫降途中認識了煮雲法師於《佛門異記》中所載令韓愈折服的大顛禪師〔註104〕，亦即《後西遊記》中的唐大顛。

從史載韓愈上表勸阻迎奉佛骨觸怒唐憲宗，旋即被貶潮刺史，於經過陝西藍田時寫給侄兒的《左遷至藍關示侄孫湘》：「一封朝奏九重天，夕貶潮陽路八千。欲為聖朝除弊事，肯將衰朽惜殘年？雲橫秦嶺家何在，雪擁藍關馬不前。知汝遠來應有意，好收吾骨瘴江邊。」見識到韓愈雖是因對佛教義理的有限認知與解錯而進諫，但其一秉忠君愛民之心，不惜犧牲自己的政治前途，體現了儒士愛國愛民的傲然風骨。如此一位對國家興衰更甚於個人功名前程的忠臣，對其而言，宗教信仰僅是不涉名利的個人心靈導師。

世有忠君愛民的剛正不阿諫臣，亦就有投君所好的攀緣佞臣者。《後西遊記》文中描述元和十五午元旦時之「各寺俱奉講經之旨，搭起法壇，皆延有名法師，互相爭勝。惟洪福寺乃生有法師親身登壇，常恐天子臨幸，百官聽講，故比他寺更加興頭」〔註105〕即說明了為人臣者在信仰的選擇上，有時仍會以仕途考量為前提。

《後西遊記》中那群投國君所好的朝中大臣，憲宗好佛，就跟著信佛，並與生有法師交好，甚至聽從生有法師之計聯合污衊唐半偈。類似文本時代中這些只為個人利益著想的人臣行為，及至現代中外政治人物亦不乏少見。對投君所好的攀緣佞臣來說，宗教信仰是助其榮華升遷的青雲梯。

二、僧俗二眾之宗教信仰態度

相較於其他宗教，佛教進入中國之最大不同亦是其最大優勢處，即是在於佛教是由中國皇帝請回來的，甚至有為迎接外來僧而動干戈者，例如前秦符堅為能獲得七歲即可日誦經千偈有「神童」之號，才智過人，深諳大乘

〔註103〕《資治通鑑》卷240：「中使迎佛骨至京師：上留禁中三日，乃歷送諸寺王公士民瞻奉施捨，惟恐弗及，有竭產充施者，有燃香臂頂奉者。刑部侍郎韓愈上表切諫，……上得表大怒，出示宰相，將加愈極刑。」
〔註104〕煮雲法師：《佛門異記3》（高雄：佛光出版，2005年），頁390～395。
〔註105〕無名氏：《後西遊記》第7回，頁52。

佛學的鳩摩羅什，不惜派大將呂光率十萬大軍前伐西域十餘國。因此，僧人一開始即享有特別禮遇，惟自從本國人亦可出家為僧後，因出家理由並非單純全為個人信仰，進而衍生諸多社會問題。至於在家眾選擇信仰佛教之目的，亦不專一。現就《後西遊記》中僧俗二眾人物對宗教信仰的態度進行詮析。

（一）出家眾之弘法認知與皈依觀

傳統佛教所謂的僧人，別稱「乞士」，《法華義疏》卷一：「比丘者名為乞士，上從如來乞法以練神，下就俗人乞食以資身，故名乞士」，意即實踐原始佛教「上乞佛法真理，以養慧命；下乞眾生之食，以資色身」之僧侶，以其身負弘揚佛法主力，要專心，故不事經濟生產，採托缽乞食生活。

至於屬於佛教中之創新改革派的禪宗，從達摩時期開始的遊化十方至集眾形式，雖說至唐朝百丈懷海禪師立下本名《禪門規式》的「百丈清規」，其中為適應本土農耕文化，提倡勞作和自食其力，創新提倡出家眾應躬行「一日不作，一日不食」之自食其力勞作，稱為「農禪」，突破原始佛教僧侶不事生產、托缽乞食的傳統習慣；但大體而言，講經說法、誦經辦佛事仍為一般寺廟主要提供的服務項目。

安史之亂時，馬祖道一的洪州禪法適時發揮了安撫民心、穩定社會的功能，因此禪宗不但是歷經唐武宗毀佛之會昌法難後，佛教各宗派中唯一未受嚴重影響者，「尤其中唐以後，開創了天下獨尊的局面」〔註106〕。故而《後西遊記》作者呼應史實描述文本時代中唐憲宗時期，處處可見的寺宇與家家誦念經文盛況，以及此一榮景延伸出的種種佛門亂象，筆者認為：與其說《後西遊記》意在刺佛，莫若言作者不過是如實指陳文本時代時的佛教景況，並希望藉由實況描述，加上其「以火之靜制火之動」的具體建議，進而改革佛教亂象。

至於作者時代之社會上的佛教發展情況，因明代自明太祖起，即是一個多神信仰社會，祭祀對象包括祖先及日月星辰等天地萬物神靈。中葉以後，文人士大夫與僧眾因詩文唱和互動頻密，具哲學特質的佛教禪宗，隨之流行並受到知識份子的支持與喜愛，聚會談禪蔚為風氣。然亦因上至王公貴胄下遍民間庶民的過度崇佛，演變成「男女出家累百千萬，不耕不織，蠶食民間。

〔註106〕東方喬：〈禪宗：宗教的超越〉，頁26。

營構寺宇，遍滿京邑，所費不可勝記」〔註107〕，整個京城充斥著許多自號法王、佛子、禪師、國師者。

《後西遊記》中之僧人唐半偈，放棄原本安逸生活而自動請纓西行求真經真解以除邪魔、度眾生，符合以弘法利生為己任，其心態是屬於佛教靠我型。

生有法師靠著「口舌利便，問一答十」以取得憲宗皇帝十分寵愛與信任；但當憲宗希望他能前往西方求真解時，又百般推諉，最後因失寵而抑鬱而終。點石法師亦是以其口舌圓活，吸引如山水一般湧塞而來的錢財米糧；但從生有、點石與唐半偈辯論佛法時之言語偏見，即顯見兩位法師金玉其外敗絮其內的講經程度。加上每天五更天就出門催布施來堆滿廊院倉廩米麥的自利和尚，《後西遊記》中的生有、點石與自利三位和尚，皆非妖化而是活生生的真和尚，其行徑是典型的屬於「我靠佛教」型僧人。至於猛省庵老和尚、笑和尚，則是扮演為保護佛門龍象而出現的助手角色，故可歸類為「佛教靠我」型僧人。

所謂「法久生弊，水久生蟲」，《後西遊記》作者描述的這些出家眾人物信仰佛教的心態情節，在古今現實佛教界中皆普遍存在。唐半偈以「不可逐其末至忘其本」對治上述不如法僧的「我靠佛教」行徑勸誡，除了說明身為如法禪僧對宗教信仰的應有正確態度；亦預示遙應了當代星雲大師提出「佛教靠我」〔註108〕呼籲。

（二）在家眾之信仰認知與宗教觀

《後西遊記》借唐三藏與孫悟空的親眼目睹，描述兩人隨民眾到各寺所見，除了常見的誦經拜懺、裝佛造像，竟還有以香焚頂、澆油燃指，乃至「全不顧父母饑寒，妻兒凍餒，滿肚皮以為今日施財，明日便可獲福」〔註109〕等令人咋舌現象。

又小行者為化齋受了一肚子氣，直至以神通顯示法相，被弦歌村民們視他們師徒為活佛，並爭相供養，一段「路上行人口似碑，弦歌村裡這番舉動，早已哄傳到前村，說後面活佛來了，大家都要盡心供養，以祈保平安」話語，點出「祈保平安」係時人拜佛供養僧眾的普遍心態。

〔註107〕清・張廷玉等撰：《明史・第13冊》（北京：中華書局，1974年），第4080頁。
〔註108〕星雲大師：《我不是呷教的和尚》（高雄市：佛光出版社，2019年），頁29。
〔註109〕無名氏：《後西遊記》第6回，頁41。

由於俗眾之所以親近宗教信仰的普遍原因，多來自為消眼前災、或求功名利祿與祈來世福報的心態；故而綜觀唐至明清之佛教寺廟，事實上仍多來自接受當朝資助與信眾布施、供養所得，為其主要經濟來源。至於對自己所親近信仰的宗教，是否皆有正知正見的認識？從由古迄今，因迷信而受騙，甚者傾家蕩產之實例未曾斷歇，即可明之。至於韓愈諫迎佛骨文中言述及：

> 然百姓愚冥，易惑難曉，苟見陛下如此，將謂真心事佛，皆云，天子大聖，猶一心敬信，百姓何人，豈合更惜身命？焚頂燒指，百十為群，解衣散錢，自朝至暮，轉相仿效，惟恐後時，老少奔波，棄其業次。若不即加禁遏，更歷諸寺，必有斷臂臠身以為供養者，傷風敗俗，傳笑四方，非細事也。〔註110〕

除了寫出彼時代對宗教的盲信，亦間接道出於教育不普及的封建社會下，又豈能奢望多為不識字百姓，皆能瞭解佛法妙義？

《後西遊記》中的唐半偈與韓愈，二人對佛教亂象的憂心與直下承擔的勇氣表現，寓意弘法護教不惟僧侶之事。以此對照當代人間佛教佛光山設立由在家居士擔任宣講員、檀講師弘法制度，《後西遊記》可謂隱現了落實僧俗二眾為佛教弘法之重要雙翼的功能寓意。

本章小結

本章分就「《後西遊記》之禪淨流變與機鋒表現」、「《後西遊記》之三教融斥」與「《後西遊記》之不同階層的信仰態度」進行小結：

1.《後西遊記》之禪淨流變與機鋒表現研究發現

首先，就《後西遊記》有關禪淨流變中之「文本時代的並秀互競」與「作者時代的思想合流」進行梳理研究發現：作者時代之禪風取向是呈現活潑多面向，且透過《後西遊記》故事中所鋪陳出一個個富含禪、淨思想寓意情節，將之連結當代禪淨法會共修模式，可謂《後西遊記》已預示了禪、淨二宗思想合流傳佈至今佛教呈現之禪淨法會共修型態趨勢，例如佛光山道場每年舉辦之禪淨共修。

其次，有關《後西遊記》中之機鋒展現特色：不論是指示法、譬喻法、指示混同隱喻寺等教示方式，多以直指本心、如何修心作為情節思想主軸表現。

〔註110〕無名氏：《後西遊記》第 6 回，頁 43。

又從不肖僧人與妖魔二角色多採反詰口吻質問唐半偈的提問內容多為社會普遍對佛教的質疑，以及《後西遊記》中對四種禪門開示法的情節比重觀之，指示法與譬喻法明顯高出反詰或棒喝法許多，應證了《後西遊記》作者擬以寓教於樂手法宣揚佛法之強烈企圖。

從上述研究結果，看到了《後西遊記》兼具廣、深度的作品獨立性價值，又從作者於表現禪門詰問法情節對話（p117～118）中所流露之老婆心切與文人的溫柔敦厚，以及將禪宗歷代祖師之主要教示法予以融會貫注入淺白易懂的故事情節對話中，且不論以何種方式呈現，皆含有值得再深入思考的隱喻，符合禪宗示人參悟的精神，足見作者對禪學之認識深廣與靈活運用。

2.《後西遊記》之三教融斥研究發現

《後西遊記》所表現釋、儒二教之思維相融處最明顯的即是佛教大乘度己度人思想之佛陀本懷，與聚焦於胸懷天下、強調積極淑世情懷的儒家，二者皆具有積極入世匡世濟民的思想特質；重視心性修養，則是三教所共認同的觀念，惟在如何修身養性方式上各有所表。

至於《後西遊記》中之釋、儒二教產生相斥處主要來自對包括：經濟上有否從事勞力生產、政治上對君王是否行跪拜禮儀式、傳統家庭傳宗接代之殊異觀點，以及對布施、化齋等佛教儀式真諦的不同認知；釋、道二教相斥點，主要是對修行的方式與對生命價值觀定義的不同。

3.《後西遊記》之不同階層信仰態度研究發現

古代封建制度下的國君之宗教信仰取向與態度，對群臣、人民與整體社會風氣與文化，皆具有很大程度的影響力；對置身宦途中的士大夫而言，宗教信仰有時是助其榮華升遷的青雲梯。

《後西遊記》中以生有、點石與自利三位和尚象徵「我靠佛教」型僧人；扮演保護佛門龍象角色的猛省庵老和尚、笑和尚，則是「佛教靠我」型的僧人代表。並透過僧俗二眾因對佛教的一知半解乃至誤解產生的種種弊害情節，說明肇因對佛教的未具正信認知。

連結延伸《後西遊記》中唐半偈與韓愈此二人物角色，實寓有僧俗二眾協力弘法護教之象徵意，以此對照當代人間佛教佛光山設立由在家居士擔任宣講員與檀講師弘法制度，《後西遊記》可謂隱現遙應了未來的現代是由僧俗二眾擔任佛教弘法的重要雙翼功能的現況。

第六章 《後西遊記》之寓意與作意 [註1]

基於「小說家在創作時要有鮮明的道德感，就是一種自覺的認識」[註2]看法，小說須具備道德教育功能是明末清初小說理論家所強調的重點之一；透過奇幻、趣味性的情節鋪敘與生動敘述以表現小說豐富的文化內涵，更是神魔小說的特色表述方式。因此，小說的故事結構與情節安排，對閱聽者的審美心理與期待視野，有著一定的影響力；惟文中寓意深淺感受，就同審美意識一般，是與個人閱歷、思維等程度相關。

相較於「《西遊記》因為作者有那麼一點兒愛罵人的玩世主義，諷刺的成分相對多些，寓意的成分則如吉光片羽」[註3]，《後西遊記》作者將對社會關懷的強烈責任感傾注筆端，令全書表層寓意翠如春郊踏青，極目所見盡是綠意；深層寓意更似隔紗望夜空，閃閃繁星點點隱現。

為期能抉微出被前人視為佛教寓言長篇故事代表作之《後西遊記》的多重寓意與作意，本章分就《後西遊記》之情節寓意、人物寓意與作者意圖三

〔註1〕第六章標題之「作意」一詞，據《文言語法結構通論》漢語基本語序之 1.「主語在前，謂語在後」原則，解為作者之意；之 2.「動詞或介詞在前，其賓語在後」，解為意之作，其意亦通「作者之意」。依唐子恒研究結果顯示：「語法」一詞出現肯定不晚於鳩摩羅什翻譯佛經時代（《文言語法結構通論》，頁 15～20），佛經載佛陀言：「末世五百年，我現文字相，作意彼為我」意即佛經上的文字即是佛陀所說的法，亦意通本章「作者之意」詞意表達。綜上所述佐以希望標題中之語素與句意得達統一性呈現，亦即「寓意」對照「作意」，爰筆者採用「作意」一詞。

〔註2〕劉勇強：〈明末清初小說理論中的道德觀〉，《明清小說叢論》第四輯，（瀋陽：春風文藝出版社，1986 年），頁 24。

〔註3〕胡勝：〈因革期神魔小說試論〉，頁 65。

單元，進行其有關蘊謂層、當謂層與創謂層討論，亦即針對《後西遊記》進行更深層次的主題寓意研析。

第一節　《後西遊記》之情節寓意

　　一般民間信仰對佛教的「佛」，例如：釋迦牟尼佛、阿彌陀佛、觀音佛祖等，是屬有具象膜拜的淨土宗；然從「法融睹佛」等禪宗諸多公案，又知佛教禪宗所謂成佛之「佛」意指自性，是「超脫一切攀緣，任心自然的一種境界」〔註4〕。因此，《後西遊記》故事情節所呈現的核心思想，是同時包括禪宗與淨土法門二思想，本節依據《後西遊記》情節意旨思想傾向，分就清淨度世不著相、明心見性善知識、轉念喜捨大乘行、佛教真義破迷思與其他情節寓意，進行研究。

一、禪淨度世不著相

　　「清淨」二字在《後西遊記》中可謂高頻率出現，唐半偈在給唐憲宗上疏文中強調佛教是清淨為本之情節裏的「清淨」，一般都會直接聯想應意指禪宗強調的「自性」清淨，但淨土宗之誦經修行亦須心持清淨方有效；於西行前夕，遵照唐三藏開示每日三時默誦定心真言，以招來「一個神通廣大的徒弟來，助你上西天」〔註5〕此一情節，則明顯為淨土宗行持「信願念佛」方法。淨土法門所言「淨土」，星雲大師概述其意義範圍為「指清淨國土、莊嚴剎土，也就是清淨功德所莊嚴的處所。有彌陀淨土、彌勒淨土、藥師淨土、華藏淨土、維摩淨土、現世的人間淨土」〔註6〕，並以太虛大師所言「淨為三乘共庇」〔註7〕說明淨土自古以來即是大小乘人共同信仰的普及性。從《後西遊記》故事情節同時含括禪、淨二思想，顯知《後西遊記》中所言「淨土」傾向指以現世的人間淨土為主。又佛陀說法49年，凡言涉修行，首先即要離相；蓋離相，方能與吾人性德相應。

　　基上論述，本單元針對《後西遊記》中包括以禪宗或淨土法門度世故事情節，具不應著相主題寓意相關者進行研析。

〔註4〕吳怡：《公案禪語》（臺北：東大出版，2017年），頁15。
〔註5〕無名氏：《後西遊記》第8回，頁58。
〔註6〕星雲大師：《談淨土法門》（高雄市：佛光文化，2018年），頁34。
〔註7〕星雲大師：《談淨土法門》（高雄市：佛光文化，2018年），頁35。

（一）清淨心方可度世

《後西遊記》中描述尚未見到唐憲宗的唐大顛，因看到在繁華熱鬧長安城裏的庵觀寺院全沒僧家氣味，又聽到半偈庵懶雲和尚告知寺院富盛的原因係來自講經募化，以及大臣韓愈因上書諫崇佛之非而遭貶；唐大顛為了不希望「這些俗講師定以果報施財為正解，豈不令我佛萬善妙法轉為朝廷治世之蠹」[註8]便決定親自表文上奏憲宗，其中一段：

> 我佛之教，蓋以清淨為本，度世為宗……近日，僧人貪愚者多，不
> 識我佛清淨之心，惟以莊嚴外相為尊榮；奉佛信士，又不知我佛度
> 世之理，惟以施財焚誦為信心；登壇說法，都又不達經文微妙之旨，
> 又惟以延年獲福為引誘。流行既久，以訛傳訛，幾令我佛為貪財好
> 佞之魁首，豈不冤哉！[註9]

即意在強調佛教是以清淨為本，度世為宗旨；並分別從僧人說法、奉佛信士之心態與行為表現，說明佛法真諦之所以被曲解、以訛傳訛，就是肇因講經法師缺乏以清淨心度世所致。

何謂清淨心度世？作者以唐半偈與豬守拙首次見面為例，當豬守拙主動說自己邋邋遢遢、拙口鈍腮、貪懶好睡又食腸寬大等諸多缺點，隨師父上西天求真解過程中，只能當個做粗活的一個名色和尚時，半偈對其言道：「若能跟我到得西天，求得真解，便是上乘工夫，還要講經功課做什麼？」[註10]作者除了借半偈之口說明培福報、積功德並非只有講經一途，為眾生到西天求取真解行菩提道之舉，亦是功德一件；另唐半偈並未因豬守拙的邋遢、口拙等缺點而著相生分別心，贏得豬守拙說「好師父、好師父！這樣師父方是我的真師父」……[註11]之語，即傳遞出身為弘法僧，要能有不著相的清淨心，方能度己度人。

針對點石提問「老師一味清淨，則瞻禮焚修俱可廢」[註12]？半偈回答以「瞻禮焚修何可廢？只有存此心為朝廷惜體，為天下惜財，為大眾惜福，便清淨矣」[註13]之佛門清淨意旨回應，暗喻講經者須言行一如地以眾生為念，方為真清淨心，亦才稱得上是對佛教經典正解。又當點石問到講經是否

〔註8〕無名氏：《後西遊記》第7回，頁48。
〔註9〕無名氏：《後西遊記》第7回，頁48～49。
〔註10〕無名氏：《後西遊記》第11回，頁79。
〔註11〕無名氏：《後西遊記》第11回，頁79。
〔註12〕無名氏：《後西遊記》第10回，頁73。
〔註13〕無名氏：《後西遊記》第10回，頁73。

可廢的問題，唐半偈言簡意賅地表示「講經何可廢？不得其解而講，則可廢。」〔註14〕此一對話情節反映出原為應世哲學的佛教義理，被部份身披袈裟的不肖僧人，做為滿足個人私欲的誇示工具、招搖幌子。導致不解者，或盲信、或嗤之；智者，則憂之而圖教明之；情節同時隱喻了如法僧人與不如法的僧人的最大差別處，即在於有否擁有一顆清淨心。

（二）人在境中不執境

佛家所言之「相」含括生住異滅、迷悟染淨等對立差別之相，佛陀說法49年，開示了許多修行的方法，而不論那一種修行法之修行前提就是要離「相」，蓋離相方能與德性相應。《後西遊記》作者針對日常可見之世人對外貌、功名利祿、人我之間與動物之著「相」情節，亦多有深入淺出式著墨。

例如《後西遊記》第9回孫履真智借龍馬情節，唐半偈見到孫履真果真言出必行，為他向海龍王借來曾是大聖人的龍馬乘坐、古帝王的鞍轡，立刻向天拜謝並語「望上天鑒赦我僭妄之罪」〔註15〕，此一謙卑之舉招來孫履真不以為然地笑說「騎馬若是有罪，要人抬轎一發該死了」、「我佛就不該坐獅坐象了」；又當聽到師父道以：「六道雖有人獸之別，一心卻無彼此之分」、「佛坐獅象，獅象沾佛惠也；我騎龍馬，龍馬為我勞耳」等對人獸之心實無分別及對佛菩薩乘坐獅象看法後，孫履真緊接著一句「師父言言俱是真解，何必又上西天去求佛祖？」〔註16〕令唐半偈聞言嘆道：「汝為此言，正東土之為東土，而西天我佛不可不往求也。」〔註17〕作者假唐半偈師徒倆的對話，一來展現唐半偈的恭敬心與無分別心，再則托孫履真之語反應世人多易因著相而生分別心，又依此分別心而起惑造業，情節演示傳遞了《六祖壇經·機緣品》之偈云：「分別一切法，不起分別想」〔註18〕意旨，同時亦反映出世人對佛門菩薩呈獅象座騎相，乃莊重威儀與踏實行佛之象徵義，仍然認識有限。

又例如孫履真為救師父親向道教帝君請求支援，卻因看到帝君喚來協助收伏麒麟妖的魁星一付「頭不冠，亂堆著幾撮赤毛；腳不履，直露出兩條精腿。藍面藍身，似從靛缸內染過；黑筋黑骨，如在鐵窯裡燒成。走將來只是

〔註14〕無名氏：《後西遊記》第10回，頁73。
〔註15〕無名氏：《後西遊記》第9回，頁67。
〔註16〕無名氏：《後西遊記》第9回，頁67。
〔註17〕無名氏：《後西遊記》第9回，頁67。
〔註18〕六祖惠能著；丁福保箋註：《六祖壇經》（臺北市：商周出版，）頁208。

跳，全沒些斯文體面」〔註19〕長相，嗤之並要求帝君本人親自出馬，帝君則應之以「凡人不可看貌相，海水不可用斗量，他乃天下第一文星，小聖不可輕覷」、「魁星外面雖然奇怪，內實滿腹文章」〔註20〕敷敘但凡是人常會不自覺著「相」以貌取人，用己所見的外表，做為評判陌生人第一印象的事實。又如孫履真在聽完老和尚之所以來向他們詢問有否會耍金箍鐵棒的孫姓師父，是因受一位自稱長顏姐姐、不老婆婆之託，但老和尚卻又答不出這不老婆婆究竟是佳人還是妖時，孫履真從一般世俗以貌取人觀，認為如果是道家裝束，就是個仙人；但若裝威做勢、殺生害命，就準是個妖。老和尚以「他雖道家裝束，我卻不見他清靜梵修；他雖威勢炎炎，我卻不見他殺生害命。」〔註21〕的回答諷喻世間人多著相，以佛教強調眾生平等、不著相之義理觀點，勸誠待人處世不應僅從外相做判斷。

當唐半偈師徒終於來到雷音古剎，行經二山門、三山門，卻都未見金剛守護；直至大殿，也悄無一人。由於同行四人中，只有小行者孫履真是有上過西天的，故當看到這般景象的唐半偈也只能驚默看著孫履真，靈敏的孫履真當然知道師父為何困惑，便提出了自己的看法：

> 師父不消看我，我想，佛家原是個空門，一向因世人愚蠢要見佛下拜，故現出許多幻象引誘眾生。眾生遂從假為真，以為金身法相與世人的須眉無異。今日師父既感悟而來，志志誠誠要求真解，我佛慈悲，怎好又弄那些玄虛？所以清清淨淨，顯示真空。〔註22〕

唐半偈聽了，回想日前笑和尚言佛師有分色面、有空面，如來亦又分如來之面、有如來之心；省思到自己眼下所見應就是「空面」與「如來之心」，不覺語默。此情節與《金剛經·諸相非如來實相第五》中之佛與須菩提的對話：

> 「須菩提！於意云何？可以身相見如來不？」
>
> 「不也，世尊！不可以身相得見如來。何以故？如來所說身相，即非身相。」佛告須菩提：「凡所有相，皆是虛妄。若見諸相非相，即見如來。」

〔註19〕無名氏：《後西遊記》第 24 回，頁 189～190。

〔註20〕無名氏：《後西遊記》第 24 回，頁 190。

〔註21〕無名氏：《後西遊記》第 32 回，頁 260。

〔註22〕無名氏：《後西遊記》第 39 回，頁 327。

取意相似，引文中佛陀已明白告訴須菩提，凡是世間上所有的色身相，都是生滅遷流、虛妄不實的；而佛陀的真實法身，就如同虛空，無所不在。是要能了達世間虛妄之相，方能見到佛陀的法身。而故事中的唐半偈一行人雖然人都已來到了雷音古剎，卻連守護山門金剛都未得見，更遑論見佛情節，寓意唐半偈師徒心思放在直至大殿，未何悄無一人上，即表示仍陷著相之中。在一旁的豬守拙聽了孫履真的說辭又生困惑：

> 豬一戒插嘴道：「若依師兄這等說來，西方竟無佛了。」小行者道：「怎的無佛？」豬一戒道：「佛在哪裡？」小行者道：「這清清淨淨中具有靈慧感通的不是？」……唐半偈道：「這不是履真一人之言，你不記昨夜那位好笑的佛師他也說有色面，有空面，這想是空面了。他又說有如來之面，有如來之心，這想是如來之心了。〔註23〕

作者巧妙應用一行人千辛萬苦好不容易至靈山卻不見佛情節，藉孫履真之口說出佛性實存於「這清清淨淨中具有靈慧感通」中，點出唐半偈之所以可到達西天，是因「感悟而來」，故佛示以真空；這段唐半偈師徒在雷音寺的對話，亦傳遞了真修行人在境中應不執境之作者意。至於情節中之孫履真假扮如來戲弄豬守拙一幕，則是由豬守拙扮演當機眾角色，透過師兄弟的有趣抬損，再穿插笑和尚出面點化「心即是佛」與一句「除了靈山別有佛」〔註24〕，隱喻莫執著一定要到靈山才算是見佛，讓大家心服口服地跟著他繼續前行。

有別於佛經上對極樂世界之「七重欄楯、七重羅網、七重行樹，皆是四寶周匝圍繞……」形容，唐半偈師徒來到世尊的極樂世界，是位於白毫光內的一個須彌園芥子庵，乃同時有著求解在自心、明心見性即是極樂世界，以及佛陀不重浮華表相之寓意。

《後西遊記》作者透過情節中「疥癩僧人相」之「有相」表現，表層寓意固在告誡吾人不應著相，於待人處事上之應慈悲、寬容與無分別心態度；究其深層寓意，本文認為作者是有著藉「相有」弘揚大乘佛法精義，深意看待佛家所言之「相」義諦〔註25〕之心，畢竟真正的大乘佛法是深智大行的深觀

〔註23〕無名氏：《後西遊記》第39回，頁327。

〔註24〕無名氏：《後西遊記》第39回，頁329。

〔註25〕同屬於有宗之立於「相有」看待的虛空唯識系與真常唯心系，前者以妄心角度，認為我們就是有許多雜染的種子，因此要透過薰習佛法來清淨污染；後者則依真心觀點，認為凡夫本具一顆清淨的如來空藏。

廣行，仍需藉「相有」予以世人觀機逗教。《後西遊記》作者即將上述佛教義理以淺顯易懂的情節方式表現出來，例如孫悟空於《西遊記》中被初封鬥戰勝佛時，其言行表現仍明顯是好「鬥」、好「勝」，但到了《後西遊記》中的鬥戰勝佛，歷經 200 多年的在天庭聽經聞法，在孫履真眼前成佛的祖大聖，則已是：

> 容雖毛臉，已露慈悲之相；眼尚金睛，卻含智慧之光。雷公嘴，仗佛力漸次長平；猴子腮，弄神通依稀補滿。合眼低眉，全不以力；關脣閉口，似不能言。善痕可掬，疑不是出身山洞；惡氣盡除，若未曾鬧過天宮。〔註26〕

作者藉由孫悟空顯現出惡氣盡除的慈悲之相，寓意經由在天庭長期佛法薰習開悟而明心見性的孫悟空之相由心生即是一例。《後西遊記》於不著相之情節敷敘，是呈由外而內、由淺入深進行鋪陳；從一般普羅大眾易犯之著外貌相，擴及深入結合佛教之凡所有相皆是虛妄哲思。

　　《後西遊記》透過唐半偈之口，不論是與禪僧懶雲、或文官韓愈、或講經師點石等人的對話，一再強調要有清淨心；又藉由唐半偈與三個徒弟對話、孫履真分與帝君對話、與老和尚對話，及與老祖聖對話，在在寓意人在境中不應著相執境，並強調此一度世清淨心，是立基於平等無分別心上。簡言之，《後西遊記》故事中有關「禪淨度世不著相」情節寓意，旨在傳遞不論是淨土或禪宗的修行度世，擁有一顆對境不生迷、不著相的清淨心，實是從事弘法者之必備要件。

二、明心見性善知識

　　《壇經·行由第一》提到五祖對惠能說「法則以心傳心，皆令自悟自解」，被元明清三代禪師所重視並奉為禪僧必讀典籍之《禪林寶訓》〔註27〕亦記載浮山法遠圓鑑禪師（？～1067年）曰：「心為一身之主，萬行之本，心不妙悟妄情自生；妄情既生，見理不明。見理不明是非謬亂。所以治心須求妙悟」〔註28〕。正由於禪宗的這種認為一切修心作為，皆旨在覓得人人本來面目為

〔註26〕無名氏：《後西遊記》第 4 回，頁 31。
〔註27〕宋·妙喜宗杲禪師、竹菴士珪禪師共集；淨善禪師重編集；徐小躍釋譯：《禪林寶訓》（高雄縣：佛光文化，1997），頁 6。
〔註28〕宋·淨善重編集；徐小躍釋譯：《禪林寶訓》，頁 56。

最終趣歸的思想特色，使得中國小說凡以修心題旨之種種考驗歷程情節，多以禪宗明心見性為核心思想。

（一）自覺妙悟彌陀心

唐末五代中峰明本禪師提出禪之淨土，就是自性彌陀、唯心淨土，意即明心見性後之所見。《後西遊記》作者以孫履真還是小石猴時，因目睹老猴子死，進而萌發修仙長生念頭，以及在無漏洞定心自悟到心中原有真師之故事情節，一來寓意軀體的長生不死，若無明心見性的自覺，不過是行屍走肉；但凡智者，則必渴望見得自己「本來面目」。再則藉此情節豁顯禪宗之禪定，強調的是修持悟道的直覺體驗，與佛教其他各宗派修行重要法門之「四禪八定」〔註29〕是有區別的。

繼而作者為表現小石猴因得了自心真師傳授後，自悟明心見性所具有的不可思議力量，就好似武俠小說中的主人翁掉進某個洞中撿到武功秘笈，或遇到高人心傳功夫，頓時從手無縛雞之力變成武功蓋世；巧妙安排小石猴變得力大無窮，信手即可舞動金箍鐵棒，通臂仙見小石猴竟變得與大老聖有著相似能力，遂主動領眾猴禮拜，小石猴因此被拱成為花菓山的孫小聖。並開始以明心見性、具神通能力的孫小聖身份，開展西行故事。

力降龍虎後的孫小聖將自己賴祖傳道法，橫行直撞做了個神仙，卻全然不懂神仙洞達陰陽、通透五行的煩惱告訴通臂仙，因通臂仙提醒「大王既要做個古今不朽的正氣神仙，這些生生死死善善惡惡的道理，還須細著研究」〔註30〕的一段話，孫小聖至冥府欲向鬼王請教生死大事；未料因自悟後而有大智慧，反而智服鬼神並明白冥府鬼王之學是「死知」的情節，寓意透過開悟後的智慧才是「真知」。

針對《後西遊記》作者為彰顯自心真師，亦即禪宗所言之明心見性是可產生不可思議力量的這段精心情節鋪陳，前人研究有謂「作者讓小行者洋洋灑灑地發表了一通皇皇高論，道理講的雖是深刻，但出自剛剛入世的小石猴之口，有些不倫不類」〔註31〕、或謂「小行者在此用矛盾律揭破陰司在生時注其如何死，而死後又論其生時的善惡定賞罰、功過，其既不順情又

〔註29〕佛光星雲：《佛光教科書・佛教常識》（高雄：佛光文化，1999年），頁171。
　　　　「四禪八定：指色界天的四禪與無色界天的四無色，定合而稱為四禪八定。」
〔註30〕無名氏：《後西遊記》第3回，頁19。
〔註31〕李忠昌：〈兩部《西遊記》比較談〉，頁147。

不合理」〔註32〕評論，筆者認為：作者於文筆壓人情節中透過孫履真與豬守拙的對話「兄弟，你有所不知，我雖憑著自性中的靈明參通了天地的道理，做了個真仙，然從小兒卻不曾讀書，那些詩云子曰弄筆頭舞文的買賣實是弄不來，故一壓就被他壓倒了」〔註33〕即已間接告訴讀者並強調明心見性的殊勝能量。吾人亦可從此處見識到《後西遊記》作者既縝密又符神魔小說奇趣邏輯的活潑思維。

又從孫履真與大王生死論情節中，孫小聖言「請問顏回壽夭，盜蹠長年，這個生死善惡，卻怎生判斷？」、「賢王常、變二論，最是明白。變者既萬萬不齊，且莫去管他。只說本於善惡常人之壽夭，還是賢王臨時斟酌其善惡，使他或壽或夭？還是先預知其善惡，而注定其或壽或夭？」〔註34〕對話中孫履真所引述之顏回、盜蹠二位人物，亦出現在南北朝時北齊文學家顏之推《顏氏家訓》歸心篇中，是顏之推用來舉例解釋世人謗佛理由之一的有關不相信佛教因果報應說；然就連貫《後西遊記》上下文情節意旨與陳述時之詰問語鋒觀之，實更貼近《廣弘明集》卷14〈辨惑篇〉中之唐‧李師政〈內德論‧空有〉中言道：

> 其斷見者曰：「經以法喻泡影，生同幻化。」又云：「罪福不二，業報非有。」故知殖因收果之談，天堂地獄之說，無異相如述上林之橘樹，孟德指前路之梅園，權誘愚蒙，假稱珍怪，有其語焉，無有實矣。至如冉疾顏天，以攝養之乖宜；彭壽聃存，由將衛之有術。
> 〔註35〕

蓋因從《後西遊記》作者借引李師政〈內德論‧空有〉之對「斷見者」的詰問式論述，來進行故事中孫履真對十王之生死善惡之「斷見」判法質疑的情節敷敘，是最符合作者欲傳遞孫履真因開悟而辯才無礙的情節表現意義。且從此一有關小石猴因自悟明心見性而變成孫小聖的情節研究，亦可間接推知證明作者對由唐‧釋道宣編纂之佛學思想資料集《廣弘明集》應是熟悉的。

所謂修行重修心，明心見性首重修心；而修心的最高境界，即《金剛經》所云「無住生心」。惟修心過程中，最易因心生貪瞋痴而受礙。例如：猛省庵

〔註32〕田小兵：《《西遊記》續書研究》（暨南大學碩士論文，2006年），頁92。

〔註33〕無名氏：《後西遊記》第23回，頁180。

〔註34〕無名氏：《後西遊記》第3回，頁20。

〔註35〕唐‧釋道宣編纂；鞏本棟釋譯：《廣弘明集》（臺北市：佛光文化，1998年），頁114。

的老和尚告訴唐半偈師徒，靈鷲山前的路原本是平坦不設關防的，只要一念真誠即可立地便入的西方佛地，只因「不期後來佛教日盛，為性命真修者少，貪善名假托者多，往往掛榜修行，招搖為善」〔註36〕故而靈鷲後嶺中才會冒出一個「中分嶺」，在嶺中造座中分寺，由大辯才菩薩負責照驗過嶺善信之真心。整段以唐半偈具清淨心故可無罣礙通關而豬一戒卻因貪嗔受牽纏情節，意在說明真修者欲達明心見性，是需經修心堅定程度的考驗，蓋因清淨自性雖是人本自具，卻易被無明三毒覆而未識。

唐半偈師徒歷經千山萬水千、災厄磨鍊，終於通過罣礙關，來到「居民雖也老少不同，面龐各別，卻都不是父母精血交感生成，乃是四方善信積功累行，投托蓮花化生而來」〔註37〕的西方蓮化村。蓮化東村老者和藹可親，以思食得食方式備齋招待半偈師徒；但行經蓮化西村，遇上以誦經拜懺望生東土為宗旨、神通咒語為手段，設立從東教的冥報和尚，挑明要和唐半偈比較神通功力挑釁，最後，由孫履真主動表示由其代表師父賭鬥，歷經天花雨飄如山堆、元神脫殼下地上天等神魔鬥法，終於救回兩個師弟還陽，冥報和尚則至死不悔，對著唐半偈師徒大罵「孽障，我與你雖然道不同，亦何相逼之甚也！罷罷罷，我且棄此皮囊讓你前去，倘再來相遇，也必不容你求解成功」〔註38〕語畢，低眉合眼而逝。此段精彩神魔鬥法情節，作者所欲彰顯者，即六祖惠能告訴韋刺史之「使君東方人，但心淨即無罪，雖西方人，心不淨亦有愆」〔註39〕、「若欲修行，在家亦得，不由在寺。在家能行，如東方人心善；在寺不修，如西方人心惡。但心清淨，即是自性西方」〔註40〕之所強調的心淨國土淨概念；亦即中峰明本禪師所言之是自性彌陀、唯心淨土。

又如：第38回寫到師徒來到雲渡山，遇見倒騎黃牛的牧童對來向其問路的唐半偈言道：「條條都是路」、「若是識得路，一直去也只有百里之遙」，而當唐半偈問起這百里路況，牧童則以充滿禪思意味言語說道：

這卻定不得，若是心猿不跳，意馬馴良，不疾不徐的行去，便坦坦平平頃刻可到；倘遇著肝火動，燒絕了棧道，脾風發，吹斷了天街，

〔註36〕無名氏：《後西遊記》第35回，頁289。
〔註37〕無名氏：《後西遊記》第36回，頁299。
〔註38〕無名氏：《後西遊記》第37回，頁315。
〔註39〕六祖惠能著；丁保福箋註：《六祖壇經‧疑問品》，頁142。
〔註40〕六祖惠能著；丁保福箋註：《六祖壇經‧疑問品》，頁149。

腎水枯，載不得張騫之棹，肺氣弱，御不得列子之車，就從小兒走
到頭白，也只好在皮囊中瞎闖，若要出頭，恐無日子。〔註41〕

引文中以肝火、脾風、腎水、肺氣為影響修行者修「心」因素之喻，鋪陳雲渡
山「雖看去醃醃臢臢，齷齷齪齪，內中卻實乾乾淨淨，倒是個成佛作祖的關
頭，任是仙佛菩薩，少不得要往此中經過」〔註42〕情節，強調凡人之欲明心
自性，是需透過入世臨境磨練方得明見的事實。

（二）示導見性善知識

當任憑個人再怎麼努力自力修行，卻仍無法自悟淨心垢以見自家面目，
此時又該如何呢？《六祖壇經》明載六祖開示「菩提般若之智，世人本自有
之，只緣心迷，不能自悟。須假大善知識，示導見性」〔註43〕，此處之「大
善知識」者，包括良師、益友，乃至可以令吾人有所啟悟者亦屬之。

《後西遊記》中首位扮演善知識角色者是通臂仙。當孫履真還是小石猴
時，在得知自己是孫悟空的嫡後，便也想效老大聖使金箍棒，但使盡了全身
氣力還是未動分毫，此時通臂仙提點小石猴應潛心修煉以待因緣，蓋因老大
聖的神力乃得自多年修煉；又當小石猴終日練習卻仍撼不動金箍棒而心灰意
冷時，通臂仙以「有能一日用其力，我未見力不足者」〔註44〕勉勵小石猴莫
氣餒。

身為小石猴的孫履真，尚不知何謂死亡？不曉如何長生？乃至對自家祖
大聖事蹟，亦都是親向通臂仙請教得知的，因此也才展開為向老大聖孫悟空
學習成佛仙道之旅；最終是自己在無漏洞裏定心存想了四十九日，方大悟自
己心中原有真師。至於小石猴歷經北俱蘆洲、西牛賀洲、南贍部洲，繞了一
大圈，還是乘筏回到自己的東勝神洲的此一自悟過程，寓意呼應了六祖惠能
對韋使君等人的「一切般若智，皆從自性而生，不從外入」〔註45〕開示。

對孫履真指點迷津的通臂仙與於返天庭前叮囑孫履真牢記「頑力有阻，
慧勇無邊，不成正果，終屬野仙」〔註46〕四句偈言的已成佛的孫悟空，即是
扮演了孫履真尚未開悟前的善知識角色。第 5 回唐三藏與孫悟空為覓可到西

〔註41〕無名氏：《後西遊記》第 38 回，頁 318。
〔註42〕無名氏：《後西遊記》第 38 回，頁 318。
〔註43〕六祖惠能；丁保福箋註：《六祖壇經·般若品》，頁 106。
〔註44〕無名氏：《後西遊記》第 2 回，頁 9。
〔註45〕六祖惠能著；丁保福箋註：《六祖壇經·般若品》，頁 112。
〔註46〕無名氏：《後西遊記》第 4 回，頁 32。

方求真解者，親自下凡目睹了法門寺等凡間寺廟僧眾言行，因發出皇帝雖好佛法卻無高僧指點之感嘆，言下之意是惋惜對佛法認知有限的憲宗，未遇明師善知識指引，再次強調當一個人無能力自度時，唯有靠善知識幫助，寓意假大善知識示導見性之重要性。

又如《後西遊記》中的孫履真、豬守拙與沙致和等三人，都是在既知要等待「師父」前提下等候唐半偈，亦是寓意尚未明心見性前，必須覓明師大善知識。

《後西遊記》直到接近故事尾聲第 38 回，唐半偈騎馬跟著孫履真前行，豬守拙與沙致和則擔著行李在後追趕，待二人趕超前時方敢停下來歇歇腿，此時豬守拙開始忍不住抱怨，但當聽到沙致和說了「哥哥呀，各人走的是各人的路，各人走到了是各人的前程，莫要看樣」〔註47〕這樣的話，豬守拙也就不言語。後來又聽到沙致和告知前望柳樹下有條河，河中剛好又有一艘船，立刻高興地丟下行李逕行跳上船，並招手示意沙致和快來；自小即跟隨金身羅漢耳濡目染佛典要義，向來安靜少意見的沙致和，提醒豬守拙「但也要訪訪這條河可是往西的大路，倘或不是路，到不得靈山，見不得佛祖，求不得真解，成不得正果，便快活一時也無用」〔註48〕，豬守拙聞言後的反應，雖亦同先前一樣先是沒講話，但接著卻咕噥著：

> 想將起來，這都是這些害了佛癆的識見，執著不化。若依我的主意，有這樣的好船兒坐在上面，一任本來，隨他淌到哪裡是哪裡，便不是大路，便到不得靈山，便見不得佛祖，便求不得真解，便成不得正果，也未嘗不是佛。何必定要自縛束定了轉移，不是弄做個一家貨！〔註49〕

豬守拙的這番看似有理的話，挑起了與沙致和師兄弟倆對「自在」之詮解與機鋒相對。豬守拙並以「我聞觀世音人都稱他是觀自在菩薩，難道他也不成人？」來反駁沙致和「自古成人不自在，自在不成人」此一原本是強調一個人若要有成就，則必須刻苦努力，不可安逸自在的話語；沙致和聞言則笑答：

〔註47〕無名氏：《後西遊記》第 38 回，頁 319。
〔註48〕無名氏：《後西遊記》第 38 回，頁 320。
〔註49〕無名氏：《後西遊記》第 38 回，頁 320。

　　自在也有分別，人稱菩薩的自在是如如之義；你說的自在，乃是癡
　　心腸，怎麼比得！我若不是隨著金身羅漢竊聽得些緒論，今日拙口
　　鈍腮也要被你盤駁倒了。閑話慢說，且去訪問要緊。」〔註50〕

分析上述這段情節，作者除了意在表達「自在」真諦亦可從中看到作者強調
親近善知識以習得佛法要義，是通向明心見性的重要路徑之寓意。

　　又當唐半偈師徒終於來到了天竺國，由於心無掛礙，唐半偈看到眼前的
山水盡是一片瑞氣、祥光，沿途滿是瓊花瑤草、鶴舞鴛飛，不禁發出西方佛
地風景果真不同之讚嘆，卻引來孫履真以「哪塊不是佛地？何處不是西方？
到得心明性見，總都是本地風光」〔註51〕，而唐半偈聞言後，以連連點頭表
示虛心接受的表現，彰顯禪門師徒互為善知識之禪風寓意。

　　改邪歸正的媚陰和尚在唐半偈寬恕下，除了躲過豬守拙擬對其復仇一劫，
並獲得唐半偈以「妄想固自招愆，真修從來不昧。我如今不究你的妄想，但
念你的真修」〔註52〕為由，咬破自己的無名指，瀝滴出幾點血來灑其頂門並
為祝頌「可滴血充滿百肢骸」，作者透過此一灑聖血枯骨回春情節，描述媚陰
和尚之所以得度是因遇到人善知識唐半偈慈悲喜捨之故，並寄意真修心的難
能可貴與倘功虧一簣的可惜。

　　作者以通俗易懂的詞句、深入淺出的故事情節，表達何謂明心見性？與
個人於明心見性過程中容易碰到的哪些人性弱點，以及善知識對一個人之道
德修養、解惑啟悟的重要性。

三、轉念喜捨大乘行

　　《後西遊記》第5回寫道已修成正果的唐三藏告訴孫悟空因「迷人失路，
蓋緣指點差池；白雪成冰，終是紅爐不旺。我與你莫貪極樂，須念沉淪」，所
以二人決定變作疥癩僧人，走趙長安一探真經度世的現況。其中唐三藏所言
「須念沉淪」即為轉念、喜捨行菩薩道的大乘思惟演示，茲就作者以文為用
情節鋪敘佛陀本懷大乘思想，進行研析。

（一）小乘斷念大乘轉念

　　作者在寓意小乘斷念、大乘轉念的情節不少，諸如：小石猴在無漏洞自

〔註50〕無名氏：《後西遊記》第38回，頁320。
〔註51〕無名氏：《後西遊記》第38回，頁317。
〔註52〕無名氏：《後西遊記》第16回，頁114。

悟心中真師，是寓意斷了不如法的長生不老念頭，是屬於透過自己體悟緣起道理的緣覺（獨覺）乘，直至聽了老大聖的話，才轉念選擇邁向護持僧人西行求解真經度眾生之大乘修行路；其深層寓意「聲聞、緣覺等二乘人都必須繼續努力，改變原有的小乘修行方式，走向菩薩乘的修行道路，方有可能解脫成佛」〔註53〕。至於面對剪不斷、理還斷的數不盡的軟葛藤枝葉，孫履真最後告訴豬守拙只要找到妖怪藏身處的硬根一頓砍，砍倒硬根，其他軟枝條就沒作用情節，則是寄寓小乘斷念之意。當獴妖跳出洞外，便被緊守洞口的豬守拙當頭一築，鈀得九孔流血，師兄弟倆見唐半偈仍在洞裏，孫履真遂告訴豬守拙說師父在裡面打坐，不好驚動；唐半偈聞言，便起身笑著對徒弟們說他不是在打坐，而是以無言之正制有為之邪，即是象徵半偈相對兩個徒弟僅在小乘斷念的大乘轉念表現。筆者認為：若無深厚佛學基底，實難鋪陳出這般巧妙銜接營造對襯效果的故事情節。

又如唐半偈的徒弟們，因中了鉗口妖的調虎離山計而被抓進解脫山後洞，在與解脫老妖針對「解脫捷徑」辯論時，唐半偈言「佛的解脫比大王的解脫更捷徑。大王只消回過心來，將寶刀放下，不獨這三十六坑、七十二塹一時消失，即大王萬劫牽纏縛束，亦回頭盡解矣！」〔註54〕亦即寓意轉念。師徒西行途中，路經上善國倒換關文，只因半偈相貌與綁架太后的野狐偽古佛神似而被拘留，直至孫履真為國王打死野狐，救回太后，方才還唐半偈清白，完成倒換關文繼續前行。彼時坐在馬上的半偈對此一無妄之災，卻仍滿心歡喜地對著徒兒們說「這一場是非，我雖受些苦楚，卻喜迎回太后，成此大功，倒結了莫大的善緣。履真呀，實實虧你有此辨才」〔註55〕，此一非但不生氣並轉念視為是結善緣且還讚歎小行者的表現，而將待度樓改名為自度樓亦是轉念的表現。第38回唐半偈因頓悟到自己之所以會身陷棧道火場，全肇因一念瞋心起火燒功德林，一但瞋火滅並懺悔，心地則頓時清涼，炎威盡滅；連同受師父無明火波及而燒得全身疼痛的豬守拙，亦剎那間就像不曾被燒過似地不疼不痛。作者透過此一情節演示，映證因轉念具有獲開悟、進而懺悔，不僅可讓自己脫離困境，亦同時解除了身邊人痛苦的功能。《後西遊記》作者用這許多情節例子體現「大乘轉念」。

〔註53〕楊惠南：《佛教思想發展史論》，（臺北：東大出版，2012年），頁190～191。
〔註54〕無名氏：《後西遊記》第18回，頁128。
〔註55〕無名氏：《後西遊記》第28回，頁222。

（二）喜捨心真空生妙有

從轉念角度看待佛教大乘空思想中之「空中生妙有」亦可謂是一種轉念喜捨心態。《後西遊記》中寫道憲宗原屬意生有法師西行求真解，並願效法當唐太宗與其結為兄弟，但卻被生有藉口婉拒，其他僧眾亦無人敢答應；最後，因見皇榜而自動請領西行求解的卻是唐大顛。當憲宗問起大顛法師究係恃何能，始得無懼地隻身前往有十萬八千里之遙，且一路甚多妖魔的靈山時，大顛回應以：「佛法無邊，因緣自在。貧僧一無所恃，就是貧僧的所恃了」〔註56〕聽得憲宗點頭稱道大顛的妙論是「已空一切」，即意含所謂的空中生妙有之大乘空思想。最末回裏寫到唐半偈師徒回到長安時，時任洪福寺的住持不空，正是當年因懷恨唐半偈抑鬱而死的生有和尚的徒弟，由於不空住持「空不下」仇恨與嫉妒，遂又乘間向唐穆宗獻讒，結果反而自取其辱，即是作者以「不空」做為「已空」反例的情節。

拜教育普及及媒體發達所賜，現代人普遍已知道佛家言「空」，不是指什麼都沒有的「空」，而是意在從種種束縛中跳脫出來地「空」掉我執、法執，並藉由「空」之蘊含無限，從真空中創生妙有。勤修戒定慧，可除貪瞋痴三毒；了悟空性，方能保持心念清淨。換言之，佛教講「空」，其精神意旨在教示世人大破、大立，空去一切有無對待，空去一切差別觀念，甚至連「空」也要空去，然後才能享有一個解脫自在、空有不二的世界。〔註57〕在明末清初教育尚未普及年代，作者能有如此靈巧心思用簡單故事演示「已空」與「不空」之別，實屬可貴。至於《後西遊記》第39回一段有關阿儺與伽葉兩人私下的商量對話：

> 伽葉道：「佛祖吩咐，怎敢違拗？」阿儺道：「不是違拗佛祖，白手傳經，世尊原不歡喜，怎好輕易與他？」伽葉道：「昔年唐玄奘雖說不沾不染，還有一個紫金缽盂藏在身邊苦苦不捨，我恐他貪瞋不斷，故逼了他的出來。你看這個窮和尚，清清淨淨，一絲也不掛，就勒逼他也無用，轉顯得我佛門中貪財。況求解與求經不同，經是從無造有，解是掃有還無，著不得爭爭論論，莫若做個好人情，與了他吧。」〔註58〕

〔註56〕無名氏：《後西遊記》第8回，頁57。
〔註57〕星雲大師：《佛教的真理》，頁145。
〔註58〕無名氏：《後西遊記》第39回，頁332。

針對作者寫到《西遊記》中伽葉主動向唐玄奘索討人事情節，前人研究多認為是寓意諷刺貪官，然將之連貫上下文意，並與之對照《西遊記》第98回：阿儺與伽葉二尊者笑言「好好好，白手傳經繼世，後人當餓死矣」〔註59〕、佛祖面對行者就此事向其告狀時的回答：「你且休嚷。他兩個問你要人事之情，我已知矣。但只是經不可輕傳，亦不可以空取……你如今空手來取，是以傳了白本。白本者，乃無字真經，倒也是好的。因你那東土眾生愚迷不悟，只可以此傳之耳」〔註60〕、二尊者領唐僧等四眾到珍寶閣下時「仍問唐僧要些人事。三藏無物奉承，即命沙僧取出紫金缽盂，雙手奉上」〔註61〕、當拿到紫金缽盂的阿儺被管珍樓的力士們嘲笑時的反應是「須臾，把臉皮都羞皺了，只是拿著缽盂不放」〔註62〕，文中亦確有詩云「須知玄奘登山苦，可笑阿儺卻愛錢」〔註63〕之語；又上揭引文，昭然可見同時是《西遊記》讀者的《後西遊記》作者，其認為伽葉索人事理由是因看到唐玄奘尚有一金缽令其「苦苦不捨」，恐他因此「貪嗔不斷」，基此，筆者則另持看法：

首先，《西遊記》明寫著「可笑阿儺卻愛錢」，《後西遊記》作者卻借伽葉之口解讀為是看到唐玄奘「苦苦不捨」，恐他因此「貪嗔不斷」？筆者認為倘作者具僧人身分，則會有如此想法是很正常的，概其意，即同佛家對信眾所言「布施是給自己種福田」、「有捨方有得」這類觀點。

其次，若假設上述之《後西遊記》作者具僧人身份推論成立，則當其閱讀至《西遊記》此一情節中的阿儺「把臉皮都羞皺了，只是拿著缽盂不放」的表情，應感觸特深，蓋因佛教從印度東傳中土諸教義儀式中，視為是讓信眾種福田機會之托缽乞食、募化布施，出家眾即便遭到不理解者異樣眼光，或覺尷尬，依舊要踐行。

綜上分析，筆者認為作者敘寫阿儺索缽之故事情節寓意有三：第一、為藉故事情節讓讀者瞭解「勸捨」實意在「斷貪嗔」，是寫給信眾知道的；第二、是透過「清清淨淨，一絲也不掛，就勒逼他也無用，轉顯得我佛門中貪財」，呼籲佛門中同道，若強要對身無長物者「逼捨」，則真的就「轉顯得我佛門中貪財」了；第三、以「經是從無造有」說明佛教經典的可貴性，用「解

〔註59〕吳承恩：《西遊記》第98回，頁1156。
〔註60〕吳承恩：《西遊記》第98回，頁1158。
〔註61〕吳承恩：《西遊記》第98回，頁1158。
〔註62〕吳承恩：《西遊記》第98回，頁1159。
〔註63〕吳承恩：《西遊記》第98回，頁1159。

是掃有還無，著不得爭爭論論」即在強調解行並重的必要性與知行合一的重要性。

（三）娑婆淨土行四攝法

師徒四人來到雲渡山，孫履真認為要有水方能「渡」，可眼前面對的是山而非水，且「雲」又不是可渡水的船，因此與牧童就名稱損了起來；牧童以孔子說的「知之為知之，不知為不知」反駁孫履真，既非這地方的人，又哪知這地方的事。唐半偈見牧童話中還似有話，便向牧童請教雲渡山之「雲渡」二字究係何意？牧童答以「這座山雖看去醃醃臢臢，齷齷齪齪，內中卻實乾乾淨淨，倒是個成佛作祖的關頭，任是仙佛菩薩，少不得要往此中經過」〔註64〕引文中之「這座山雖看去醃醃臢臢，齷齷齪齪，內中卻實乾乾淨淨，倒是個成佛作祖的關頭，任是仙佛菩薩，少不得要往此中經過」，實為有據寓意。

由於淨土法門之淨土思想，以常懷四無量心、特別護念與攝受娑婆世界眾生之彌勒菩薩的淨土思想為最早，而主持兜率淨土的彌勒菩薩淨土思想特色之一，即是「發願在堪忍的穢惡世界，建立莊嚴美好的淨土，來加被欲界的眾生，使他們不用遠離娑婆就能生淨土」〔註65〕，作者借牧童之口，隱喻在娑婆世界以大乘佛教行菩薩道好好修行，娑婆人間即淨土之意。

又在《西遊記》第16回裏，唐半偈對已悔過並化身作筏載大家渡過流沙河的媚陰和尚說道：

> 今日渡此流沙，雖感沙羅漢佛恩遣沙彌護持之力，卻也虧媚陰現身作筏渡載眾人，其功實也不小。且你既造罪招怨，要我熱血生陽、生血。我雖不能殺身為你，卻也辜負你來意不得。……妄想固自招怨，真修從來不昧。我如今不究你的妄想，但念你的真修。
> 〔註66〕

語畢，用左手為媚陰摩頂，並將右手無名指咬破滴出幾點血，灑其頂門祝頌，並告誡「成身易，修心難，不可再甘墮落」〔註67〕，此與孫履真對奉陰陽二王之令前來抓他的孤陰、獨陽二妖將說「人生天地間宜一團和氣，豈容你一

〔註64〕無名氏：《後西遊記》第38回，頁318。
〔註65〕星雲大師：《談淨土法門》（高雄市：佛光文化，2018年），頁34～48。
〔註66〕無名氏：《後西遊記》第16回，頁114。
〔註67〕無名氏：《後西遊記》第16回，頁114。

竅不通擅作此炎涼之態？」〔註68〕之語，皆是體現大乘慈悲喜捨、滿人願精神表現。

在《西遊記》第 100 回〈徑回東土五聖成真〉中，當唐太宗希望唐三藏能將真經演誦一番，三藏答以：「主公，若演真經，須尋佛地。寶殿非可誦之處」〔註69〕，此種回應相較於《後西遊記》第 40 回〈開經重講得解證盟〉，唐半偈聽到穆宗下旨：「既蒙佛恩開經，又值聖僧登座，且萬姓齊集，請略講一二義，指示群迷」〔註70〕後，領旨，旋即隨手從真經中抽出《金剛經》朗朗敷陳妙義；唐三藏的認為「須尋佛地」著相之舉，更襯得唐半偈的隨順因緣、滿人所願。

豬守拙因不服孫履真一句「見佛不難」，認為孫履真是不識羞、惹人笑話，孫履真則振振有詞地還擊說：

> 佛慈悲，我難道不慈悲？佛智慧，我難道不智慧？佛廣大，我難道不廣大？佛靈通，我難道不靈通？佛雖說五蘊皆空，我卻也一絲不掛；佛還要萬劫修來，我只消立地便成。若說到至微至妙之處，我可以無佛，佛不可以無我！你去細想想，我哪些兒不如佛？
> 〔註71〕

作者於引文中，借小行者之口提到自己認為自己亦具有佛之慈悲、智慧、廣大與靈通，其直下承擔的勇氣表現，與當代人間佛教佛光山開山宗師星雲大師提倡的「我是佛」、「佛教靠我」的觀念，理念相合。《後西遊記》作者運用大乘自心轉念、持喜捨心即能真空生妙有、於人我互動上，行以四攝法旨要，臻道於生活中之境界。

四、佛教真義破迷思

《後西遊記》作者在第 5 回〈唐三藏悲世界墮邪魔　如來佛欲人得真解〉中，藉由已升登旃檀施佛的唐三藏與鬥戰勝佛孫悟空，二人假扮疥癩僧人下凡入城，看到自唐貞觀年求取大藏真經回來後之「處處創立寺宇，家家誦念經文，皆謂捨財可以獲福，布施得能增壽」〔註72〕景象，不禁嘆息道：「我與

〔註68〕無名氏：《後西遊記》第 28 回，頁 227。
〔註69〕吳承恩：《西遊記》第 100 回，頁 117。
〔註70〕無名氏：《後西遊記》第 40 回，頁 338。
〔註71〕無名氏：《後西遊記》第 39 回，頁 328。
〔註72〕無名氏：《後西遊記》第 5 回，頁 34。

你一番求經度世的苦功，倒做了他們造業的公案，這卻如何？」〔註73〕與第10回唐半偈對貪淫成性的點石法師說道：「真經雖已流傳，天下雖已講解，然未得真詮，將我佛萬善法門，度世慈悲，俱流入講經說法，果報小因，屬民害道」、「求得真解來解真經，方得度世度人的利益」〔註74〕等語；其旨皆在強調講解佛經是必須在確實真解前提下，方得發揮符合佛陀本意之度世度人功效。

唐半偈與不如法僧人之對話內容，與六祖惠能告誡法達禪師之若「勞勞執念以為功課者何異犛牛愛尾」〔註75〕，法達聞言，遂再請問六祖惠能是否理解了經中意涵就可不再念經了呢？惠能答以「經有何過，豈障汝念？只為迷悟在人，損益由己」情節，〔註76〕實有異曲同工之妙。

另敘述者於孫履真與敵人或魔軍對打的描述中一句：「和尚言雖慈善，一片殺人心何曾慈善」〔註77〕中，可看到對表裏不一之不肖僧人的諷喻批評，以及延伸出錯解經文無異殺人之隱喻。

又冥報和尚在禪堂裏與唐半偈論佛法之過程中，見到冥報和尚講出「若說蓮化村不生不滅，無樂無辱，以為佛家之正，則靈蠢同科，聖凡無二，木石與人有何分別？」〔註78〕之語譏諷唐半偈求解實為多事情節，隱喻連身為和尚的僧人都不明白本具的自性清淨心是聖凡無二之意，並曲解附會至「木石與人有何分別」之說，則更遑論於教育不普及的封建社會下，又豈能奢望多為不識字百姓，都能瞭解佛法妙義？而唐半偈答以「今棲心清淨，尚不能少救奢華，若妄想莊嚴，則天下金錢盡供緇流之費，猶恐不足也，將來何所底止？大師不可逐其末至忘其本」之語，〔註79〕則道出了一位如法禪僧對宗教信仰的態度，以及對真經務必真解的呼籲。

印度佛教東傳，為使佛學教義容易被中國人理解，傳教者採以佛學比附玄學的「格義」方法；卻也由於真經未得全面正確真解符合佛陀本懷，以訛傳訛，造成世人對佛教經典義理與名相觀的錯解，造成傳統佛教給予世人負面印象，諸如：

〔註73〕無名氏：《後西遊記》第5回，頁36。
〔註74〕無名氏：《後西遊記》第10回，頁71。
〔註75〕六祖惠能：《六祖壇經》（臺北：商周出版，2017年），頁189。
〔註76〕六祖惠能：《六祖壇經》，頁191。
〔註77〕無名氏：《後西遊記》第23回，頁176。
〔註78〕無名氏：《後西遊記》第37回，頁310。
〔註79〕無名氏：《後西遊記》第37回，頁310。

> 附佛外道、假傳佛意者，披上了神仙鬼怪的外衣，甚至一些迷信的
> 言論……幾乎成為迷信的佛教，以神鬼為主的佛教。所謂「法久則
> 生弊」……因為佛教傳播太久，摻雜了許多背離佛陀本懷的內容。
> 〔註80〕

引文情節中所言之背離佛陀本懷的內容，即肇因從事講經說法者未能正確詮
解佛教義理。類此曲解佛法真義，在現實生活中亦不乏少見，例如：被佛教
學者視為「如來藏緣起論」代表作之一《勝鬘經》記載勝鬘夫人宣誓受持「十
大受」中之「若是見到孤獨、幽繫、疾病、困苦的眾生，我一定要設法以義饒
益」〔註81〕本是關懷身障者的饒益有情戒，然世間人常斷章取義，以淺識曲
解佛教經典對殘疾人士的因果論，僅局限在認為身有殘疾者是業障所致，不
知眼見此「相」者，理應正向反思並珍惜善用健全身軀行佛大愛，反而以此
為由認為身障者出現在道場有損道場莊嚴，忘了佛家慈悲本懷的核心精神。

又例如《後西遊記》中的洪福寺老和尚告誡唐三藏與孫悟空：「皇上敬
迎佛骨，是佛門中第一件善事，怎麼說是邪魔？早是老僧聽見，若對他人說，
必惹大禍！你二人身帶殘疾，又出言不慎，快往別處去吧！在此不當穩便」
〔註82〕，此一情節對話，說明了時人因斷章取義謬解佛典真義，未能積極發
揮佛教以義饒益殘疾者，反致生非正知見已存歷多代。

豬守拙與沙致和在途經雲渡山發現水路船隻時，就究竟要不要上船各持
不同看法，因豬守拙貪圖眼前省力，沙致和以「自古成人不自在，自在不成
人」勸豬守拙三思，並說：「我若不是隨著金身羅漢竊聽得些緒論，今日拙口
鈍腮也要被你盤駁倒了。閑話慢說，且去訪問要緊。」〔註83〕

沙致和言道自己的正知見乃是聞經得來的這段話，其表層寓意是在說明
有無聽經聞法還是有差別的，強調解經之正確與否至關重要。吾人同時亦可
從此處觀察到《後西遊記》作者實際上還是肯定讀經、講經的功用。

《六祖壇經‧機緣品第七》記載六祖惠能告訴前來禮祖師問法的法達禪
師，錯解經意乃謗經毀佛。類此錯解經意的故事情節，《後西遊記》作者亦有
不少安排，例如：當唐憲宗就迎佛骨一事，向法門寺生有法師提出既已成佛

〔註80〕 星雲大師口述，妙廣法師等記錄：《人間佛教佛陀本懷》，（高雄：佛光文化出
　　　　 版，2016年），頁6～7。
〔註81〕 星雲大師《佛光教科書》第3冊，頁42。
〔註82〕 無名氏：《後西遊記》第5回，頁37。
〔註83〕 無名氏：《後西遊記》第38回，頁320。

為何會有死？既然已死，為何要留骨之困惑時，生有法師之答以：「佛原無死，涅槃者示盡也，骨何必留？留骨者表異也！今日萬歲因骨生信，因信起敬，因敬信而致永祚延年，佛之垂慈廣大矣！」〔註84〕一番話，令憲宗聽得的是龍心大悅，又是賜齋又是賜許多合綺。生有所言之「因骨生信，因信起敬」固可視為合理解讀，然而「因敬信而致永祚延年」顯然是誇大之辭並曲解佛之「以示報身終必滅亡」本義，更背離旨在明心見性的佛陀本懷，故而作者感慨而作「佛法何嘗全在此？貪愚墮落實堪哀！」〔註85〕之論議。

　　作者透過以上種種情節，強調唯在對佛教經典教義有正信詮解認知前提下，方能將佛法圓滿應用於日常生活性。現就針對於《後西遊記》文本中因曲解佛真義而衍生的問題與迷思，諸如：化齋、布施、因緣果報與神通等常見佛教名相，進行故事情節寓意討論。

（一）化齋之意義與問題

　　分析《後西遊記》40回故事中許多肇因化齋而引起爭端的情節，實已隱現作者對俗眾齋僧與僧眾化齋問題的重視。

　　《後西遊記》作者於第五回將旃檀功德佛陳玄奘與鬥戰勝佛納入故事情節，除具有承續《西遊記》中唐三藏及孫悟空受封情節表現，同時另寓有讓讀者認識佛教相關經典記載〔註86〕之「旃檀功德佛」是三十五佛之一，而持誦此佛聖號，則具有可以消除過去生中，阻止齋僧的罪業的功德之「旃檀功德」真諦深意。一般不瞭解化齋本意者，多半就像孫履真至弦歌村化齋時遇到的那後生講的「化齋想是要飯吃了！」〔註87〕般膚淺認知。又如解脫大王為能將唐半偈師徒一網打盡，遂派鉗口妖閉不住先鋒以請齋為由，前去與孫履真假意講和。閉不住以洞裏備有上好美酒、美人與金銀財寶，先邀請豬守拙，豬守拙告知以酒、色、財是僧家第一戒，不能破戒，但可叨擾素齋一頓，被哄騙入洞；豬守拙的無戒心，代表著認為只要不破戒即可接受施齋的僧人看法。

　　然當孫履真與沙致和在洞外等了許久，卻不見豬守拙隨同唐半偈出洞，沙彌因起疑心遂提起禪杖要入洞一探究竟，被閉不住以既是講和就莫用兵器，

〔註84〕無名氏：《後西遊記》第 6 回，頁 42。

〔註85〕無名氏：《後西遊記》第 6 回，頁 42。

〔註86〕旃檀功德佛是三十五佛之一，記載於佛經《大寶積經》卷九十〈優波離會〉以及《決定毘尼經》。

〔註87〕無名氏：《後西遊記》第 22 回，頁 168。

並以應是豬一戒的食量大還沒吃飽故不肯起身為由攔住，沙致和聞言怒斥：「胡說！難道我們做和尚的這樣貪嘴！」〔註88〕一語實是作者替確實是將所受齋食，僅視為療養色身饑渴藥石的僧人抱屈之言。

鉗口妖見到以請齋為由設下圈套，就輕易將豬守拙和沙致和騙進洞來擒服，雖也懼怕孫履真的金箍棒，沉吟了半天，還是認為「想是和尚家最貪的是吃齋，莫若還以吃齋去騙他」〔註89〕，作者不斷在各情節中安插因化齋引發之對話，來凸顯由印度傳入僧人為資養色身所作行街市乞食制度，其所衍生出的尷尬、無奈與糾紛等問題。

《後西遊記》作者對因化齋而衍生的問題情節有不少著墨，例如：當唐半偈師徒途經鎮元大仙修真之處—五莊觀，基於禮貌，覺得應該進去拜會鎮元大仙，豈知道童清風入內稟報領命再走回殿上的答覆是「家師近日養靜，概不見客。若要相會，候老師父西天求解回來吧。若是路上未曾吃飯，請坐坐，便齋用了去」〔註90〕明明是一番禮敬的拜會，卻被誤會是來蹭齋食的，唐半偈聽了縱然無奈，但也只能選擇默默無言。

至於作者透過開門小哥「飯乃糧米所為，糧米乃耕種所出，耕種乃精力所成。一家老小費盡精力，賴此度日，怎麼無緣無故輕易齋人？」〔註91〕之言，以及唐半偈向學堂老先生請問為何如此輕賤僧家的原因，得到的回答是：

> 豈不聞食以報功，雞司晨，犬司吠，驢馬司勞，故食之。子，異域之人也，不耕不種，又遑遑求異域之空文，何功於予土？而予竭養親資生之稻糧，以飽子無屬之腹，予不若是之愚也！〔註92〕

作者透過上揭二例對話，說明原為佛教教義中能捨能得的圓滿布施觀，亦即在僧家看來是與眾生結善緣的化齋行為，在這學堂老先生認知裏，卻是如此不堪。

作者點出文本中當時極盛行齋僧法會的唐代社會，從事勞力階層之庶民不滿出家眾不事經濟生產的事實」；學堂先生回應唐半偈之語，除了反映出佛教的化齋制度為何是儒教對佛教主要批評之一，同時亦凸顯印度原始部派佛

〔註88〕無名氏：《後西遊記》第 18 回，頁 132。
〔註89〕無名氏：《後西遊記》第 18 回，頁 132。
〔註90〕無名氏：《後西遊記》第 19 回，頁 138。
〔註91〕無名氏：《後西遊記》第 22 回，頁 167。
〔註92〕無名氏：《後西遊記》第 22 回，頁 171。

教與小乘以化齋為食之來源的規定，自從全株移植施行東土，所衍生出的批評與爭端的嚴重性與普遍性。

第 22 回小行者欲進村裏化齋前，唐三偈特地叮嚀「化齋乃是以他人之齋糧濟我之飢渴，這是道途不得已之求，原非應該之事。他須喜捨，我當善求，萬萬不可鹵莽，壞我清淨教門」〔註 93〕，以及孫履真對老院公言道「我們過路僧人不過化一頓齋，吃了走路」〔註 94〕、對豬守拙說「師父的餓是三餐飲食之常；你的餓是饞心涎口貪饕無厭之求。怎麼比得？」〔註 95〕等情節，皆未述及齋僧供佛之儀其實有著對三寶表達恭敬供養之意，隱現作者對所謂「化齋」之功能認知，僅旨在強調係在求道路上為止飢渴的不得已之舉，故僧人對化齋本意應重在「三餐飲食之常」而非「饞心涎口貪饕無厭之求」，並表達化齋一定要建立在施者喜捨、受者善求前提之個人看法。

（二）布施之福德與功德

唐半偈與從東寺冥報師之對佛法辯論〔註 96〕，作者借冥報和尚之口道出一般人對佛教所言「布施」的曲解，冥報和尚對唐半偈言道：「施財望報雖或墮入貪嗔，而普濟功深，善根自立，豈得以一人愚妄而令天下生慳吝心！」唐半偈答以時人拜佛財施目的多為「欲施財以思獲報」導致貪嗔愈甚，並申明佛教禪宗義理本意，是「度人度世之道，在清淨而掃絕貪嗔，正性而消除惡業」，並以「棲心清淨，尚不能少救奢華，若妄想莊嚴，則天下金錢盡供緇流之費，猶恐不足也，將來何所底止？」〔註 97〕之反問法，批評不肖禪僧之講究奢華莊嚴乃「逐其末至忘其本」作為。從冥報和尚言「施財望報雖或墮入貪嗔」可知冥報和尚其實亦認同施財望報是對布施不如法的知見；而「普濟功深，善根自立，豈得以一人愚妄而令天下生慳吝心」言雖不差，但彼時僧人多以此作為私己享樂的藉口，而未將信徒之財施具體予以積極度世。

《六祖壇經》之〈疑問品・無相頌〉有云：「日用常行饒益，成道非由施錢」，而《後西遊記》中生有法師在法壇上卻舌粲蓮花地僅強調「布施」是行善根本，若能布施信佛，自然就能為官為宰、多福多壽，並說今生的貧窮禍

〔註 93〕無名氏：《後西遊記》第 22 回，頁 167。

〔註 94〕無名氏：《後西遊記》第 22 回，頁 168。

〔註 95〕無名氏：《後西遊記》第 36 回，頁 298。

〔註 96〕無名氏：《後西遊記》第 37 回，頁 309～310。

〔註 97〕無名氏：《後西遊記》第 37 回，頁 310。

天，都是因為不知要信佛布施所致，令現場聽講群眾是「賢賢愚愚，貴貴賤賤，無一人不讚歎道：『好法師，講得明白。』都留銀錢，寫緣簿，歡歡喜喜而去」〔註98〕，至於教導信徒如何日用常行饒益卻是隻字未提。一句「好法師，講得明白」更是明褒暗諷生有法師利用追名逐利、祈福求壽的人性心理，將佛教布施真諦局限在財布施。

以財施得財、法施得智慧等因果觀念，普遍流佈盛行佛教的大唐民間和週邊鄰國。《後西遊記》作者分別以唐朝本國內的萬緣山眾濟寺與鄰國一座擁有千餘庵下院龐大規模的天花寺為故事地點。敘述眾濟寺住持自利和尚，天剛亮就出門催布施；寺裏和尚見有人上門，第一句話竟非言「阿彌陀佛」而是問來者是要來送布施的嗎？天花寺西域僧住持點石和尚有著「口舌圓活，講起那因果報應來，聳動得男男女女磕頭禮拜，以為活佛，無不信心。那錢財米糧，就如山水一般湧塞而來……」〔註99〕，做為強化布施主題重要情節。爰當自利和尚返寺，得知小行者此行並非布施而來，立刻變了臉；天下經文被封一事，在點石和尚認知裏，即等同是絕了向以講經為業的天花寺的衣食之計。

前揭三段情節，不論財施款是信眾心甘情願拿出或是被催收而來，在在說明信徒的財施，確為文本時代與作者時代之寺廟主要經濟來源，至於說法者是否如實弘法來令聞者真解布施真諦，則非當時代寺方所關注的重點。作者並未就佛教布施真諦進行詳細教義敘述，但藉由情節鋪陳，已表達當時僧人對財施的偏解與對法施的粗糙不負責態度。

《六祖壇經·疑問品》中，提到韋刺史就史載梁武帝蕭衍言及自己布施、造寺度僧等作為，卻被中國佛教禪宗初祖菩提達摩評為「實無功德」的對話〔註100〕，請求開示。六祖惠能即以福德與功德之區別開示如下：

> 見性是功，平等是德，念念無滯，常見本性，真實妙用，名為功德。
> 內心謙下是功，外行於禮是德；……不離自性是功，應用無染是德。
> 若覓功德法身，但依此作，是真功德。若修功德之人，心即不輕，
> 常行普敬。心常輕人，吾我不斷，即自無功；自性虛妄不實，即自
> 無德。為吾我自大，常輕一切故。……功德須自性內見，不是布施

〔註98〕無名氏：《後西遊記》第5回，頁37。
〔註99〕無名氏：《後西遊記》第10回，頁69。
〔註100〕六祖惠能《六祖壇經》，頁139。

供養之所求也，是以福德與功德別。武帝不識真理，非我祖師有過。
〔註101〕

從上揭引文中得知惠能認為梁武帝造寺度僧、布施等作為是屬求福，故所獲得的是福德；至於「功德」是要靠自己從心修煉起，並以平等心視眾生；易言之，僅在福德事上修，是無法求得明心見性。又因「福德」乃屬行有漏善，是「猶如仰箭射虛空。勢力盡，箭還墜，招得來生不如意」〔註102〕，爰六祖惠能於《壇經·懺悔品》又云：「迷人修福不修道，只言修福便是道。布施供養福無邊，心中三惡元來造。擬將修福欲滅罪，後世得福罪還在」〔註103〕。

《後西遊記》中寫到已修證成佛的唐三藏與孫悟空，化身癩痢和尚下凡隨眾遊觀長安各寺，見到負責法施的僧人仗著當時皇帝好佛，多假佛法之名，行誆騙民財之實；再見那些散金錢的、解簪珥的、捨米麥的、施布帛的施主行為，不禁慨嘆「滿肚皮以為今日施財，明日便可獲福；誰知都為這些遊僧口腹私囊之用，有何功德？」〔註104〕，作者以此情節巧妙地如實指出：不僅一般大眾搞不清佛門所謂之「功德」與「福德」，就連貴王公貴冑實亦難分辨二者之差別。

《後西遊記》作者透過情節描述，傳遞一般庶民因未能明辨福德與功德之別而衍生之作為，同時亦藉由豬守拙於接受唐半偈摩頂受戒前，對佛祖與唐半偈拜道言自己的拙口鈍腮、礙口識羞，只能做些執鞭隨鐙、挑行李的粗活時，唐半偈告訴豬守拙「若能跟我到得西天，求得真解，便是上乘功夫，還要講經功課做什麼？」〔註105〕寄寓一個人縱無世俗所謂的財與才，但凡能以正確的放光心態，隨緣盡份發心作務，即是為自己積累真功德。

作者在《後西遊記》中將福田稱為佛田，藉由孫履真與豬守拙來找已升格為淨壇使者豬八戒借釘耙因由，豬八戒告知「這佛田雖說廣大，其實只有方寸之地，若是會種的，只消一瓜一豆培植，善根長成善果，終身受用不盡」〔註106〕。以耕田明喻不論功德或福德，皆須靠自己勤耕自心福田，方能積累收穫。

〔註101〕六祖惠能《六祖壇經》，頁140。
〔註102〕六祖惠能《六祖壇經》，頁178。
〔註103〕六祖惠能《六祖壇經》，頁177。
〔註104〕無名氏：《後西遊記》第6回，頁41。
〔註105〕無名氏：《後西遊記》第11回，頁79。
〔註106〕無名氏：《後西遊記》第12回，頁84。

　　當孫履真與豬一戒終於尋等到自利和尚歸來，自利和尚卻非但不以自己假借種福田之名要求信徒布施為恥，反倒理直氣壯地嘲笑豬八戒「每日只張著嘴吃別人」，此一看似簡單情節，筆者認為應結合時代背景以尋析作者意；文本時代中唐時期的禪宗已定有躬行「一日不作，一日不食」之勞作農禪清規，其中所謂「普請」法，即是規定全寺上下僧眾皆要參與出坡作務等勞務，集體成就叢林經濟基礎。然因宋元以後直至明清的禪宗「在理論上，本質上，與慧能所創的南宗禪南轅北轍，越走越遠」〔註107〕，因此作者時代的禪宗清淨宗風不再，作者以自利和尚只想不勞而獲地要「人家給我」，卻不願「給」人之反諷方式，來烘托為度眾生而主動承擔西行求真解的唐半偈，方堪稱為僧眾典範，此一作意與佛光山星雲大師言道：「我自許做一個報恩的人，並且發願：我要給人，不希望人家給我」〔註108〕之理念，可謂不謀而合。

（三）真解脫與因緣果報

　　《後西遊記》中的禪思想，是指強調注重慧解脫的祖師禪，亦即「不是把自己付予神權來控制，而是自己所有一切由自己來承擔。好比《阿含經》講的『自依止，法依止，莫異依止』」〔註109〕，亦即是以人為本、己度度人與隨時隨處皆修行的佛陀本懷，終極關懷的是「不離生死而證得涅槃」的解脫。

　　「解脫」一詞常出現於唐半偈師徒間或與妖魔間對話中，尤其是出現在屬於一知半解野狐禪式的對話情節。例如：被解脫山小妖們以調虎離山計抓進洞中的唐半偈，面對解脫大王大言不慚地說只消用一刀，即可讓人萬緣皆盡地「解脫」，斥其所言之解脫法與佛家所說解脫之義完全不同，難怪萬劫為妖；解脫大王聞言大怒，要唐半偈說說佛家的解脫究為何義？作者藉由唐半偈口言：「只消回過心來，將寶刀放下，不獨這三十六坑、七十二塹一時消失，即大王萬劫牽纏縛束，亦回頭盡解矣！」、「解脫云何？縛束因魔。魔消縛解，妙義無多」〔註110〕等語，說明人之所以想要解脫，主要是因一顆心被魔所束縛。

〔註107〕東方喬：〈禪宗：宗教的超越〉，頁30。
〔註108〕星雲大師：《我不是「呷教」的和尚》，頁6。
〔註109〕星雲大師口述，妙廣法師等記錄：《人間佛教佛陀本懷》，頁10～16。
〔註110〕無名氏：《後西遊記》第18回，頁128。

另於第 33 回〈冷雪方能洗欲火　情絲繫不住心猿〉中敘述有關解脫情節，是以傾向強調要入世度化眾生的祖師禪〔註111〕之截斷六欲「愛」念為思想主軸。不老婆婆因萬般用計卻仍阻止不了孫履真的離去，悲痛欲絕，最後選擇觸崖自殺身亡情節，即道出錯將死亡視為解脫，是一般不理解佛法精義者常有的錯誤認知，導致選擇以自戕來解決問題；因此，作者以「摔破的玉火鉗又被眾女竊往四方，恐傳流後世又要造無邊孽障」〔註112〕結局，給予明確的否定答案，並隱喻人一但心被貪瞋愚痴束縛，非但不得解脫，有的只是不斷地繼續輪迴。

　　《後西遊記》是一部運用佛家因緣果報做為故事發展的架構，依序將從西行求真解的「因」端，乃起於《西遊記》中負責求真經回唐的唐三藏因「悲世墮邪魔」，加上如來佛「欲人得真解」；所幸遇到一心盡力護教弘法的大顛僧，在「唐三藏顯聖封經」協助下，先後獲得一猿當先鋒、一馬為代步，東土出發向西求真解，中間歷經千辛萬難，最後終於在大家不變初衷、同心協力下，獲得「開經重講　得解證盟」之圓滿善「果」。又於各具獨立性章回小故事中，以因緣果報開展情節，例如：第 20 回〈黑風吹鬼國　狹路遇冤家〉之首詩中言「莫認身心都是空，空中原有去來蹤」、「緣孽疏難漏，循環定不差」，道出世人常有人一旦死亡，就以為真一了白了的觀念，殊不知法網恢恢、因果循環乃不變天律之感慨。作者以玉面娘娘與豬八戒之上一代種下的冤仇，作為黑孩兒決定為母報仇的今世「因」，由於唐半偈最終選擇解決問題條件的「緣」，並非以怨報怨而是以德報怨，主動放了黑孩兒，此舉讓偕同玉面娘娘一同前來向唐半偈請罪的大力王夫婦倆，不勝感激地道出「原來這唐長老竟是活佛」〔註113〕之結「果」。

　　所謂因果律、緣起法，雖是佛教用來說明世間諸法形成與關係的教義理論：「因」是造成「果」的基本原因，世間諸法皆乃因緣和合而成便是依止的因地是什麼，果地即相應什麼；此一因地修，果地覺的「如是因、如是果」因果觀念，不唯佛教，亦是其他宗教所認同的普世真理。蓋但凡是人，即便非佛教徒，亦要面對來自個人的「種瓜得瓜、種豆種豆」的合天理性結果。

〔註111〕以緣起論角度看佛教之謂解脫，有較傾向重視一念不生的如來禪，直接從「受」下截斷功夫；與強調要入世度化眾生的祖師禪，於世間喜怒哀樂之「愛」念頭起伏階段截斷諸至輪迴眾流。
〔註112〕無名氏：《後西遊記》第 34 回，頁 279。
〔註113〕無名氏：《後西遊記》第 21 回，頁 164。

所謂「緣」則是指造成「果」的關係和條件〔註114〕，至於「緣起」〔註115〕，簡言之即為「待緣而起」〔註116〕，惟有關因緣果報真義，並非人人皆是真知真解。

然因緣果報觀念，從古至今，是不論王公貴族或平民百姓，皆必須面對的切身問題。例如：孫履真為能從妖佛手中救出上善國王后，以洗刷師父的冤屈，遂假扮案前的泥塑如來佛，對佛妖說「若不依言行事，或推脫，或強為，便是違天逆佛，永墮輪迴」〔註117〕之言，即是意指人所以會永墮輪迴，乃因違背天理與自己本有的良知、真如自性。

有別常見其他古典小說忽略「緣」乃因果中之重要變數此一事實，僅聚焦在講因果，忽略了佛教實具積極性的因果論，致以常採用消極的宿命論與命定論作為故事最終結局；《後西遊記》作者從具正向積極性的人間觀點，靈活運用從「因」階段至「果」階段中的變數，亦即條件因素—「緣」的具機率性和可變性特質，敷敘故事情節。例如：在《後西遊記》全文40組回目與首末對句中，雖然僅於第20回裏有明顯與因緣果報主題相關的詞句，但將整部《後西遊記》的情節串聯觀之，每一段情節的「果」若非環環相扣成下一情節的「因」，即是積累成為至最終回完成求到真解的眾因。採用佛教之積極、樂觀的正向態度書寫每一故事情節，可謂是《後西遊記》的主要特色之一。

（四）識佛教展神通原則

神通，多為世間凡人所好奇、追求，亦是神魔小說製造情節高潮迭起的重要元素。《西遊記》中的孫悟空，再怎麼樣厲害都未能逃過如來佛手掌的情節，不但深植人心，時至今日，更演變為後人用以喻為任憑有多大本事，皆無法跳脫掌控之意。《西遊記》中充滿凡間所無有的多樣神異功能，是促發其情節跌宕並躋身為中國四大古典名著之重要元素。

〔註114〕陳蒲清：《寓言文學理論‧歷史與應用》（臺北：駱駝出版，1992年），頁354。

〔註115〕摘錄星雲大師：《佛教的真理》，頁131；「緣起」並非佛陀所「創造」，佛陀只是「發現」了這個自然法則，再將此宇宙人生的真理對眾生宣說、開示。在《雜阿含經》卷十二中，佛陀說：「緣起法者，非我所作，亦非餘人作；然彼如來出世，及未出世，法界常住。彼如來自覺此法，成等正覺，為諸眾生分別演說、開發、顯示。」

〔註116〕星雲大師：《佛教的真理》（高雄：佛光出版，1999年），頁133。

〔註117〕無名氏：《後西遊記》第27回，頁219。

反觀作為《西遊記》續書之《後西遊記》，對於此一「神通元素」的應用，並沒有《西遊記》中動輒召來六丁六甲、四值功曹、五方揭諦橋段，而是透過故事情節敷敘，來讓讀者間接瞭解佛教對神通之使用，實有其一定的原則性。例如：第 7 回回目標示唐三藏「顯聖」封經行為，即是神通表現，但其目的主要是為了幫助大顛弘護佛法；回末對句「若非佛祖呈慈相，哪得凡夫肯信心」〔註118〕又再次強調是為讓不信佛者相信，始才展露神通功能。第 15 回〈假沙彌水面陷師 小天蓬河底捉怪〉媚陰和尚為要利用唐半偈的血以養己形，遂假裝沙彌，並將神通做為欺瞞工具來拐騙唐半偈上當，最終落了個「福還未受，禍早臨門」〔註119〕下場，應了佛家所言神通不敵業力。

又孫履真獨至弦歌村因化不到齋且處處受到奚落排斥，因擔心師父飢餓，遂以神通方式偷取老院公的飯；但當唐半偈得知眼前飯食並非光明正大化齋而來的，便拒食之。然當唐半偈親自領教到弦歌村村民對佛教的誤解，尤其面對標榜斯文的教書先生只一味地毀僧謗佛，故而於聽到孫履真說出「不妨顯些手段大家看看」的提議時，唐半偈答以「既不動粗，又能覺悟其愚，使之起敬，正佛法之妙，又何樂而不為？」〔註120〕以示認同。

唐半偈這種面對孫履真施展神通的前後兩種截然不同反應，凡對佛教教義有所認識者，定會明白作者如此鋪陳並無矛盾，蓋因正信的佛教教義，雖是講「神通不敵業力，業力不敵懺悔力」，但面對不信佛法者，適時施以神通令其信服，是被容許的。另如孫履真為救劉種德的兒子劉仁，來到被六妖賊抓進廟裏的劉仁，才發現共索鎖著約二、三十個少年之多，便「叫眾少年都閉了眼，望著異地上呼了一口氣，吹作一陣狂風，就地將眾少年撮起，不消一刻工夫，早已到了劉家堂前天井內」〔註121〕，以及最末回當唐半偈師徒並龍馬五眾自到靈山見如來、得真解後，皆已得駕雲神通，但「唐半偈師徒四眾，雲行快，不數日便到了長安大國，不敢露出真相，仍照舊叫龍馬馱解，沙彌挑擔，自領著小行者、豬一戒同步入長安城來」〔註122〕。

上述諸情節皆意在強調佛教並不倡言神通，唯在面對救人或示於不信佛者時始現。

〔註118〕無名氏：《後西遊記》第 7 回，頁 53。
〔註119〕無名氏：《後西遊記》第 15 回，頁 109。
〔註120〕無名氏：《後西遊記》第 22 回，頁 172。
〔註121〕無名氏：《後西遊記》第 31 回，頁 252。
〔註122〕無名氏：《後西遊記》第 40 回，頁 334。

　　《後西遊記》不同於其他神魔小說多僅止於對世態諷刺，作者於故事中批評諷揭當時代貪愚僧人，除了著相莊嚴多為個人虛榮、講經說法卻又沒真確傳遞佛教義理、僅以延年獲福做為誘信致佛形象被誤解，同時亦透過故事發展傳遞其個人觀點建議，且多為具體可行的理想因應對策。

　　例如：天花寺的點石和尚雖在與通曉佛法精義的唐半偈幾番機鋒交戰，終被棒喝知理屈而不再言語，但靠講經為主要收入來源的眾僧仍齊詰問半偈「大眾數千人，若不講經，衣食何來？」半偈應以：「施於無意，飽食為安；募自多方，不能無罪。況佛力廣大，自有因緣，大眾何須慮得？」〔註123〕一席要僧眾莫忘布施者、受施者及所施物應持三輪體空意，以及食足即可切莫貪，並以一切自有因緣之禪心開示，眾僧始才心開意解地退立。

　　又如：大顛向憲宗稟奏「佛門弟子，理合奉行佛教，前之請正，今之請行，元非二事」〔註124〕之語，即隱顯「前之請正」之言與「今之請行」之舉皆是正信佛子所應當為之的責任；以嬾雲告訴大顛，生有法師向憲宗稟奏韓愈之所以會上〈佛骨〉一表端因天下人不曾聽經聞法，不明佛法所致，爰祈請憲宗召令天下寺院都要「敦請有道法師開壇講解」〔註125〕憲宗認同這個說法，遂降旨要天下寺院皆必須禮請法師講解之情節造因，延伸出「倘必欲講明大法，亦須敕使訪求智慧高僧」〔註126〕之為助緣手段，因為禮請有道法師講解佛經，確實是有益大眾認識佛法的根本之道。

　　又「若耳目前俗習之徒，臣僧大顛未見其可也！」〔註127〕情節裏，同時包含了作者的感慨與寄意：若要講法，則務必要找「智慧高僧」而非「俗習之徒」做為評定「有道法師」的標準。《後西遊記》中所強調的須由有道法師講解佛教經典，對照當代人間佛教提倡以文化教育弘揚佛陀本懷，可謂古今相輝映。

五、一樣無言多樣意

　　《後西遊記》中的唐半偈是一位明仁勇兼備的真僧，不論面對不肖僧人或妖魔鬼怪，總是大無畏地為弘護佛法與對方論辯；惟在遇到群魔亂舞時，

〔註123〕無名氏：《後西遊記》第 10 回，頁 73。
〔註124〕無名氏：《後西遊記》第 8 回，頁 57。
〔註125〕無名氏：《後西遊記》第 7 回，頁 48。
〔註126〕無名氏：《後西遊記》第 7 回，頁 48～49。
〔註127〕無名氏：《後西遊記》第 7 回，頁 48～49。

其中計有四次情節描述到唐半偈是閉目沈默以對。本文深入研析發現：唐半偈的一樣的無言表現，卻是各有殊意。

（一）無言斷斬煩惱藤

唐半偈的第一次閉目不言，是在〈金有氣填平缺陷　默無言斬斷葛藤〉中，孫履真與豬守拙奉師命前往不滿山查看金母之氣佈大地情況，眾妖則趁機抓走唐半偈。作者先藉由土神回答小行者的話：

> 既有地土，自有土神，但土神必須地土寧靜，方得安居顯靈。這葛、
> 滕兩村地土原薄，就是妖怪未來，已被葛藤纏繞不了。今又來了這
> 妖魔，每日領了許多子子孫孫鑽來鑽去，將一塊地土竟弄得粉碎，
> 生長不得萬物……這葛、滕兩姓牽纏，是非不了，一種樛結之氣，
> 遂在東南十里外無定嶺上，長了無數葛藤，枝交葉接，纏綿數十里，
> 再沒人走得過去」〔註128〕

作者以葛藤之所以樛結成氣肇因「是非不了」；此一敷敘為之後被抓進洞摔在地下的唐半偈為何會「在地下將身正一正，盤膝坐下，並不答應」〔註129〕，且概以「合眼默然，全不答應」態度面對缺陷獲妖後續的一連串逼問，進行伏筆。當孫履真與豬守拙合力斬斷葛藤後，孫履真先行跳進洞中「只見唐半偈低眉合眼，端端正正盤著雙膝坐在地下，卻不見妖怪」〔註130〕遂回答守在洞口問為何還不請師父出洞的豬守拙，說師父在裏面打坐，唐半偈聞言則起身笑道「不是打坐，乃以正伏邪，以無言制有為耳！」〔註131〕

（二）心神無主易掉舉

第二次是因為負責照顧唐半偈的豬守拙與沙致和中了調虎離山計，導致唐半偈被捉；獨坐馬背上的唐半偈當下反應是「看見眾妖圍繞，知是魔來。因定一定元神，澄一澄本性，坐在馬上竟似不睹不聞的一般」〔註132〕，故而圍繞在旁不斷挑釁的小妖們「百般算計，只是不能近身。亂了半晌，無可奈何，只得搶了行李，牽的牽，趕的趕，連馬連人都擁到洞中去了」〔註133〕，接下來的場景是：

〔註128〕無名氏：《後西遊記》第 14 回，頁 99。
〔註129〕無名氏：《後西遊記》第 14 回，頁 100。
〔註130〕無名氏：《後西遊記》第 14 回，頁 101。
〔註131〕無名氏：《後西遊記》第 14 回，頁 102。
〔註132〕無名氏：《後西遊記》第 18 回，頁 126。
〔註133〕無名氏：《後西遊記》第 18 回，頁 126。

> 唐半偈被眾妖圍繞著擁入洞中，下了馬默然而坐；雖說不慌不亂，
> 爭奈小行者眾徒弟一時不在面前，自覺一身無主，又被眾妖唬嚇的
> 唬嚇，攛哄的攛哄，你來我去，絮聒不了，弄得個長老如醉如癡，
> 不言不語，就象泥塑木雕的一般。〔註134〕

作者以孫履真等徒弟作為是能讓唐半偈安心的守護神代表，唐半偈從一開始
察覺魔來時，還能立即定元神、澄本性，但因後來缺少安心守護神在側而心
神無主，因此產生掉舉現象；此一情節，延伸出信仰具有安定人心的深層寓
意。

（三）示範正心以卻邪

第三次是唐半偈師徒全被黑風吹進鬼國，被黑孩兒太子派往行宮欲取師
徒性命的領兵總魔，因看到唐半偈正端然不動在打坐，滿面佛光，無法靠近，
便打算用色誘威逼迷亂其真性再伺機下手，唐半偈「眼觀鼻，鼻觀心，正坐
到定生靜、靜生慧之時，忽見二魔窸窸窣窣在旁窺看他，就知有魔來了，愈
把性兒拿定」〔註135〕、「聽見只做不聽見，看見只做不看見；後來性正了，竟
實實不睹不聞。眾魔耀武揚威纏了半夜，絕沒入頭處。看看天亮，總魔心慌」
〔註136〕令群魔始終無法得逞。待小行者與沙彌打退群妖後，趕忙來找師父，
卻看到師父端坐無恙，唐半偈以「我有甚手段？不過以正卻邪耳！」〔註137〕
回答兩位徒弟的疑惑。

第四次是當唐半偈始終保持低眉合眼，以靜默不應態度對待猲子妖怪，
則是演示如陀佛回答侍者阿難尊者如何調伏惡人問題時，採取沉默排斥「默
擯」置之的開示。

筆者認為：作者將唐半偈四次閉目無言情節，其中有兩次是設計在發生
於被妖怪所擒，且是獨自一人時，隱含貴慎獨之深層寓意。不滿山的缺陷大
王同時象徵對外境諸多不滿的瞋心與對佛法持邪見的愚痴心，鬼國群魔的挑
釁代表外境的色誘威逼；唐半偈此時合眼默然不語，寓意以正無言伏制邪有
為。至於解脫老妖則象徵錯解以一死就能離苦得樂的眾生，延伸隱喻明知以
禪定治心魔，卻因定力不足與缺少守護神，導致心不寂靜而呈現掉舉諸現象。

〔註134〕無名氏：《後西遊記》第 18 回，頁 126。
〔註135〕無名氏：《後西遊記》第 21 回，頁 156。
〔註136〕無名氏：《後西遊記》第 21 回，頁 157。
〔註137〕無名氏：《後西遊記》第 21 回，頁 158。

作者許是考量到在《後西遊記》閱讀對象中，能精研了透佛法者應屬「小眾」，但又希望透過簡易故事情節，讓閱讀者對佛法有更多些正確認識，因此透過唐半偈在一樣無言的表面情態下，寄語出一默一聲雷與打坐易有掉舉現象等不一樣意涵；並從中同時強調人貴慎獨、堅定信仰有助一個人的定心。因此，有關唐半偈逢敵時所表現的四次合眼默坐情節，經本文深入研析結果，可謂是《後西遊記》極具深度的情節寓意之一。

六、酒色財氣敗文風

明代隨著「至於永樂紀元，民庶且富，文教大興」〔註138〕，及至明憲宗成化時期因「社會生活豐富與舊威權時代的結束」〔註139〕，社會經濟的日益發達，帶動文學、戲曲、音樂、舞蹈及美術等多元藝術並茂，民間文化之層間互動促進跨階層人士交流活絡。對於當時代文人與僧人、娼妓間普遍之詩詞唱和、飲酒作樂，因過度而衍生了縱慾、縱飲之社會現象，《後西遊記》亦發揮記史功能，將其編入故事進行影射。

例如：小石猴為求道來到參同觀，卻從小道童口中聽到「修仙家要產嬰兒，少不得用黃婆、姹女。那一個老婆子，便是黃婆；那幾個後生女子，便是姹女。這就是祖師的鼎爐樂器」〔註140〕，遂夜潛後殿菩提閣，從窗眼往裏偷看到：

> 只見兩支紅燭點得雪亮。一個皮黃肌瘦的老道士，擁著三、四個粉白黛綠的少年女子，在那裡飲酒作樂；又一個黃衣老婦，在中間插科打諢道：「老祖師少吃些酒，且請一碗人參肉桂湯壯壯陽，好產嬰兒。

將引文對照文本時代，唐憲宗後期因好長生不老之術，信方士柳泌服金丹。明憲宗是第一個被史書明載信奉道家和房中術」〔註141〕的皇帝，爾後的武宗正德皇帝更是重道家丹術與縱慾。

因此，故事裏描寫小石猴因看到這一幕，而發出「果然是個邪道，可惜空費了許多工夫」感慨之語，於徒勞無功之言外，實亦寄有勸諫之深意。

〔註138〕 商傳：《明代文化史》（上海：東方出版中心，2007.5），頁171。
〔註139〕 商傳：《明代文化史》，頁286。
〔註140〕 無名氏：《後西遊記》第2回，頁13。
〔註141〕 商傳：《明代文化史》，頁153。

又於〈莽和尚受風流罪過　俏佳人弄花月機關〉一回中，唐半偈先後以「酒乃僧家第一戒」、「酒味雖或不同，酒名則一。貧僧斷斷不敢領飲」〔註142〕來面對麝妖美人的或熱情、或激將地頻頻勸酒情節，實有映射開始於成化、弘治時期流行的妓樂飲酒時風，尤其是傷風敗俗的妓鞋行酒取樂，以及禪宗走向世俗化後，常見禪僧不守僧戒地與文人、妓樂吟詩喝酒現象。

《後西遊記》以上述酒、色情節，再加上包括對文筆壓人、金錢捉將、頭帶飄飄巾、身穿花花服等財、氣情節，並未使用太多篇幅描述，即勾勒出明代中晚期的社會現象，並予以重點諷喻與勸諫。回顧前人對《後西遊記》之「《西遊》之文諷刺世人處尚少。《後西遊》則處處有諷刺世人之詞句」、「開《儒林外史》之先河」之研究評語，筆者則是從多層次梳理中，見識到作者簡要但不簡單的筆下功夫。

第二節　《後西遊記》之人物寓意

《後西遊記》中的西行求真解的唐半偈團隊，就形式而言，與《西遊記》的唐三藏取經成員同樣是四員加一馬規模；然從本文第二章之敘事結構與第三章的人物形象介紹，可知兩組人馬於其外在行為表現有顯著不同。

敘事學家托多洛夫認為，以人物為中心的作品，亦即重點在「主語」的作品較適於用特性論來分析；以情節為中心的作品，重點在「謂語」，較適用行動論來分析。〔註143〕《後西遊記》內容主要描寫的是「唐半偈師徒四人西行取真解」，其中的「唐半偈師徒四人」是主詞，「西行取真解」是謂語。所以本節係兼採特性與行動二種人物理論視角，運用小說敘事分析「對話」與「敘述」的用辭技巧，分別針對《後西遊記》與《西遊記》主要核心人物之出場順序、法名以及故事中其他角色，進行《後西遊記》之人物之深層寓意研究與其所帶來的時代啟示意義。

一、核心人物：佛由人成和為貴

《西遊記》中的取經僧眾代表唐僧唐三藏，是以歷史記載確有西天取經事實之三藏法師玄奘為附會的故事人物。至於《後西遊記》中的唐僧唐半偈

〔註142〕無名氏：《後西遊記》第 25 回，頁 195。
〔註143〕胡亞敏：《敘事學》，頁 151。

與孫履真三位徒弟皆是虛構人物，其人物之個別形象與意蘊已於本論文第三章進行討論。本單元綜合以當代人間佛教觀與故事情節發展二角度，研析《後西遊記》核心人物之法名與角色寓意。

（一）法號寓意：僧團成員六和敬

由於《後西遊記》故事核心人物—唐半偈、孫履真、豬守拙與沙致和等師徒四人法號，皆屬於可望「名」即生義者，故對核心人物之法號進行研析者並不多，較詳書者有視師徒四眾法號名諱解釋「只是一種文字遊戲般的暗示」的石麟以「唐半偈，言外之意就是解釋三藏真經的實乃半句偈語……孫履真，乃祖千辛萬苦悟到的空靈，此孫一步到位腳踏實地……豬一戒，阿爹之『戒』有八……阿兒之『戒』以一當八。沙和尚之名必須經過解釋……小沙彌取名沙致和，一語道破，何等『直截痛快』！」〔註144〕認為師徒四眾法號皆意含直截痛快，並以此認為「《後西遊記》中的所謂『真解』，就是南禪頓悟之說」〔註145〕。

筆者延續本文第四、五兩章之《後西遊記》實具禪淨合流思想的研究發現，認為：《西遊記》中孫悟空、豬八戒與沙僧的亮相順序，依序為孫悟空、沙悟能、沙悟淨，佐以連結觀世音菩薩分別為三人所取法號，應是取意象徵求道者應先悟「空」，方「能」至「淨」土；如此，其修行層次僅聚焦在個人的自度自覺修行。至於《後西遊記》中取解真經僧眾代表唐半偈的三個徒弟孫履真、豬守拙與沙彌，雖同樣是由長至幼出場順序，經綜合二書情節細研發現《後西遊記》之核心人物法名實另含深意。

研究《後西遊記》情節寓意過程中，發現《六祖壇經》思想幾乎涵攝每一情節寓意，爰以佛教視角研析類推「半偈」法號隱含源自佛教「雪山半偈」〔註146〕典故之為僧者當以求佛道為要之「攝心勇猛勤精進，為求半偈捨全身」寓意，意同《六祖壇經》記載五祖弘忍潛至碓坊，看到惠能為增加重量，

〔註144〕石麟：〈《西遊記》及其三種續書的哲理蘊涵〉，湖北內江師範學院學報，2010年第11期第25卷，頁18。
〔註145〕石麟：〈《西遊記》及其三種續書的哲理蘊涵〉，頁18。
〔註146〕《大般涅槃經》中提到佛陀於曾為凡夫的某過去世時，入雪山修習菩薩行，聽到由帝釋天化現的羅剎講前半偈——「諸行無常，是生滅法」；心生歡喜而欲求後半偈；羅剎不答應，彼時身為凡夫的佛陀便誓約捨身與彼以換得聞後半偈，此即「雪山半偈」或稱「雪山八字」由來。《心地觀經·卷一》：「時佛往昔在凡夫，入於雪山求佛道。攝心勇猛勤精進，為求半偈捨全身。」

腰間綁著塊石頭在舂米而慨言「求道之人,為法忘軀,當如是乎?」〔註147〕
之意。

續從三人法號依序為「履真、守拙、致和」綜析之,則有佛教要求僧團
成員奉行佛法、和合共住的「六和敬」之深意,亦即出家眾共住時必須共同
遵守的六種生活態度,包括:1. 在思想上,建立誦讀佛教經典須是在「真解」
其真諦的統一共識下之「見和同解」;2. 在修道上,持律守戒,平等無分別地
「戒和同修」;3. 在經濟上,秉持共同付出、均衡同享之「利和同均」原則;
4. 於心態上,與人相處重精神契合、行事莫計個人得失之「意和同悅」;5. 在
言語上,要誠實真切、語氣委婉,和諧為重地「口和無諍」6. 在行為上,應
秉平等和諧、不侵犯人原則相處,彼此尊重,互相幫助地「身和同住」之六和
意通。

僧團向為傳統佛教度化眾生的集體力量,「六和」是僧團和諧、家庭和樂
及社會安和樂利的最重要根基。星雲大師認為僧團「六和」之「和」是普世價
值,亦是世間最可貴的,若擁有金錢、財富、感情,卻沒有「和」,就等於沒
有一切。唐半偈與豬守拙二人初見面時,雖然唐半偈一開始誤以為豬守拙是
妖而告知自己倚仗佛力所以不怕,但聽完孫履真解釋後便以「給人信心、給
人歡喜」之心勉勵豬守拙「此去靈山,尚有千山萬水,你須猛勇精進,休辭勞
苦。求得真解回來,自然金身可證」〔註148〕並先稱許豬守拙是個入道之器與
「守拙、履真」二名俱是實地功夫。

第 35 回之唐半偈師徒四人於中分寺迷路的各自反應,以及第 39 回來
到雷音寺,面對空蕩蕩的大殿,4 人雖然呈現出各自不同思維看法,但在
集體行動中,最終還是以和群為要、和諧為重。在唐半偈「以人為本、以
身作則」管理思維帶領下,孫履真與豬守拙除了因彼此對化齋時間看法不
一,偶有拌嘴,但基本上仍恪遵佛教僧團遵循的六和敬團體生活態度。遇
有危難時,有師父唐半偈在時,概由師父為總指揮;師父不在時,豬守拙
和沙致和就聽從大師兄的話,孫履真也會將兩位師弟的建議納入考量,如
不採用,亦會做好溝通,講出理由讓師弟們瞭解,再由師父唐半偈做最後
決定。唐半偈師徒演示的即符合《禪林寶訓》所載「住持居上,當謙恭以
接下。執事在下,要盡情以奉上。上下既和。則住持之道通矣……其於進

〔註147〕六祖惠能著;丁福保箋註:《六祖壇經》,頁 84。
〔註148〕無名氏:《後西遊記》,第 11 回,頁 79。

退之間皆合其宜。自然上下雍肅，遐邇歸敬，叢林之興，由此致耳」之教示〔註149〕。《後西遊記》中之西行師徒四人，儼如一小型僧團；筆者將對《後西遊記》核心人物法號之寓意研究，綜合對照求真解途中所發生的種種磨難考驗分析結果，發現：上揭故事情節內容，可視為是出家人求道及與僧眾相處之過程縮影。

（二）角色寓意：佛由人成世間覺

《後西遊記》故事核心人物外貌，雖延續原著《西遊記》之唐三藏、孫悟空、豬八戒及沙僧的原型，作者實則分別於第27回藉由唐半偈回答上善國王時所言「三個小徒貌雖醜陋，性實真誠」〔註150〕及第40回半偈僧眾回東土面見唐穆宗，向其稟報一路西行是如何靠陸續所收的三個徒弟降妖伏怪後，穆宗召見了在殿前玉階下待立的孫履真、豬守拙、沙致和，在當面親見三人之異於常人相貌後說出「若不具此法身，如何得能降妖伏怪！」〔註151〕一語，傳遞《後西遊記》如此外貌的形塑，旨在為降妖伏怪，並含有心善真誠勝於相貌美醜之意。

又從《後西遊記》西行成員決定西行求真解之個人原始初衷觀之，唐半偈一介凡人以「求得真解來解真經，方得度世度人的利益」〔註152〕之匡世濟民心態為西行前提，歷經萬難終於成佛，唐半偈的角色寓意即在強調佛是可由人成的事實。

《西遊記》中的唐三藏的三個徒弟，其西行取經因緣，分別是「大的個徒弟，乃是東勝神洲傲來國人氏；第二個乃西牛賀洲烏斯莊人氏；第三個乃流沙河人氏。他二人都因罪犯天條，南海觀世音菩薩解脫他苦，秉善皈依，將功折罪，情願保護我上西天取經」〔註153〕。至於《後西遊記》中孫履真是「自從仙祖勸皈依，方把放心收拾妥。奉師西行見如來，拜求真解救偏頗」〔註154〕；豬守拙因天生的豬形嘴臉長相，被視為妖怪而致人人欲除之，後因肚飢吃了個野人，被旃檀佛玄奘法師撞見，慈悲指點皈依佛教莫再墮落，因

〔註149〕宋·淨善重編集；徐小躍釋譯：《禪林寶訓》，頁54。
〔註150〕無名氏：《後西遊記》第27回，頁215。
〔註151〕無名氏：《後西遊記》第40回，頁336。
〔註152〕無名氏：《後西遊記》第10回，頁71。
〔註153〕吳承恩：《西遊記》第54回，頁654。
〔註154〕無名氏：《後西遊記》第23回，頁71。

此「受了佛祖之教，做了和尚」〔註155〕在佛化寺借住等往西天求真解的師父到來；沙彌則是奉金身羅漢之旨，在流沙河岸等候「護持唐半偈聖僧往西天求解」〔註156〕。在西行動機上，《西遊記》中的孫悟空師兄弟三人皆因罪犯天條，爰都是抱著贖罪心態保護唐僧西行取經；《後西遊記》孫履真師兄弟三人則是主動等候「師父」，要保護師父西行求取真解。

《增壹阿含經》明載：「諸佛皆出人間，終不在天上成佛也」，《六祖壇經》亦云：「佛法在世間，不離世間覺；離世覓菩提，恰如求兔角」〔註157〕。《後西遊記》中孫履真等三人的法號，不同於《西遊記》中的唐僧三徒，全是由具神格的觀世音菩薩取法號，而是由不具神格的凡人師父唐半偈，全權為三位徒弟分別取法號：孫履真、豬守拙、沙致和。西行求真解四人中，安插一位純粹的世間僧唐半偈，領導三個帶有神仙家世背景、俗家習氣的行者徒弟，各發揮所長為眾生行菩薩道完成求真解使命，隱含了作者展現佛經所云之「佛由人成」之作意。

細品整部《後西遊記》內容，與當代人間佛教大力提倡並積極推動「存好心、說好話、做好事」與「給人信心、給人歡喜、給人希望、給人方便」之「三好四給」運動實無二致。又從個人之內履真如以達自心和悅，外謙守拙共營家庭和順，從而人我彼此和敬、共創社會和諧，最後臻致世界和平之世間最可貴的五和普世價值，亦與當代人間佛教強調「自心和悅、家庭和順、人我和敬、社會和諧、世界和平」之五和，完全契合。

二、其他人物：惠德倫常斷瞋痴

專研明代文化的陳寶良述及萬曆以後的大批思想家們普遍認為明代中葉後的社會危機是「封建倫理綱常的動搖，『紀綱頹墮』、『綱紀凌夷』、『教化亡』」〔註158〕。極強寓意性特色的《後西遊記》，除了宣教的核心主軸之外，同時含括了「封建倫理綱常」與「教化」寓意。

本單元分就「敦睦倫常斷瞋癡」、「寺主之惠德須知」與「宗教興衰關鍵力」三面向，進行《後西遊記》之其他人物角色寓意探討，並繪圖【圖6-1：

〔註155〕無名氏：《後西遊記》第11回，頁78。
〔註156〕無名氏：《後西遊記》第16回，頁112。
〔註157〕唐‧惠能著；丁福保箋註：《六祖壇經》（臺北：商周出版，2017年），頁134。
〔註158〕陳寶良：《悄悄散去的幕紗──明代文化歷程新說》（西安：陝西人民教育出版社，1988年），頁4。

《後西遊記》情節寓意與《三時繫念佛事》文義〔註159〕順序對照圖】輔助說明。

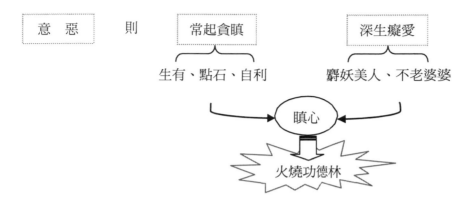

圖6-1：《後西遊記》情節寓意與《三時繫念佛事》文義順序對照圖

（一）敦睦倫常斷瞋癡

有關封建倫理綱常之人倫情感部份，《後西遊記》雖著墨不多，但於親情、友情與愛情項上，亦皆有深淺不一的象徵寓意。例如《後西遊記》中有一段自稱缺陷大王的獢妖與小行者的對話：

> 妖怪道：「你既奉欽差，是個過路和尚，為何不走你的路，卻來我這裡尋死？」小行者道：「我佛門慈悲，巴不得舉世團圓，你為何以缺陷立教，弄得世人不是鰥寡便是孤獨？」〔註160〕

引文中寫道「我佛門慈悲，巴不得舉世團圓」除了托語反駁佛教常受批評之一、影響傳宗接代的出家儀式，同時亦明確表達了佛教並非不重人倫，而此情節對話，巧合地了遙應數百年後的當代人間佛教佛光山每年舉辦「回娘家」團圓活動理念。

1. 親情

豬守拙見到生身父親豬八戒時所自然流露出的孺慕之情，毫不矯飾地索性直言要跟著父親一起應供享食，不想再護師西行求真解這天真話語時；八戒表現傳統「子不教、父之過」的父教思維告誡豬一戒：功德需自努力方能獲享後；而豬守拙所表現出的反映，是雖顯失望，但仍接受教誨的尊親態度。

〔註159〕元·中峰明本禪師：《三時繫念佛事》，淨空法師編輯收錄於《中峯三時繫念法事全集》（台北市：華藏淨宗學會，2014年）。頁40。

〔註160〕無名氏：《後西遊記》第13回，頁93～94。

相較於豬八戒對兒子豬守拙偏差觀念上採取及時言教的嚴父型，那被皮囊山六賊捉走孤子劉仁的趙氏，在向孫履真等人泣訴自己對待已年長十八歲的兒子是「老身也還薄薄有些家資，我那嬌兒，日日抱在懷裏還恐怕傷了，怎容他到山中遇見虎狼」〔註 161〕短短數語，即勾勒出古時寡母對孤兒無微不至的百般呵護慈愛。

至於玉面娘娘與黑孩兒母子倆扮演的則是中國傳統舊社會家庭常見的家人關係現象之一，亦即不管對錯與否，同一家人就站在同一陣線，選擇同一鼻孔出氣。《後西遊記》作者於夾雜在情節主線中的分枝末稍處，簡單幾筆就點出中國傳統舊社會家庭之嚴父慈母形象與常見的互動情況。

2. 友情

神魔小說中常出現的山神、土地，在《後西遊記》中大多於當孫履真欲瞭解山勢、路況或介紹地方民情時，才被召喚，亦即僅扮演著現代社會基層村里長的服務範圍與地圖導覽功能，類此雙方的互動模式，細思之，實寄有君子之交淡如水之深意。韓愈與唐半偈，則是屬於英雄所見相同之惺惺相惜類型友情。至於唐半偈與孫履真、豬守拙與沙彌，雖名為師徒，但在西行求真解歷程中，同心協力建立的患難情誼，是修行道上彼此幫助增智開悟的善知識，屬於亦師亦友型的朋友。

梳理上揭《後西遊記》中所呈現的友情雖可概分為三種類型，但此些類型間皆存有一最大相同特點，即是出發點都未涉及滿足個人私欲，而是為克盡職責、遵從師命與度己度人。

3. 愛情

至於《後西遊記》關涉男女情愛情節者，有別於《西遊記》中包括一心想與唐僧成親共白首的西梁女國女王、強行擄回唐僧要當道伴的毒敵山琵琶洞蠍子精女妖等六女劫；一樣被視為是女劫，《後西遊記》中敘及女色者，僅麝妖美人與不老婆婆二章回。

麝妖設計欲採和尚元陽的動機，與《西遊記》中白骨夫人、蜘蛛精以吃唐僧肉可增加道行為目的類似，亦雷同於西梁國女王、白鼠精利用逼婚為手段情節；惟最大不同處，則是《後西遊記》作者著墨重點，是在描述唐半偈師徒四人面對色誘時的修道人反應。作者藉由故事中的麝妖是以其異香

〔註 161〕無名氏：《後西遊記》第 31 回，頁 251。

做為迷惑利器，而國王亦正因麝香可製做合春藥，爰命令獵戶捕捉麝鹿，割取臍香，說明為麝妖招來最大禍根者即是自己最引以為傲的麝香。結局時孫履真對麝妖言道「你等久已修成，若再能悔過，把那香氣收斂些，我保你永不逢此難」〔註162〕之語，旨在隱喻著福禍無門唯人自取之深意。

不老婆婆為思求得與孫履真金棒玉鉗做伴、遊戲快活一生，不惜找西行途上的老和尚盯梢、向小行者下戰帖、軟禁唐半偈，甚至企圖用特有情絲繫住小行者。其中在希望唐半偈放孫履真與她做伴時的對話裏，不老婆婆認為唐半偈的西行求真解之舉，不過是為博取一個度人度世的好善虛名，遂勸其乾脆打消念頭，直接在大剎山中造個庵兒居住，好讓孫履真與她朝夕使棒作樂。唐半偈聞言嘆息語以「糞裡蛆蟲，未嘗不融融得意，倘欲強人入而享之，人必掩鼻吐之不顧」〔註163〕，從唐半偈的回答，可看到這是作者藉「糞裡蛆蟲」之喻傳遞自己對男女情愛的看法。當不老婆婆軟硬兼施用盡，最終還是讓小行者逃脫，便惱羞或怒地往大剎山崖一頭撞死。孫履真聞聲回頭，慮及「婆婆雖死，這玉火鉗被眾女子盜去，只怕又要遺害無窮了」〔註164〕便找來山神、土地幫不老婆婆善後。

《後西遊記》中麝妖美人的以色愛惑人與不老婆婆之痴執欲愛不放，在在演示強調世人所貪求短暫的情愛歡愉，是流轉生死的根源、修清淨梵行的障礙；此一情節與佛典中的摩登伽女因愛慕佛陀的侍者阿難，為能與阿難結婚，於遭阿難拒絕後，仍不死心慫恿母親以咒術誘騙阿難，最後在佛陀的循循善誘下終於悔悟自己的愚癡行為甚為相似。作者以此情節間接說明斷愛慾對修行者的重要性，並隱喻愛欲無常，最終只會讓自己陷於痛苦束縛；唯有從明心見性中所獲得的法喜、禪悅，方為真解脫、心淨國土淨，可謂用心縝密。

（二）寺主之惠德須知

被評譽為「佛教之有寶訓，猶聖教之有四子書也……入宗門者當讀此為第一義」〔註165〕的《禪林寶訓》，向受元明清三代禪宗重視，採用「直以正面說理，去訓誡誘掖學人修道德利濟眾生」〔註166〕之至簡至要方式，對人我相

〔註162〕無名氏：《後西遊記》第 25 回，頁 200。
〔註163〕無名氏：《後西遊記》第 33 回，頁 270。
〔註164〕無名氏：《後西遊記》第 34 回，頁 278。
〔註165〕宋‧淨善重編集；徐小躍釋譯：《禪林寶訓》，頁 6。
〔註166〕宋‧善淨重編集；徐小躍釋譯：《禪林寶訓》，頁 7。

處、淨化佛教與社會風氣具有極大的實用性，被列為沙彌入門書與禪僧必讀經典之《禪林寶訓‧卷一》中多處述及住持之實、住持之要、住持三要、住持之道、住持大柄等身為一寺之主的住持須知。

在《後西遊記》文本時代中晚唐時期，佛教的戒牒是可用買的，且寺僧是免徭役賦稅；導致彼時在並非所有僧人都經過受戒儀式真正持戒情況下，衍生出許多不如法的弊端。於整部《後西遊記》中出現多達 14 位的僧人角色中，除了唐半偈、半偈庵的嬾雲和尚、猛省庵老和尚與草庵的笑和尚具有禪僧特質，與由妖所化的媚陰和尚之外，其餘多以凡人中的不肖僧人形象出現；這些不如法僧人雖外貌各殊，卻都有著舌粲蓮花般的好口才，且皆具有住持身份，反映了文本時代部份僧人「我靠佛教」行徑。

《後西遊記》中的法門禪寺生有法師選擇「循俗，苟竊聲利，自喪至德」〔註167〕行徑，然「沽名飾貌者，不容其偽；縱其潛密，亦見淵源」〔註168〕，最後，因不敢直下承擔又沒看著經文就不會解經，喪失了皇帝對其寵信，生有和尚的下場就同圓通訥禪師所言「挾外勢以為重者，一旦失其所挾，皆不能免顛溺之患」〔註169〕。

眾濟寺自利和尚一切皆以自我私利為重，不知「為一方主者，欲行所得之道而利於人，先須克己惠物下心於一切，然後視金帛如糞土，則四眾尊而歸之」〔註170〕的道理，身為住持，非但未以身作則落實勞動即禪行，且還選擇以佛法布施名義做為欺騙手段，每天「公然張其征利之道而行之」〔註171〕五更天就以化緣名目去討布施，做出敗教之事。

慣以施咒語作做炫耀個人修行功力冥報和尚，對道僅一知半解，卻「學未至於道，衒耀見聞，馳騁機解」〔註172〕又不願意接受唐半偈的正知正見，堅持自己所言所行都是對的；至死，仍無悔意。生有法師、自利和尚與冥報和尚皆有便給口才，卻未用於弘法護教上，象徵的是佛門中「以口舌辯利相勝者，猶如廁屋塗污丹膜，祗增其臭耳」〔註173〕之不肖僧，甚是可惜。

〔註167〕宋‧善淨重編集；徐小躍釋譯：《禪林寶訓》，頁45。
〔註168〕宋‧善淨重編集；徐小躍釋譯：《禪林寶訓》，頁64。
〔註169〕宋‧善淨重編集；徐小躍釋譯：《禪林寶訓》，頁31。
〔註170〕宋‧善淨重編集；徐小躍釋譯：《禪林寶訓》，頁39。
〔註171〕宋‧善淨重編集；徐小躍釋譯：《禪林寶訓》，頁23。
〔註172〕宋‧善淨重編集；徐小躍釋譯：《禪林寶訓》，頁55。
〔註173〕宋‧善淨重編集；徐小躍釋譯：《禪林寶訓》，頁55。

　　至於天花寺點石和尚被唐半偈棒喝後，因仍自覺得沒有錯，但又不敢明言，遂改以提問方式，在聽了唐半偈講述有關瞻禮焚修及講經二事之個人見解，以及與包括完善己心清淨和「為朝廷惜體，為天下惜財，為大眾惜福」的大乘思惟之「清淨」義後便懺悔改過。點石和尚代表的是知錯能改的僧人。

　　將「惠」與「德」喻為剪刀之兩刃，強調一個優秀稱職的住持應善用惠與德此兩大弘法利器之「住持大柄在惠與德」〔註174〕、待人律己的「住持之要，臨眾貴在豐盈，處己務從簡約」〔註175〕態度與「住持有三要：曰仁，曰明，曰勇」〔註176〕等優秀僧人應需條件，唐半偈可謂皆備矣。綜觀《後西遊記》作者針對僧人行為如此用心敷敘出各具寓意的正反例情節，與其說作者是「諷刺和抨擊佛教釋子」〔註177〕，莫若言其是老婆心切，或許更為貼切。

　　將《後西遊記》中之不肖僧人與瞋癡二角色，對照《中峰繫念法事三時全集》之云「意惡則常起貪瞋深生癡愛」〔註178〕，發現：「常起貪瞋深生癡愛」之字面義與不肖僧人與瞋癡二角色於情節中出現順序相符。不肖僧人代表著「貪」角色，「貪」未遂即生瞋心；麝妖美人與不老婆婆痴執欲愛不得，則惱羞成怒轉為瞋。

　　換言之，亦可謂「常起貪瞋深生癡愛」此八字，即是《後西遊記》第 7 回至第 33 回之不肖僧人與瞋癡二角色的情節布局主要依據，且情節不論是因貪變瞋或由癡轉瞋，二者皆有瞋心起，火燒功德林之寓意。

（三）宗教興衰關鍵力

　　在《後西遊記》文本時代中的唐憲宗、韓愈與唐半偈三人，作者並未製造讓三人有同框對話情節，但開啟唐半偈個別與憲宗、韓愈見面交談的因緣，皆都與佛教有關，即韓愈因諫迎佛骨被憲宗謫貶潮州一事。有關《後西遊記》這段情節的故事背景，左芝蘭〈明末清初《西遊記》續書對原著的繼承〉認為這是：

> 作品描寫中唐時期佛教的腐敗……這與原著《西遊記》一樣，都是
> 針對明中葉後統治者崇信佛道，以致僧道干預政治的弊端而言的。

〔註174〕宋・善淨重編集；徐小躍釋譯：《禪林寶訓》，頁 66。
〔註175〕宋・善淨重編集；徐小躍釋譯：《禪林寶訓》，頁 72。
〔註176〕宋・善淨重編集；徐小躍釋譯：《禪林寶訓》，頁 51。
〔註177〕陳美林：〈《後西遊記》的思想、藝術及其他〉，頁 128。
〔註178〕元・中峰明本禪師：《中峰三時繫念法事全集》，頁 40。

> 《後西遊記》所反映的正是這樣的歷史真實，那些所謂的僧道，從
> 現實走進歷史，從人間走進神話，最終成為作者鞭撻嘲弄的對象。
> 〔註179〕

上揭引文提到《後西遊記》作者之所以將唐憲宗時代作為故事背景，主要是
「鞭撻嘲弄」僧道干預政治的弊端部份，茲就情節深意部份再進一步細察研
析如下：

《後西遊記》中國君代表唐憲宗與士大夫、文人代表韓愈，此二人與禪
僧代表唐半偈結識的因緣，前者是為找西行求真解者，後者則是因諫迎佛骨
被憲宗貶潮州途中借宿而認識唐半偈的。在共計 40 章回的研究文本中，作者
以各約一章回篇幅，來書寫這史上確真存有的「諫迎佛骨」事件。筆者就文
本時代至作者時代的禪宗興衰景況及本論文第 3 章至第 5 章研究結果進行梳
理思考：

第一、從真實歷史觀之，造成禪宗得以在「尤其中唐以後，開創了天下
獨尊的局面」〔註180〕與宋元後的日漸變質衰敗的人為關鍵因素，即來自國君、
士大夫、文人與僧人這四種角色互動。不論是國君的基於政治上統治考量，
還是士大夫、文人基於個人或為仕途或因興趣因素，而與禪僧間有了思想交
流、同好吟詩論畫等各取所需動機下頻密交往事實，致使禪宗於世俗化、文
人化過程中，原本講究清淨的宗風特色，最終因狂禪、野狐禪出現而不復。

第二、本文於研究人物形象及其意義時，發現作者賦予唐半偈的人物藝
術形象實際上是傾向唐玄奘原型；又在《後西遊記》之序、回目與詩證中有
關對聖君賢臣與真僧的企盼等主題意蘊研究顯示結果，發現：從「正心修己」
到「度人濟世」之佛陀本懷，是貫穿《後西遊記》整個故事情節的幕後精神旨
要，意即作者所欲豁顯理想中最適人間的宗教社會功能，正是真正符合佛陀
本懷的人間佛教。

綜上研析，證知《後西遊記》作者應是感慨因握有影響宗教興衰的關鍵
角色——國君、士大夫與文人，未能發揮應有的正面影響力，導致度人濟世
的佛教逐漸演變成為山林的佛教、經懺的佛教，並未發揮佛教本有之宗教淨
化人心、安定社會的功能。

〔註179〕左芝蘭：〈明末清初《西遊記》續書對原著的繼承〉（成都大學學報，第 21 卷
第 12 期，2007 年 12 月），頁 105。
〔註180〕東方喬：〈禪宗：宗教的超越〉，頁 26。

因此，有別於前人認為「《後西遊》則處處有諷刺世人之詞句」〔註 181〕的評價，筆者看到的是作者對現世的憂心、懷關與建議；於作者看似是筆伐鞭撻嘲弄僧道表象下，感受到的是作者希望藉附史的故事情節曲折凸顯國君、士大夫、文人與僧人這四種影響宗教興衰之最重要關鍵力角色，以達用創作諫言之作者深意。

第三節　《後西遊記》之作者意圖

《後西遊記》中的點石和尚在被唐半偈棒喝後，內心裏其實仍還是覺得自己並沒有錯，但又不敢明言，遂改以提問請開示方式：

> 點石定了性，請問道：「老師一味清淨，則瞻禮焚修俱可廢矣！」唐半偈道：「瞻禮焚修何可廢？只有存此心為朝廷惜體，為天下惜財，為大眾惜福，便清淨矣！不然則我佛立教，非度世而禍世矣！」點石又道：「瞻禮焚修既不必廢，則講經獨可廢乎？」唐半偈道：「講經何可廢？不得其解而講則可廢。」點石無語。〔註 182〕

細研上揭引文敘述唐半偈回答點石和尚有關瞻禮焚修及講經二事之個人見解，尋析出作者隱顯之禪淨合流思想，與包括完善己心清淨與「為朝廷惜體，為天下惜財，為大眾惜福」的大乘思惟之「清淨」義。

文人常會透過詩、詞、散文及小說等文學體材以抒情言志，其中尤以流行於明清的古典小說，在古代雖被視為是屬於娛樂類的小道而未被重視，然因具有不受文字篇幅限制，可集詩、詞、散文於一身之特色，令小說作者有含納更多元題材的發揮創作空間與思想表達。隨著閱讀小說市場的需求量大增，產生所謂點評者、理論家，加上小說作者此些古代知識份子們，對於陸續問世的小說作品，大致將作者的創作動因概分為「以文為用、以文為哭、以文為戲」〔註 183〕等三種看法。本文擬就「以文為戲識禪風」與「真經真解培淨土」二面向，進行《後西遊記》作意研究。

〔註181〕沈雲龍主編：《近代中國史料叢刊》第 38 輯《在園雜志》，劉廷璣著，文海出版社，頁 147。
〔註182〕無名氏：《後西遊記》第 10 回，頁 73。
〔註183〕王先霈：《古代小說序跋漫話》，頁 73。

一、以文為戲識禪風

由於古代教育不普及，受教育者仍以權貴者居多，雖亦有識字的市民，總體文化水準普遍不高；明清時代的下層階級與農村仍充塞為數眾多的目不識丁者，對神魔小說的接觸，仍以通過在勾欄瓦肆、節慶廟會的聽書、看戲為主要管道。因此小說的通俗化、口語化相當重要。《後西遊記》即是用以文為戲方式讓讀者認識禪宗風貌。本單元就「清淨耐貧的人間禪特色」與「禪宗對莊嚴道場的看法」，探討《後西遊記》作者運用言淺意明的筆觸鋪陳出精彩情節背後的創作意。

（一）清淨耐貧的人間禪特色

以通俗小說形式較完整地表述祖師禪風是《後西遊記》的特色之一，現梳理數例說明清淨耐貧的人間禪特色如下：

1. 修心勝儀式

韓愈問半偈既是佛家弟子，何以經文不設且鐘磬寂然，半偈答以「欲鳴鐘磬，恐惹外塵；不設經文，為存古佛」〔註184〕說明禪宗有別於傳統佛教重視梵唄誦經之宗風。第 10 回寫到專以講經說法哄騙愚人的西域貪淫成性點石法師，就因孫大聖顯形封了全國寺廟的佛經，致無法講經，只得推病約他日再講。此一情節除了演示強調佛法是落實在日常行住住臥間，而非制式化地說文解字之禪宗弘法特色；同時亦含有諷喻沒看著經文即無法講經之僧人，非真解佛教經義者之意。

當唐半偈聽到侍者出來喚他們師徒進堂照驗，見到大辯才菩薩，半偈恐徒兒不知禮儀，便率先跪稟菩薩，自己的三個徒兒都是山野頑蠢之人不懂禮節，好讓徒兒也曉得跟著禮拜。大辯才菩薩聞言回以「禮節可不苛求，但不知身心可能乾淨？」〔註185〕體現的即是禪宗強調身心清淨的修養，更甚於外在經懺儀式的理念。

2. 一默一聲雷

《維摩詰經》中記載當眾菩薩就何謂不二法門之各抒己見時，維摩居士選擇眼睛一閉，默然以對，因此獲得文殊菩薩讚歎其「一默一聲雷」的典故；《後西遊記》作者將典故中之不語表現，借引入缺陷大王與唐半偈的對話情

〔註184〕無名氏：《後西遊記》第 6 回，頁 45。
〔註185〕無名氏：《後西遊記》第 35 回，頁 292。

節。自稱缺陷大王的玃妖因見到唐半偈專注端坐聚元神，致使牠無法動手侵噬，便想要應用連串佛法詰問方式，讓唐半偈因說差而招打至魂飛魄散，以便喫之。面對包括：「還是有佛？還是無佛？」、「和尚家，開口便念南無佛，既是南邊無佛，為何觀世音菩薩又住在南海？」、「佛既清虛不染，為何《華嚴經》又盛誇其八寶莊嚴，思衣得衣，思食得食？」、「吞針開好色之門，割肉取捨身之禍。佛家種種異端，有甚麼好處？」、「佛門既稱方便，……為何定要唐三藏，歷這十萬八千里道路，哪些兒方便？佛法又說慈悲，……為何生出千魔百難，叫他受苦，也不見十分慈悲」〔註186〕等偏離正信正道的詰問，唐半偈概以靜默不語應之。作者以文為戲地演示禪門之所以講「言語道斷」，旨在「道理本來就不在說，道理是要自己去體會，是當下感受的」〔註187〕之寓意。

3. 言詮惹葛藤

第14回〈金有氣填平缺陷　默無言斬斷葛藤〉中，小行者與豬一戒在葛藤村合力消滅將由狗玃變成的妖精的過程中，面對糾纏不清的龐大葛藤，小行者便與豬一戒商議改變戰略，只專找硬根砍，並以「一落言語便惹葛藤」為由，故砍時要閉著嘴，果真兩人都閉上嘴：

> 只檢大枝幹，隨彎就曲，一路尋來，直尋了半里多路，方尋著一個大盤根，足有丈把多大。上面橫條曲幹，纏結一團。小行者知道是根在此，忙用鐵棒將上面的枝葉撥倒在半邊，因看著豬一戒呶呶嘴。豬一戒會意，也不言語舉起釘鈀來，不管好歹，照著盤根，盡力往下一築，掣出釘鈀來，那根早已半邊離土，冉復加兩鈀，那根嘩喇一聲響，已被築斷，倒在半邊，根下面早露出一個大洞來。〔註188〕

從小行者向唐半偈轉述金星的話「妖精弄人缺陷者，只因這方地土薄，所以被他鑽來鑽去」〔註189〕到「硬難熬軟」、「一落言語便惹葛藤」，整段活靈活現的情節，盡是充滿禪意。其它多例有關《後西遊記》中呈現的人間禪語對話已於第五章敘述，此處即不再複述。

〔註186〕無名氏：《後西遊記》第14回，頁100。
〔註187〕【星雲大師全集39】人間佛教當代問題座談會，頁157。
〔註188〕無名氏：《後西遊記》第14回，頁101。
〔註189〕無名氏：《後西遊記》第14回，頁96。

4. 耐貧最富僧

在共計 40 章回的《後西遊記》故事中，順著西行路線先後出現了鳳翔法門禪寺、長安洪福寺、潮州淨因庵、鞏州天花寺、五行餘氣山佛化寺、哈泌國無量寺、萬緣山眾濟寺、窵窎庵、猛省庵、中分寺、蓮化村從東寺與蓮化西村草庵等共計 12 座大寺與小庵，其中以法師僧眾為故事重要角色之情節比重，不亞於一路上遇到的妖魔鬼怪。足見寺與禪師角色在《後西遊記》的重要性，其主要情節則多關涉僧眾本身對佛教義理的認知與是否解行並重問題。

作者透過故事中具正知見的僧代表唐半偈演示，傳遞其之對於僧眾應供及俗眾供養的觀感與態度。

首先在與令人欽慕攀緣的至尊天子互動上，當唐憲宗得知半偈自動請纓西行求真解，除提供通關文牒、與如來求解表文，還差內臣送來了許多衣帽鞋襪、乾糧食物、良馬與兩個精壯僧人當隨從；然而謝主隆恩後的唐半偈，最終卻僅接受馬匹與一兩件衣物，兩個隨從僧人則以已有小行者一個徒弟即可為由而退還。至於唐憲宗命令文武百官與各寺僧人隨同一起來為唐半偈餞行，唐半偈聞言後亦以「並非佛門清淨之道」〔註190〕而辭謝。

反觀法門寺生有法師的出入排場是「才退出朝門，早有文武百官圍繞禮拜。佈施的衣帛、米谷，堆山塞海。離了朝門，便是闔城百姓，香花燈燭，鼓鈸喧天，簇擁著直送至洪福寺中」〔註191〕；天花寺點石法師的出場，除了隨侍身後的一、二十個小和尚，來迎接點石者，亦浩浩蕩蕩地法鼓三擂「仙樂間著一隊隊幢幡寶蓋，與那香燈淨水簇擁而來，何止有百十隊」〔註192〕採八字陣仗聚集堂外。

第 38 回當牧童笑嘻嘻地告訴唐半偈師徒，雲渡山乃聖凡交界處，若找不著渡口，即便踏破鐵鞋終究還是失路的和尚，牧童遂開出若要其帶路則必須付銀錢做為酬謝的條件，其深意乃旨在測試當事人是否真能斷捨離。《後西遊記》故事中的和尚，不論是禪師或法師，其言行表現多有違佛門子弟理應具有之清貧思想，情節中所描述的情況，雖是以唐朝為故事背景，但置於現代，仍可遇見。

〔註190〕無名氏：《後西遊記》第 9 回，頁 67。
〔註191〕無名氏：《後西遊記》第 6 回，頁 42。
〔註192〕無名氏：《後西遊記》第 10 回，頁 71。

以簡樸為主的「清貧思想」，有著幫助吾人從過度重視物欲致始終不滿足的困擾中獲得解脫。佛光山星雲大師於《清貧思想》一書序文中，言簡意賅地道出其對「清貧思想」看法：「是一種『觀念的播種』，強調心靈與自然契合的重要，以禪的語言來說，就是『找回人的本來面目』」，並認為清貧思想是一可扭轉社會亂象的正確導向。高希均教授在為星雲大師著作《傳燈》一書序中亦寫道「觀念可以改變歷史的軌跡」。《後西遊記》作者透過同為僧人身分之正反角色不同思維與行事風格對照，表達出家人應有之清貧思想，與當代人間佛教力弘清貧思想實為一致。

（二）禪宗對莊嚴道場的看法

在《後西遊記》中出現之庵寺、道觀共計 14 座，作者對於每到一處的寺廟景觀與儀式之「相」皆有詳細描述。道場是佛教為舉行供佛施僧、講說佛法等佛事儀式的主要集會場地，雖然法會儀式會依各該場次性質而有不同的進行方式，但於佛前獻上香、花、燈、燭、果等嚴飾布列，以及行表白、願文、諷誦經贊等之所謂的莊嚴道場，是從古迄今一般佛教道場之常見之態樣。然而在《後西遊記》中被貶至潮州的韓愈，於途經淨因庵所見，卻是：

> 韓愈下了轎，舉頭一看，只見門上橫著一匾，上寫「淨因庵」三字，疏疏落落，大有古意。走進去，並無佛家莊嚴體貌，到了佛堂中，見上面供著一尊古佛。佛面前只掛著一盞琉璃，琉璃中一燈焰焰。供案上一個香爐，香爐中檀烟馥馥。其餘鐘磬經文之類全然不見。〔註193〕

以佛教禪宗思想為引導故事發展主軸的《後西遊記》作者，經由韓愈進入淨因庵裏的親眼目睹，讓讀者一窺「淨因庵」內部陳設；透過佛堂擺設，瞭解禪宗只立法堂禪堂，並不設置佛殿偶像，與傳統佛教建寺廟、立佛堂、塑佛菩薩偶像，是不一樣的。

相較於唐三藏與孫悟空假扮疥癩僧人，來到長安城見到寺廟林立，當朝為人君的唐憲宗既崇尚神仙之道又好信佛教施財能增壽，卻又不懂如何應用佛法來善世度民，遂讓不肖僧人得以「只以禍福果報聚斂施財，莊嚴外相，聳惑愚民」〔註194〕中，提到的「莊嚴外相」，可看到以佛教禪宗思想為引導

〔註193〕無名氏：《後西遊記》第 6 回，頁 44。
〔註194〕無名氏：《後西遊記》第 5 回，頁 34。

故事發展主軸的《後西遊記》作者，其在第 5 回與第 6 回相連情節中，運用對比技巧鋪陳，呈現其欲藉莊嚴道場之「相」的象徵，表達佛殿與禪宗法堂兩者之間的差別作意。

《西遊記》中的唐三藏於貞觀十三年九月，在唐太宗與眾官列隊恭送出長安關外首至法門寺，進齋天晚後的法門寺由外至內的景象是「影動星河近，月明無點塵。雁聲鳴遠漢，砧韻響西鄰。歸鳥棲枯樹，禪僧講梵音。蒲團一榻上，坐到夜將分」〔註195〕；同樣地，《後西遊記》文中首座出現的亦是法門禪寺，惟此時的法門禪寺光景竟是：

> 山門雄壯，兩行松檜列龍蛇；大殿巍峩，千尺奐輪張日月。仙壇法
> 座，儼然白玉為臺；丹陛雲堰，疑是黃金在地。鐘鼓樓高，殿角動
> 春雷之響；浮屠塔峻，天際飄仙梵之音。佛案前祈求夾雜，男女之
> 簪屨相加；講堂中議論紛紜，賢愚之耳目共接。士夫之車馬喧闐，
> 雖不清幽；僧眾之袈裟鮮麗，果然富貴。〔註196〕

名為禪寺，卻是充塞著如白玉為臺的仙壇法座、黃金鋪就的丹陛雲堰，巍峩大殿處處飄蕩著春雷響、仙梵音，並夾雜著盛裝的男女，或佛案前拜佛祈求聲、或於講堂內議論喧譁，完全沒有禪寺應有的清雅幽靜，僧人們的袈裟竟也光鮮亮麗。

莫說《後西遊記》續寫《西遊記》中的法門寺，其描述是如此截然不同禪門素雅莊嚴景象，其他諸如：鞏州天花寺「層層殿宇……金碧輝煌，分不出誰樓誰閣；疊疊楷堰……精光耀燦……鐘鼓相應……仙梵經聲；土木雕鏤，瞻不盡」〔註197〕、許多和尚在「誦經拜懺，做功德，香燈供養，十分齊整，只是法筵上諸佛菩薩卻無一個」〔註198〕的哈泌國無量寺、供著三尊大佛的大殿上「爐中也不見香，臺上也不見燭。再走到禪堂裡，兩邊雖鋪著許多禪床，卻並無一人安歇。復走至兩廊及後院，只見處處皆有倉廩，倉廩中的米麥盡皆堆滿」〔註199〕的萬緣山眾濟寺；其精嚴富麗之氣派，則與皆具有古雅幽靜氣息的淨因庵、半偈庵及猛省庵，形成強烈對比。

〔註195〕吳承恩：《西遊記》第 13 回，頁 164。
〔註196〕無名氏：《後西遊記》第 5 回，頁 35。
〔註197〕無名氏：《後西遊記》第 10 回，頁 70。
〔註198〕無名氏：《後西遊記》第 12 回，頁 82～83。
〔註199〕無名氏：《後西遊記》第 12 回，頁 85。

《後西遊記》作者除了透過刻意敷述，用金碧輝煌的寺廟此一景物來投射當時名為禪寺的奢華，點出原本不同風格之佛殿與禪宗法堂，在文本時代盛世下，道場卻都普遍崇尚華麗風格。唐半偈西行取真解主因真經未被真解，然當大顛以其所見長安的寺院多為富麗堂皇富，遂問嬾雲為何就半偈庵冷冷清清時，嬾雲答以「要寺院富盛，須得主師會講經募化」〔註200〕，兩相對照，作者從禪宗角度凸顯對旨在弘法的寺院道場「莊嚴之相」的迷思。針對蓮化村西村從東寺冥報和尚野狐禪式的詰問，唐半偈以「立教貴乎窮源，……今棲心清淨，尚不能少救奢華，若妄想莊嚴，則天下金錢盡供緇流之費，猶恐不足也，將來何所底止？大師不可逐其末至忘其本」〔註201〕的回答，則表達了作者並非反對莊嚴道場，而是聚焦本心清淨地給予相對的本末區分。

二、真經真解培淨土

〈後西遊序〉中已透露《後西遊記》核心思想之一即是淨土法門，在淨土法門中若念佛能念到「理一心不亂」境界，則西方淨土即如《六祖壇經》記載六祖惠能針對韋刺史就常見僧俗二眾念阿彌陀佛願生西方之提問，回應開示：「念念見性，常行平直，到如彈指，便睹彌陀」〔註202〕，剎那可見。因此「真經真解」以見性行直，對講究聽經聞法、誦經拜懺的淨土法門是非常重要的。

（一）洪爐點雪重真解

有感「真經真解」對修習淨土法門者之重要性，因此對於唐半偈師徒取回之「真解」，對各階層人士之對宗教信仰的認知與社會風氣，究竟有無改善？由於《後西遊記》第39回中有一段世尊告訴唐半偈的話：

> 我這真解熱似洪爐，冷如冰雪，靈明中略參一點，便可起永劫沉淪；機鋒上少識些兒，亦可開多生迷錮。誠失路金丹，回頭妙藥也！此去雖東天尊重，無福能消，但你堅意西來，其功不淺，且去完此因緣，歸來受職。〔註203〕

以及第40回敘述者描寫取回真解後的情景：

〔註200〕無名氏：《後西遊記》第7回，頁48。
〔註201〕無名氏：《後西遊記》第37回，頁310。
〔註202〕六祖惠能著；丁福保箋註：《六祖壇經》，頁142。
〔註203〕無名氏：《後西遊記》第39回，頁333。

> 穆宗與眾文武臣宰，親眼看見佛法如此靈驗，俱各盡心敬信。天子
> 又降旨，另造樓供貯真解，又選天下有道高僧精心講解，不許墮入
> 邪魔，一時佛法清淨至於不可思議。不期穆宗晏駕，敬宗即位，不
> 知留心內典，就有不肖僧人附和著烏漆禪師高揚宗教，敗壞言詮，
> 雖間有智慧高僧講明性命，卻又隱遁深山，不關世俗，所以漸流漸
> 遠，漸失其真。這是後話不題。〔註204〕

前人依據上揭二段引文研究認為《後西遊記》是「譏諷佛法，取笑經難度世」
〔註205〕、「最後求回中土的『真解』也在不肖僧人附和烏漆禪師的『高揚宗
教，敗壞言詮』而終告枉然」〔註206〕。筆者針對此二段情節，提出不同於前
人研究看法，認為作者之作意有三：

首先，佛教經典雖看似多卷，但只要能真瞭解，所謂一理通、萬理徹，
即可如洪爐點雪般極快有所領悟；故而世尊告訴半偈「我這真解熱似洪爐，
冷如冰雪，靈明中略參一點，便可起永劫沉淪」，旨在強調真經只要透過「真
解」確實是為具起升沉淪、破除迷錮之不可思議力量的「失路金丹，回頭妙
藥」。

其次，因在明末清初易代之際，文人為與政治切割或為避難而選擇出家
遯居山林並非罕事。作者遂對那些雖具有智慧「講明性命，卻又隱遁深山，
不關世俗」的高僧，流於小乘自了漢心態提出批評；並以尚未開悟如烏漆桶
未落之禪宗公案隱喻取號的烏漆禪師，同時點出禪宗流變至作者時代漸趨沒
落主因與營造出一個開放式結局。

至於第三個作者意，即在重申僧人只要具備「有道」品德並「精心講解」，
則上至王公貴冑下至黎民百姓，就不會「墮入」不肖僧人只講小乘因果迷惑
中。如此解析上揭二引文的寓意，即可完全呼應並符合作者於故事一開始時
所鋪敘當唐半偈聽到唐憲宗降旨令天下講經，便立即上書憲宗的情節，唐半
偈於文中表示：

> 我佛之教，蓋以清淨為本，度世為宗。清淨則宜無為，度世則宜愛
> 眾……近日，僧人貪愚者多，不識我佛清淨之心，惟以莊嚴外相為

〔註204〕無名氏：《後西遊記》第40回，頁339～340。
〔註205〕張穎、陳速：〈明清以來的語怪章回說部〉（科學與文化第12期，2000年），
頁50。
〔註206〕高桂惠：《追蹤躡跡：中國小說的文化闡釋》（臺北市：大安書局出版，2005
年），頁145。

尊榮；奉佛信士，又不知我佛度世之理，惟以施財梵誦為信心；登壇說法，都又不達經文微妙之旨，又惟以延年獲福為引誘。流行既久，訛以傳訛，幾令我佛為貪財好佞之魁首……講解不明妙義，終以延年獲福為詞，則三藏大乘真經又演作小乘之法矣！……倘必欲講明大法，亦須敕使訪求智慧高僧，若耳目前俗習之徒，臣僧大顛未見其可也！〔註207〕

從上揭唐半偈上書唐憲宗的引文內容，筆者分析出三個非常重要訊息：第一、唐半偈之所以強烈建議講經一定要找有智慧僧人，端因「近日，僧人貪愚者多，不識我佛清淨之心，惟以莊嚴外相為尊榮」；第二、「講解不明妙義，終以延年獲福為詞，則三藏大乘真經又演作小乘之法」；第三、作者藉由禪僧代表的唐半偈寫出此文，隱含了當時禪門中人亦認同淨土思想與修行法之禪淨合流現象。

有關作者藉由禪僧唐半偈演示認同淨土法門講經說法具有一定價值性的表現，亦可從唐半偈與點石和尚對話中看到。例如：點石提問「老師一味清淨，則瞻禮焚修俱可廢！」〔註208〕與講經是否可廢的問題時，唐半偈答以「瞻禮焚修何可廢？只有存此心為朝廷惜體，為天下惜財，為大眾惜福，便清淨矣」、「講經何可廢？不得其解而講，則可廢」〔註209〕，此一對話情節，即已間接表達了作者對禮佛拜懺與講經的看法，且強調一定要以「真清淨心」為前提的立場。

（二）聽經聞法相心生

對於講經說法的重要性與好處，作者以安排故事中人物於聽經聞法後的表現做為答案。例如：《後西遊記》中的鬥戰勝佛孫悟空，因已歷經在天庭聽經聞法受佛法薰習200多年，故不再像《西遊記》中剛被封鬥戰勝佛時仍明顯是好鬥、好勝其言行表現；因此當孫履真看到眼前成佛的祖大聖，已是「容雖毛臉，已露慈悲之相；眼尚金睛，卻含智慧之光。雷公嘴，仗佛力漸次長平；猴子腮，弄神通依稀補滿。合眼低眉，全不以力」模樣〔註210〕。這類因聽經聞法、禮佛拜懺而改變容貌的佛教故事並不少見，佛經故事中之舍衛國

〔註207〕 無名氏：《後西遊記》第7回，頁48～49。
〔註208〕 無名氏：《後西遊記》第10回，頁73。
〔註209〕 無名氏：《後西遊記》第10回，頁73。
〔註210〕 無名氏：《後西遊記》第4回，頁31。

末利夫人與波斯匿王所生下的波闍羅公主，即因容貌醜惡被父親關在皇宮深院，後因長期虔誠禮佛誦經拜懺而變得貌若天仙，即為一例。

又如：唐半偈師徒因未給牧童指路錢，只好自尋出路。豬守拙和沙彌二人因挑擔著笨重行李跑山路，豬守拙便一邊抱怨師父、師兄不體諒，一邊叫師弟沙彌乾脆把停下來歇歇，此時沙彌告訴師兄「哥哥呀，各人走的是各人的路，各人走到了是各人的前程，莫要看樣」〔註211〕；當豬守拙走沒多久看到前面柳樹下一條河，河上又恰巧有一艘大船泊在岸邊，便放下行李逕自跳上船，並連連用手招沙彌道一起上船，沙彌此時反倒請師兄上岸，說是有事要與師兄商量，其中談及「自在」一詞，沙彌回應道：

> 自在也有分別，人稱菩薩的自在是如如之義；你說的自在，乃是痴心腸，怎麼比得！我若不是隨著金身羅漢竊聽得些緒論，今日拙口鈍腮也要被你盤駁倒了。〔註212〕

作者借沙彌的「我若不是隨著金身羅漢竊聽得些緒論，今日拙口鈍腮也要被你盤駁倒了」說明聽經聞法可增長智慧的重要性，延伸義為透過正確的真經真解，方能讓人受惠並將佛法精義落實活用在日常生活中。

至於唐半偈聽到豬一戒挑明地說自己只能做個「執鞭隨鐙，挑行李，做劣工，隨師父上西天去求真解」的名色和尚後，答以「求得真解，便是上乘工夫，還要講經功課做什麼？」〔註213〕其中深意即在傳遞只要能「真解」真如自性，達到明心見性，則「講經功課」就如同是到岸棄筏，重要的還是行佛，亦即在人間行菩薩道。

從本章對《後西遊記》之寓意與作意進行研究結果，不論就小說之藝術性或宗教的社會功能價值性觀之，《後西遊記》作者選擇時下受歡迎的神魔小說故事結構與情節安排，承前人題材進行續書創作形式，讓讀者既可輕易在《後西遊記》中看到神魔小說之「說假如真，令人解頤」與明顯的美刺意味特色，並營造出大量具深度性寓意故事情節與人物形象。筆者認為《後西遊記》不但完全符合紀德君所言達到神魔小說編創中三項相輔相成的基本藝術品味，亦即寓含「發人深省的『理』，耐人尋味的『真』和令人解頤的『趣』」〔註214〕，

〔註211〕無名氏：《後西遊記》第 38 回，頁 319。
〔註212〕無名氏：《後西遊記》第 38 回，頁 320。
〔註213〕無名氏：《後西遊記》第 11 回，頁 79。
〔註214〕紀德君：〈明清神魔小說評點與編創之關係探析〉（求是學刊，2010 年 9 月第 37 卷第 5 期），頁 111。

並將之極大化發揚，爰除了並不認同魯迅視《後西遊記》是「行文造事並遜」之作的看法外，且更進一步認為《後西遊記》是一部難得的寓教於樂的教材。

本章小結

《後西遊記》作者在神魔小說敘事模式框架裏，以通俗易懂詞句、深入淺出的敘事技巧，將《六祖壇經》、《金剛經》、《維摩詰經》、《禪林寶訓》等大乘經典要義，以及對社會關懷的強烈責任感，傾注筆端、漫入故事情節。筆者針對《後西遊記》之寓意與作意研究，有與前人見解完全相同者不列為本書研究結果，茲就本章研究新發現擇要摘述如下：

1.《後西遊記》之情節寓意研究發現

在《後西遊記》情節寓意部份研究發現：作者將《六祖壇經》之行由、般若、疑問與機緣等品中之惠能語錄思想，以遊戲之筆深入淺出地編注入含括：就心性部份之「清淨心方可度世、人在境中不執境、自覺妙悟彌陀心、示導見性善知識、小乘斷念大乘轉念、喜捨心真空生妙有、四攝法行娑婆淨土」等情節寓意；常被誤解的佛教真義，諸如「化齋之意義與問題、布施之福德與功德、真解脫與因緣果報、識佛教展神通原則」；屬於中深度寓意之「煩惱葛藤閉口斬、心神無主易掉舉、示範正心以卻邪」以及對明代中晚期社會的酒色財氣敗文風之警世寓意情節，可謂包羅萬象。

2.《後西遊記》之人物寓意研究發現

在人物角色寓意上，「半偈」法號隱含取意佛教「雪山半偈」〔註215〕之為僧者當以求佛道為要之「攝心勇猛勤精進，為求半偈捨全身」典故寓意，與《六祖壇經》記載五祖弘忍潛至碓坊，看到惠能為增加重量，腰間綁著塊石頭在舂米而慨言「求道之人，為法忘軀，當如是乎？」〔註216〕精神可謂不二。

〔註215〕《大般涅槃經》中提到佛陀於曾為凡夫的某過去世時，入雪山修習菩薩行，聽到由帝釋天化現的羅剎講前半偈——「諸行無常，是生滅法；」心生歡喜而欲求後半偈；羅剎不答應，彼時身為凡夫的佛陀便誓約捨身與彼以換得聞後半偈，此即「雪山半偈」或稱「雪山八字」由來。《心地觀經·卷一》：「時佛往昔在凡夫，入於雪山求佛道。攝心勇猛勤精進，為求半偈捨全身。」

〔註216〕六祖惠能著；丁福保箋註：《六祖壇經》，頁84。

續從唐半偈為三位徒弟取法號依序為「履真、守拙、致和」觀之，核心人物扮演著佛由人成行六和角色，就小團體狹意而言，可視為寓意為師者寄意孫履真等三位徒弟要能成為奉行佛法、和合共住之僧團成員的期許，亦即「和合眾」之出家眾所須共同遵守之「六和」。另擴大解釋意義，從個人之內履真如以達自心和悅，外謙守拙共營家庭和順，從而人我彼此和敬、共創社會和諧，最後臻致世界和平，是不論出家眾或在家眾皆應追求並遵行之世間最可貴的五和普世價值，即與當代人間佛教倡行之六和敬教義不謀而合。

其他人物傳遞一寺之主的惠德須知、敦睦倫常與斷瞋痴與攸關宗教興衰關鍵力進行研析，亦有諸多新發現，尤其研究發現：禪宗典籍《禪林寶訓》與故事中的正反例僧人行為密切相關。另對照中峰明本禪師《三時繫念佛事》之「常起貪瞋深生癡愛」此八字字面義與《後西遊記》第 7 回至第 33 回之不肖僧人與瞋癡二角色的情節布局順序相符；且個故事人物不論是因貪變瞋或由癡轉瞋，最後皆具有「瞋心起，火燒功德林」寓意。

另諸如：小行者入冥府、唐半偈四次逢敵表現合眼默坐情節、師徒法號寓意、阿儺索人事、諷儒刺佛、故事結局等許多情節與人物表現寓意，本書皆提出有別於前人研究結果的新觀點。

3.《後西遊記》之作者意研究發現

作者透過神魔小說神幻特色，以文為戲透過「修心勝儀式、一默一聲雷、言詮惹葛藤、耐貧最富僧」等情節表現，讓讀者認識清淨耐貧的人間禪特色與禪宗對莊嚴道場的看法。並藉傳遞更正世人對佛陀本懷的曲解與恢復祖師禪之清淨宗風的強烈創作意圖。

又作者以各式情節表達對淨土法門之聽經聞法、禮佛拜懺修行法的肯定，以凸顯因講經法師未解佛經真諦、時人因斷章取義謬解佛典教義等因素，導致佛教未能積極發揮以義饒益眾生功能，旨在強調唯在對佛教經典教義有正信詮解認知前提下，方能真正弘法，並進而將佛法圓滿應用於日常生活中。

4.《後西遊記》不同一般神魔小說的特點

相較於明末清初之神魔小說大多僅止於對世態諷刺，《後西遊記》作者每於批評當時代亂象，諸如：貪愚僧人著相莊嚴多為個人虛榮、講經說法者卻又無法真確傳遞佛教經典的微妙義理，或僅以延年獲福做為誘信，以訛傳訛，導致佛教義理被誤解情節中，皆適時透過故事中敘述者角色，除了間接表達其個人觀點，更透過角色對話提出多為具體可行的建議。

　　有別於宣教類小說常會出現的說教式長篇大論或掉書袋現象，作者以淺白易懂的情節自然嵌入故事，讓閱者明白大乘佛教之禪、淨二宗旨要的創作意。觀其遣詞用字，與其說是諷儒刺佛，莫若言其只是如實描述當時景況，並同傳統舊式文人一樣文以載道地將胸中所懷寓之於小說。相較於古代小說動輒使用「後人評曰」之類無甚效用的陳詞濫調，《後西遊記》中之對句詩詞多為溫柔敦厚詩教與增廣賢文類的醒世話語，字裏行間確有對社會亂象之諷刺，但未見有憤世嫉俗之情，反倒不乏老婆心切之意；但凡有評曰，必意有所指、言之有物；文本之多元主題意蘊，含括對佛教的責任省思與對社會的關懷。

　　不同於把佛、道教義張冠李戴至當時民間信仰的多神祇並悉數納入神魔小說情節模式化中的作法；《後西遊記》字裏行間皆充滿佛法人間化的靈活生活禪機，讓讀者輕鬆理解並對佛教禪宗與淨土思想有正確認識，同時傳遞作者理想中的宗教社會功能。從解析出故事中之諸多深層寓意，可知作者應是一位深解大乘佛法者，且具有一定程度的文化修養與社會使命感，方能以遊戲之筆鋪陳出《後西遊記》此一具有既專業又深廣內涵的長篇小說。

第七章 《後西遊記》文本價值之衍異

　　神魔小說在中國古代小說發展史上之指標性價值，主要在於藉由幻想式的誇張鋪飾、擬人化等藝術手法，結合神仙、魔怪、神通、法術、寶器等神魔小說要素，在三界六道異境裏鋪陳光怪陸離創作形式，將唐傳奇幻設為文的虛幻奇異趣味特色進行極致性光大，並打破中國通俗小說長期以來由按鑒演史的歷史演義小說獨霸局面。

　　至於神魔小說的文本價值所在，小即其主題命意的創作思想表現，從神魔小說初興期的《三遂平妖傳》開始，歷經以《西遊記》為代表的發展期、主體意識高度自覺的因革期至從清乾隆至道光前期（1840 年）的衰蛻期〔註1〕，不論撰擇何種題材，作者多以章回小說混用詩文美刺型態，傳遞以融三教合一、弘宗教思想、入世修煉得道、神通救世等為疇的主題命意。

　　本章應用比較文學法，借引馮汝常《中國神魔小說文體研究》附錄〔神魔小說文本統計〕為比較文本依據，分就《後西遊記》與《西遊記》二者於形式、內容上之異同承變，以及《後西遊記》與其他屬宣教類神魔小說之標示性情節，進行比較分析，以尋析《後西遊記》之文本價衍異與文學價值。

第一節 《後西遊記》與《西遊記》之同異承變

　　續書與原書的關係，就好比孩子與母親，沒有「原書」這個母親，也就沒有「續書」這孩子的面世；惟正因兩者是一種來自或延續或相關存在的母子譬喻，究係是「一代不如一代」抑或「青出於藍更勝藍」？余秋雨於《觀眾

〔註 1〕胡勝：〈論衰蛻期的中國神魔小說〉，（社會科學輯刊，1999 年第 5 期／總第
　　　　124 期），頁 141。

心理學》中提出：「因為觀眾成分複雜，而藝術家中總不乏開拓者。在正常的情況下，審美心理定勢都會順著社會的變化和其諸多原因而不斷獲得調節」〔註2〕論點；因此，從原為《西遊記》讀者角色轉至續書作者身份的《後西遊記》作者，在情節、人物、思想等面向上的創作，存有其自我定見是合理的推論；續書從而演繹出異於原著之獨特文本價值，則是值得研究的課題。

　　《西遊記》從問世迄今數百年來，於披著神魔鬥法、諷刺世道外衣下，以通俗章回小說形式傳達文本思想意蘊的內裡作意，多被評點為旨在傳達三教歸一理念、闡釋心學哲思及弘揚佛道；但亦有不少《西遊記》研究者，提出不同看法與評價；作為《西遊記》續書之《後西遊記》，亦然。一部優秀的小說續書，除了要有提高小說藝術水平的功能，另就文學接受主體角度而言，亦應具有多層次、多面向的學術研究價值；爰本節採比較視域梳理探討《西遊記》續書《後西遊記》與《西遊記》於形式與內容寓意上之異同承變和創新特色。

一、同趣形式西遊謁靈山

　　就寫作形式而言，《後西遊記》與原書《西遊記》二書皆符章回小說體例，內文前皆有序〔註3〕與回目，內文含括駢散文體。於技巧策略方面，二書皆以仙佛、人、妖魔與神通法術等神魔小說元素，進行故事情節鋪陳並寓意其間。

　　從續書角度觀之，做為續書的《後西遊記》於小說寫作之形式、技巧、策略與情節結構上，多與《西遊記》相似。《西遊記》全書共計100回中，主要概分為：以介紹孫悟空為主的第1回至第7回、說明唐僧取經緣由的第8回至第12回、第13回至99回歷劫八十一難的取經過程，以及最終回修得正果大結局等四部份。《後西遊記》則概分五部份，分別為：1～4回敘述孫履真悟前因、求真師、伏鬼神及與孫悟空見面等因緣、5～8回寫玄奘法師臨壇顯聖親說求解與唐半偈承恩西行求解因緣、9～16回交代龍馬、豬守拙及沙致和加入西行求真解經過、17～35回描述西行途中面臨的種種災厄及應對，與36～38回：敘述到西土所遇諸因緣。爰於結構上，雖然《後西遊記》全文40回，未及《西遊記》共計100回的半數，但二書於整體故事架構皆可依序概分為：

〔註2〕余秋雨：《觀眾心理學》，（上海：上海教育出版社，2005），頁33。
〔註3〕明・陳元之：〈西遊記序〉，《西遊記》明萬曆間刊本，華陽洞天主人校，金陵世德堂梓行；〈後西遊序〉未署名，僅題有天花才子評點。

介紹保護唐僧西行的大護法之出生、求道背景經過，說明組成西行團隊成員的各自因緣，描述西行途中的災難魔障，團隊成員圓滿成功西行求取真經、真解，修成正果等四大部份。

至於《西遊記》與《後西遊記》二書於文本意旨上的最大相同處，本單元分就「借境修心度己度人」與「集體成就西求真解」二面向進行探討。

（一）借境修心度己度人

有關四大部洲眾生之善惡描述，《西遊記》中寫到如來對南贍部洲的評價，包括：「那南贍部洲者，貪淫樂禍，多殺多爭，正所謂口舌凶場，是非惡海。我今有三藏真經，可以勸人為善」〔註4〕、因地大物博人稠，招來多貪、多殺、多淫誑，多欺詐且不遵佛教真諦「不向善緣……其如愚昧不明，放縱無忌之輩何耶！我今有經三藏，可以超脫苦惱，解釋災愆」〔註5〕等語，藉由佛經具有改善上述眾生劣行，與可脫苦惱，釋災愆功能，因此得去那亦即東土的南贍部洲，去「尋一個善信，教他苦歷千山，遠經萬水，到我處求取真經，永傳東土，勸化眾生」〔註6〕。《西遊記》作者為唐三藏的西遊做了明確的出發求取真經理由與預期效益。

至於《後西遊記》中唐半偈的西遊緣由，作者則巧妙地安排端因原於《西遊記》中已證正果的唐三藏與孫悟空，在《後西遊記》因見到千辛萬苦取回的真經，非但未如預期發揮淨化人心、改善社會風氣，反而淪為不肖僧人愚民歛財的工具，為救世墮邪魔之悲，遂再度下凡想找個有擔當的出家眾，西行靈山為真經求取真解。《後西遊記》作者僅在第5回與第6回中，各取一小段情節敘述，就將《西遊記》中原本完美的天界結局，銜接到現實人間裏的「處處創立寺宇，家家誦念經文，皆謂捨財可以獲福，佈施得能增年」〔註7〕、一代英主唐憲宗「既好神仙，又崇佛教。崇佛教，又不識那清淨無為、善世度民之妙理」〔註8〕、有些僧人「倚著皇帝好佛，遂各各逞弄佛法，以誆騙民財」〔註9〕情景，並以此社會境況做為西行求真解的理由。

〔註4〕吳承恩：《西遊記》第8回，頁99。
〔註5〕吳承恩：《西遊記》第98回，頁1152。
〔註6〕吳承恩：《西遊記》第8回，頁100。
〔註7〕無名氏：《後西遊記》第5回，頁34。
〔註8〕無名氏：《後西遊記》第5回，頁34。
〔註9〕無名氏：《後西遊記》第6回，頁41。

　　《後西遊記》是以《六祖壇經》惠能思想做為各個小故事的情節發展依據，由於《壇經》主要記載六祖因聽到《金剛經》而開悟行誼及對大眾開示相關紀錄；而《西遊記》中提到的《心經》與《金剛經》特色，即皆在一「心」上。二書中所描寫的種種劫難歷程，以佛教觀點而言，即包括了貪、嗔、癡、生、老、病、死、愛別離、怨嗔恚、求不得、五陰熾盛等三毒八苦。由於「度眾生」之「度」字，是佛教意指「幫助」的特有名相；而所謂的「眾生」，則同時包括藏於個人心中的貪、嗔、癡、慢、疑等三毒八苦之眾生，與進而度己度人的法界眾生。故而不論是《西遊記》的求真經，或是《後西遊記》的求真解，二者西遊最終目的，才會同從覓心為端，戰勝臨境心生之「眾生」為主要歷程。

（二）集體成就西求真解

　　《西遊記》中以唐三藏為首的西行求真經團體成員，雖然都是由觀世音菩薩安排的，每個人的起始動機亦不盡相同；但既已組成出發，縱然歷劫期間豬八戒有幾次萌生退心、唐三藏與孫悟空亦曾有不歡而散情況、孫悟空與豬八戒兄弟倆更是三不五時拌嘴口角，但凡遇到危難，最終還是協力禦敵。至於《後西遊記》團隊成員的同心協力情節表現，在前幾章已做說明，就不再贅述。

　　不論是《西遊記》中的孫悟空、豬八戒與沙僧，《後西遊記》中的孫履真、豬守拙與沙致和，每人都有著明顯不同個性與自己的特色專長，遭逢困難危急時則摒棄私心，發揮集體成就的團隊精神突破困境。

　　作為續書的《後西遊記》與原書《西遊記》，有著必須西行靈山的理由、類似的魔難歷程與圓滿的功成結局；唐半偈升為清淨喜佛，孫履真升小鬥戰勝佛，豬守拙授淨壇使者分應天下，沙致和亦證果金身，龍馬升為常隨在世帝王的在天飛龍。兩組西行靈山人馬，於私，各自通過借境練心已「度己」；於公，取回真經真解「度人」而終證正果。

　　基上梳理《後西遊記》與《西遊記》二書的最大相同點，即皆是「以境喻心、借事表緣」，以西行譬喻向「心」的方向求真解；又以象徵「共修」之團隊方式西行，演示同行菩薩道的大乘思想力量是大於離群自修的小乘思想，是同為借境修心度己度人之主題性鮮明的寓言小說。

二、異詮三教與破心中賊

　　從《後西遊記》與《西遊記》兩部小說序文內容觀之，〈西遊記序〉多借引《莊子》、五行觀念與將「三藏」意解為「藏神、藏聲、藏氣之三藏」等道家道教用語，而〈後西遊序〉則多以佛教禪、淨二宗典故名相，即可知《後西遊記》與《西遊記》二書除了同為強調修心之外，於情節寓意與主題意蘊項上多有殊異，尤其是在對宗教認知與破心中賊之難易上，明顯不同。

（一）謬悠語對真誠造就

　　神魔小說故事中出現儒、釋、道三教雜糅且時合、時鬥的情節，在《西遊記》與《後西遊記》中皆有可見。《後西遊記》中主要宗教思想依據的《六祖壇經》及其連帶引出的《金剛經》、《法華經》、《維摩詰經》等，與《西遊記》第19回中，烏巢禪師向唐三藏口誦傳授最廣被人知、流行的《多心經》，皆屬宣揚空性和般若之大乘佛教經典。

　　從宗教角度觀之，《西遊記》中裏孫悟空在與豬八戒在高老莊交鋒時，提到自己「棄道從僧，保護一個東土大唐駕下御弟，叫做三藏法師，往西天拜佛求經。」〔註10〕；以及孫悟空為救誤飲子母河水的唐僧及豬八戒，在與如意真仙討落胎泉時言及自己「歸正釋門、秉誠僧教」〔註11〕等情節，與《後西遊記》第4回裏孫大聖對孫履真言道「我之前車，即汝之後轍」〔註12〕，《後西遊記》與《西遊記》二部小說的故事表層意，看似皆在明示皈依佛教，但再進一步比較則發現：《後西遊記》實含有學佛可改變一個人的習氣之更深層寓意。

　　明代中葉因政治、經濟、社會等大環境動盪變遷因素，文人意識隨之變化；諸多文學作品明顯表現出反禮教、反宗教及強調人性傾向，袁世碩認為在「一切神聖的偶像和清規戒律在這時都受到了懷疑、挑戰」〔註13〕的人文主義思潮高漲時代背景下創生的《西遊記》「顯示了與宗教離心的傾向，具有了批判宗教的意義」〔註14〕特色。

〔註10〕吳承恩：《西遊記》第19回，頁238。
〔註11〕吳承恩：《西遊記》第53回，頁638。
〔註12〕無名氏：《後西遊記》第4回，頁32。
〔註13〕袁世碩：《文學史學的明清小說研究》（濟南：齊魯書社，1999年），頁136。
〔註14〕袁世碩：《文學史學的明清小說研究》，頁151。

　　雖然《西遊記》作者借鱷婆告訴妖大王有關孫悟空「乃是五百年前大鬧天宮、混元一氣上方太乙金仙美猴王齊天大聖，如今歸依佛教，保唐僧往西天取經，改名喚做孫悟空行者。他的神通廣大，變化多端」〔註15〕的一段介紹孫悟空來歷的話，間接告訴讀者孫悟空皈依佛教，但細讀全文，一下子掉書袋地「子曰」、一下子又是「土乃五行之母，水乃五行之源。無土不生，無水不長」〔註16〕地採道教五行思維，實難否認儒釋道三教在《西遊記》中所扮演的角色，即如明‧陳元之〈西遊記序〉云「浪謔笑虐以恣肆……謬悠荒唐，無端崖涘」之增加小說趣味性與打鬥精彩的表現工具。

　　反觀《後西遊記》的三教合一情節表現，除了亦有一般神魔小說慣用的鬥法、鬥寶等仙佛魔怪的打鬥畫面，更增加了鬥智、逗趣與寓教於樂的情節呈現。相較於《西遊補》為能「湊成三教全身」〔註17〕而刻意將孫悟空的師父人數，除了原有的菩提祖師外再加上代表釋教的唐僧與代表儒教的穆王；《後西遊記》作者除了透過情節展現三教教義思維融斥現象，並將自己的議論傾注其間，以豁顯三教之於個人修身調心與淨化社會風氣功能性，令人感受到作者所流露出身為知識份子的社會責任感。

　　又《後西遊記》雖亦含有批判宗教意味，但並未像《西遊記》因「宗教性質的題材和揶揄、嘲謔佛、道兩教的具體細節的並存，便構成了自身的不和諧，形成無法消解的矛盾」〔註18〕之消極呈現，從本書第三章至第六章針對《後西遊記》之人物形象與意蘊、後西遊序之表義與深意、回目與詩證意蘊、禪淨思想合流、三教與信仰態度、文本寓意與作者意等研析結果，顯示《後西遊記》實是成功地運用時下流行的神魔小說敘事形式，用深入淺出、寓教於樂手法，讓讀者瞭解佛教禪宗與淨土思想等佛教大乘義理真諦，並且從中表達了個人觀點與具體評議。

　　在同樣兼具仙佛神通魔怪變幻故事元素中，《後西遊記》依據《六祖壇經》等大乘經典教義為本，進行情節鋪陳，除了反映禪淨二宗於文本時代、作者時代的社會發展實況之外，更以神魔小說為載具，宣揚並預示理想的人間佛教思想範式。學者陳蒲清以《後西遊記》具有「廓清愚妄僧人對佛教經

〔註15〕吳承恩：《西遊記》第49回，頁592。
〔註16〕吳承恩：《西遊記》第49回，頁588。
〔註17〕魯迅：《中國小說史略》（北京：中華書局，2010.1），頁108。
〔註18〕袁世碩：《文學史學的明清小說研究》（濟南：齊魯書社，1999.12），頁135～136。

典和教義的歪曲」〔註19〕，特質，而將《後西遊記》與《天路歷程》同列為17世紀宣傳宗教哲學風格相近的寓言小說〔註20〕，實為中肯評價。

（二）山賊易破心賊難除

在同為滅除心中賊情節上，《西遊記》第14回裏出現的分別名喚眼看喜、耳聽怒、鼻嗅愛、舌嘗思、意見慾及身本憂等攔徑六賊，此些象徵人之眼、耳、鼻、舌、身、意六根與六塵境相對而識生其中的心中賊，在孫悟空的金箍棒下，沒一會兒工夫便輕易地悉數被打死〔註21〕；孫悟空此舉，還因此惹來唐三藏斥其不夠慈悲。

《後西遊記》作者則巧妙地融合《西遊記》第14回與第48回專吃童男女的通天河怪故事架構，進行再創新。有別於《西遊記》中六賊的強盜打劫，唐半偈師徒四人所遇到的是看得明、聽得細、嗅得清、吮得出、立得住及想得到等六妖賊，主要工作是負責為住在皮囊山的行屍、立屍及眼屍等喜食生人血肉的三屍大王，以生得清秀嬌嫩的少年子弟為對象，利用「悄悄乘人家不防備，往往偷盜了獻與這三屍大王去受用」〔註22〕。對戰三屍妖王過程中，更是靠著孫履真、豬守拙與沙致和三兄弟通力合作，幾經周折方才消滅三屍妖怪；作者並於故事末了，借唐半偈之口發出「三屍易殺，六賊難除」之慨歎，其意通於德行、事功兼備的王陽明傳世名言：「破山中賊易，破心中賊難」，作者寓意人之心中六賊難滅除，來強調正是此「心中賊」攪亂遮蓋了人本自清淨的自家面目，故須透過修心又修性工夫以識自家真如面目。

三、承前因擇好緣結善果

承接小說原著故事情節再予續寫，是續書常見的手法，做為《西遊記》的續書《後西遊記》亦然。《西遊記》作者在第100回寫道唐僧四人終於取回真經，且「俱正果了本位、天龍馬亦自歸真」〔註23〕；最後，在大眾合掌皈依齊聲稱誦諸佛菩薩聖號中，做為看似「功成圓滿」的大結局。但取回的佛經，其後續對整個國家社會產生了什麼樣的影響？皆證果本位後的旃檀佛、

〔註19〕陳蒲清：《寓言文學理論・歷史與應用》，頁225。
〔註20〕陳蒲清：《寓言文學理論・歷史與應用》，頁330～331。
〔註21〕吳承恩：《西遊記》第14回，頁182。
〔註22〕無名氏：《後西遊記》第31回，頁251。
〔註23〕吳承恩：《西遊記》第100回，頁1180。

鬥戰勝佛、淨壇使者與金身羅漢，各過著什麼樣日子？還會關心世間凡人識不識得「本具清淨佛性」這事嗎？針對以上疑問，《後西遊記》作者發揮想像力，一一給了創作性續答。

（一）妙續原著人事物

《後西遊記》作者以《西遊記》中歷盡萬難西行求回真經的唐三藏，有感一番求經度世的苦功，卻因不肖僧人沒有「真解」佛教真義，導致取回之經典淪為斂財工具的造業公案，故必須再上西天求真解以作為續寫起因。此一續寫理由，筆者認為亦是《後西遊記》超越其他《西遊記》續書的亮點之一。

其他諸如：第 12 回中，豬八戒聽到兒子豬守拙說牠現在是跟著師父唐半偈、孫履真準備去靈山求佛經真解時，非常開心地說「好好好！你既歸正教，有了師父，又得師兄提挈，你須努力保師西行，求取真解，完我未了之案」〔註 24〕，作者以一句「完我未了之案」給了《後西遊記》必須為真經求回來真解方可視為「了案」的合理正當性。

又第 16 回中，孫履真問金身羅漢的弟子沙彌是如何被屍靈媚陰和尚所騙？作者於沙彌的回答裏，同時交代了在《西遊記》中確有屍靈媚陰本尊的原形，正是沙悟淨掛在脖頸上的那由九個骷髏頭串戶的項珠一事。至於媚陰欺騙沙彌的理由是告訴沙彌「當日渡唐佛師西去雖是他九個骷髏，卻賴觀世音菩薩一個葫蘆方能共濟」〔註 25〕，由於有關《西遊記》中描述保護唐僧西行取經的三位徒弟以及一匹白龍馬，都是由觀世音菩薩擇定安排的，這也是事實。因此，《後西遊記》作者用《西遊記》中曾有的情節做為依據，為屍靈媚陰撰寫的這個謊言，是具有不易令人起疑的合理性，也就難怪沙彌會信以為真而被騙。

《後西遊記》作者於妙續原著人事物部份，並無利用虛幻奇異神通拼湊連結情節，而是以任誰都可能輕易相信之極合乎邏輯的理由巧妙承續發展，令人再次感受到作者既沉著冷靜又活潑潑的思維。

（二）惡因轉念化善果

《西遊記》中的豬八戒本是天蓬元帥，因醉酒誤撞入廣寒宮調戲嫦娥，

〔註 24〕無名氏：《後西遊記》第 12 回，頁 83。
〔註 25〕無名氏：《後西遊記》第 16 回，頁 112。

應判死罪，因獲太白金星說情，而改被罰責二千鎚並貶至人間，又因投錯胎，長了個野豬樣貌，遂名喚豬剛鬣，住在雲棧洞。因觀世音菩薩勸善而受戒，指示等一個要往西行取經的僧人，隨其取經不但可將功折罪，還可因此得正果；只因久候未見人來，便入贅高老莊妻高翠蘭，當高太公的三女婿。與孫悟空一番打鬥，加入求經行列。續書《後西遊記》中的豬一戒角色，即是豬八戒與高翠蘭的婚生子。

《後西遊記》作者利用民間有謂冤家路窄、父債子償觀念，將《西遊記》之豬八戒打死牛魔王愛姜玉面娘娘的情節再作續展〈黑風吹鬼國　狹路遇冤家〉。經過數百年的歲月流轉，《西遊記》中的大力士牛魔王在《後西遊記》中的羅剎鬼國鬼國裏依舊稱王，昔年威風凜凜的鐵扇公主羅剎女，此時已化為剎女行宮中一個僅剩孤盞琉璃燈相伴的女仙龕子；原被豬八戒一釘耙打死的玉面娘娘，幸因羅剎女修成仙道，不忍牛魔王名入鬼簿，遂拔其夫在不生不死的鬼國當國王，而玉面娘娘連帶沾光得脫離沈淪在鬼國當王妃，生下太子黑孩兒。

當玉面娘娘得知豬守拙即是豬八戒的兒子，霎時恨湧心頭，便要黑孩兒與其聯手一雪當年之仇；故事即在以此一前世恩怨為因，展開了情節高潮迭起的神魔大戰。黑孩兒擒拿豬守拙後，擔心唐半偈帥徒會為豬守拙來找他報仇，為除後禍，遂請玉面娘娘幫他偷出國王的鬼符，領魔軍隊到剎女行宮對付唐半偈；唐半偈則採取「以正卻邪」態度面對魔軍的各種色誘、脅迫，孫履真與沙致和則以保護師父為重，遂不追趕被嚇跑散的眾魔，但玉面娘娘不甘就此罷手，轉向國王大力士求援。孫履真則轉至酆都問緣由，未料早就先知的幽冥教主地藏王菩薩要童子拿一張寫著「念彼觀音力，黑風自消滅」的偈子給孫履真，幾經波折終於邪不勝正，唐半偈則選擇以德報怨，放回黑孩兒，此一以德報怨之舉，令大力王是既慚愧又感恩，便偕玉面娘娘同來向唐半偈師徒道歉。

《後西遊記》作者符合小說續書之「在敘事時間的前後相續」必備條件下，托依原著《西遊記》故事中確有之人物情節，並將該故事情節旨要進行再延伸、再創發。除了為原著《西遊記》之〈豬八戒助力敗魔王孫行者三調芭蕉扇〉做了合情理的續寫，並巧妙連結時人家戶喻曉的俗稱觀音經《法華經·普門品》中之「假使黑風吹其船舫，漂墮羅剎鬼國，其中若有乃一人稱觀世音菩薩，是諸人等，皆得解脫羅剎之難」片段經文，發揮以寓教於樂之弘法目的。

四、變化神魔情節創新意

自《西遊記》為神魔小說典範後，學界對於神魔小說的定義，雖然仍存有不同的看法，但就神魔小說文體特徵而言，《西遊記》題辭中之「文不幻不文、幻不極不幻。是知天下極幻之事，乃極真之事；極幻之理，乃極真之理。是故言真不如言幻，言佛不如言魔」〔註26〕，是大家共同認定神魔小說的標誌性特色、創作最高指導原則，另外，諸如鬥法、修行、成仙成道與聯綴式的情節等等，是故事常見必備的組合元素。

《後西遊記》孫履真與《西遊記》孫悟空，有著同是吸收天地精華的出生背景，一樣是看到同類的老死而興起尋求長不老的念頭；惟《後西遊記》作者以其巧思妙筆，在於得道、鬧天宮、進地府等相似故事框架中，舞展出不同的情節寓意。本單元即就《後西遊記》於雷同《西遊記》的故事框架下，探討作者如何變立神魔情節別創新意。

（一）下凡非為歷劫數

有關《後西遊記》唐半偈師徒西行求真解此一過程的象徵義，前人研究認為「《後西遊記》中求真解過程正是明末佛學追尋佛教歷史傳統，重振佛門的一種象徵」〔註27〕，而最多數所持看法即是視之為修心歷程。筆者擇從核心人物的西行因緣角度進行研析。

《西遊記》整個故事為典型的行走任務型神魔小說故事架構，亦即先在天庭犯罪，遂被謫降人間，然後歷經了包括小至個人災難、大至匡世濟民磨難，以此積功累德，最後圓滿證果回返天界。至於《後西遊記》核心人物組隊西行原因，有別於《西遊記》核心人物皆是下凡歷劫的橋段；唐半偈是因悲世沈淪，為去邪魔而自動請纓；已悟得真如本性的孫履真，是三藏佛師選來當唐半偈的第一位護法；豬守拙與沙致和則是分別受觀世音菩薩與沙羅漢命令，等候半偈同往西方求真解。唐半偈因主動發心而獲得三位徒弟隨行，隱含自助天助的寓意。又《後西遊記》核心人物西行求真解此一整體行動表現，寓意了《華嚴經》所云「欲為諸佛龍象，先做眾生馬牛」的深層意蘊。

〔註26〕黃霖、韓同文，《中國歷代小說論著選》（南昌：江西人民出版社，2000年），頁278。

〔註27〕胡純豔：《心路歷程——論《西遊記》三部續書的傳播》（明清小說研究，2008年第2期），頁118。

（二）以智服眾冥遊行

《西遊記》中的孫悟空因酩酊大醉，魂魄於睡夢中被套索至幽冥界而入地府，氣憤之下，先是把他勾魂來的兩個勾死人打成肉醬，再拿著金箍棒一路打到見著十代冥王為止、並且逕自南面坐在森羅殿上，要十王查文簿給他一個交代，直到親自看到自己的名字確在編號 1350 號上，且註明享壽 342 歲時，便言道：

> 「我也不記壽數幾何，且只消了名字便罷。取筆過來！」那判官慌
> 忙捧筆，飽揾濃墨。悟空拿過簿子，把猴屬之類，但有名者，一概
> 勾之。摔下簿子道：「了帳！了帳！今番不伏你管了！」一路棒，打
> 出幽冥界。〔註28〕

相較於孫悟空的強行勾銷自己與同類名字，然後就率性地讓「九幽十類盡除名」作為，《後西遊記》第 3 回〈力降龍虎道伏鬼神〉中的孫履真，此時因已自悟而明心見性產生神通大力，其小石猴身份因此被群猴拱為孫小聖，故而與地府十冥王智論生死善惡時，其智慧反應就益顯具深度與活潑潑了。

其間當孫履真向十王請問「顏回壽夭，盜蹠長年，這個生死善惡却怎生判斷？」〔註29〕舉品德高尚的顏回壽夭、大盜蹠卻長齡為例，提問地府究竟是怎樣在判斷一個人的生死善惡？秦廣王以常、變二論為由作為陰司不敢執一判斷答之；招來孫履真進一步對陰司之決定世間常人壽夭的善惡訂定標準質疑，是本於善惡？臨時斟酌？抑是預先就知其善惡？秦廣王告知陰司乃皆按時奉行勾攝，而非臨時斟酌，孫履真聞之則反問十王：

> 這等說，人之生死，皆有定數，這不叫做壽夭本於善惡，轉是善惡
> 本於壽夭了。若果如此，則善人不足敬，惡人不足懲；陰司生死之
> 案，只消一個精明之吏，照簿勾銷足矣，何必十位賢王，這等費心
> 判斷，就是十位賢王，也不消苦用極刑，擅作報應之威福也。〔註30〕

孫履真頭頭是道的一番詰問，讓十王聽得是面面相覷、尷尬無言；佐以目睹了孫履真以挪前減後方式，維持住唐朝應有的 289 年國運的智慧，贏得十王一致的跨灶讚譽。

〔註28〕吳承恩：《西遊記》第 3 回，頁 50。
〔註29〕無名氏：《後西遊記》第 3 回，頁 20。
〔註30〕無名氏：《後西遊記》第 3 回，頁 20。

　　從上述有關《西遊記》與《後西遊記》於入冥府情節內容差異處的研析，可知《後西遊記》並非如楊子怡〈中國古代小說續衍承傳現象及其文化意蘊──中國古代小說續書文化景觀概覽〉中所言「《後西遊記》中小行者入冥府勘崔珏做弊私改生死簿，其情節完全仿《西遊記》」〔註31〕，且從《後西遊記》出現與〈辨惑篇內德論・空有〉論壽夭禍福因果報應議題類似的情節表現，看到作者對佛教興衰似乎特別關注，尤其在對佛法的認識與詮解能力，亦非僅皮毛之識。

（三）為守信諾鬧天宮

　　神魔小說的另一特色，即是敘事空間因「神通」元素，而可下探冥界、上飛天庭，無礙來回穿梭於天人地三界。《西遊記》孫悟空因為向菩提祖師學法而得道，能通地煞七十二變、乘觔斗雲、耍使如意金箍棒；自稱齊天大聖大鬧天宮，正因目中無人的驕傲態度，遭到如來佛祖降伏並將其壓在五行山下長達五百年，直到等來唐三藏。

　　《後西遊記》中的孫履真則是因與十殿閻君論生死善惡的結果仍無法解惑，經通臂仙提點，遂決定親上天庭一趟，並允諾眾猿猴的要求，就像當年孫悟空到天宮帶回仙酒、仙桃、仙丹等給牠們享用〔註32〕。誰知事與願違，孫履真初次上天找不到天門時，還想著可能是因為自己「出身卑，進步低，故尋不見」〔註33〕，遇到守門的增長天王與眾神的訶斥，也只慌忙退避並未正面交鋒，選擇變成一隻能負重行遠卻無繁殖能力的黃驃馬，混在正放青回來天馬群裏進天門；然因其與孫悟空一樣的毛臉雷公嘴，打掃齊天大聖府的眾力士與土地誤認他就是孫悟空，新任的弼馬溫在與孫小聖交談後有感「喜他心性直，明道理，肯聽人說話」〔註34〕才改變對孫履真的觀感；然正因孫履真是孫悟空的嫡後，王母娘娘以其先入為主觀念，認定孫履真必定和孫悟空一樣是靈頑之輩、是來鬧天宮的，故而引發一場混戰；正當天帝欲派遣天兵剿戮，太白金星舉請由已修成正果的鬥戰勝佛孫悟空出面處理。最後，孫大聖孫悟空先是以出神入化之技沒收了孫履真身上的金箍棒，再還之，同時

〔註31〕楊子怡：〈中國古代小說續衍承傳現象及其文化意蘊──中國古代小說續書文化景觀概覽〉（韓山師範學院學報，第 1 期 1997 年 3 月），頁 33。
〔註32〕無名氏：《後西遊記》第 4 回，頁 25。
〔註33〕無名氏：《後西遊記》第 4 回，頁 25。
〔註34〕無名氏：《後西遊記》第 4 回，頁 26。

在孫履真頂上套上金箍兒，以「頑力有阻，慧勇無邊；不成正果，終屬野仙」教示「我之前車，即汝之後轍。因緣到日，自有招邀」。

整個鬧天宮情節，《後西遊記》與一樣《西遊記》有著精彩的打鬥畫面敘述，惟最大不同處，即在於孫履真有著與孫悟空截然不同的態度表現。

一樣是已學會七十二變的孫履真，遇到不可理喻的守門神時，先是想著可能是因自己身份尚卑，且有感自己目前處境猶如秀才遇見兵，遂選擇變馬潛入；碰到新弼馬溫之質疑與實言告知無法提供仙桃、仙酒一事，孫履真展現體諒新弼馬溫的權責有限而不予為難態度，並演示了與人溝通之良好示範。至於面對王母娘娘背地裏向玉帝討兵來圍剿，孫履真惹氣地被動與之打鬥，栩栩如生地體現凡人個性；戰勝了天兵並守諾攜了桃、酒回來給眾猴們的孫履真，在老大聖教示下頓消妄念，悔悟並開始認真思量自己未來應如何做，方能修得正果。

作者為孫履真形塑出面對不同人選擇不同的因應態度，其創思跨越了《西遊記》中的孫悟空大多以金箍棒、神通變化解決問題的形象表現。

（四）根本消災解厄法

《西遊記》裏的唐僧師徒西行取經歷劫路上，每當遇到妖魔邪怪時，孫悟空憑藉的若非抽出耳中金箍棒，即是靠神通拔身上猴毛吹出變化；然而，往往最終真正收服妖王的，卻常是道教仙譜上的眾仙佛，諸如：太白金星、太陰金星、太上老君、凌虛仙長、觀世音菩薩或由觀音菩薩派仙界下凡救助的六丁六甲等。例如第 71 回〈行者假名降怪犼　觀音現像伏妖王〉，孫悟空一會兒變蒼蠅侵入敵營、一會兒假侍婢春嬌靠近敵人。《西遊記》中唐僧師徒之所以得解厄脫困，每每多依恃眾仙佛神威加被所致；至於《後西遊記》的唐半偈師徒，則非如此。

《後西遊記》中同樣是西行靈山的唐半偈師徒，途中每遭逢劫難，多半是靠著內心裏對佛法的堅定信仰，與彼此信任、合作無間地協力脫困。至於運用神通，亦多在以救人危難或已先盡力了仍不得解時，方始展現，例如：找山神、土地乃至上天庭時，僅是為獲取類似現代人可藉由網路快速查找資訊的功能，或借物降妖、或因該妖魔與仙界有關。《後西遊記》作者對所謂「消災解厄」的看法，是建立在「必須先自助，方可獲得人助與天助」基礎上，亦即佛家所言的自度度人。

其實《後西遊記》除了在上述情節中表現出與《西遊記》的大不同，其他於行經相同西行路上遇到相同的人與事，《後西遊記》作者亦予殊異於《西遊記》的富含寓意情節表現。

從以同異承變角度梳理出《後西遊記》與《西遊記》之上述「同趣形式西遊謁靈山、異詮三教與破心中賊、承前因擇好緣結善果、變化神魔情節創新意」等研究結果，證知《後西遊記》不但同時符合劉廷璣予續書之「後以續前者、後以證前者、後與前絕不相類者」三大定義範圍，且單就於變化神魔情節創新意上的表現來與《西遊記》相比較，《後西遊記》實未必全是「行文造事並遜」。相較於只為射利與迎合當時閱聽者流行喜好之小說編著者，《後西遊記》作者注重主題意識的創新，同時彰顯了士人之文學教育使命感。

第二節　《後西遊記》之文學價值

評定一部小說的文學價值，主要觀其形於外的豐富形象故事情節下，有否存於內的藝術價值性，諸如故事是否反映出與真實人生相關的、值得探討的現象，有否「揭示或暗示出事件和人物背後的社會關係；通過所述敘、所表現出來的人生現象，能誘導讀者去發現人生，思考人生」〔註35〕，亦即含括審美、思想、核心理念等文學價值。欲達到這樣的文學價值標準，通常是透過敘事結構技巧和予神魔小說情節創發新義來體現。

《後西遊記》是屬於因革期神魔小說作品，而此一時期之小說最大特色，亦是對神魔小說發展史具重大意義處，即在於作者於主體意識上具求新、求變的高度自覺〔註36〕。本節以馮汝常《中國神魔小說文體研究》附錄〔神魔小說文本統計〕書目為取樣範圍，選與《後西遊記》作品之形式結構相似、產生時代背景相近，且同被視為是與佛教密切相關的長篇神魔小說，分從作品之表現手法、內容題旨等視角，就「同中出彩的宣教類神魔小說」與「泛涉明代四大奇書題材特色」二面向，研析《後西遊記》之的文學價值。

〔註35〕何滿子：《古代小說藝術漫話》，頁 8。
〔註36〕胡勝：〈因革期神魔小說試論〉(保定師專學報，2000 年第 1 期／總第 39 期)，頁 63。

一、同中出彩的宣教類神魔小說

　　釋、道二教始終呈現相競相合的現象，連帶影響到明清時期盛行以白話小說反映社會的小說創作者之題材選擇；尤其自《西遊記》問世風行樹立以雜糅三教術語文字形式，鋪陳下凡歷刼、濟世度人、功成果證等宗教意味濃厚的神魔小說典範，宣教儀已成為神魔小說主要題材之一。孫悟空被勾魂至地府翻看並逕刪改生死簿情節，更為後來通俗小說模仿橋段；從此，冥遊、鬥法橋段是神魔小說中最常見的標誌性情節之一。

　　本單元以《西遊記》面世後至神魔小說因革期間，同時含有冥遊、鬥法情節元素之神魔小說，包括：《南遊記》、《南海觀音菩薩出身修行傳》、《三寶太監西洋記》、《咒棗記》、《韓湘子全傳》與《西遊補》等 6 部小說，來與《後西遊記》進行比較。

表 7-1：因革期神魔小說冥遊情節比較表

書名／卷回	編著／刊刻＊	對話角色與情境	遊冥府內容大要
《五顯靈官大帝華光天王傳》（《南遊記》）	余象斗編，明辛未刊本	對話角色：華光、東嶽大帝閻王酆都王、韓關二元帥、鐵扇公主。冥府敘述視角：非聚焦型為主。	華光歷經鬧陰司、火燒東嶽廟、下酆都，先後假變天使、太乙救苦天尊騙酆都王，因二元帥用照妖鏡被識破，最後在鐵扇公主幫忙下，三下酆都，終於瞞騙成功，救回母親。
《南海觀音菩薩出身修行傳》25回	南州西大午辰走人訂著，明刻本	對話角色：妙善、青衣童子冥府敘述視角：內聚焦型為主。	土地奉玉皇命化虎入刑場將被絞死的妙善背入山林淨處，青衣童子奉閻君旨迎公主遊十八重地獄。妙善在地獄誦經度囚犯解脫，游完地府後還魂往升上界。
《三寶太監西洋記》100回	羅懋登著，明萬曆刻本	對話角色：王明、崔玨冥府敘述視角：內聚焦型為主。	王明撞進酆都國遇前生妻劉氏，在劉氏之酆都鬼國丈夫崔玨判官帶領下歷經上天臺、火燄山……見各類鬼、十王殿、賞善行臺宮殿與十八層地獄；崔玨秉公判安案，又陸續遇到五鬼與五虎將鬧判。

《咒棗記》14回	鄭志謨編，明萬曆刊本	對話角色：薩真人、崔玉判官冥府敘述情境：內聚焦型為主。	五代時人薩真人為彌補五十年前為醫為吏時犯的錯，願施救拔，使這些枉死之鬼可不歸怨，秦廣王令崔玉判官引真人與王善遊地府。
《韓湘子全傳》30回	雉衡山人編明天啟3年（1623）刊本	韓湘子、韓愈敘述情境：非聚焦型為主。	韓湘子奉了玉帝敕旨要他去度化叔叔韓愈，遂出陽神逕往陰司地府查勘韓愈陽壽官祿情況，順利將韓愈的善惡表塗抹掉，人又回陽至人間。
《西遊補》16回	董說著，明崇禎刊本（1673，康熙12年）	孫悟空、秦檜冥府敘述情境：非聚焦型為主。	孫悟空因閻羅天子病亡，被青衣童子找來當個半日閻羅天子，遊冥府情節重點是孫行者與北宋奸臣秦檜對政治時局的一來一往對話。
《後西遊記》40回	不題撰人，本衙藏版本疑清初刻	孫履真、秦廣王冥府敘述情境：非聚焦型為主。	孫履真為想當一個能通透生死善惡道理的古今不朽正氣神仙，遂下冥府向十王請益。

＊：轉引自馮汝常《中國神魔小說文體研究》附錄：「據《小說書坊錄》（韓錫鐸等編，北京圖書館出版社，2002年版）則無本衙版，有乾隆48年金閶書業堂本、大文堂本、務本堂本、貴文堂本等。

（一）訪冥府論善惡生死

　　《五顯靈官大帝華光天王傳》又稱《南遊記》，主角華光遊冥府起因是為救身在地獄的母親，其遊冥府情節是6部小說中篇幅次長者，而人物卻是最多的，內容主要敘述華光如何透過打鬥與神通假變救母親，是典型的神魔鬥法橋段，只是鬥法地點由天界換至地府。雖然是採多組人馬對話方式開展情節，但仍為中國古典小說所常呈現的「第三人稱全知」（非聚焦）型為主。對地獄的描述，僅在對東嶽大帝、陰司閻王與酆都王渠等各職司範疇描寫。

　　《南海觀音菩薩出身修行傳》之妙善公主起因被父親賜死而遊十八重地獄，妙善因目睹地府環境、懲刑與陽間為惡之人來陰司受刑慘況，慈悲誦真經，先後救度了白雀寺僧尼與鬼囚超脫，地獄頓時化為天堂，刑具變作蓮花，冤家債主一應囚犯都得解脫。游完地府，妙善最後還魂，往升上界。妙善遊

地府是以「從人物的角度展示其所見所聞」〔註37〕之「內聚焦型」視角，由妙善與青衣童子一問一答方式鋪陳出地府環境、懲刑名稱、受刑慘況。平鋪直敘的筆法，旨在宣教性質。

《三寶太監西洋記》用了從第 87 回至第 93 回共計七回之冥遊情節，是 6 部小說中篇幅最長者，起因王明向崔珏隱瞞其為劉氏的陽世夫身份，受到劉氏陰間丈夫崔珏熱情導遊地府，亦採一問一答方式鋪陳出地獄景象，崔珏一反在《西遊記》與《後西遊記》中的循私角色，並以鬧判情節烘托崔珏的公正判案，旨在表達即便在人間受到冤屈，因果終究會給予公平對待。

《咒棗記》主角薩真人因遇葛仙翁仙師，得每日咒棗而食致身體輕盈，真人為彌補過錯至酆都，由秦廣王派崔玉判官引真人遊玩地府。情節主要還是著重在地府環境的描述，第 11 回至 13 回一樣採故事人物「內聚焦型」視角一問一答式，介紹的望鄉台、上天台、火燄山、刀槍山、奈何橋……等遊走路線與《三寶太監西洋記》中所描繪的地府相似。

《韓湘子全傳》採非聚焦型的全知視角描述地府，但著墨並不多，主因湘子至地府目的是欲刪除叔叔官祿。亦僅以倘沒了官祿就可省得善惡薄中輪迴為由，秦廣王為首的十殿閻羅天子也就趕緊叫右判官捧筆、沾墨，左判官將報應輪回簿遞與湘子，湘子也就順利將叔叔韓愈的那一張善惡表塗抹掉了，人又還陽至人間。

因為《韓湘子全傳》情節重點是落在韓愈與韓湘子在陽間的對話上，強調韓湘子是以不出家修行便會墮輪回為由企圖說服他的叔叔。因此韓湘子至冥府塗抹掉韓愈與岳父官祿，整個故事情節簡單，並無特出之處。

至於《西遊補》中的孫悟空，因閻羅天子病亡，被青衣童子找來當個半日閻羅天子，對冥府的官職等級、恐怖酷刑環境，概以非聚焦型的全知視角描述為主，從秦檜對孫行者抱怨像他這類行為表現的人，於過去、或現在並不少，為何就獨獨他要受苦？行者答以：「誰叫你做現今秦檜的師長，後邊秦檜的規模」〔註38〕之言，可知話中所影射的是明朝中晚期的奸臣。至於有關地獄的描述，作者是以透過在一旁負責行刑的小鬼們對秦檜的刺身、掌嘴、上刀山、碓成細粉、鋸解身體等恐怖酷刑展現。

〔註37〕胡亞敏：《敘事學》，頁 38。
〔註38〕董說：《西遊補》（臺北市：河洛圖書，1978 年），頁 84。

上揭六部神魔小說對冥界環境的描述，雖多寡詳簡不一，但大抵符合中國神魔小說中所言的地府環境，是以融合佛、道、儒三教等民間信仰逐漸架構而成的中國式地獄觀鋪陳之。但就故事目的性之對話情境與《後西遊記》進行比較，研究發現：

第一、以描述冥府相關環境、懲刑名稱、受刑慘況，並介紹犯什麼罪下哪一層地獄，作為主要宣揚善惡報應情節者，故事情節的推展是採取內聚焦型敘述視角；例如：《南海觀音菩薩出身修行傳》、《三寶太監西洋記》與《咒棗記》。

第二、強調為特定目的而下遊冥府故事者，則採非聚焦之全知型為主；例如：《後西遊記》中的孫履真為想當一個能通透生死善惡道理的古今不朽正氣神仙，遂下冥府向十王請益「生死善惡道理」是其主要目的；故其對冥府的敘述視角是採非聚焦型為主，《五顯靈官大帝華光天王傳》、《韓湘子全傳》與《西遊補》亦屬之。

第三、再將同採非聚焦之全知型為對冥府的敘述視角之《五顯靈官大帝華光天王傳》、《韓湘子全傳》、《西遊補》與《後西遊記》進行比較；在此四部神魔小說遊冥府情節中，對冥府環境描述最少的是《後西遊記》，相較於救母親、救叔叔、判案等這類「小愛」型遊冥府目的，孫履真與十王間以具禪宗詰問式之問答方式，營造出生死善惡之大哉問。

綜合上揭研究結果，不論就藝術形式或是文本意義價值評之，《後西遊記》的遊冥府情節於宣教類神魔小說中，堪謂同中出彩的亮點之一。

（二）正信宣教與開放式結局

程國賦於〈論明清小說書名所體現的文學觀念〉提到「小說書名是我們考察明清小說創作觀念的獨特視角」〔註39〕對照現存明清小說書目，亦發現明清小說作者大多「善於通過命名的形式加強宗教宣傳，體現濃郁的宗教色彩」、「通過書名宣揚因果報應、勸人積善行德」〔註40〕，俾讓大家單從書名即可略知作者欲傳達之創作旨寓。

〔註39〕程國賦：〈論明清小說書名所體現的文學觀念〉（文藝理論研究，2017年第3期），頁66。
〔註40〕程國賦：〈論明清小說寓意法命名的內涵與特點〉（文學評論2016年第1期），頁203～204。

　　出自明末作家方汝浩編著的《禪真逸史》、《禪真後史》和《東度記》三書，以「禪真」為書名的《禪真逸史》與《禪真後史》，若僅就「禪真」一詞觀之，筆者認為與取義禪宗重在由躬行體悟真如本性有關，然若當將此義作為具三教合一特色的神魔小說書名，又可將「禪真」二字廣義解釋為泛指修真煉性。雖然實際內文是在描述四位原為天人，但因各有犯錯而下凡歷劫濟世，最後全得道為一禪三真故事，但仍被書評為是一部「以佛教高人為主角的著作」〔註41〕，至於《東度記》主要描述禪宗初祖達摩東渡來中土傳燈的故事。單就《禪真逸史》、《禪真後史》和《東度記》書名觀之，三書之故事內容應與佛教講心修煉有關，佐以情節內容具神通、奇幻、諷刺、寓意等神魔小說元素，目前學界以此三書作為研究文本者，亦將其歸類為是以弘揚佛教為主的神魔小說。同時被視為是《西遊記》續書之《續西遊記》，今所見的最早刊本是清嘉慶10年金鑒堂藏板，亦歸類為宣教類的神魔小說。

表 7-2：因革期宣教類長篇神魔小說比較表

書名＼項目	《禪真逸史》40 回	《禪真後史》60 回	《東度記》100 回	《續西遊記》100 回	《後西遊記》40 回
文本時空	文本時間：梁武帝大同 8 年至唐高祖武德年間 文本空間：天→人→天。	文本時間：唐太宗即位至武后掌權時期 文本空間：天→人→天。	文本時間：梁武帝大同八年至唐高祖武德年間 文本空間：天→人→天。	文本時間：唐太宗貞觀13年至唐太宗貞觀29年 文本空間：天→人→天。	文本時間：唐憲宗元和14年至唐穆宗長慶4年 文本空間：天→人→天。
題材選擇		以《禪真逸史》為原著續作	參考禪宗文獻達摩東來傳教事跡為主題	以《西遊記》為原著續作	以《西遊記》為原著續作
形式架構	線型順序與多個小故事聯綴式敘事結構	線型順序與多個小故事聯綴式敘事結構	線型順序與多個小故事聯綴式敘事結構	線型順序與多個小故事聯綴式敘事結構	線型順序與多個小故事聯綴式敘事結構

〔註41〕方汝浩編次；黃珅校注《禪真逸史》（臺北市：三民書局，2017 年），引言頁 15。

故事大要	林太空原為天人因犯戒被謫凡間為將軍，因與丞相之子結仇恐被報復遂削髮為僧，	林太空以新身份下凡歷劫，點化瞿琰等四人，故事終局是：重積陰功者，或白日飛	以達摩東來傳教內容為主。	孫悟空等人最終因領悟到須滅除機心方能明心見性，遂堅信真經，最後平安返回長	唐半偈、孫履真豬守拙、沙彌西行靈山，為真經求真解，歷經萬難，經同心協力最
	改名澹然，逃奔梁國並收三徒，開啟一連串的濟世除妖故事。	升、或無疾善終、或壽逾百歲預知時至而逝，淫穢偽詐者難脫輪迴報應。		安後比丘僧奉旨宣唐三藏師徒到靈山受封成佛。	後全都功成證果。

現就以皆具有「下凡歷劫、悟道成仙、成仙考驗、濟世降妖」此四大宗教母題特色情節模式之《禪真逸史》、《禪真後史》、《東度記》、《續西遊記》四部長篇小說來與《後西遊記》，就敘事結構、濟世降妖、主角人物形象與故事結局，進行比較分析。

1. 故事題旨寓意與敘事結構之比較

《禪真逸史》與《禪真後史》〔註42〕二書所要表現的主題思想，皆是在反映明代中、後期的社會實相，以及影射奸党嚴篙，惡宦劉瑾等人；故事內容一樣有神魔小說的跨界時空、三教合一、下凡歷劫等元素，亦有用演義手法敷衍寫官逼民反、農民起義的情節。其中《禪真逸史》敘事結構是以林澹然為首，帶著杜伏威、薛舉、張善相三個徒弟，在單一空間的人間行俠仗義的入世修煉故事，屬於以多個神奇事件聯綴之線型敘事結構；故事寓意修仙成佛是一種漸悟過程，以多個因果報應小故事發揮善惡終有報的警世功能。至於《禪真後史》敘事結構與《禪真逸史》一樣是在人間進行修煉，由一個個因果報應的小故事聯綴敘事；從其情節內容所表現主題命意，其實與《禪真逸史》大致一樣，但小說第49回至55五回有關閨房親暱之敘述，卻又有《金瓶梅》之言情細描。於涉及三教教義部份，主要強調善惡有報觀點並以側重描述警示世人的惡有惡報情節居多。

《東度記》全名《掃魅敦倫東度記》，故事情節多有對《景德傳燈錄》等禪宗文獻資料的直接引用與抄錄，並間雜人倫忠孝節義情節，顯見作者擬

〔註42〕《禪真逸史》和《禪真後史》是「江浙文學團體」重要成員方汝浩的長篇神魔小說代表作，且作者以同一角色林太空串連起二書之故事情節發展，故亦可將《禪真後史》視為續作之書。

藉由小說敘寫民間對宗教的信仰表現，來改善社會風氣的創作意圖。全文數十篇故事皆以達摩東度線性結構連綴成的敘事結構，前 18 回敘不如密多尊者普度眾生，19 回後敘達摩與徒弟們於闡法弘教過程中如何掃魅與成就敦倫。

共計 100 回的《續西遊記》是《西遊記》續書中章回數最多的一部小說。故事主要描述《西遊記》唐僧師徒至西天取回真經返國途中，因唐僧師徒存有機心，故而沿途招引來許多妖魔爭相奪取經卷等磨難，幸得有如來派大比丘到彼僧與優婆塞靈虛子暗中保護，才得以逐一化險為夷。

就故事題旨寓意表現而言，《禪真逸史》、《禪真後史》雖名為禪真，但整部小說的故事情節大多是對時下社會現象之諷刺與鞭撻，以包括：佛門不淨僧尼犯淫戒、朝政敗壞官場黑暗、豪權狡詐貪婪之貌等等；《東度記》於百回中之內容又包括：對神仙的崇拜與嚮往、人鬼間的交往、藉由敬拜鬼神以達懲惡揚善期望、對社會陋習的譴責和對官場衙役問題的諷刺、對娼妓與小說作者的批判、對明代的娛樂形式、女色與風土人情等描述，馮汝常認為《東度記》是屬於文學為宣教，變成了宗教勸世書〔註 43〕；然筆者從故事內容之主題性比重分析發現：《東度記》於濃厚世情小說的表現，實更甚於宣教。至於《續西遊記》，魯迅《中國小說史略》中轉引明代董說在《西遊補》中所附雜記說：「《續西遊記》摹擬逼真，失於拘滯，添出比丘靈虛，尤為蛇足」〔註 44〕。但用如此長篇大幅來強調機心生怪、心動魔生的心議題，就佛教觀點而言，則屬於小乘思維。

於長篇神魔小說形式結構部份，出自同一作者的《禪真逸史》、《禪真後史》、《東度記》和《續西遊記》、《後西遊記》等五部神魔小說皆是屬於入世修煉線型順序結構；但在情節組織之因果連接上，40 回的《禪真逸史》、60 回的《禪真後史》傾向以鎖鏈式因果連接為主，100 回的《東度記》與 100 回的《續西遊記》則以綴緞式因果連接為主。40 回的《續西遊記》則是以 24：16 之未太大懸殊的比例傾向鎖鏈式因果連接，但磨難歷程仍以綴緞式因果連接為主。

〔註 43〕馮汝常：〈乾坤世教專在五倫〉（福建：龍岩學院學報，第 28 卷第 4 期，2010 年 8 月），頁 12～13。

〔註 44〕魯迅：《中國小說史略》，頁 103。

上述五部神魔小說，或從書名或從序文，可知原本主題命意是在從佛教角度論述人心修煉過程。王先霈於《古代小說序跋漫話》中就宣教類小說作者之創作目的，提出個人見解，認為：

> 小說寫到佛教，有相當一部分主要目的不是為了宣揚它，主要不是以文學為佛教服務，相反，是為了增加小說的奇幻，是讓佛教為文學服務。所謂「戲不夠，神來湊」，編造故事轉換情節遇到困難，只要假借如來佛或者觀世音的神通，便都柳暗花明，輕而易舉地解決了。〔註45〕

王先霈言簡意賅地指出宣教類小說「量多卻質貧」的問題，換言之，通常以宗教性思想指導小說創作的作品，不是易流於說理教示，令人感到枯燥乏味而失去文學應有藝術美感與趣味；就是因過於膚淺雜亂，無法發揮弘法效果。

　　《後西遊記》與上述四部被視為宣教類的神魔小說，於相同的線型順序與多個小故事聯綴式敘事結構下，在冠上含後設之意的「後」（post~）字書名下，綜合本書第 2 至 7 章之各章研究結果，《後西遊記》作者以其獨具之反思、批判的視域，選擇時下流行的神魔小說敘事結構形式，以僧俗二眾皆知的佛教淺白易讀經典《六祖壇經》與僧人必讀之《禪林寶訓》、〈中峰繫念三時集會〉為內容構思依據，具體達到「通過所述敘、所表現出來的人生現象，能誘導讀者去發現人生，思考人生」〔註46〕指標，亦即含括審美、思想、核心理念等文學價值。

2. 主角人物形象與濟世降妖手段比較

　　《禪真逸史》主要人物雖包括林澹然、杜伏威、薛舉、張善相等四人，但仍以林澹然為主角，作者對林澹然尚是林時茂時之首次亮相，以「這將軍身長八尺五寸，碧眼虯鬚，狀貌魁偉，膂力絕倫。猿臂善射，箭不空發。使一枝方天畫戟，無一個對手。能騎劣馬，上陣如飛。立性鯁直，臨事不苟」〔註47〕模式化描寫，來表達主角之勇猛威武、正直不苟形象。

　　《禪真後史》中以被已修成正果的林太空帶走的瞿琰為主角，作者對其形象則簡略至以「赤鱗攢聚隱奇蹤，水繞山圍秀氣鐘。福地自然歸福主，瑞

〔註45〕王先霈：《古代小說序跋漫話》，頁 40。
〔註46〕何滿子：《古代小說藝術漫話》，頁 8。
〔註47〕方汝浩編次；黃坤校注《禪真逸史》（臺北市：三民書局，2017 年），頁 3。

徵五彩降神童」〔註48〕辭藻美卻無靈動之制式描述。《東度記》中對主角達摩的人物形象，亦僅以「穎悟非常，仁賢出眾，一心只為出家為僧」粗筆勾勒〔註49〕。

　　至於《續西遊記》，作者可能是認為既然是由唐三藏原班人馬敷演，故僅將重心放在故事情節推展上，並未對主要人物多做著墨。《後西遊記》作者一樣是以敘述者全知視角，對尚是唐大顛的唐半偈之首次出場描述：

> 形如槁木，而槁木含活潑潑之容；心似寒灰，而寒灰現暖融融之氣。
> 穿一領破衲衣，曄曄珠光。戴一頂舊僧帽，團團月朗。不聞念佛，
> 而佛聲洋洋在耳；未見參禪，而禪機勃勃當身。僧臘已多，而真性
> 存存不老；世緣雖在，而凡情寂寂不生。智滅慧生，觀內蘊，方知
> 萬善法師；頸光頂禿，看外像，但見一個和尚。〔註50〕

作者對唐半偈進行「形、氣、神」的形容，完全發揮中國本土寫人理論特質，將重視氣質與情調的「性」和強調人物「性情」的「格」二者融合呈現。

　　於降妖手段上的使用，《禪真逸史》林澹然以其降龍伏虎神通，在歷經連串的降妖誅邪劫難、得天書並教授杜伏威、薛舉、張善相三人天書。《禪真後史》瞿琰在林太空傳授其武藝法術後，一樣學得飛騰等神通，會畫符捉妖，施法驅怪。《東度記》中具未卜先知神通的達摩祖師，可驅譴神將，誦經伏魔，道士三施降魔法。《續西遊記》因如來認為孫悟空仗恃著金箍棒「褻瀆了多少聖真，毀傷了無限生靈」〔註51〕而將金箍棒、釘耙全繳庫靈山，換成了三條禪杖，一路的妖魔全是機心所招，全得靠自滅。《後西遊記》中的金箍棒、釘耙與禪杖，則全是為掃除西行求真解之障礙而用；且於使用目的和時機上，與《禪真逸史》、《禪真後史》和《東度記》全是為濟世而行的降妖誅邪，明顯不同。

3. 故事結局之比較

　　故事最終局部份，《禪真逸史》最終回〈禪師坐化證菩提　三主雲遊成大道〉一釋三真，悟道成仙。因鋤強扶弱有濟世之功，一禪三真全通過成仙考

〔註48〕清溪道人著；余芳等校點：《禪真後史》（濟南：齊魯書社出版，1988 年），頁
　　　111。
〔註49〕方汝浩：《東度記》，侯忠義主編《明代小說輯刊》第一輯（巴蜀書社，1993
　　　年），頁 167。
〔註50〕無名氏：《後西遊記》第 67 回，頁 44。
〔註51〕明・無名氏：《續西遊記》（長沙：岳麓書社，2016 年），頁 15。

驗，至於淫穢偽詐之徒則受輪迴報應。《禪真後史》中得法術神通的瞿琰，亦因行俠仗義、匡扶正義、平叛除奸，濟世降妖，飛升成仙，最後結局是奸邪盡除，歸順朝廷。

　　特意取名與《西遊記》之「西遊」相對的《東度記》故事結局，定格在達摩傳燈中土留衣鉢與慧可，最終回第 100 回〈東度僧善功圓滿　西域嶺佛祖還空〉的情節內容，諸如：

> 夫入道者多，要而言之，不出二種：一理入，二行入。理入者，謂藉教悟宗，深信捨生。同一真性，但為客塵凡妄想所覆，不能顯了。若捨妄歸真，凝住壁觀，無自無他。凡聖一等，堅住不移，此則與理冥符，無有分別。寂然無為，名之理入。行入者有四：一報冤行，二隨緣行，三無所求行，四稱法行。〔註52〕

> 師見四弟子侍側，乃問道：「汝等盡各言所得。」道副乃道：「如我所見，不執文字，不離文字，而為道用。」師曰：「汝得吾肉。」尼總持道：「我今所見，如慶喜見阿佛國，一見更不再見。」師曰：「汝得吾皮。」道育道：「四大本空，五陰非有。而我見處，無一法可得。」師曰：「汝得吾骨。」乃惠可即禮三拜，復依位而立。師曰：「汝得吾髓。」〔註53〕

上揭兩則引文多摘錄自《續高僧傳》，尤其以第二則更是直接照抄「慧可得髓」典故：

> 達磨祖師曰：「時將至矣，汝等盡各言所得乎？」時有道副對曰：「如我所見，不執文字，不離文字，而為道用。」祖曰：「汝得吾皮。」尼總持曰：今所解，如慶喜見阿閦佛國，一見更不再見。」祖曰：「汝得吾肉。」道育曰：「四大本空，五陰非有，而我見處，無一法可得。」祖曰：「汝得吾骨。」最後慧可禮拜，依位而立。祖曰：「汝得吾髓。」

整部《東度記》可謂是依傍史載傳說而書，尤其在結局描述達摩傳留衣鉢燈中土慧可部份，委實談不上作者創意。

　　至於《續西遊記》取回真經後返國過程中，因唐僧師徒存有機心，故而

〔註52〕侯忠義主編：《明代小說輯刊第一輯之六‧東度記》，巴蜀書社，頁810。
〔註53〕侯忠義主編：《明代小說輯刊第一輯之六‧東度記》，頁811。

沿途招引來許多妖魔爭相奪取經卷等磨難，幸得有如來派大比丘到彼僧與優婆塞靈虛子暗中保護，孫悟空等人最終因領悟到須滅除機心方能明心見性，遂堅信真經，亦從此起沿途平安順遂，最後返回到東土長安後，比丘僧奉金旨宣唐三藏師徒們到靈山受封成佛。

若說「在《續西遊記》中情節重複的部份為其結構形式上的特點」〔註54〕，那麼情節不重複，即可謂是《後西遊記》優於前偶作品的特點。

相較於《禪真逸史》、《禪真後史》和《東度記》所呈現的「下凡歷劫→濟世降妖→成仙考驗→悟道成仙」之常見神魔小說敘事結構模式與「善有善報、惡有惡報」結局，以及《續西遊記》亦是封閉式結局安排，筆者接續於本書前文提出之相關延伸思考，詮析截然不同於上揭小說結局的《後西遊記》之最終回的結局安排。

《後西遊記》作者於第40回〈開經重講得解證盟〉中，除了交代終於取回真解的唐半偈師徒四人皆功成證果，針對真解被取回東土後的情況則寫道：

> 穆宗與眾文武臣宰親眼看見佛法如此靈驗，俱各盡心敬信。天子又降旨，另造樓供貯真解，又選天下有道高僧精心講解，不許墮入邪魔，一時佛法清淨至於不可思議。不期穆宗晏駕，敬宗即位，不知留心內典，就有不肖僧人附和著烏漆禪師高揚宗教，敗壞言詮，雖間有智慧高僧講明性命，卻又隱遁深山，不關世俗，所以漸流漸遠，漸失其真。這是後話不題。〔註55〕

引文中提到取回真解後的佛教，因後繼的皇帝不知留心內典、有智慧高僧又隱遁深山，導致不肖僧人附和未明心見性的禪師敗壞言詮，真解遂逐漸失真。有關這段結局，前人研究尚多仍停留在「求真解無效」之表層寓意，例如：林海曦提出「求『真解』而不保『真解』的內在矛盾，從根本上，也折射出作者對自我編撰出的價值體系的深深懷疑」〔註56〕、高桂惠認為「最後求回中土的『真解』，也在不肖僧人附和烏漆禪師的『高揚宗教，敗壞言詮』而終告枉然」〔註57〕等。

〔註54〕林景隆：《西遊記續書審美敘事藝術研究》（中山大學中文研究所碩士論文，1999年），頁13。

〔註55〕無名氏：《後西遊記》第40回，頁339～340。

〔註56〕林海曦：〈從邏輯視角探析《後西遊記》價值缺陷〉，頁26。

〔註57〕高桂惠：《追蹤躡跡：中國小說的文化闡釋》，頁145。

　　然從整段文字描述至最後一句，那看似非故事重點而勿需予陳述的章回小說常見用語「這是後話不題」，筆者立於寓教視角探求作者的筆意文心，進一步思維是作者針對西遊「先求真經，續求真解」此一續作故事，爾後要「求」什麼？應「求」什麼？乃至於真經漸失真解後之發展究係為何？而留予不同時代、不同讀者對故事結局的多重潛在可能性的思考。

　　文中一句「不肖僧人附和著烏漆禪師高揚宗教」，「烏漆」一詞令人聯想到禪宗「文悅盆傾」〔註58〕公案，當漆桶之桶底未脫落，桶中仍是一片烏黑，以此隱喻尚未明心見性之意，烏漆禪師既是隱喻尚未開悟的禪師，則同時含有影射禪宗漸微的歷史背景，是肇因新君不知留心內典，致令未明心見性的不肖僧人敗壞言詮。另又以「雖間有智慧高僧講明性命，卻又隱遁深山，不關世俗」批評具講明性命智慧程度的僧人，卻抱持小乘自了漢思維，凸顯大乘佛教走入人間行菩薩道的重要性。

　　上揭五部宣教類長篇神魔小說中，《禪真逸史》、《禪真後史》、《東度記》和《續西遊記》之最終回的結局，皆未寫有「這是後話不題」；反觀《後西遊記》寫至最終仍文有深度寓意，其「漸流漸遠，漸失其真。這是後話不題」所製造出的懸念，更為神魔小說的制式結局，創發出提供讀者可多元自由思考的開放式結局。經由與其他宣教類神魔小說進行指標性比較，《後西遊記》實已發揮小說「全方位展示『眼前』、『心上』和『意外』的功能」〔註59〕。

　　至於《後西遊記》作者運用故事中真有的歷史人物唐憲宗與唐穆宗，技巧性地將這對父子安插在《後西遊記》的故事開始與故事結局。應併同對照歷史事實，史載元和十四年底，唐憲宗因服用方士柳泌的丹藥，身體惡化暴崩；唐穆宗亦好服金石之藥，長慶四年打馬球時突然中風，未久即以29歲青壯年華駕崩，成了唐自開朝以來僅共執政四年的在位最短皇帝。

　　唐憲宗與穆宗父子倆，一為明君、一為昏君，但皆因為求長生服用丹藥致死。因此，《後西遊記》以唐憲宗與唐穆宗貫穿故事首末情節，除了暗諷歷來帝王多有借服丹藥企圖長生之癖好與妄想，無異緣木求魚、深水求凰，終究逃不過無常輪迴，同時具有正向面對「無常」延伸寓意。

〔註58〕「文悅盆傾」是指北宋臨濟宗僧人南嶽雲峰文悅禪師的開悟故事，文悅禪師先後向守芝禪師、可真禪師求法皆未開悟，直至某次自己上淨房時，見到掛在木架上裝水木桶的桶箍突然斷了，木桶掉落到地上，桶散，桶箍也散，當下豁然開悟典故。

〔註59〕李桂奎：《中國小說寫人研究》（北京：生活・讀書・新知三聯書店），頁71。

二、泛涉明代四大奇書題旨特色

明清通俗小說得位處文人品評之列，此與作者重視創作意圖與主題寓意表現實有很大關係；不論書寫形式是演義、神魔、世情，乃至情色書寫，史鑒與教化多為明清小說家創作意圖與寓意功能所在。

昌盛於明代中後期的神魔小說題材類型，呈現由宗教故事、講史故事及民間故事等綜合演化而來的多種表現形態，其「與其他小說流派之間的交叉、滲透、相互影響，幾乎貫穿了通俗小說發展的全程」〔註60〕現象，令神魔小說內容雜糅歷史演義、世情、俠義、公案等類型的故事情節，及從故事情節中映射出作者在成書時代之現實俗世生活中之所見聞思。以下就《後西遊記》含括明代四大奇書之主要特色，進行梳理概述。

（一）具三國禮賢善任明君風

本單元採引專研古典小說、文學理論學者許麗芳對歷史演義「是作者在某種價值理性之導引下，對歷史所做的情節設置和話語建構」〔註61〕定義，就《三國演義》及其續書與《後西遊記》於聖君賢臣情節表現上進行概述。

1.《三國演義》及其續書概述

全名為《三國志通俗演義》的《三國演義》，又稱《三國志傳》、《三國全傳》、《三國英雄志傳》，有關作者身分，普遍認為是元末明初的羅貫中；全文120回，是中國第一部長篇歷史章回小說，亦是四大名著中唯一根據歷史事實（《三國志》）改編之小說；以描寫東漢末年到西晉初年近百年間有關三國時代的政治鬥爭為主，旁及反映了當時代人民對對所謂皇室正統看法等社會現象。

有關《三國演義》續書，全稱《新刻續編三國志後傳》的《續三國演義》，又名《三國志後傳》、《續三國志》，是《三國演義》續書中篇幅最長亦最有名的續書作品，作者將《三國志平話》中之劉備後人劉淵滅晉一事內容小題大作，以十六國時期的歷史人物劉淵、石勒分別為劉備、趙雲的後代，加上三國蜀漢五虎大將與諸葛亮等人的後代，杜撰出長達140回但多為虛構情節的《續三國演義》。

〔註60〕胡勝：〈神魔小說價值論〉，（遼寧瀋陽：周口師範高等專科學校學報，2000.1 第17卷第1期），頁32。

〔註61〕許麗芳：《章回小說的歷史書寫與想像：以三國演義與水滸傳的敘事為例》（臺北市：秀威資訊科技，2007年），頁28。

又名《後三國演義》的《後三國石珠演義》，全文 30 回，但內容實與《三國演義》並無直接關係，作者清代梅溪遇安氏是以《續三國演義》主要角色之一的劉淵為原形的劉弘祖，作為情節虛構的衍生點，描述織女星下凡的石珠，因眼見晉室「司馬氏政事乖離，人心不屬，宮間混淆、生民塗炭」〔註62〕，遂從眾建國號趙，自稱趙王並封劉弘祖為征討大元帥，最後終於消滅晉朝，選擇讓位給劉弘祖，自己則返回仙界。

另二部《三國演義》續書皆成書於當代，一是成書於民國初年，由先後擔任過報社主筆與軍閥幕僚的周大荒所著 60 回《反三國志演義》；以類似翻案小說的寫法，小說從徐庶進曹營情節開始改寫《三國演義》劇情。二為袁銀波 69 回《後三國演義》，此書除了小說中所敘述的重大事件皆確為正史明載，其有別於《三國演義》之偏重寫蜀而改擇以東吳為撰寫重點，並對《三國演義》中未提及孫權派衛溫、諸葛直率上萬士兵出海尋俘亶洲與今日台灣的夷洲住民以充實東吳人口數一事詳加敷述，可謂是此部《後三國演義》作品二大特色。

2. 明君禮賢敬才與善任

《三國演義》作者在《三國志》既定歷史框架下，以尊蜀漢為正統宗室前提，形塑出劉備、曹操及孫權三位各具領導風格的鮮明人物藝術形象，而從劉備三顧茅廬禮賢諸葛亮，曹操則除了禮遇關羽，面對已被俘虜仍當眾大罵曹操的張遼，曹操選擇「親釋其縛，解衣衣之，延之上坐。遼感其意，遂降」〔註63〕又以「憐其才，乃赦之，命為從事」對待曾幫袁紹代擬討曹檄文的陳琳。不論是德君或梟雄，同有禮賢愛才之心。有關三國的野史傳說「有意識地虛構了三國人物形象，進一步地強化了三國歷史敘述的道德模式」〔註64〕，就聖君賢臣情節表現，《三國演義》成功形塑了禮賢敬才與善任的明君形象，至於上揭四部續書則表現平平。

反觀《後西遊記》第 6 回「匡君失賢臣遭貶明佛教高僧出山」中有關韓愈因上表請燬佛骨被貶至潮州，途中借宿淨因庵而認識大顛和尚發生的對話

〔註62〕清‧梅溪遇安氏：《後三國石珠演義》，第 11 回，收入國立政治大學古典小說研究中心主編：《明清善本小說叢刊》第 13 輯三國演義專輯《後三國石珠演義》（中），（臺北市：天一出版社，1985 年），頁 1。
〔註63〕明‧羅貫中：《三國演義》第 20 回，（青島：青島出版社，2015 年），頁 131。
〔註64〕劉雲春：《明清小說與歷史敘事》（成都：西南交通大學出版社，2017.8），頁 28。

情節。就文本背景時間言，韓愈這位被蘇軾譽為「文起八代之衰，道濟天下之溺，忠犯人主之怒，勇奪三軍之帥」的重要歷史人物，確實因諫唐憲宗迎佛骨一案被貶至潮州。煮雲述著《佛門異記》中亦記載確有韓愈遊登靈山，遇見唐代的大顛寶通禪師，一僧一俗之論辯的其人其事。

　　故事中大顛和尚因其磊落清淨行止，改變了韓愈原對僧人「不是趨承貴勢，便是指佛騙人」〔註65〕的不好印象。兩人就當前佛教所衍生之社會亂象提出意見交流，最後，大顛和尚在韓愈「老師法言，殊有條理，只是當今佛法，盡是貪嗔，若求清淨，捨老師而誰？」〔註66〕一席話下，答應出山盡心明教。此一對話情節，實與《三國演義》中的劉備面對以久樂耕鋤、懶於應世為由婉拒的孔明泣曰：「先生不出，如蒼生何？」〔註67〕有著異曲同工之妙。

　　又唐代知識份子多為在朝為官的身分，廟堂之上的為官者概分為權貴與科舉二派；致使科舉出身的從政者認為自己還是有所作為，可為民間發言。且隱逸並非唐代知識份子的主流思想，從韓愈〈送李原歸盤穀序〉可看出韓愈是不贊成知識份子選擇隱逸，且尚隱含有期待君王會對他再度重用之意。提倡「文以載道」之八大文學家群「自覺知識份子」領袖的韓愈，從〈原道〉可看出其乃以理性科學的方法在對抗不理性。由上分析，可知韓愈拒迎佛骨，並非等同排斥佛教，僅是代表當時大部份人民的聲音。

　　較之上揭《三國演義》續書於《三國演義》之「禮賢敬才與善任」題旨特色上並無顯著發揮，同《三國演義》依附朝代更迭演變的《後西遊記》，藉由不論是來自生有法師或生有死後繼任徒弟，渠等對唐半偈的讒言毀謗，唐憲宗皆能明辨是非地智慧裁示，並透過憲宗與半偈的對話，展現憲宗禮賢敬才與善任之明君作風。

（二）同西遊降妖伏魔求放心

　　《西遊記》與流傳最廣最著名的《西遊補》、《續西遊記》與《後西遊記》等三部續書相關比較分析，於本書第二章至第七章第一節已陸續論述，並梳理出《後西遊記》與《西遊記》二書多處差異，爰本單元單就訪心角度對《西遊記》及其三部續書與《後西遊記》進行研析。

〔註65〕無名氏：《後西遊記》第6回，頁45。
〔註66〕無名氏：《後西遊記》第6回，頁46。
〔註67〕明・羅貫中：《三國演義》第38回，頁247。

1.《西遊記》及其續書概述

《西遊記》因成書時期適逢陽明心學盛行，魯迅綜合清人山陰悟一子陳士斌《西遊真詮》（康熙丙子尤侗序）、西河張書紳《西遊正旨》（乾隆戊辰序）、悟元道人劉一明《西遊原旨》（嘉慶十五年序）與謝肇淛《五雜組》等評議，認為：

> 或云勸學，或云談禪，或云講道，皆闡明理法……假欲勉求大旨，則謝肇淛（《五雜組》十五）之『《西遊記》曼衍虛誕，而其縱橫變化，以猿為心之神，以豬為意之馳，其始之放縱，上天下地，莫能禁制，而歸于緊箍一咒，能使心猿馴伏，至死靡他，蓋亦求放心之喻，非浪作也』數語，已足盡之。〔註68〕

不論是從儒家勸學、釋家談禪或道教論道的角度解讀《西遊記》，故事中的所有神魔鬥法情節，皆以「求放心」為《西遊記》故事軸心與終極目標。

因此，作為《西遊記》具代表性的《西遊補》、《後西遊記》與《續西遊記》等三部續書的作者，於其創作意圖上，皆明顯承染了《西遊記》之神魔鬥法與心學哲思色彩。

2. 心學生活化的實踐哲思

相較於《西遊記》僅就「心猿意馳」易放難收特質描述、《西遊補》聚焦於心識來回穿梭時空、越界織就故事與《續西遊記》過於濃厚說教意味，《後西遊記》在諸續書中，以最順理成章之續果為因方式，綜合複線情節四層次、體現「發現」與「對立」情節表現、敘事視角的變化應用、敘述者身分的靈活轉換與敘事時間的巧妙穿插等敘事手法，在看似嬉鬧打鬥的神魔小說框架裏，以深入淺出的遊戲之筆，賦予正確的佛法教義，並透過西行求真解過程中的人物對話，將心學哲思寄寓以禪、淨共修來具體落實於生活中的可行性。

綜上研析出之《後西遊記》優於原書之諸多特色，亦就不難明白其為何會造就了「自清初迄民國，《後西遊記》說部就有二十種左右木刻、石印、鉛印等式本子傳世，可謂數百年來，從未間斷」〔註69〕的盛況。

〔註68〕魯迅：《中國小說史略》，頁102。
〔註69〕張張穎、陳速〈《後西遊記》版本考述〉，《明清小說論叢》第四輯（瀋陽：春風文藝出版社，1986年），頁241～242。

（三）勝水滸忠義正見淨世風

《水滸傳》與《金瓶梅》同屬於明代四大奇書中評價兩極的小說，本單元先就《水滸傳》及其續書概述，並說明《後西遊記》與之忠義題旨相關特色。

1.《水滸傳》及其續書概述

一群由或因殺人犯法如武松、宋江等人，或遭奸臣陷害家破人亡如林沖者，或因生計困難如阮氏兄弟、石秀等人，自認懷才不遇的吳用與劫財殺客製成人肉包子為業的孫二娘等人，聚集梁山泊的 108 位人物為故事角色，其「從道義（天下無道）和政治（奸邪壞國）」〔註70〕敘事角度敷敘的《水滸傳》，世人評語含括：全忠仗義、諷刺當局、誨盜之作、隱射當時代的農民起義問題等等，不一而足。

至於《水滸傳》續書更多達十多部，其中較廣為流傳者有從阮小七憑弔梁山開始切入續寫的《水滸後傳》、描寫南宋洞庭湖楊么起義的《後水滸傳》與敷敘圍剿鎮壓梁山好漢的《蕩寇志》。《水滸傳》續書亦多承續原書環繞在政治、社會亂象與以江湖義氣為主題之精神展現。

2. 以正見忠義報國淨世風

從《水滸傳》把招安合理化情節與「梁山事業的正當性與神聖性，最終必須立基於『全忠仗義』、『輔國安民』的共識中才能實現」〔註71〕有密切關聯，作者實已寄意所行之「忠義」須符正知見方具輔國安民正當性，此亦正是《水滸傳》重要題旨之一。

《後西遊記》的唐半偈與《水滸傳》中的所謂 108 條好漢，同樣具有忠貞義烈的人格特質；惟最大不同處，唐半偈的求真經真解的忠義本心，是來自對信仰的忠貞與義烈的社會責任使命感。故而《後西遊記》雖一樣是關心社會問題，但從其幾乎不批評政治黑暗、科舉制度，而是聚焦在宗教引起的社會亂象。藉由百姓因受到不肖僧人影響造成對佛教錯誤認知，以凸顯並強調佛教義理的實用性是須立基於正知正見、正信正解上，亦唯有正見忠義觀，才能取得度眾報國淨世風的正當性。

〔註70〕馮文樓：《四大奇書的文本文化學闡釋》（北京：中國社會科學出版社，2003.5），頁 156。

〔註71〕李志宏：《「演義」——明代四大奇書敘事研究》（臺北市：大安，2011.08），頁 259～260。

（四）兼敘金瓶梅世俗情愛觀

相對於《水滸傳》有著誨盜之作的惡評，《金瓶梅》則曾因被視為是誨淫之作而被列為禁書，惟隨著時代民風變遷，今人對《金瓶梅》的研究視角趨於多元。茲就《金瓶梅》及其續書概述，以及《後西遊記》兼敘《金瓶梅》之世俗情愛觀題旨進行淺論。

1.《金瓶梅》及其續書概述

成書於嘉靖末年至萬曆中期的《金瓶梅》，以「全書人物有二百餘人，其中女性約占一半，數目大體與男性人物相當」〔註72〕描述當時代市井平民生活實況和社會百態特色。

《金瓶梅》著名續書包括《玉嬌李》、《續金瓶梅》、《隔簾花影》、《金屋夢》與《三續金瓶梅》。《續金瓶梅》全書 64 回，成書於清順治年間，是明末清初作家丁耀亢（1599～1670）晚年力作，以《金瓶梅》所寫的西門慶一家及清河縣的一些人物，在宋、金戰亂歷史時代背景下的新命運。順治原刻本〈續金瓶梅·凡例〉言「恐法語之言與前不合，故借金蓮春梅後身說法」〔註73〕，並從〈凡例〉之後標註有包括：今上皇帝御序頒行《太上感應篇》、《大方廣佛說妙法華嚴經》、《法苑珠林》、《文昌化書》、《清淨經》、《黃庭經》、《易經》、《宋史》、《金史》、《藝文類聚》與《元人百種曲》等共計 59 部《續金瓶梅》借用書目，明顯表現出作者強烈的揚善懲惡、寄寓易代感慨之創作意圖。然作者為達成說教目的而出現過多刻意牽強的冗詞贅句，令此一借引多書的特色，卻也同時成為了《續金瓶梅》一大敗筆處。

康熙年間出現佚名撰，署名四橋居士作序之《隔簾花影》又題《古本三世報》、《新鐫古本批評三世報隔簾花影》，亦名《三世報》，全書 48 回即是刪改丁耀亢的《續金瓶梅》而成；書中雖亦雜引三教經文，描寫因果報應情節，但相較其它本《金瓶梅》續書，《隔簾花影》「為說教目的而設的多餘文字最少」〔註74〕。至於由夢筆生所著 60 回之《金屋夢》，亦對《續金瓶梅》中關涉說教目的與引用經文的內容，進行大幅刪除。

〔註72〕徐雅卿：〈《金瓶梅》之女性藝術形象特徵初探〉（青年文學家，2016 年 20 期），頁 63。

〔註73〕丁耀亢作；紫陽道人編：《續金瓶梅》（上海：古籍出版社，1990 年），〈凡例〉，頁 2。

〔註74〕侯實源：〈《金瓶梅》續書三種比較談〉（聊城師範學院學報），1998 年 04 期），頁 95。

全書 40 回之《三續金瓶梅》，署名訥音居士題的〈三續金瓶梅·自序〉內容「但看《三世報》雖係續作，因過猶不及，渺渺冥冥。……自幻字起，空字結，文法雖准舊本，一切穢言污語盡皆刪去，不過循情察理，發洩世態炎涼，消遣時恨，令人回頭是岸」〔註75〕即已明示作者的創作動機與目的。

大抵而言，《金瓶梅》及上揭續書，仍是以告子所言「食色，性也」為經緯，交織出世間人情百態。

2. 終墮輪迴不已的情愛觀

有關《金瓶梅》之文學價值，近年來不乏有以具隱喻修辭研究視角，予以試圖在「男女情色」和「家國政治」的對應場域中，從明中晚期的縱情貪歡世情現象寄寓時俗的價值辯證與個人的時代關懷〔註76〕；可見今人對《金瓶梅》探討層面亦不再限於情色，然而在小說第一回裏，敘述者引戚夫人與虞姬史事為詩證並言道「說話的，如今只愛說這情色二字做甚？……如今這一本書，乃虎中美女後引出一個風情故事來」〔註77〕，顯映明代中晚時期是以放縱情慾對抗理學之存天理、去人欲的小說創作流行風。

被學界多數認為是成書於明末清初的《後西遊記》，雖僅分別用了一個章回〈一戒認親釘鈀歸主〉敘寫豬守拙與父親豬八戒的父子互動、趙氏與劉仁母子的相依為命、麞妖美人希望透過逼婚尋找歸宿依靠，以及用了近 3 章回鋪陳不老婆婆纏鬥孫履真等情愛情節，但個中卻已蘊含人間八苦中之怨憎會、愛別離、求不得等深意，實亦已兼敘《金瓶梅》映射世俗情愛終墮輪迴不已觀念。

惟從《後西遊記》中述及情愛相對角色部份，不同於《西遊記》多以唐三藏為主角，誤中麞妖美人計的是豬守拙，被不老婆婆糾纏不清的是孫履真，《後西遊記》作者避開以唐半偈與沙致和二僧作為敷敘紅塵情愛角色，或許是基於對出家眾的尊敬，亦或許與作者可能具有僧人身份的顧慮，又或許兩者皆兼有之吧！

〔註75〕訥音居士編輯：《三續金瓶梅》（上海：古籍出版社，1990 年），頁 1～3。
〔註76〕李志宏：《「演義」——明代四大奇書敘事研究》（臺北市：大安，2011.08），頁 462～464。
〔註77〕〔明〕笑笑生原作；劉本棟校注：《金瓶梅》（臺北市：三民，2018 年），頁 3。

本章小結

綜觀《後西遊記》與《西遊記》於作品上之同、異、承、變的精彩表現，與同為宣教類神魔小說進行比較後所呈現的多處出彩亮點，並具備了：《三國演義》之明君禮賢敬才與善任、《西遊記》降妖伏魔求放心、《水滸傳》忠義報國淨世風、兼敘《金瓶梅》世俗情愛觀等泛涉明代四大奇書題旨特色；足證知透過敘事結構技巧和予神魔小說情節創發新義體現的《後西遊記》，確已達到含括審美、思想、核心理念等文學價值標準。

《後西遊記》故事中所呈現的種種幻想，皆與人類內心欲求與所處現實生活息息相關。因此，相較於有學者研究認為明清神魔小說作者的過份依賴「幻神」而致「失真」之「形似囈語而怪誕，必然使它在新的時代走向沒落」〔註78〕，是明清神魔小說在近代漸趨沒落的主要原因，《後西遊記》算是幻自真發，提升作品之思想層次。

就文化修養角度而言，將《後西遊記》文本內容對照明代的宗教環境變遷，作者基於理性自省作意，抒發個人對宗教、社會的人文關懷與對國家、知識份子的期待，展現「具體的、生動的、形象的社會內涵，和貫注於其中的理智、精神」〔註79〕之文學作品的價值和魅力，堪謂為神魔小說炫風中的一道麗麗和風。

除了從文學角度研析出《後西遊記》作者嚴謹卻不失活潑的創作風格，另從《後西遊記》故事情節中，看到作者對《六祖壇經》、《阿彌陀經》、《妙法蓮華經》、《金剛經》、《禪林寶訓》、《廣弘明集》等佛教經典與法會專用的《三時繫念佛事》以及禪門公案之靈活融會應用；雖無法確知作者真實身分，但從上述相關研究結果，可肯定的是《後西遊記》作者具有一定程度以上的佛學素養與淑世使命感；方能於亂世中一秉知識份子的道德良知，創作出主題意識明確且強烈的長篇章回小說。

〔註78〕馮汝常：《中國神魔小說文體研究》（福建師範大學，2004 年，博士論文），頁69。

〔註79〕袁世碩：《文學史學的明清小說研究》（濟南：齊魯書社，1999.12），頁 139。

第八章 結 論

　　初閱自成書面世以來即受有兩極化評價的《後西遊記》，筆者但覺全書表層寓意如春郊踏青，極目所見盡是綠意；深層寓意則似隔紗望夜空，點點繁星閃閃隱現，令人不禁想揭紗一窺美景真貌。爰本書是採主題寓意層次化型態梳理研究《後西遊記》，於研析過程中與前人發表研究見解完全相同處，概不列為本書研究結果贅述，茲就本研究發現內容，擇要如下分項摘述。

一、研究成果摘述

　　本研究發現成果，分就情節表現意蘊、人物形象意蘊與作者意圖三部份，重點摘述如下：

（一）情節表現意蘊研究發現

1. 從中國古典小說敘事結構檢視《後西遊記》：《後西遊記》的情節組織原則與常見說書習慣之序曲、前戲、主戲與結尾相符；其情節模式在神魔小說神魔鬥法幻事特徵下，兼備鎖鏈綴緞式因果連接、講究對稱時空連接組合。

   以西方敘事學分析《後西遊記》：《後西遊記》完備了長篇小說複線情節四層次的表現，並將神魔小說的幻事特徵，靈活置入於「發現」與「對立」的情境轉換中；形塑出兼具「行走」、「修行」、「救世」、「任務」表現意義的綜合型神魔故事情節，並靈活利用敘事視角變化、敘述者身分的轉換與敘事時間的巧妙穿插運用。

   上揭研究結果的客觀事實，足資證明《後西遊記》的敘事手法，是同時具備中、西方的敘事表現手法。

2. **詮析〈後西遊序〉重點發現**：撰序者精準地引用佛法名相與禪宗公案，強調禪修與淨土念佛皆是可了生脫死的法門，並傳遞了從「正心修己」到「度人濟世」之佛陀本懷（即人間佛教）是《後西遊記》作者理想中具淨化人心、安定社會功能的最適人間宗教，此已點出作者具禪、淨合流思維，爰禪、淨思想自然主導了作者創作《後西遊記》的故事內容走向。

3. **梳理《後西遊記》之回目與詩證**：文中對句詩詞多為醒世詩教，雖亦有諷刺社會亂象之語，但未見有憤世嫉俗之言，反倒不乏老婆心切之意；但凡有評曰，必意有所指、言之有物。

4. **《後西遊記》之三教情節**：《後西遊記》無雜揉三教各取所需式的嬉笑怒罵，對三教拼鬥模式情節鋪陳亦很少，僅將與真實歷史人物共幻設的人與神魔，賦予映射社會實況角色與抽象概念象徵，故事中所呈現種種幻想，皆與人類內心欲求與所處現實生活息息相關。作者透過三教於勸世、淑世上之理念相通情節展現，將神魔小說中常只見三教打鬥情節，昇華賦予哲思性的文學應用，表達其對三教合一參贊化育的觀點；其中「各人血肉各精華」一語勸告世人應尊重彼此不同宗教信仰的呼籲，與人間佛教佛光山基於尊重不同宗教信仰，每年舉辦世界神明聯誼會與對待會員大眾去留時的「來時歡迎、去時相送」態度理念，不謀而合。

5. **《後西遊記》之禪機意含**：以淺白、活潑地問答式敘事筆法，深入淺出呈現禪宗指示、譬喻、反詰、棒喝等形式禪機意含，並將佛教禪宗義理旨趣次第敷敘的情節表現，極大化地發揮寓教於樂功能價值。

6. **《後西遊記》之情節深意**：筆者提出有別於前人研究結果，多傾向具深意新觀點研析，諸如：小行者入冥府、唐半偈四次逢敵合眼默坐表現、師徒法號寓意、阿儺索人事、諷儒刺佛、故事結局等屬於創謂層寓意。其中有關唐半偈逢敵時所表現的四次合眼默坐情節，更可謂是作者極具巧思深意的情節表現；透過唐半偈在一樣無言的表面情態下，寄語出一默一聲雷、打坐易有掉舉現象、強調人貴慎獨與一個人的定心與所謂守護神，皆須仰仗堅定信仰力等不一樣意涵。

7. **《後西遊記》之貪瞋癡愛情節寓意**：不肖僧人相關情節是《後西遊記》中重要的副線情節發展，伴隨唐半偈師徒一路西行；將不肖僧人與瞋癡

二角色於情節中演示順序對照《三時繫念佛事》之「常起貪瞋深生癡愛」字面義，完全相符，可見「常起貪瞋深生癡愛」是《後西遊記》不肖僧人與瞋癡二角色的情節布局主要依據。且情節不論是因貪變瞋或由癡轉瞋，其結局皆強烈寓有佛家所強調的「瞋火起燒功德林」之深意。

8. 《後西遊記》之家庭人倫觀：《後西遊記》中有關人倫情節著墨不多，但於親情、友情與愛情上亦皆有深淺不一的象徵寓意。例如作者藉小行者之口言道：「我佛門慈悲，巴不得舉世團圓，你為何以缺陷立教，弄得世人不是鰥寡便是孤獨？」話中所言「我佛門慈悲，巴不得舉世團圓」除了托語表達佛教並非不重人倫宗教，亦遙應預示了數百年後的當代人間佛教佛光山道場每年舉辦的「回娘家」團圓活動理念。

9. 《後西遊記》中之僧俗對話情節寓意：唐半偈與韓愈二人對佛教亂象的憂心與韓愈勸請唐半偈直下承擔的話對情節，寓意弘法護教不惟僧侶之事。以此情節連結延伸對照當代人間佛教佛光山設立由在家居士擔任宣講員、檀講師弘法制度，《後西遊記》可謂亦是以故事情節遙應現代人間佛教由僧俗二眾擔任佛教弘法的重要雙翼功能的現況。

10. 《後西遊記》之預示禪淨共修：《後西遊記》以《六祖壇經》之中國禪思想與主張行菩薩道之彌勒淨土思想合流，作為貫穿整個故事的核心思想，鋪陳出上揭摘述之一個個富含禪、淨思想寓意的情節；將之連結本書有關禪、淨二宗於論者時代的發展現況論述，充滿綜現人間佛教義理與禪、淨思想合流特色情節的《後西遊記》故事內容預示了成書時代「之後」的現當代太虛大師首倡人間佛教思想，以及當代人間佛教出現禪淨共修法會型態趨勢。

11. 與《西遊記》之同異承變比較：《後西遊記》除了較同時期長篇宣教類神魔小說呈現更多出彩亮點，從梳理其與《西遊記》同異承變，獲得「同趣形式西遊謁靈山、異詮三教與破心中賊、承前因擇好緣結善果、變化神魔情節創新意等同異承變研究結果，證知《後西遊記》不但同時符合劉廷機予續書之「後以續前者、後以證前者、後與前絕不相類者」三大定義範圍，且單就變化神魔情節創意表現來與《西遊記》相比較，《後西遊記》實未必全是「行文造事並遜」。

12. 泛涉明四大奇書題旨特色：《後西遊記》同時具備泛涉明代四大奇書題旨特色，包括：形塑出媲美《三國演義》之明君禮賢敬才與善任的

唐憲宗；承染《西遊記》降妖伏魔求放心與更勝原著的心學哲思色彩；較《水滸傳》更多了正見觀的忠義風骨與兼敘《金瓶梅》終墮輪迴不已的世俗情愛觀。

（二）人物形象意蘊研究發現

1. 《後西遊記》之核心人物標籤化：從唐半偈為三位徒弟取法號依序為「履真、守拙、致和」觀之，就小團體狹意而言，《後西遊記》中之西行師徒四人儼如一小型僧團，將核心人物的法號綜合義，對照求真解途中所發生的種種磨難考驗，可視為出家人求道「由凡轉聖」與僧眾相處「行六和敬」之過程縮影；同時可寓意為唐半偈對三位徒弟要能成為信受奉行佛法、和合共住之僧團「六和」的期許。擴大解釋意義，從個人之內履真如以達自心和悅、外謙守拙共營家庭和順、人我彼此和敬協力共創社會和諧，是不論出家眾或在家眾皆應追求並遵行之世間最可貴的「和」之普世價值。至於唐大顛的法號「半偈」，筆者以佛教視角研析「半偈」法號隱含源自佛教「雪山半偈」典故，寓有為僧者當以求佛道為要之「攝心勇猛勤精進，為求半偈捨全身」之深意。

2. 《後西遊記》之中國小說寫人特色：作者以其生花妙筆於一情節中同時形塑出人物多元個人特質，以展現西行求真解師徒四人個別及共有性格上的角色豐富性；例如：以毫無神格的唐半偈，擔任西行求真解領導人；孫履真三師兄弟，皆具現實社會中凡人的正面形象與易犯之瞋毒習氣，象徵人間性格多於神魔性格。作者賦予小說人物「非絕對的善與惡」個性，而是符合人性本然之相對性善惡；這些相對性善惡的呈現，同時傳遞人性善惡皆因緣和合而成、佛由人成世間覺之寓意。

3. 《後西遊記》主角人物形象寓意：作者將唐半偈形塑為一位兼具禪僧與儒僧特質且願為佛教犧牲小我的高僧，其整體人物藝術形象是以唐玄奘為原型之理想型真高僧形象，以寓「佛由人成」的事實。但仍有別其他神魔小說常將主角神格化的敘事作法，唐半偈亦有像凡人會因日常小事而情緒失控的反應表現，寓有凡人易有「對境生迷」弱點的深意。

4. 《後西遊記》之僧人正反角色表現意義：作者透過同為僧人身分之正反角色不同思維與行事風格的對照，表達出家人應有不為名聞利養所動之清貧思想，與當代人間佛教力弘清貧思想相通。

（三）作者意圖研究發現

1. **寓神魔小說文以載道**：撰序者於〈後西遊序〉已表明作者是因為世人並不瞭解或錯解三藏靈文的百千妙義，只好權借好似道教麻姑指爪功能的輕鬆筆調，亦即以時下流行淺白易懂、令人解頤的神魔小說形式來傳遞創作意圖。且從《後西遊記》每回首末詩對皆既符文意又含深義中尋析出多重寓意與主題意蘊，可知作者創作意圖非僅止於對當時社會的諷刺與批判之故事表層情節敘述。

2. **強烈的護教弘法作意**：從所梳理出《後西遊記》的六大情節主題寓意中，看到《後西遊記》作者擬以時下流行的神魔小說框架，貫徹其認為佛教應改革的作意意圖強烈，其中以「佛教真義破迷思」項著墨最多，顯見作者擬透過神魔小說形式讓讀者認識佛教義理作意。尤其從研析情節所表現諸寓意，多與現代人間佛教教義相通。

3. **傳遞個人觀點與建議**：相較於其他神魔小說僅多著墨於對世態諷刺，《後西遊記》作者常藉由敘述者角色傳遞個人觀點與具體建議。尤其是藉由唐半偈之口說出，例如：唐半偈告訴憲宗要找「智慧高僧」而非「俗習之徒」做為評定「有道法師」的標準，此一強調必須由有道法師講解佛教經典的看法，對照當代佛光山人間佛教以文化教育弘揚佛陀本懷—人間佛法，所設立培訓宣講員與壇講師制度，即是一種負責任的態度。又以「不可逐其末至忘其本」告誡不肖僧人之「我靠佛教」的投機行徑，此一對僧眾於宗教信仰心態上的糾正，遙應了當代星雲大師提出「佛教靠我」呼籲。

4. **求真解之作者意圖分析**：作者以有別《西遊記》核心人物皆是下凡歷劫的橋段，將《後西遊記》西行求真解核心人物唐半偈設定為凡僧，有著《華嚴經》所云「欲為諸佛龍象，先做眾生馬牛」寓意。強調唯有在對佛教教義具正信詮解認知，方能將佛法圓滿應用於人倫日常。真經真解方能真正發揮淨化人心、安定社會的見解，與現代人間佛教以文化教育弘法利生的理念相合一致。至於作者為何要在小說最末章又寫道「真經漸失其真，這是後話不題」，筆者立於寓教視角探求作者的筆意文心，作者應是留予不同時代、不同讀者對故事結局的多重潛在可能性的思考。

二、作者身分推論

針對《後西遊記》作者身份問題之目前相關研究，多持認「應是憤世嫉俗、不得志的下層文人」看法，筆者於研究《後西遊記》敘事結構與意蘊過程中，發現有助於對《後西遊記》作者身分之釋疑，並予客觀推論如下：

第一、《後西遊記》作者雖採時下流行的神魔小說框架，但於情節設置上，講究對時間、空間呈現「首尾對稱」的平衡布局，足徵作者有講究平衡思維慣性。又扮演仙佛類的助力角色人物對話，大多簡單扼要，酷似禪宗祖師教示風格。隱現作者的日常生活，與出家眾嚴而有律的的紀律生活實為相近。

第二、從〈後西遊序〉與《後西遊記》文中之用典與詞語，涵攝《六祖壇經》、禪門公案、大乘佛經與淨土思想，遣詞用字十分明確，敘寫風格與佛教超薦法會用本《三時繫念佛事》表現類似；題旨意蘊又泛涉禪僧必讀典籍《禪林寶訓》中對僧人之規範要義；基上所述，不論撰序者與作者是否同一人，二者具有對佛教典籍、義理一定的深廣度學養。又於梳理《後西遊記》情節對話的字裏行間中，察覺到作者流露出對佛教的責任省思與對社會關懷的老婆心切，擁有一定程度的文化修養與社會使命感，方能以遊戲之筆鋪陳出《後西遊記》此一具有既專業又深廣內涵的長篇小說。

第三、明清通俗小說於情愛上的描寫，通常多有類如《金瓶梅》之香豔露骨詞語，然《後西遊記》對色情描述對象，則避開了以僧人為對象；誤中孼妖美人計的是豬守拙，與不老婆婆糾纏的是小行者，且情節內容僅限以勸人向善、戒色為旨。

第四、《西遊記》寫著「可笑阿儺卻愛錢」，《後西遊記》作者卻借伽葉之口解讀為是看到唐玄奘「苦苦不捨」，恐他因此「貪嗔不斷」？筆者認為倘作者具僧人身分，會有如此想法是很正常的，概其意即同佛家對信眾所言「布施是給自己種福田」、「有捨方有得」這類觀點。又設若上述《後西遊記》作者具僧人身份推論成立，則當其閱讀至《西遊記》此一情節中的阿儺「把臉皮都羞皺了，只是拿著缽盂不放」的表情，應感觸特深，因為佛教從印度東傳中土諸教義儀式中，視為是讓信眾種福田機會之托缽乞食、募化布施，出家眾即使遭到不理解者異樣眼光，或覺尷尬，依舊要踐行。

綜上摘述，《後西遊記》是一部避開通俗小說常見的掉書袋與低俗言語，成功發揮白話小說淺白、流暢敘事形式，以禪、淨合流為故事核心思想的一部寓教於樂章回小說。

　　作者基於理性的自省作意，將對宗教、社會的人文關懷與對國家、知識份子的期待，寄意筆端，透過靈活的敘事手法賦予神魔小說創發新意的體現：符合中西敘事手法的表現、豐富多義的情節意蘊與人物意蘊、與《西遊記》之同異承變上的特色發現、優於同為宣教類神魔小說的情節表現，以及具備泛涉明代四大奇書題旨特色；其創作《後西遊記》確已達到含括審美、思想、核心理念等文學價值標準，並展現了「具體的、生動的、形象的社會內涵，和貫注於其中的理智、精神」之文學作品的價值和魅力。

　　至於《後西遊記》作者的身分，雖不能以《後西遊記》詩證中寫有「莫怪老僧饒謊舌，荒唐妙理勝圓夷」、「饒盡老僧舌，定心如不聞」等字語，便據以認定作者必是僧人；但基於在進行「《後西遊記》之敘述結構與意蘊研究」過程中，所延伸出有關作者身份之客觀的相關推論；即便《後西遊記》作者真是下層文人，亦應非不得志的憤世嫉俗者，反倒較像是一位具縝密思維且心繫佛教興衰的知識份子。又與其說《後西遊記》是在諷儒刺佛，莫若言此部小說係一位傳統舊式文人於描述其時代實況同時，不忘文以載道地將胸中所懷寓之於小說。

　　又從作者借唐半偈之口告訴韓愈「以火之靜，制火之動」，話中所透顯對佛教之強烈的愛教護教使命感觀之，按常情將在家居士與僧人兩種身份相比較，作者是僧人身份的可能性，或許應更高過在家居士的可能性。

引用暨參考書目

說明：

1. 本文所徵引的參考文獻按古籍、現代今人專著、外文譯著、專書論文、期刊論文、學位論文分列。

2. 各類資料的排列順序：不同年代者，依年代先後順序排列；同年代者，依作者姓氏筆劃先後排序。

一、古籍（依時代先後排序）

1. 〔後秦〕鳩摩羅什譯；龍樹菩薩著：《大智度論》（臺北市：真善美出版，1967 年）。

2. 〔後秦〕鳩摩羅什譯：《佛說阿彌陀經》（台北市：妙法堂）。

3. 〔宋〕妙喜宗杲禪師、竹菴士珪禪師共集；淨善禪師重編集；徐小躍釋譯：《禪林寶訓》（高雄縣：佛光文化，1997 年）。

4. 〔宋〕朱熹：《四書章句集注·論語》（臺北市：臺大出版中心，2016 年）。

5. 〔宋〕淨善編集；徐小躍釋譯：《禪林寶訓》（高雄市：佛光文化，1997 年）。

6. 〔元〕中峰明本禪師：《三時繫念佛事》，淨空法師編輯收錄於《中峯三時繫念法事全集》（台北市：華藏淨宗學會，2014 年）。

7. 〔明〕方汝浩編：《禪真逸史》（臺北市：三民書局，2017 年）。

8. 〔明〕西陽野史：《續三國演義》（長沙市：岳麓書社，1994 年）。

9. 〔明〕吳承恩：《西遊記》（新北市：西北國際文化，2013 年）。

10. 〔明〕施耐庵:《水滸傳》(青島:青島出版社,2015.7)。

11. 〔明〕笑笑生原作;劉本棟校注:《金瓶梅》(臺北市:三民書局,2018年)。

12. 〔明〕無名氏:《重鐫繡像後西遊記》藏金閣書業刊本,影印收入《古本小說集成》(上海:古籍出版社,1990年)。

13. 〔明〕無名氏:《後西遊記》(臺北市:老古文化,1980年)。

14. 〔明〕無名氏:《後西遊記》(呼和浩特:遠方出版,2014年)。

15. 〔明〕無名氏:《續西遊記》(湖南:岳麓書社,2014年)。

16. 〔明〕董說:《西遊補》(臺北市:河洛圖書,1978年)。

17. 〔明〕清溪道人編:《東度記》,《明代小說輯刊》第一輯之六(巴蜀書社)。

18. 〔明〕清溪道人:《禪真後史》(濟南:齊魯書社,1988年)。

19. 〔明〕董說:《西遊補》(臺北市:河洛文庫,1978年)。

20. 〔明〕羅貫中:《三國演義》(青島:青島出版社,2015.7)。

21. 〔清〕丁耀亢作;紫陽道人編:《續金瓶梅》(上海:古籍出版社,1990年)。

22. 〔清〕丁耀亢:《金瓶梅續書三種(上、下冊)》(濟南:齊魯書社,1988.8)。

23. 〔清〕俞萬春:《結水滸傳》(長沙市:岳麓書社,1994年)。

24. 〔清〕程登吉編著;馬自毅注譯:《幼學瓊林》(臺北市:三民書局,1997年)。

25. 〔清〕訥音居士編輯:《三續金瓶梅》(上海:古籍出版社,1990年)。

26. 〔清〕梅溪遇安氏:《後三國石珠演義》,收錄於國立政治大學古典小說研究中心主編:《明清善本小說叢刊》第13輯三國演義專輯《後三國石珠演義》(中),(臺北市:天一出版社,1985年)。

27. 〔清〕劉廷璣:《在園雜志》,收入沈雲龍主編:《近代中國史料叢刊》第38輯(文海出版社)。

二、現代專著

1. 太虛大師:《法華經教釋》(高雄市:佛光文化,1986年)。

2. 王先霈:《古代小說序跋漫話》,瀋陽市:遼寧教育出版社出版、發行,1992年10月。

3. 印順：《淨土與禪》（新竹縣：正聞出版社，1970 年）。

4. 朱一玄、劉毓忱：《《西遊記》研究資料》（河南：中州書畫社，1983 年）。

5. 余秋雨：《觀眾心理學》（上海：上海教育出版社，2005 年）。

6. 李忠昌：《古代小說續書漫話》（瀋陽：遼寧教育出版社，1992 年）。

7. 李漢秋、胡益民：《清代小說》（合肥：安徽教育出版社，1997 年）。

8. 李淼：《禪詩三百首譯析》（新北市：祺齡出版社，1994 年）。

9. 李富軒、李燕：《中國古代寓言史》（新北市：漢威出版社，2001 年）。

10. 李志宏：《「演義」──明代四大奇書敘事研究》（臺北市：大安出版社，2011.08）。

11. 李桂奎：《中國小說寫人研究》（北京：生活・讀書・新知三聯書店，2015 年）。

12. 何滿子：《古代小說藝術漫話》（瀋陽市：遼寧教育出版社出版、發行，1992 年）。

13. 林淑貞：《寓莊於諧：明清笑話型寓言論詮》（臺北市：里仁書局，2006 年）。

14. 林辰：《神怪小說史》（杭州：浙江古籍出版社，1998 年）。

15. 唐子恒：《文言語法結構通論》（濟南：山東大學出版社，2000.8）

16. 夏初、惠玲校釋：《蒙書十篇》（北京：北京師範大學出版社，1990.10）。

17. 吳達芸：《後西遊記研究》（台北華正書局 1989 年 7 月初版）。

18. 星雲大師：《金剛經講話》（臺北市：佛光文化，1997 年）。

19. 星雲大師：《佛教常識》（高雄市：佛光文化，1999 年）。

20. 星雲大師：《談淨土法門》（高雄市：佛光文化，2018 年）。

21. 星雲口述；妙廣法師等記錄：《人間佛教佛陀本懷》（高雄市：佛光文化，2016 年）

22. 胡強：《中國古典小說文化闡釋》（桂林：廣西師範大學出版社，2016 年）。

23. 胡亞敏《敘事學》（臺北市：若水堂，2014）。

24. 袁世碩：《文學史學的明清小說研究》（濟南：齊魯書社，1999.12）。

25. 段春旭：《中國古代長篇小說續書研究》（上海：上海三聯書店，2009 年）。

26. 高桂惠：《追蹤躡跡：中國小說的文化闡釋》（臺北市：大安出版社，2005 年）。

27. 高玉海：《古代小說續書序跋釋論》（北京：中國社會科學出版社，2007年）。

28. 高辛勇：《形名學與敘事理論》（臺北市：聯經出版社，1987年）。

29. 商傳：《明代文化史》（上海：東方出版中心，2007.5）。

30. 馮文樓：《四大奇書的文本文化學闡釋》（北京：中國社會科學出版社，2003.5）。

31. 賈文昭、徐召勛：《中國古典小說藝術欣賞》（臺北市：里仁書局，1983.3）。

32. 許建崑：《情感、想像與詮釋》（臺北市：萬卷樓，2010.8）。

33. 許麗芳：《章回小說的歷史書寫與想像：以三國演義與水滸傳的敘事為例》（臺北市：秀威資訊科技，2007年）。

34. 張冥飛：《古今小說評林》（上海：民權出版部，1919年）。

35. 張靜二：《西遊記人物研究》（臺北市：臺灣學生書局，1984年）。

36. 楊惠南：《禪史與禪思》（臺北市：東大出版社，2016年）。

37. 魯迅：《中國小說史略》（北京：中華書局，2010年）。

38. 劉雲春：《明清小說與歷史敘事》（成都：西南交通大學出版社，2017.8）。

39. 賴芳伶：《中國古典小說四講》（臺北：五南出版，2014.10）。

40. 陳蒲清：《寓言文學理論、歷史與應用》（臺北：駱駝出版社，1992）。

41. 陳寶良：《悄悄散去的幕紗──明代文化歷程新說》（西安：陝西人民教育出版社，1988年）。

42. 陳文新：《傳統小說與小說傳統》（武漢：武漢大學出版社，2005.5）。

43. 陳平原：《中國小說敘事模式的轉變》（北京：北京大學出版社，2003）。

44. 釋煮雲：《佛門異記 3》（高雄市：佛光文化，1980年）。

45. 釋慈莊：《法相》（高雄市：佛光文化，1997年）。

46. 釋永祥：《佛教文學對中國小說的影響》（高雄：佛光出版社，1990.3）。

三、專書論文

1. 太虛：〈兜率淨土與十方淨土之比觀〉，《彌勒淨土與菩薩行研究》第七輯（臺北市：大乘文化出版社，1979年）。

2. 王民求：〈《後西遊記》的社會意義〉，《明清小說論叢》第一輯（瀋陽：春風文藝出版社，1984年）。

3. 李忠昌：〈試論明末清初小說的歷史貢獻〉，《明清小說論叢》第三輯（瀋陽：春風文藝出版社，1985 年）。

4. 張南泉〈《後西遊記》的思想與藝術〉，《明清小說論叢》第一輯（瀋陽：春風文藝出版社，1984 年）。

5. 張穎、陳速〈《後西遊記》版本考述〉，《明清小說論叢》第四輯（瀋陽：春風文藝出版社，1986 年）。

6. 傅佩榮：《究竟真實：傅佩榮談老子》（臺北市：遠見天下文化，2006 年）。

7. 劉勇強：〈明末清初小說理論中的道德觀〉，《明清小說叢論》第四輯，（瀋陽：春風文藝出版社，1986 年）。

8. 慧嶽：〈上升兜率淨土的勝義和行法〉，《彌勒淨土與菩薩行研究》第七輯（臺北市：大乘文化出版社，1979 年）。

9. 歐陽健：〈明季進步《水滸》觀的體現〉，《明清小說論叢》第三輯（瀋陽：春風文藝出版社，1985 年）。

10. 蘇興：〈試論《後西遊記》〉，《明清小說論叢》第一輯（瀋陽：春風文藝出版社，1984 年）。

四、期刊論文

1. 王淼：〈社會因素在明清神魔小說創作中的作用〉（古代文學研究，2014 年 5 月）。

2. 工菊芹：〈明代神魔小說創作動因芻論〉（華北水利水電學院學報，2009 年第 2 期第 25 卷）。

3. 田榮：〈淺議《西遊記》神魔小說之現實意義〉（青春歲月，2017 年 8 月）。

4. 石麟：〈《西遊記》及其三種續書的哲理蘊涵〉（湖北內江師範學院學報，2010 年第 11 期第 25 卷）。

5. 左芝蘭：〈對明末清初《西遊記》續書的研究〉（四川大學晉中學院學報，2007 年第 5 期第 25 卷。

6. 左芝蘭：〈明末清初《西遊記》續書對原著的繼承〉（成都大學學報，2007 年第 12 期第 21 卷）。

7. 李建忠：〈明代神魔小說理論之寓意論〉（大眾文藝，2011 年）。

8. 李忠昌：〈兩部《西遊記》比較談〉（社會科學輯刊，1984 年第 1 期）。

9. 宋珂君〈《後西遊記》的文化批判性研究〉（北京科技大學學報，2009 年第 2 期第 25 卷）。

10. 林海曦：〈從邏輯視角探析《後西遊記》價值缺陷〉（吉林長春教育學院學報，2010 年第 4 期第 26 卷）

11. 東方喬：〈禪宗：宗教的超越〉（河北大學學報，第 4 期第 31 卷）

12. 胡淳豔：〈心路歷程——論《西遊記》三部續書的傳播〉（明清小說研究，2008 年第 2 期）。

13. 胡勝：〈神魔小說價值論〉（周口師範高等專科學校學報，2000 年第 1 期第 17 卷）。

14. 胡勝：〈因革期神魔小說試論〉（保定師專學報，2000 年第 1 期）。

15. 紀德君：〈明清神魔小說編創方式及其演變〉（學術研究，2009 年第 6 期）。

16. 紀德君：〈明清神魔小說評點與編創之關係探析〉（求是學刊，2010 年第 5 期第 37 卷）。

17. 侯寶源：〈《金瓶梅》續書三種比較談〉（聊城師範學院學報，1998 年 04 期）。

18. 高杰：〈明中葉文化思考的縮影——神魔小說《西遊記》〉（考試周刊，2008 年第 37 期）。

19. 徐雅卿：〈《金瓶梅》之女性藝術形象特徵初探〉（（青年文學家，2016 年 20 期）。

20. 翁小芬：〈《後西遊記》之寓意及其寫作藝術論析〉（修平人文社會學報，2012 年 9 月第 19 期）。

21. 馮汝常：〈神魔小說敘述的文本模式新探〉（南華大學學報，2009 年第 1 期第 10 卷）。

22. 馮汝常：〈神魔小說幻事的文本類型新析〉（廈門廣播電視大學學報，2009 年第 1 期）。

23. 張穎、陳速：〈明清以來的語怪章回說部〉（科學與文化，2000 年第 12 期）。

24. 張先雲：〈淺談神魔小說《西遊記》人物形象的道德內涵〉（青年文學家·文學評論，2013 年 7 月）。

25. 張子開：〈念佛、淨土觀念與早期禪宗彌勒信仰〉（宗教學研究，2006 年第 4 期）。

26. 聖嚴法師：〈明末的居士佛教〉（華崗佛學學報，1981 年第 5 期）。

27. 楊子怡：〈中國古代小說續衍承傳現象及其文化意蘊〉（韓山師範學院學報，1997 年第 1 期）。

28. 楊應龍：〈禪宗與淨土宗成佛論比較〉（江西社會科學，1994 年第 5 期）。

29. 郭星：〈真與幻的辯證——中國神魔小說與西方奇幻小說比較〉（柳州職業技術學院學報，2012 年第 6 期第 12 卷）。

30. 溫慶新：〈對近年來興盛的「神魔小說」文體研究熱的質疑〉（洛陽師範學院學報，2011 年第 1 期第 30 卷）。

31. 魯春艷：〈明代後期建本神魔小說創作主體探析〉（學術交流，2010 年第 6 期）。

32. 鄒壯雲：〈論明代神魔小說的發展歷程〉（學術探索，2013 年第 6 期）。

33. 陳美林：〈《後西遊記》的思想、藝術及其它〉（《文學評論》1985 年第 5 期）。

34. 陳會明：〈古代小說續書研究探尋〉（龍巖學院學報，2007 年第 5 期第 25 卷）。

35. 陳文新：〈《西遊記》與神魔小說風格類型之探析〉（淮海工學院學報，2004 年第 1 期第 2 卷）。

36. 陳超男：〈淺議《西遊記》神魔小說之現實意義〉（好家長／職業教育研究，2017 年 9 月）。

37. 程國賦：〈論明清小說書名所體現的文學觀念〉（文藝理論研究，2017 年第 3 期）。

38. 劉曉廉：〈心路歷程：《後西遊記》的根本寓意〉（運城高等專科學校學報，2002 年第 6 期第 20 卷）。

39. 劉麗華：〈《後西遊記》與晚明文人價值觀的變化趨勢〉（陝西絲綢之路文學與語言，2009 年第 18 期）

40. 劉洪強：〈《後西遊記》作者及成書年代考〉（山東濟南濰坊學院學報，2011 年第 3 期第 11 卷）。

41. 〔日〕蓑輪顯量：〈現代臺灣佛教與順印法師——五大本山與人間佛教的背景一探〉（佛光學報，2016 年）。

五、學位論文

1. 王旭川：《中國小說續書的歷史發展》（上海師範大學博士論文，2004年）。

2. 田小兵：《《西遊記》續書研究》（暨南大學碩士論文，2006年）。

3. 林景隆：《西遊記續書審美敘事藝術研究》（中山大學中文研究所碩士論文，1999年）。

4. 段春旭：《中國古代長篇小說續書研究》（福建師範大學中國古代文學博士論文，2004年）。

5. 馮汝常：《中國神魔小說文體研究》（福建師範大學博士論文，2004年）。

6. 莊淑華：《《西遊記》續書論——人物主題轉變與新類型之建立》（淡江大學中國文學系碩士論文，2005年）。

7. 張家仁：《西遊記與三種續書之比較研究》（文化大學中國文學系碩士論文，2000年）。

8. 張怡微：《明末清初《西遊記》「再書寫」研究》（政治大學中國文學系博士論文，2016年）。

9. 楊曉娜：《明清神魔小說中的冥府意象》（河南大學年碩士論文，2008）。

10. 陳妍：《明清神魔小說情節模式研究》（河南大學碩士論文，2013年）。

六、電子資源

1. 台灣博碩士論文知識加值系統，搜索時間：2018.02
   網址：https://ndltd.ncl.edu.tw/cgi-bin/gs32/gsweb.cgi/login?o=dwebmge

2. 國立中興大學圖書館電子資源系統查詢：中國知識資源總庫——中國博碩士學位論文全文數據庫（ChinaMasters' ThesesFull-textDatabase），搜索時間：2018.02
   網址：http://big5.oversea.cnki.net.ap.lib.nchu.edu.tw:2048/kns55/

3. 法界佛教總會，搜索時間：2018.05 網址：http://www.drbachinese.org/